서양 유토피아의 흐름 4

불워-리턴에서 헉슬리까지:

(19세기 중엽 – 20세기 중엽)

서양 유토피아의 흐름

불워-리턴에서 헉슬리까지:
19세기 중엽 - 20세기 중엽

4

필자 박설호

울력

서양 유토피아의 흐름 4
불워-리턴에서 헉슬리까지 (19세기 중엽 – 20세기 중엽)

지은이 | 박설호
펴낸이 | 강동호
펴낸곳 | 도서출판 울력
1판 1쇄 | 2022년 10월 31일
등록번호 | 제25100-2002-000004호(2002. 12. 03)
주소 | 서울시 구로구 개봉로23가길 111, 8-402 (개봉동)
전화 | 02-2614-4054
팩스 | 0502-500-4055
E-mail | ulyuck@naver.com
정가 | 20,000원

ISBN | 979-11-85136-70-7 94800
       979-11-85136-52-3 (세트)

차례

서문

"더 나은 무엇을 갈망하지 않는 인간은 가련하다" (프로이트)
"희망을 포기하거나 무가치하다고 판단하는 자들은 언제나 회의적 세계관을 지닌 실증주의자들이었다." (블로흐)
"더 나은 미래를 떠올리는 자는 지금 그리고 여기에서 부자유의 질곡에 갇혀 있는 자이다." (필자)

친애하는 J, 희망은 막연히 누워서 감 떨어지기를 바라는 수동적 자세가 아닙니다. 우리는 "지금 그리고 여기"의 끔찍하고 참혹한 개인적, 사회적 정황을 극복하기 위한 노력에서 배울 수 있습니다. 그것이 바로 "습득한 희망(docta spes)"입니다. 에른스트 블로흐는 "새로운 무엇(Novum)"을 찾으려는 갈망이 절망과 반대되는 정서가 아니라, "개인과 사회가 차제에 누려야 하는 자유와 평등의 구체적 가능성의 탐색"이라고 정의 내렸습니다. 따라서 그것은 "낙관하지 않는 희망"(테리 이글턴)과 연결됩니다. 이와 관련하여 서양 유토피아의 흐름에서 중요한 것은 유토피아의 문헌에서 피상적으로 묘사되는 어떤 찬란한 혹은 추악한 가상적 현실상이 아니라, 이러한 상의 배후에 도사린 작가의 시대 비판이 아닐 수 없습니다. 따라서 우리는 유토피아의 흐름을 논할 때 유토피아 사회상 내지 사회 유토피아를 설계한 개별 작가들이 처한 시대의 난제들과 주어진 현실에 대한 비판적 입장을 찾아내지 않으면 안 될 것입니다. 만약 주어진 현실과 가상적으로 설계된 현실 사이의 차이를 살피게 되면, 우리는 개별 유토피아 작가들의 시대 비판을 도출해 낼 수 있습니다.

제4권은 19세기 말부터 1940년까지의 시기에 출현한 문학 유토피아

를 천착합니다. 이 시기의 유토피아는 자본주의의 생산양식과 필수불가
결한 관계를 맺고 있습니다. 자고로 자본가가 부를 확장시키는 데 가장
안전한 방식은 토지와 부동산을 차지하는 일입니다. 토지와 부동산은
눈앞에 가시적으로 주어져 있으니, 매번 번거롭게 주판을 두드리며 계산
할 필요가 없었습니다. 지금도 우크라이나에서 전쟁이 지속되고 있는데,
모든 전쟁은 땅을 더 많이 차지하기 위한 투쟁이었습니다. 이는 자본주
의의 생산양식에 근거한 법 규정에 의해서 정당성을 획득했습니다. 유럽
국가들은 19세기 말부터 서서히 제3세계에서 식민지를 차지하기 위한
교두보를 마련하였는데, 이는 이윤을 창출하기 위한 영토 확장 사업에서
유래한 것이었습니다. 유럽의 열강들은 발전된 과학기술을 최대한 활용
하여, 무주물선점(無主物先占)이라는 독점적 원칙을 무지막지하게 적용
하였습니다. 뒤늦게 식민지 쟁탈전에 가담한 프로이센은 열강들과 마찰
을 빚었는데, 발칸반도의 갈등과 위기는 결국 제1차 세계대전으로 비화
되고 맙니다.

　19세기 말 이후의 유토피아는 모리스, 로시 그리고 길먼을 제외하면,
대체로 부정적이고 경고의 대상으로서의 사회 유토피아, 즉 디스토피아
의 모델을 보여 줍니다. 르네상스의 유토피아에서 국가는 개개인들의 삶
의 행복을 배후에서 돕고 지지하는 등 긍정적 기관으로 존속했는데, 19
세기 말에 이르러 사악한 "리바이어던"의 모습을 여지없이 드러내었던
것입니다. 리바이어던은 히브리어의 어원에 의하면 "빙글빙글 돈다"는
뜻을 지니는데, 그 자체 회오리바람의 격랑으로 세파에 휩쓸린 생명체들
을 모조리 죽음의 소용돌이 속으로 몰아가는 괴물입니다. 19세기에 이
르러 국가는 자본주의 경제 시스템과 야합하여 무소불위의 권력을 휘둘
렀습니다. 개개인의 자유와 행복을 방해하고 어지럽히며, 전체주의적 압
박을 가하는 역할은 언제나 국가의 몫이었습니다.

　자본주의 경제 시스템은 국가의 부국강병을 부추겼고, 결국에 이르러
세계대전을 불러일으켰습니다. 그런데 사회주의 국가 또한 국가 이기주

의라는 의혹에서 완전히 자유로울 수는 없습니다. 특히 1917년에 출범한 소련을 고려해 보세요. 소련은 여러 가지 유형의 사회주의 유토피아를 자극하였습니다. 이에 대한 예로서 우리는 보그다노프의 화성 유토피아, 프레오브라젠스키의 산업 유토피아, 차야노프의 농업에 기반을 둔 자생적 유토피아 등을 들 수 있습니다. 그렇지만 멘셰비키에 대한 볼셰비키의 숙청 그리고 히틀러의 국가사회주의의 횡포는 다른 인종에 대한 극단적 살인과 만행으로 이어졌습니다. 이는 이전에 출현한 디스토피아 문학 속에 끔찍한 선례로 묘사된 바 있습니다. 그렇다고 19세기 말 이후의 문학 유토피아가 오로지 디스토피아의 유형으로 가득 채워져 있는 것은 아닙니다. 예컨대 종교적, 인종적 그리고 성적인 차원에서 인간의 불평등은 여전히 비일비재하였는데, 이로 인한 갈등은 작가들로 하여금 다양한 유토피아를 창안하도록 자극하기도 했습니다. 이와 관련된 운동은 수 세기 동안 진척되어 온 유대인들의 시오니즘과 여성들의 여권신장을 위한 페미니즘 등입니다.

1. **불워-리턴의 『미래의 사람들』(1871):** 귀족 출신의 영국 작가, 에드워드 불워-리턴은 지하 세계에 거주하는 기이한 인종에 관하여 서술하고 있습니다. 작품은 미래의 에너지 문제를 거론한다는 점에서 서양 유토피아의 흐름에서 특이한 위치를 점하고 있습니다. 그렇지만 『미래의 사람들』은 정치적으로 수구적 보수주의의 관점에 입각해 있습니다. 작가는 과학기술의 발전으로 인한 미래 사회의 폐해를 지적합니다. 물론 작품에서 언급되는 "브릴-야" 에너지는 핵에너지를 암시합니다. 모든 이야기는 불워-리턴의 탁월한 상상력을 바탕으로 출현한 것이지만, 전체적으로 고찰할 때 역사적 진보 내지 과학기술에 대한 일목요연하지 못한, 때로는 부정적 시각 때문에 과학기술과 진보에 관한 혼란스러움을 드러내고 있습니다.

2. **버틀러의 『에레혼』(1872):** 제목 『에레혼(Erewhon)』은 "없는 곳(no-

where)"의 음절을 인위적으로 뒤바꾸어 표현한 것입니다. 버틀러는 기계와 기계적 질서에 의해 영위되는 사회를 강렬한 어조로 비난합니다. 작품 속에서 에레혼은 가상적인 세상이지만, 마치 남태평양의 뉴질랜드의 섬을 방불케 합니다. 버틀러의 작품은 서양 유토피아의 흐름에서 일찍이 출현한 디스토피아의 선구적 위치를 점하는 문헌으로서, 과학기술 및 기계의 사용을 원천적으로 차단시키고 있습니다. 아울러 작가는 19세기 빅토리아 시대의 영국의 사회적 문제로서, 불필요하고 비능률적인 교육 제도 내지 부패한 교회 체제 등을 신랄하게 비아냥거렸습니다.

3. 벨러미의 『뒤를 돌아보면서』(1888): 벨러미의 작품은 미국 시민사회의 중앙집권적 문학 유토피아로 규정될 수 있습니다. 미래 사회의 산업국가는 무엇보다도 사유재산과 화폐의 철폐를 기치로 삼습니다. 놀라운 것은 벨러미가 미국 사회를 마치 거대한 중앙집권적인 군대 조직으로써 부의 불평등을 해결하려 했다는 사실입니다. 벨러미는 특히 사회적 분배를 중시하면서, 누구보다도 먼저 노인 복지 정책을 실제 삶에 도입하려고 했습니다. 이 장은 벨러미가 설계한 미래의 미국 사회, 신용 채권과 전화기의 발명, 조혼을 통한 행복 추구 등을 차례로 분석하고 있습니다.

4. 헤르츠카의 제3의 유토피아(1889): 테오도르 헤르츠카의 소설 『자유국가』(1889)는 자본주의와 사회주의의 요건을 동시에 충족시키는 제3의 유토피아를 설계하고 있습니다. 헤르츠카는 사회주의와 자본주의의 생산양식의 장단점을 절충하여 제3의 유토피아를 국민경제학의 토대 하에서 실현 가능하다고 진단하였습니다. 헤르츠카의 『자유국가』는 문학 유토피아를 통해서 실현 가능한 대안(생산력의 극대화, 생산과 소비 사이의 불균형의 극복, 토지 공개념의 도입, 분업의 극복 등)을 제시하고 있습니다. 세 가지 취약점은 파시즘을 경시한 낙관주의의 맹신, 재벌과 관료주의의 폐해, 입법기관인 의회의 무시 등으로 요약될 수 있습니다.

5. 모리스의 『유토피아 뉴스』(1890): 모리스의 작품에 묘사된 실용적 사회주의는 오늘날까지도 상당히 많은 논란거리를 제공하고 있습니다. 중

요한 것은 모리스 이전에는 21세기 생태 공동체의 모델을 제시한 유토피아가 없었다는 사실입니다. 모리스는 중세의 단아한 수공업 내지 수공예술을 통한 즐거운 노동을 강조하면서, 미래 런던에서의 행복한 사회적 삶을 설계하였습니다. 이러한 설계의 배후에는 환경을 더럽히는 거대한 자본주의 체제의 산업 구조에 대한 강력한 비판이 도사리고 있습니다. 모리스의 유토피아는 중세의 시골을 사회주의의 이상으로 다루고 있지만, 유형적으로는 비-국가주의 모델을 표방합니다. 왜냐하면 국가의 거대한 산업 시스템은 개개인의 노동을 소외시키고 자연을 황폐화시키기 때문이라고 합니다.

6. **로시의 실증적 아나키즘 공동체(1894):** 로시의 유토피아는 "비국가주의 유토피아"의 전형적 특성을 보여 줍니다. 그것은 이전에 프랑스에서 활동한 조제프 데자크의 위마니스페르 공동체와 비슷하나, 현실적 실현 가능성과 실용적 변용 가능성을 처음부터 강조합니다. 로시의 코뮌은 샤를 푸리에의 경우처럼 사변적으로 숙고한 어떤 추상적 상이 아니라, 이탈리아와 브라질 등의 실제 현실에서 실험적으로 도출해 낸 유토피아라는 점에서 아나키즘 공동체의 실천 가능성과 구체적이고 당면한 문제점 등을 분명하게 알려 줍니다. 이러한 사항들은 21세기에 나타난 생태 공동체 운동 내의 갈등과 문제점을 선취하고 있습니다.

7. **헤르츨의 시오니즘 유토피아(1900):** 헤르츨은 무엇보다도 시오니즘을 실천하기 위하여 현실적으로 실행 가능한 정책을 집요하게 추구하였습니다. 『오래 전의 새로운 나라(Altneuland)』는 문학 유토피아에 국한되지 않으며, 무엇보다도 실현 가능한 정책을 중시합니다. 작품에는 유대주의의 요소가 강하게 드러나지는 않습니다. 헤르츨은 라틴아메리카에서 유대인 공동체의 설립 가능성을 타진하면서, 자본주의 시장경제에 근거한 유대 상인 내지 법률가의 이상을 반영하고 있습니다. 헤르츨은 『유대 국가』에서 시오니즘의 실천 가능성을 문학적으로 선취하는데, 이는 나중에 이스라엘의 키부츠 운동의 출발점으로 활용되었습니다.

8. 웰스의 소설, 『모던 유토피아』(1905): 웰스는 20세기 초반에 세기말의 절망적 분위기 내지 전쟁 위기 등을 감지하고 이를 문학작품에 반영했습니다. 놀라운 것은 웰스의 일련의 작품들이 국가 이기주의 내지 열강들의 식민지 쟁탈전을 극복하면서, 하나의 가상적 세계국가를 선취하고 있다는 사실입니다. 이 장에서는 그의 작품 가운데 『모던 유토피아』를 분석하면서, 세계국가의 장점(중앙집권적 행정 체제, 생산력 증대, 공정한 분배와 과학기술의 극대화 정책)과 단점(무소불위의 권력 국가, 젊은 사무라이 집단으로 지칭되는 엘리트 관료주의) 등을 역사적, 비판적 시각에서 고찰하였습니다.

9. 웰스의 『타임머신』 외(1905): 웰스는 수많은 작품 속에서 가상적인 미래 사회를 여러 가지 관점에서 다양하게 설계하였습니다. 이 장은 앞의 장 "웰스의 소설, 『모던 유토피아』"를 보완하기 위해서 추가로 덧붙인 것입니다. 작가는 미래 국가의 특성을 기발한 상상력을 동원하여 서술하고 있습니다. 이 장은 주로 웰스의 『타임머신』, 『잠자는 자가 깨어난다면』 등의 작품을 해설하고 있습니다. 뒤이어 필자는 국가의 권한과 법적 영향력의 제한 가능성 그리고 20세기 유럽 문학에서 드러나는 특징과 취약점 등을 차례로 구명해 보았습니다.

10. 보그다노프의 화성 유토피아(1907/1912): 『붉은 별』과 『기술자 메니』 등의 작품은 소련 혁명이 발발하기 전에 간행된 것입니다. 작가는 고도의 기술을 바탕으로 화성에서 건립되는 이상 사회를 묘사하고 있습니다. 보그다노프는 공동체에 속한 개인의 자기 권리, 자기 결정권이 국가에 의해서 파기될 수 없다는 점을 분명히 밝히고, 무엇보다도 사회에 대한 개인의 자발적 기여와 개인에 대한 사회적 이득의 환원을 강조하였습니다. 필자는 보그다노프의 화성 유토피아의 사회적 체제의 특성 등을 구명하고, 이와 결부된 러시아 사회의 당면한 문제점을 부수적으로 구명하려 하였습니다.

11. 길먼의 여성주의 유토피아(1915): 여성주의 유토피아는 19세기

말 이전에는 드물게 출현하였습니다. 길먼의 작품 『여자들만의 나라 (Herland)』는 아마존 여성 공동체가 추구하던 전투, 경쟁 등을 지양하고, 여성들의 평화, 협동 그리고 공존을 추구하는, 낙관적인 여성 사회를 다루고 있습니다. 이로써 길먼은 20세기 이후에 출현하는, 생태주의에 근거하는 여성 평화 운동의 유토피아의 교두보를 마련한 셈입니다. 작품은 여성다움에 관한 편견에 대하여 자세히 언급합니다. "여성다움"은 길먼에 의하면 여성으로 하여금 숙명적인 생활 방식을 이어 가게 만든다고 합니다. 이 장은 여성 차별, 여성 억압 교육 등을 추적하면서 여자의 나라에 관한 시스템을 재구성하고 있습니다.

12. 프레오브라젠스키의 산업 유토피아, 차야노프의 농업 유토피아 (1921): 프레오브라젠스키는 전체적으로는 산업의 발전을 추구하는 소련의 정책에 동의하지만, 특히 전쟁 산업과 관련된 중공업 위주의 정책 추구에 대해 이의를 제기하였습니다. 소련 사회는 전쟁 산업을 포기하는 대신에 러시아 인민을 위하여 경공업과 같은 다양한 산업 경제의 도입을 필요로 한다는 것이었습니다. 한편, 차야노프는 한 걸음 더 나아가 소련의 경제적 토대가 농업에 있음을 분명히 하고, 이에 상응하는 자생적 농촌 경제의 발전 가능성을 타진하고 있습니다. 사실 러시아의 농업 중심의 사회구조는 마르크스주의 경제 분석만으로는 완전히 파악할 수 없는데, 그 까닭은 소련의 대부분의 지역이 자생적 농업경제에 바탕을 두고 있기 때문입니다.

13. 유토피아, 디스토피아 그리고 대아 유토피아: 이 장은 지금까지의 사회 유토피아의 특성과 한계를 요약하고, 유토피아의 개념과 주어진 현실적 정황을 전제로 하는 유토피아의 기능적 문제 등에 관하여 논의를 전개하고 있습니다. 디스토피아 문학이 20세기 이후에 활발하게 출현한 배경과 이유는 전체주의 사회에서 드러나는 "개인(In-Dividuum)"의 기능의 취약점 내지 하자와 밀접한 관련성을 맺고 있습니다. 이 글은 국가의 폭력, 21세기 생태계 문제 그리고 인구 증가 현상 등을 고려하면서, 공동

체 속에서 서로 아우르며 협동하는 대아(大我) 유토피아의 의미를 추적하고 있습니다.

14. 자먀찐의 디스토피아, 『우리들』(1921): 『우리들』은 디스토피아 문학의 선구적 위치를 점하는 작품입니다. 자먀찐의 『우리들』은 개인의 행복을 억압하는 "단일국가"의 정치경제적 시스템을 설계하였습니다. 단일국가에서는 개인의 존재 가치뿐만 아니라 개인의 고유한 이름조차 박탈당하고 있습니다. 이 장은 두 개의 대립 요소 사이의 상관관계를 추적합니다. 그 하나는 엔트로피로 요약되는 강요된 행복을 요구하는 시스템과 관련되며, 다른 하나는 새로운 동력으로 이해되는 사회적 변화를 도모하는 에너지와 관련됩니다. 이로써 엔트로피와 에너지의 영원한 충돌은 변증법적 차원에서 이해되는데, 레오 트로츠키(Leo Trotzki)의 영구혁명론을 연상시킵니다.

15. 헉슬리의 『멋진 신세계』 외(1932): 헉슬리의 작품은 독재자와 과학기술이 동시에 저지르는 끔찍한 만행을 여지없이 서술하고 있습니다. 기술의 발전에 근거한 물질문명은 사람들로 하여금 인간성, 행복과 사랑 등을 향유할 수 없도록 기능하고 있습니다. 이 장은 미래의 전체주의 국가 체제와 인간 삶을 인위적으로 조절하는 과학기술 등을 통해서 헉슬리가 개진한 인류 문화의 비극적 특징과 부정적 영향력 등을 밝히고 있습니다. 뒤이어 대작 『특성 없는 남자』에 나타난 유토피아의 특성이 언급되고 있습니다. 로베르트 무질은 어떠한 외적 이데올로기에 의해서도 이용당하지 않는 자율적 인간의 갈망 속에 도사린 가능성을 추적하고 있습니다.

19세기부터 유럽인들은 더 나은 삶에 관해서 더 이상 열광적으로 갈구하지 않게 되었습니다. 여기에 강하게 작용한 것은 경제력의 상승과 과학기술의 발전이었습니다. 어쩌면 망각의 시대는 이때부터 시작되었는지 모릅니다. 여기서 한 가지 덧붙일 게 있습니다. 즉, 더 이상 찬란한 미

래를 꿈꾸지 않으며 체제 안주적인 태도를 취한 자들은 — 예나 지금이
나 간에 — 항상 **실증주의자들**이었습니다. 눈앞에 보이는 것만 참되다
고 믿는 자들은 처음부터 어떤 비가시적인 사항을 무시합니다. 이들에
게는 눈앞의 현재만이 중요할 뿐이며, 과거와 미래 그리고 시대를 관통
하는 변화 과정은 하나의 허상으로 이해됩니다. 아니나 다를까, 실증주
의자들은 비가시적이고 통시적인 변증법 그리고 이와 결부된 학문적 형
이상학을 처음부터 폄하하고, 오로지 인성과 자율적 삶에만 커다란 의
미를 부여합니다(Ernst Bloch: Das Materialismusproblem. seine Geschichte
und Substanz, Frankfurt a. M. 1985, S. 467). 이 점에 있어서 철학자 비트
겐슈타인(Wittgenstein)이 표방한 논리실증주의는 놀랍게도 디오게네스
(Diogenes)의 학문적 회의주의와 절묘하게 결착되어 있습니다. 나아가
실증주의는 오늘날 일부 자연과학자들의 세계관과 접목되어, 인문 · 사
회과학의 영향력을 상당 부분 위축시키고 말았습니다. 요약하건대 눈앞
의 현상에만 집착하는 실증주의자들에게 더 나은 삶에 관한 인간의 꿈
은 그야말로 사막에 나타나는 신기루처럼 허황되고 뜬금없는 상으로 비
칠 뿐입니다.

5부작 가운데 제4권은 특히 1900년 전후에 출현한 일련의 디스토피아
문학을 천착한다는 점에서 한반도에 살고 있는 우리의 삶과 직결됩니다.
막강한 국가의 폭력, 파시즘과 스탈린주의, 세계대전 그리고 그것들의
결과는 우리의 삶에 여전히 지속적으로 크고 작은 영향을 끼치고 있습
니다. 이는 네 가지 좋지 못한 영향으로 요약할 수 있습니다. 첫째로, 70
년 이상 지속되는 한반도의 분단은 세계사의 갈등과 이로 인한 피맺힌
결과로 이해할 수 있습니다. 그것은 단순히 정치적 이데올로기의 갈등을
넘어서, 그 자체 사상사적으로 동서양의 이원론적 충돌을 의미합니다.
둘째로, 우리는 냉엄한 경쟁을 강요하는 자본주의의 폐해에서 벗어나지
못하고 있습니다. 이 역시 전 지구적으로 확산된 독점자본주의 생산양식

과 직결되는 현실적 상황입니다. 오늘날 프레카리아트 계급으로 전락하여 미래의 삶을 불안해하는 사람들은 부지기수입니다. 셋째로, 개개인의 삶을 옥죄는 국가기관의 횡포는 한반도에서도 지속적으로 나타났습니다. 권력기관의 핍박으로 인하여 힘없는 개인의 생존권과 인권이 끊임없이 침탈당해 온 것을 고려해 보세요. 넷째로, 일제강점기에 나타난 경제적 수탈과 민족에 대한 배반 등은 역사적으로 청산되지 못한 채 여전히 계층 사이의 불신으로 남아 있습니다. 이러한 갈등과 불신은 언젠가는 반드시 해결되어야 할 네 가지 난제가 아닐 수 없습니다.

친애하는 J, "예언자는 고향에 머물면 제 구실을 하지 못한다(Propheta non valet in patria sua)"라는 속담이 있습니다. 이 말은 고향으로부터 멀어지면 지식인은 자신의 과업을 더욱 분명하게 인지한다는 뜻을 함축합니다. 예컨대 하나의 난제는 그것이 출현한 장소의 외부에서 더욱 명료하고도 객관적으로 인지됩니다. 바로 이러한 까닭에 당면한 사안에서 해답을 찾지 못할 경우, 우리는 우회적 자세를 취하면서, 다른 시대와 다른 장소에서 주어진 난제와 유사한 범례를 탐색해야 할 것입니다. 이와 관련하여 『서양 유토피아의 흐름』 제4권은, 비록 간접적이겠지만, 어떤 실현 가능한 해결책을 위한 단초를 제공할 것입니다. 본서가 정신사의 측면에서 우리의 삶을 성찰하고 비판적으로 되돌아보게 하기를 바라면서.

장산의 끝자락에서
필자 박설호

1. 불워-리턴의 『미래의 사람들』

(1871)

1. 핵에너지를 예견한 작품: 에드워드 불워-리턴(Edward Bulwer-Lytton, 1803-1873)의 『미래의 사람들(The coming Race)』(1871)은 핵에너지를 예견하는 작품입니다. 혹자는 『미래의 사람들』을 사이언스 픽션의 원조라고 칭합니다만, 이는 수정을 요합니다. 왜냐하면 우리는 1818년에 간행된 메리 셸리의 『프랑켄슈타인』을 생략할 수 없기 때문입니다. 불워-리턴은 정치적 측면을 고찰할 때 귀족 출신으로서 보수주의의 입장을 취했으며, 강성해 나가는 부르주아 계급의 자유주의에 대해 서서히 회의적인 시각을 내세웠습니다. 왜냐하면 그는 사회가 개혁되어야 한다고 여겼지만, 본질적으로 정치적 보수주의에 입각하여, 과학기술의 발전을 통한 역사적 진보 내지 민주주의의 발전에 의구심을 품었기 때문입니다. 독자들은 『미래의 사람들』의 내용을 다소 황당무계한 이야기로 수용하였고, 주어진 사회적 평등에 해를 가하는 것으로 받아들였습니다(Campbell: 126). 이를 고려한다면, 『미래의 사람들』은 19세기 유토피아와 20세기 디스토피아의 획을 긋는 중간 단계에서 나타난 어설픈 문학 유토피아라고 규정할 수 있습니다.

2. 새로운 인간형에 대한 두려움, 유토피아의 사고에 대한 회의감: 불워-

리턴은 1871년에 아들, 로버트에게 보내는 편지에서 미래 사회의 꿈과 관련하여 두 가지 사항을 지적했습니다. 그 하나는 인류가 조만간 새로운 인간 존재와 조우하게 되면서 치명적인 손실을 입게 되리라는 가설입니다. 우리의 사회는 이러한 새로운 인간 존재와 결코 조화롭게 상생하지 못하리라는 것입니다. 다른 하나는 이러한 새로운 인종의 탄생으로 인하여 지금까지 인류가 추구한 평등의 이상이 전폭적으로 훼손되리라는 가설입니다. 이러한 두 가지 사항은 소설 속에 반영되어 있습니다. 만약 우리가 불워-리턴의 작품의 내용을 작가의 정치적 측면에서 이해한다면, 우리는 다음과 같이 묻지 않을 수 없습니다. 즉, 작가가 실제의 삶에서 과연 무엇을 경험하였으며, 19세기 영국의 상류층에 속하는 그가 어떠한 이유에서 미래에 대한 회의적 시각을 견지해 나갔는가, 어째서 작가는 유토피아 소설이라는 장르를 통해서 유토피아의 사고를 희화화하려고 하였는가 하고 말입니다.

3. 불워-리턴의 삶: 에드워드 불워-리턴은 1803년 5월 25일 런던의 귀족 가정에서 태어났습니다. 그의 아버지는 윌리엄 얼 불워(1757-1807)인데, 1066년에 영국으로 건너와서 정착한 덴마크 귀족 가문의 장군이었습니다. 그의 어머니는 귀족의 딸로서 그의 아버지 윌리엄과의 결혼에서 아들 셋을 두었습니다. 에드워드 불워-리턴은 그들 가운데 셋째 아들이었습니다. 그는 할아버지의 도서관에 있는 장서들을 탐독하였고, 일찍부터 문학적 재능을 드러내었습니다. 불워-리턴에 관한 모든 자료들은 그가 체제 순응적이고 고분고분한 학생이었음을 말해 줍니다.불워-리턴은 1812년부터 풀럼에서 학교를 다니기 시작하였습니다. 불워-리턴은 일찍부터 문학적 재질을 드러내었습니다. 11살 때 이미 신문 잡지에 시를 발표하였으며, 불과 17세의 나이에 시집을 간행할 정도였습니다. 그것은 『이스마엘, 동방의 이야기 그리고 그 밖의 시편(Ismael: An Oriental Tale, with Other Poems)』이라는 시집입니다.

불워-리턴은 1820년부터 런던의 트리니티 대학에 다니며, 고대의 어문학, 철학 그리고 정치학 등을 공부하였습니다. 그는 체질적으로 자신이 속한 상류층을 싫어했으며, 처음에는 시인 바이런처럼 문학의 대가가 되고 싶었습니다. 불워-리턴은 1826년에 케임브리지 대학교에서 공부를 마친 다음에 오언이 운영하는 뉴 라나크 공동체를 방문하였습니다. 불워-리턴이 윌리엄 고드윈을 찾아간 것도 이 시기였습니다. 그의 시 작품은 에드먼드 브루스(Edmund Bruce)라는 가명으로『나이트 쿼틀리(Knight' Quaterly)』에 발표되었습니다. 그의 시「조각상」은 1825년 7월에 수상작으로 선정되었습니다. 1827년에 어머니의 반대에도 불구하고, 아일랜드 출신의 로지나 도일 윌러라는 여성과 결혼하여 아들과 딸을 두게 됩니다. 로지나는 스스로 작가로 등단했으며, 사치스러운 삶을 영위했습니다. 불워-리턴은 돈을 벌기 위해서 상당히 많은 글을 집필해야 했습니다. 결국 두 사람의 관계는 이혼으로 파국을 맞이하게 됩니다. 불워-리턴은 1830년대부터 정치적 경력을 쌓았습니다. 이를테면 영국의 하원에서 자유주의를 표방하는 의원으로 활동한 것은 그의 정치 경험의 정점이라고 말할 수 있습니다(Jens 2: 355).

1850년대에 이르러 불워-리턴의 정치적 입장은 자유주의로부터 수구적 보수주의로 돌변합니다. 여기에는 어머니의 죽음과 유산 상속, 당과의 소원한 관계, 맨체스터 자본가들의 자유방임주의에 대한 비판적 시각 등이 묘하게 작용하고 있습니다(Campbell: 16). 그럼에도 그가 의회 의원으로서 활동한 업적은 나름대로 공로를 인정받았습니다. 예컨대 불워-리턴은 극장의 독점권을 철폐하였고, 당국의 검열을 완화하는 데 앞장서기도 하였으며, 저작권 보호법, 언론사에 대한 세금 완화 정책을 관철시켰습니다. 가난한 작가들의 생계 문제를 해결하려고 했으며, 공장 노동자의 권익 보호 정책에도 관여하였습니다. 작품『미래의 사람들』이 집필되기 5년 전에 프랑스에서는 파리 코뮌이 발발했는데, 이때 불워-리턴은 기존의 시민사회의 질서가 붕괴될까 봐 상당한 우려를 표명하였습니다.

그의 작품 경향으로 우리는 심령학적 비밀을 다룬 신비로움을 지적할 수 있습니다. 불워-리턴은 오랫동안 유럽에서 이어져 오던 프리메이슨 운동에 공감했지만, 중세 석공들의 모임에서 출발한 국제적인 결사 조직에 적극적으로 가담하지는 않았습니다.

불워-리턴은 정치적 활동 외에도 많은 작품들을 집필하였습니다. 주로 1860년대 독자층의 기호를 고려하여 발표된 작품은 상당히 많습니다. 그가 70년 동안 생산해 낸 작품들은 30편의 중편, 36편의 이야기, 14편의 극작품 등을 합하면 59권이나 됩니다. 그 밖에 번역 작품, 역사 연구의 글만 하더라도 9권이나 됩니다. 불워-리턴의 대표작은 『폼페이 최후의 날(The Last Days of Pompeii)』(1834), 『리엔지(Rienzi)』(1835)입니다. 1834년 『폼페이 최후의 날』이 발표되었을 때, 사람들은 이 작품을 높이 평가하면서 불워-리턴의 대표작으로 꼽았습니다. 두 번째 작품 『리엔지』는 리하르트 바그너에 의해 오페라로 작곡되어 더욱 유명하게 됩니다. 불워-리턴의 아내 로지나는 이혼하고 3년 후인 1839년에 자신의 자전적 소설에서 전남편의 위선을 모조리 까발렸습니다. 심리적 고통을 받은 불워-리턴은 그미를 몇 주 동안 정신병원에 수감하도록 조처하기도 했습니다(Drabble: 147).

4. 유토피아의 사고를 통째로 거부하게 된 근본적 이유: 『미래의 사람들』은 파리 코뮌이 발발하기 이전에 집필하기 시작해 1871년에 발표된 작품입니다. 불워-리턴은 하층민 사람들의 무모한 폭력과 그들의 돌출적 행동을 근심 어린 시각으로 고찰하였습니다. 왜냐하면 가난한 사람들은 눈앞의 이익에 혈안이 되어 앞뒤를 가리지 않고 싸우기 때문에, 결국 그들의 폭력이 파리 코뮌과 같은 하극상의 사건을 초래했다는 것이 그의 시각이었습니다. 그렇다고 불워-리턴이 맨체스터의 상업을 관장하던 자본가들의 자유 시민적 사고를 좋게 평가한 것도 아니었습니다. 한마디로 불워-리턴은 아래로부터의 혁명에 대해서도 비판적 태도를 취했

으며, 자본가들에 의해서 주창된 위로부터의 점진적인 사회적 개혁에 대해서도 상당한 우려를 표명했습니다(Saage: 113). 이러한 시각은 영국 귀족의 전형적인 보수주의적 근성을 보여 주는데, 결국 불워-리턴으로 하여금 어떤 인간다운 사회를 찾아내려는 유토피아의 사고 내지는 과학기술의 발전 자체를 처음부터 거부하도록 작용하였습니다.

5. 미국의 문명을 찬양하는 화자: 작품 『미래의 사람들』의 화자는 티시라는 이름을 지닌 미국 출신의 남자입니다. 티시는 대부분의 다른 문학 유토피아의 경우와는 달리 19세기 유럽의 실제 현실을 노골적으로 비판하지 않습니다. 오히려 그는 유럽과 미국의 과학기술의 발전을 찬양하는 편입니다. 유럽과 미국의 자연과학의 결손이라든가 하자를 지적하는 사람은 소설 속의 화자가 아니라, 지하 공동체에서 살아가는 기이한 인종입니다. 물론 티시는 유럽에서 축조된 시민사회의 문화가 언젠가는 사장되고 사멸하리라고 언급합니다. 그의 눈에는 기이한 에너지를 개발하는 지하 공동체보다는 미국의 민주주의가 더 훌륭한 것으로 비칩니다. 미국의 민주주의는 티시에 의하면 인류 문명의 진보를 기약해 주는데, 이는 엄밀히 말하면 작가의 입장과는 구별되는 것입니다. 민주주의의 정당정치는 결국 사회의 정의와 분배에 있어서 개개인들에게 최대한의 이득을 가져다주리라고 화자는 확신합니다(Bulwer-Lytton: 30).

6. 경쟁과 투쟁으로 점철된 서양 문명 비판: 작품 속에는 서양 문명에 대한 비판, "막강한 힘을 자랑하는 미국 화폐에 대한 비난"이 곳곳에 배여 있습니다. 가령 티시는 주인집의 딸로부터 다음과 같은 말을 듣습니다. "소수가 다수를 지배하는 것은 더 나아질 수 없는 야만인들의 특징이지요. 인간의 행복은 개인과 개인 사이의 투쟁이나 경쟁을 없애는 데에서 출발합니다. 당신은 이를 깨달을 수 있겠지요? 개개인들은 정부의 형태 하에서 언제나 소수의 지배를 받으면서 살아갑니다. 이로써 대부

분의 사람들은 소수 엘리트에 의해서 장악당하지요"(Bulwer-Lytton: 73). 미국과 유럽 사람들은 금력과 권력을 추구하면서 만인과 전쟁을 치르고 있습니다. 여기서 불워-리턴은 다음의 사항을 지적합니다. 즉, 인간 공동체가 소유욕의 열기로 가득 차게 되면, 인간은 절반 이상 미개인으로 변하게 된다는 것입니다. 경쟁을 통해서 드러나는 것은 수많은 패배자들과 소수의 승리자들이라는 것입니다. 게다가 유럽 사람들은 지배 구도의 확장에 광분하고 있습니다. 이는 인간의 삶을 더욱 참담하고 황폐하게 변화시킬 것입니다. 이러한 경쟁 속에서 하나의 질서 잡힌 공동체가 행복을 실현하는 것은 한마디로 불가능합니다.

7. 과학기술을 최대한 활용하는 지하 세계: 티시는 광산에서 사고를 당해서, 본의 아니게 지하 세계로 들어서게 됩니다. 놀랍게도 지하 세계에는 기이한 사람들이 살아가고 있었습니다. 이들은 모두 "브릴(Vril)"이라고 하는 에너지를 소지하고 있어서, 불과 몇 초 내에 인구 전체를 섬멸할수 있는 능력을 지니고 있습니다. 불워-리턴은 친구에게 보낸 편지에서 자신의 전기에너지에 대한 관심이 신지학적 관점에서 비롯된 것임을 언급했습니다(Lytton: 466). 지하의 민족은 놀라운 에너지로 작동되는 폭탄을 활용하여, 지상에서 살아가는 모든 사람들을 정복할 계획을 호시탐탐 세우고 있습니다. 작품을 통해서 작가는 다음의 사항을 암시합니다. 즉, 지하 세계 사람들은 겉으로 보기에는 아메리카 인디언들을 연상시키는데, 형체에 있어서 지상에서 살아가는 어느 누구보다도 험상궂으며 강인한 면모를 지니고 있습니다. 게다가 이들은 어깨에 장착 가능한 날개가 있어서 얼마든지 높은 창문에서 뛰어내릴 수 있고, 마치 잠자리처럼 공중에서 춤을 덩실덩실 출 수도 있습니다. 19세기에는 방사능 에너지에 관한 연구가 출현하지 않았지만, 작가는 상상을 통해서 미래의 폭발적 에너지를 상상해 내고 있습니다.

8. 기이한 인종과의 만남: 주인공, 티시는 지하에서 기이하게 생긴 인간들과 처음으로 만납니다. 이들은 땅 아래에 거주하는 기이하게 생긴 초인적인 존재들로서, 어깨에 날개를 장착하고 있습니다. 주인공, 티시는 어느 처녀와 조우합니다. 처녀는 낯선 이방인에 대해 호기심을 느끼고 접근합니다. 그미는 아무런 거리낌 없이 포옹하려고 하는데, 이곳 사람들은 처음 보는 사내에게 적극성을 띠는 처녀를 개의치 않게 여깁니다. 이는 이곳의 성 문화가 개방되어 있음을 의미합니다. 티시는 순간적으로 경악에 사로잡힙니다. 이때 주인공은 본능적으로 저항하다가, 날개 달린 인간들에게 잡혀서, 몇 주일 동안 마취로 인한 깊은 몽환 상태에 처하게 됩니다. 티시는 깨어났을 때 다음의 사실을 감지합니다. 즉, 자신이 마취 상태에 처해 있는 동안 기이한 인간들은 놀라운 능력을 발휘하여 영어를 배우고, 잠자는 미국 출신의 손님으로 하여금 그들의 고유한 언어를 구사하도록 조처했던 것입니다. 이러한 조처로 인하여 지상과 지하 사람들 사이의 의사소통이 어느 정도 원활하게 이루어집니다. 지하의 사람들은 주인공이 고향으로 돌아간 뒤에 어떠한 경우에도 지하 세계에 관해서 발설해서는 안 된다고 경고합니다. 그들은 행여나 다가올지 모르는 지상 인간의 집단 공격에 대해 불안해합니다.

9. 생 에너지의 개발: 작품의 대부분은 새로운 지하 세계에 관한 설명에 할애되고 있습니다. 언어적으로 소통하게 된 주인공은 지하 세계의 모든 것을 접하게 됩니다. 놀라운 것은 무엇보다도 이곳의 사람들이 "브릴"이라고 하는 놀라운 에너지를 활용한다는 사실이었습니다. 주인공은 이러한 초능력을 자신의 몸을 통해서 직접 실험하게 됩니다. 지하의 사람들은 브릴을 활용하여 대기의 온도까지 임의로 조절할 수 있습니다. 즉, 날씨까지 인위적으로 변화시킬 수 있습니다. 그들은 동물을 이용하여 자기 에너지를 생산하고, 어떤 생 에너지를 개발합니다. 쉽게 표현하자면, 그들은 브릴 액체를 동식물에 주입시켜서 에너지를 생성시키고, 이를 도출

해 냅니다. 이 액체는 유기물과 무기물의 모든 형태에 작용하며, 에너지를 극대화하거나 억제시킬 수 있습니다. 그것은 번갯불을 내리쳐서 어떤 대상을 파괴할 수도 있으며, 생명을 강화시킬 수도 있습니다(Jens 2: 324). 지하의 사람들은 브릴 에너지를 이용해, 가장 강인한 물체를 관통하여 지하의 암벽 사이에 자리하고 있는 비옥한 계곡으로 향하는 길까지 만들었습니다. 나아가 그들은 브릴을 이용하여 지하 세계를 환하게 밝히며 살아갑니다.

10. 브릴-야 공동체의 실험: 지하의 사회조직은 브릴 에너지를 발명함으로써 그들의 삶을 거의 완전무결하게 변형시켰습니다. 물론 지하 세계의 모든 사람들이 브릴에 관한 지식과 이에 대한 활용 능력을 갖춘 것은 아닙니다. 브릴 에너지를 개발하고 활용할 수 있는 자들은 "브릴-야"라는 공동체에 속하는 사람들에 국한되어 있습니다. 이들은 이른바 문명화된 사회의 사람들입니다. 사람들은 거대한 지하 공동체를 "아나(Ana)"라고 부르고 있습니다. "브릴-야"에 비하면, 지하 세계에는 아직 브릴 에너지를 개발하지 못한 나라들도 상당히 많습니다. 오로지 문명화된 "브릴-야" 공동체의 사람들만이 에너지를 개발하고 이를 활용할 능력을 지니고 있습니다. 그들은 국가권력을 분산시키기 위해서 다방면으로 노력한 다음에 정부 자체를 아예 파기하였습니다. 이와 병행하여 "브릴-야" 사람들은 모든 측면에서 사회구조를 전폭적으로 변형시켰습니다.

11. 마치 핵에너지와 같은 폭발력을 지닌 브릴 에너지: 지하 세계 사람들은 브릴 에너지를 자체적으로 조절하지 않으면 안 되었습니다. 만약에 놀라운 기능을 발휘하는 에너지가 사회 정치적으로 활용된다면, 이는 끔찍한 악영향을 초래할 수 있기 때문입니다. 브릴 에너지를 조절하고 제어할 수 있는 방안이 채택되었을 때, "브릴-야" 사람들 사이에는 갈등과 싸움이 더 이상 발생하지 않습니다. 왜냐하면 그들은 에너지가 다른 방

식으로 사용되거나 잘못 활용될 경우 브릴 에너지의 작동을 사전에 차단시킬 수 있기 때문입니다. "브릴-야"의 학자들은 숫자, 훈련 그리고 군사적 술책에 있어서 에너지의 자체적 조절 기능보다 더 훌륭한 기술을 보유하고 있습니다. 예컨대 동굴 속에 보관된 불덩이 하나가 아이의 손아귀에 들어가게 되면, 불덩이는 가장 강력한 요새마저 사라지게 할 수 있으며, 나중에는 적의 영역까지 얼마든지 침투할 수 있습니다. 두 군대가 서로 마주 보며 이러한 에너지를 사용한다면, 이는 양쪽 군대의 공멸을 가져올 것입니다. 이로 인하여 사람들은 강력한 에너지로 상대방을 살상하지 않겠다는 암묵적인 합의를 도출해 내었습니다.

12. 약화된 국가와 정부의 기능: 놀라운 에너지의 영향으로 인하여 개개인은 이전의 국가 내지는 정부 기관이 지니고 있던 힘을 개별적으로 소유하게 되었습니다. 이러한 현상으로 인하여 사회적으로 인간과 인간 사이를 통제하는 사회 기구라든가 권력 체제로서의 국가는 시간이 흐름에 따라 무용지물로 변모됩니다. 왜냐하면 개개인이 모두 이전의 국가의 힘을 나누어 지니기 때문에 굳이 국가의 힘을 빌릴 필요가 없기 때문입니다. 이들에게 하나의 체제로 남아 있는 것이라고는 오로지 거대한 공동체밖에 없습니다(Lange: 34). 그렇다고 해서 공동체 사람들이 함께 아우르며 살아가지 않는 것은 아닙니다. 막강한 에너지를 지닌 개개인들은 거대한 공간적 간격을 지닌 채 군집하면서 작은 서클 속에서 생활할 뿐입니다. 그들은 굳이 자신을 보호하겠다는 필요성을 느끼지도 않으며, 그렇다고 해서 인구 증가를 통해서 인접한 다른 마을보다 더 우월하다는 것을 과시할 필요도 없습니다. 브릴 발견자들은 몇 세대의 시간이 흐른 다음에 평화롭게 지내면서, 각자 다른 공동체에서 거주하게 됩니다. 그들이 속한 부족은 언제나 많아도 12,000가구를 넘지 않았습니다. 그들은 자신들에게 필요한 물품들을 충분히 지니고 있었습니다. 이때 다수의 사람들이 자신의 고향을 찾아 떠났고, 일부만이 일부러 타향에서 새

로운 거주지를 찾으려 했습니다. 이로써 고향을 찾아서 떠나는 사람들의 숫자는 자꾸 늘어났습니다.

13. 계층 차이, 강제적 법이 필요 없는 나라, 원로위원회: 브릴-야 공동체를 다스리는 사람들은 선한 몇몇 관료들이었습니다. 그렇지만 "다스린다"는 표현은 여기서 적절하지 않습니다. 현자 내지 학자들로 구성된 관료들은 다만 행정의 일만을 수행하거나 학문을 탐구할 뿐입니다. 공동체 사람들은 원로위원회 사람들을 자체적으로 선발하였습니다. 원로위원회 사람들은 "투르(Tur)"라고 명명됩니다. 그들은 종신직이지만, 고령의 나이가 되면 자의에 의해서 물러날 수 있습니다. 그렇지만 브릴 국가는 이들에게 특별 권한 내지 수입금이라든가 더 좋은 집을 제공하지 않습니다. 대신에 위원회의 일은 수월하고 큰 부담이 없습니다. 사람들은 전쟁을 두려워하지 않으므로, 사병을 거느릴 필요가 없습니다. 폭력이 발생하지 않기 때문에 경찰을 배치할 필요도 없습니다. 우리가 통상적으로 범죄라고 명명하는 것을 "브릴-야" 사람들은 전혀 알지 못합니다. 그곳에서는 오래 전부터 범죄 사건도 없었고, 이를 판결하는 재판소도 존재하지 않았습니다. 물론 사람들 사이에 민사 사건이 발생할 경우는 더러 있었습니다. 이 경우 양측에서 대표자를 뽑아서 서로 논의하게 하든가, 아니면 원로위원회 사람들이 중재하곤 하였습니다. 바로 이러한 까닭에 "브릴-야"는 변호사라는 직업을 처음부터 필요로 하지 않았습니다.

14. 사유재산은 철폐되지 않았으나 공평하게 분배되는 재화: 사유재산이나 돈은 철폐되지 않았지만, 재산이 공동체에서 정치적이고 사회적인 특권을 가져다주는 것은 아닙니다(Berneri: 216). "아나"에서 살아가는 사람들 또한 범죄와 가난을 알지 못합니다. 부동산은 개별 소유물이 아니지만, 그 외의 것들은 사유화할 수 있습니다. 그렇지만 빈부 차이, 다른

직업으로 인한 계층적 차이는 "아나"에서는 존재하지 않습니다. 이곳에서 거주하는 사람들은 질투심 내지 경쟁심을 불러일으키는 어떠한 것도 추종하지 않습니다. 차이가 있다면, 일부의 사람들이 검소함을 좋아하는 반면, 다른 일부의 사람들은 사치스럽게 산다는 것밖에 없습니다. 경쟁도 없고, 주민의 수도 제한되어 있지 않으므로, 어떠한 가정도 궁핍한 상태에 허덕이며 생활하지 않습니다. 더 많은 부와 권력을 얻기 위한 경쟁 내지 투기는 존재하지 않습니다. 주민 모두가 국가의 부를 공평하게 나누어 가집니다. 그래도 다른 사람들보다 과감하고 열성적인 사람들은 근접해 있는 황무지를 개발하여 경작지에서 곡식을 수확하거나, 자신의 직업과는 별도로 장사에 뛰어들기도 합니다.

15. 과학 발전을 도모하는 아나 공동체의 행정기관, 여성의 활동: 빅토리아 시대, 즉 1830년에서 1900년까지 영국에서는 지적으로 탁월한 여성들이 경멸의 대상이었습니다. 작가, 불워-리턴은 이 점을 비아냥거리기 위해서 공동체 내에서 여성들이 탁월한 학문적 성과를 이룩해 낸다고 서술합니다. 행정청은 공동체 내에 존재하는 공동 학회와 밀접하게 소통합니다. 행정청은 세 가지 분과로 나누어집니다. 첫 번째 행정청은 공동 학회와 긴밀하게 협의하며, 자연과학과 관련된 학문적, 정치적 문제를 논의합니다. 그들은 이를테면 "빛"을 관리합니다. 두 번째 행정청은 외교 업무를 관장하는데, 인접 국가에서 어떠한 발명품이 개발되고 사용되는가를 주도면밀하게 관찰합니다. 그 밖에 이와 유사한 정보를 수집하는 게 두 번째 행정청의 업무입니다. 세 번째 행정청은 발명품을 심사하고, 향상된 기계 기구 등을 심의하는 일을 담당합니다. 특히 세 번째 행정청은 미혼 여성, 과부가 된 여성 그리고 자식 없는 여성들을 임원으로 받아들입니다. 공동 학회에서 활동하는 사람들 가운데에는 여성 교수들도 많이 있습니다. 이들은 실제 삶에 크고 작은 도움을 주는 분야에서 활동하곤 합니다. 이곳 사람들은 특히 브릴의 특성, 브릴 신경의 세밀한 조직에

관한 연구가 여성 교수들에게 적절하다고 판단합니다.

16. 로봇과 아이들의 노동 참여: 아나 공동체의 경우 노동은 까다로운 문제가 아닙니다. "아나" 공동체에서 노동의 문제는 쉽게 해결됩니다. 왜냐하면 노동의 생산성은 기계와 로봇을 활용함으로써 향상되기 때문입니다. 로봇은 인간에게 봉사하는 하인으로서 기능하는데, 이는 불워-리턴의 작품에서 처음으로 서술되고 있습니다. 그런데 한 가지 놀라운 사실이 있습니다. 지루한 일감, 불편하고 위험한 일을 담당하는 자들은 놀랍게도 아이들입니다. 아이들로 하여금 더러운 일을 담당하게 하는 것은 샤를 푸리에의 공동체, "팔랑스테르"에서 차용한 것입니다. 아이들은 어른들이 행하는 일뿐 아니라, 청소라든가 마구간 정리 작업 그리고 협소한 도로의 청소 등을 담당합니다. 그런데 불워-리턴의 유토피아에서 아이들은 임금을 받기 때문에 대체로 어른들보다도 더 열심히 일합니다.

17. 청소년들의 위험한 노동 사례, 보초와 사냥: 청소년들 역시 노동에 적극적으로 참여합니다. 부모의 도움이 필요하지 않는 나이가 되면, 그들은 노동 현장에 투입되어 기계를 작동하고 조작합니다. 여성은 16세부터, 남성은 20세부터 본격적으로 일하는데, 이러한 일은 결혼할 때까지 지속됩니다. 젊은이들은 수공업에 종사하거나 농사를 짓습니다. 지하에는 암벽의 틈 사이로 강한 바람이 불고, 때로는 지하의 가스가 폭발하여 마을을 뒤덮곤 합니다. 특히 국경 지역에는 이러한 위험이 빈번하게 나타나는데, 젊은 노동자들은 무전기를 사용하여, 공동체 내부의 원로위원회와 긴밀히 소통합니다. 주로 사춘기를 넘어선 나이의 남자아이들이 국경 근처에서 보초 근무를 담당합니다. 왜냐하면 16세에서 25세 사이의 남자들은 탁월한 관찰력을 지니고 있으며, 육체적으로 강건하기 때문입니다. 젊은이들의 또 한 가지 중요한 일감은 "아나" 공동체를 위협하는 해로운 생명체를 박멸하는 것입니다. 그들은 끔찍하게 보이는 거대한

파충류, 거대한 익룡들을 잡아서 죽입니다. 젊은이들은 자발적으로 맹금과 독사 들을 사냥하러 다녀도 좋습니다. 청소년들은 푸리에의 공동체의 경우와는 달리 제법 두둑한 임금을 수령합니다(Berneri: 218). 어른이 되면 그들은 제법 많은 재산을 가지게 되고, 나중에는 편안하게 생활할 수 있습니다.

18. 화폐가 사용되고, 시장에서 물품이 거래된다: 공동체는 교환가치를 지닌 화폐의 사용을 용인하고 있습니다. 브릴-야 공동체에서 주도적으로 행해지는 것은 상업적 교류 행위입니다. 이때 화폐가 교환 수단으로 활용되고 있습니다. 그렇다고 화폐가 보석으로 만들어진 것은 아닙니다. 귀금속은 사람들의 생산도구를 아름답게 치장하기 위해서 사용될 뿐입니다. 브릴-야 사람들은 기이한 화석 조개를 사용하여 작은 동전을 만듭니다. 화석 조개는 납작하고 작지만, 보석처럼 기이한 빛을 발합니다. 큰 금액을 교환할 때 브릴-야 사람들은 얇은 금속판으로 된 고액 화폐를 활용합니다. 물론 불워-리턴의 유토피아에서는 화폐가 사용되고 물품이 거래되지만, 이윤 추구를 위한 상행위는 존재하지 않습니다. 재화 분배를 위한 공공연한 바자회 역시 별도로 존재하지 않습니다. 풍요로운 이상 사회의 기본적인 틀은 기술, 욕구 충족 그리고 노동이라는 세 가지 축으로 구성되어 있습니다.

19. 브릴-야 공동체 내의 결혼 제도: 공동체 내에서 일부일처제의 결혼은 규정상 3년으로 정해져 있습니다. 3년이 지나면, 모든 부부는 당사자들이 원할 경우 헤어질 수도 있으며, 같은 사람과 다시 결혼 생활을 영위할 수도 있습니다. 10년이 지나면 남자는 두 번째 여성을 맞이할 수 있는 기회를 얻습니다. 이 경우, 첫 번째 아내는 규정에 의하면 스스로 원할 경우 남편으로부터 독립해서 생활할 수 있습니다. 그런데 이러한 규정은 브릴-야 공동체에서는 거의 사문화되어 있는 실정입니다. 왜냐하

면 실제로 이혼하는 부부가 매우 드물기 때문입니다. 게다가 일부다처 내지 다부일처의 방식으로 살아가는 부부들은 브릴-야 공동체에서는 매우 희귀합니다. 대부분의 여성들은 이혼하기를 꺼려 하고, 일부다처의 삶을 그다지 탐탁하게 생각하지 않습니다.

20. 여성의 높은 지위: 불워-리턴의 유토피아에서 여성의 지위는 남자보다 더 높습니다. 지하 세계에서 살아가는 여성들은 남성들보다 육체적으로 더욱 강건하고, 브릴을 다루는 데 있어서도 남자들보다 더 민첩합니다. 만약 여성들이 원한다면 주위의 남성들을 모조리 살상할 수도 있습니다. 그렇지만 이는 여성들의 삶에 도움이 되지 않습니다. 행여나 남자들이 자신을 두려워하며 도망칠까 전전긍긍하기 때문입니다. 여성들은 열정적으로 미래의 신랑감을 선택할 권한을 지니고 있습니다. 그런데 그들이 일단 한 남자를 선택하면, 남편의 마음에 들기 위해서 모든 노력을 아끼지 않습니다. 여성들은 심지어 남편에게 자발적으로 순종합니다 (Berneri: 218). 이는 도덕적 의무감 때문이 아니라, 자신이 남편을 데리고 살려면, 남편에게 복종하는 게 가장 훌륭한 방법이라고 여기기 때문입니다. 게다가 공동체에서 부부는 정해진 시간 동안 함께 지내며 육체적 사랑을 나눌 수 있습니다. 바로 이 점 때문에, 불워-리턴의 작품이 간행되었을 때, 많은 사람들은 공동체 사람들의 사랑의 방식이 부도덕하다고 맹렬히 비난하였습니다. 그렇지만 지하 세계의 여성들은 삶의 태도 내지 행동에 있어서 오늘날 미국과 영국의 해방된 여성들과 별반 다르지 않습니다.

21. 새로운 인간은 인종 차이를 중요하게 생각하지 않는다: 브릴-야 공동체는 다음과 같은 견해를 표방합니다. 즉, 그들이 개별적으로 훌륭한 자질을 지니는 까닭은 다른 인종끼리 결혼하는 풍습 때문이라고 합니다. 이곳에서는 혼혈로 인하여 우수한 형질이 자손에게 유전되는 경우가

허다합니다. 이는 드니 디드로와 레티프 드 라 브르통 등이 그들의 문학 유토피아에서 제시한 견해와 거의 유사합니다. 혼혈의 찬양은 파시스트들이 흔히 주장하는 인종주의의 견해와는 정반대되는 것입니다. 적어도 브릴-야 공동체에 속하는 사람들은 다른 인종과의 결혼도 얼마든지 가능합니다. 여기에는 하나의 조건이 있습니다. 그것은 브릴 에너지를 사용할 줄 안다는 조건입니다. 이러한 조건 하에서는 인종과 상관없이 혼례를 치를 수 있습니다.

22. 브릴-야 공동체 사람들의 지적 능력: 사람들은 브릴 에너지를 활용함으로써 거의 모든 병을 퇴치시킬 수 있었습니다. 이로 인하여 지하 세계에는 전문 의사들의 수가 많지 않습니다. 브릴-야 사람들은 육체적으로 강건하고, 유럽인들보다도 월등하게 뛰어난 지능을 지니고 있습니다. 그들은 증기기관과 가스 등은 물론이며, 대부분의 기계들을 다룰 줄 압니다. 그들은 태어날 때부터 정신적으로 뛰어난 두뇌를 지니고 있기 때문에 짧은 기간 동안에 많은 것을 배우고 습득할 수 있습니다. 집주인의 딸은 주인공에게 다음과 같이 말합니다. 즉, 그미의 오성의 능력은 이를테면 아리스토텔레스의 그것만큼 탁월하다고 합니다. 주인공 티시는 어떤 아이를 방문하였을 때 아이가 자신보다도 더 영리한 것을 간파하고 자신의 자존심이 여지없이 구겨지는 것을 체험합니다(Bulwer-Lytton: 44).

23. 교육: 브릴-야 공동체의 경우, 교육 프로그램은 놀랍게도 처음부터 확정되어 있지 않습니다. 왜냐하면 이곳의 아이들은 태어날 때부터 지적, 도덕적 능력을 지니고 있기 때문입니다. 그렇다고 해서 아이들이 이곳에서 배움을 소홀히 하는 것은 아닙니다. 현자들은 제각기 학문적 서클을 운영하면서 미성년자들을 교육시킵니다. 이로써 미성년자들은 학문 외에도 삶에 필요한 교양 내지 덕목을 하나씩 익혀 나갈 수 있습니다. 모든 교육과정마다 시험이 치러지지만, 이 역시 자발적으로 운영됩

니다. 예컨대 학생들은 시험 기간에 자신이 필요로 하는 지식을 습득하기 위해서 여행을 떠날 수도 있고, 시골의 농사일이나 상업 교육을 받을 수도 있습니다(Bulwer-Lytton: 44). 놀라운 것은 모든 교육이 개인적 성향에 따라 자발적으로 선택된다는 사실입니다. 어느 선생도 학생들의 학문적, 직업적 선택에 대해 간섭하지 않습니다. 이는 캄파넬라의 유토피아와는 정반대되는 사항입니다. 캄파넬라는 피교육자의 자발성을 철저하게 금지하며 위로부터의 교육을 중시한 반면에, 불워-리턴은 교육에 있어서 자발적 특성을 강조하고 있습니다.

24. 법적 갈등과 조정: 브릴-야 공동체에서 범죄는 거의 발생하지 않습니다. 그래서 형법을 관장하는 법정 역시 존재할 리 만무합니다. 그렇지만 사람들 사이의 권한 문제 내지 재정 문제로 약간의 갈등 내지 불화가 발생할 수 있습니다. 이 경우 공동체는 당사자의 친구들에게 중재 내지 조정 작업을 부탁합니다. 친구들이 없거나 분쟁을 관장할 수 없는 경우에는 현자들 가운데 일부가 중재자로 선택됩니다. 따라서 브릴-야 공동체에서는 판사, 검사 그리고 변호사 등과 같은 직업적 법률가가 존재하지 않습니다. 그렇기에 법에 저촉되는 자를 형사상으로 처벌하는 사법 체계는 처음부터 존재하지 않습니다. 지금까지 지하의 모든 공동체들은 수백 년 전부터 권력 기관을 근절시키는 작업에 심혈을 기울여 왔습니다. 그렇기에 무소불위의 권력을 휘두르는 기관은 브릴-야 공동체에서는 존재하지 않습니다. 민사상의 갈등의 경우, 때로는 중재자의 결정에 승복하지 못하는 사람이 나타날 수도 있습니다. 이 경우 당사자는 브릴-야 공동체를 떠나서 다른 곳으로 가야 합니다. 적어도 공동체 내에서는 모든 결정에 대해 그에 따라야 한다는 게 하나의 관습처럼 전해 내려오고 있습니다.

25. 종교: 브릴-야 공동체는 종교에 있어서 토머스 모어의 전통을 그

대로 답습하고 있습니다. 이곳 사람들은 범신론을 추종하면서 자연신을 모십니다. 창조주를 깊은 마음으로 숭상하고, 우주를 보호해 주는 위대한 신을 숭배합니다. 브릴-야 공동체 사람들이 섬기는 신은 생명체의 본질을 이해할 줄 알고, 생명과 정신의 근원을 전해 주는 존재입니다. 신의 특성을 천부적인 것으로 여기는 것은 아니지만, 인간이야말로 신의 본성을 어느 정도 감지할 수 있는 유일한 피조물이라고 확신하고 있습니다. 이를테면 그들이 브릴 에너지를 소지했다는 사실이야말로 주께서 인간에게 하나의 특권을 부여하셨다는 사실을 반증한다는 것입니다. 따라서 공동체는 공적으로 그리고 사적으로 주를 찬양하고 복종하는 일이야말로 필연적인 믿음이라고 규정합니다(Bulwer-Lytton: 59). 물론 브릴 에너지를 소지하지 않은 사람들은 그들의 사원에 접근하지 못하도록 조처합니다. 그렇지만 공공연한 예배는 대체로 짧게 끝나는데, 이 경우 거창하고 허례허식적인 예식이라든가 절차 등은 생략되고 있습니다. 한마디로 브릴-야 공동체는 믿음에 대해 관대한 자세와 관용적 태도를 취하며 살아갑니다.

26. 자연과학의 위험성에 대한 경고: 불워-리턴은 프랜시스 베이컨 이후로 지금까지 이어진 과학기술의 예찬에 대해서 처음으로 비판적 잣대를 들이대고 있습니다. 기실 수많은 유토피아주의자들은 더 나은 사회적 삶을 창조하기 위하여 자연과학과 과학기술을 적극적으로 도입할 것을 권고해 왔습니다. 가령 르네상스 시대와 19세기의 유토피아, 즉 생시몽, 오언, 푸리에, 카베 등을 생각해 보십시오. 자연과학과 기술의 발전은 더 나은 사회적 삶을 건설하는 데 필수적인 조건으로 활용되어 왔습니다. 그러나 불워-리턴은 이러한 과학기술을 통한 낙관적 진보를 처음으로 거부하고 있습니다. 왜냐하면 작품은 과학과 기술이 인간의 행복을 모조리 기약해 주지 않는다는 점을 보여 주기 때문입니다. 불워-리턴의 소설이 발간되기 500년 전의 사람들은 이 소설의 내용을 참으로 기

이하다고 생각했을 것입니다. 왜냐하면 핵에너지를 방불케 하는 브릴 에너지를 사용하는 것은 당시로서는 꿈에도 상상할 수 없는 것이었기 때문입니다.

27. 문제점 (1), 작가의 수구 보수주의: 불워-리턴은 유럽의 미래와 지하 세계의 삶을 결코 긍정적으로 평가하지는 않았습니다. 그는 "『미래의 사람들』에는 성도덕이 없다"라는 독자들의 반응에 아무런 대응도 하지 않았습니다. "만약 인간에게 실제로 무언가를 실천할 권리가 주어져 있지 않다면, 그러한 권리에 관해서 언급하는 것 자체가 불필요하다." 하고 술회했을 뿐입니다. 그런데 역사적 진보에 대한 불워-리턴의 입장은 수구적 보수주의로 무장해 있습니다. 그는 지하에서 살아가는 사람들의 기술적 완전성을 결코 찬양하지 않았습니다. 나아가 작품에서 여성의 지위는 격상되어 있지만, 불워-리턴은 여성의 해방을 "결코 나타나지 말아야 하는 추악한 현상"이라고 규정했습니다. 그가 작품 내에서 의도적으로 미국인을 소설적 화자로 등장시킨 이유도 바로 이 점과 관계됩니다. 미국 사회의 상류층 사람들은 대체로 영국의 청교도 출신이기 때문에 대다수 성 문제에 있어서 근엄한 보수주의의 입장을 취합니다. 여성해방은 여성에게서 "순종"이라는 고삐를 일탈시켜서 결국에 가서는 인간이 지켜야 할 최소한의 도덕을 말살시키게 되리라는 게 그의 지론이었습니다. 인류는 놀라운 과학기술의 발전을 이루었지만, 대신에 삶에서 가장 중요한 무엇을 상실했다고 합니다. 그것은 예술 창작의 기쁨이라든가, 용기와 열정이라고 합니다. 궁핍한 시대의 회화 작품은 인간의 갈망에 대한 아우라를 간직하지만, 브릴-야 공동체에서 이러한 것은 완전히 사라져 있습니다.

28. 문제점 (2), 무장한 개개인 사이에 평화는 가능한가: 기실 미래의 사람들에게는 자신의 고유한 권한이 주어져 있습니다. 같은 종족에 대해서

그들은 마치 형제자매처럼 행동하곤 합니다. 그들 모두가 브릴 에너지의 사용이라는 초능력을 지니고 있습니다. 그들은 동족끼리는 형제애로 뭉쳐 있지만, 다른 인민에게는 적대적 자세를 취합니다. 그런데 미래의 사람들에게도 하나의 걱정거리가 도사리고 있습니다. 모두가 엄청난 살상 무기로 무장해 있으면, 과연 이러한 상태가 갈등을 없앨 수 있는 가장 좋은 방안일까 하는 물음을 생각해 보십시오. 무기 내지는 원자폭탄을 만들어 내는 사람들은 한결같이 다음과 같이 주장합니다. "만약 한 나라가 막강하게 무장하면, 어느 누구도 그 나라에게 공격을 가하지 않는다"라는 주장 말입니다. 막강한 에너지를 지니고 있는 그들에게 실수로 인한 사고의 위험성은 얼마든지 존재합니다. 미래의 사람들은 자신이 원하지 않더라도 엄청난 사고에 노출되어 있습니다.

29. 문제점 (3), 자본주의와 사회주의의 잡탕 그릇: 작가는 내심 보수주의적 세계관을 견지하고 있지만, 작품 속에는 사회주의의 토대에다 자유방임의 자본주의의 특징이 어설프게 혼합되어 있습니다. 작가의 의향은 작품 속에 강력하게 드러나지 않는데, 바로 이 점이야말로 작품의 치명적 하자로 지적될 수 있습니다. 불워-리턴은 한편으로는 윌리엄 고드윈으로부터 그리고 다른 한편으로는 푸리에로부터 많은 것을 차용하였습니다. 전자는 소규모의 독립적인 공동체로 구성되어 있는 연방주의의 계급 없는 사회에 관한 하나의 구상을 가리키며, 후자는 이윤과 향락을 동시에 추구하는 노동자의 즐거운 노동에 관한 설계를 지칭합니다. 이로 인하여 『미래의 사람들』에 묘사된 공동체 사람들은 한편으로는 인간 삶의 평등을 추구하며, 다른 한편으로는 자본의 이익을 충분히 만끽하고 있습니다. 요약하건대, 작품은 자본주의와 사회주의의 이념을 뒤섞은 잡탕 그릇처럼 보입니다. 정부가 존재하지 않으므로, 특권 계급의 관심사가 부각될 필요는 없지만, 그럼에도 부자는 엄연히 존재합니다. 왜냐하면 교환가치로서의 돈이 유효하기 때문입니다. 공동체에서는 부자가 권

력을 거머쥐거나 부패하지 않을 어떤 특단의 방안은 마련되어 있지 않습니다. 작품은 부자 계급의 특권이 어떻게 제한될 수 있는지, 이윤 추구의 욕망이 어떻게 차단될 수 있는지에 관해서 침묵으로 일관하고 있습니다.

30. 작가의 근본적인 세계관, 진보는 불필요하다: 사회적 조화를 실현하려는 인간의 노력은 불워-리턴에 의하면 사회 구성원의 보편적인 실망으로 변하게 되리라고 합니다. 그는 1871년 아들에게 보내는 편지에서, 만약 사회주의의 기술 발전이 실현되면, 우리는 인간 정신이라고는 찾아볼 수 없는 천박한 사회를 맞이하게 될 것이며, 사회주의가 표방하는 보편적인 평등은 인간이 지금까지 쌓아올린 모든 위대성을 완전히 허물게 될 것이라고 기술했습니다(Saage: 119f). 이렇듯 작가는 사회주의 운동은 물론이며, 동시대의 민주주의의 노력마저 불신하였습니다. 민주주의는 불워-리턴에 의하면 천박한 인간으로 하여금 세상을 지배하게 만들 것이라고 합니다. 불워-리턴은 여성의 해방을 아무런 장애물 없는 방종한 삶의 표본으로 간주하였습니다. 재미있는 것은, 마치 프랑스의 작가, 오노레 드 발자크가 그러했듯이, 불워-리턴은 『미래의 사람들』에서 자신의 의도와는 달리 해방된 여성의 놀라운 삶의 방식을 생생하게 묘사하는 데 성공을 거두고 있다는 사항 말입니다.

31. 활발하게 수용된 브릴 에너지: 브릴 에너지는 연금술, 심령학 등과 관련되는 신비로운 파동을 실험하는 이들에 의해서 언급되었습니다. 물론 언어학자, 프리드리히 막스 뮐러(Friedrich Max Müller)는 브릴의 생성과 상호작용 그리고 소멸 등의 방식을 숙고하면서, 인간의 언어와의 관련성을 추적하였습니다. 1877년 심령학을 추구하던 헬레나 블라바츠키(Helena Blavatsky)는 브릴 에너지가 (불워-리턴의 주장과는 달리) 실재하는 에너지라고 주장하였습니다. 이 에너지는 "격동현상(Telekinese)"을 통하여 생명체를 파괴하거나 비-생명체에 에너지를 불어넣는 역할을 담당

한다는 것입니다(Goodrick-Clarke: 187). 즉, 브릴은 자기장에서 유래하
는 심리적 에너지의 총체라고 합니다. 1888년 블라바츠키는 자신의 책,
『비밀 이론』에서, 전설적인 섬 아틀란티스의 주민들은 브릴 에너지를 지
니고 이를 활용하곤 했는데, 대륙이 침몰하는 바람에 이러한 신비로운
능력이 상실되었다고 주장합니다(Strube: 66f). 어쨌든 브릴 에너지는 자
기장 내지 파동과 관련되는 에너지로 간주되는데, 오늘날의 상대성이론
내지 양자물리학에서 이를 연구하고 있다고 합니다. 상기한 내용을 고려
할 때, 불워-리턴의 브릴 에너지에 관한 묘사는 오늘날의 핵에너지를 선
취한 것이나 다를 바 없습니다.

참고 문헌

불위-리턴, 에드워드 (2003): 폼페이 최후의 날, 이나경 역, 황금가지.

불위-리턴 (2006): 마법사 자노니, 2권, 조하선 역, 창천사.

Berneri, Marie Louise (1982): Reise durch Utopia, Berlin. (한국어판) 마리 루이즈 베르네리 (2019): 유토피아 편력, 이주명 옮김, 필맥.

Bloch, Ernst (1985): Spuren, Frankfurt a. M.

Bulwer-Lytton, Edward (1980): Das kommende Geschlecht, Frankfurt a. M..

Bulwer-Lytton, Edward (2004): Zanoni. Die Geschichte eines Rosenkreuzers, Darmstadt.

Campbell, James L. (1986): Edward Bulwer-Lytton, Boston.

Drabble, Margarete (2000): Der Oxford Companion zur englischen Literatur, Oxford, New York.

Goodrick-Clarke, Nikolas (2009): Die okulten Wurzeln des Nationalsozialismus, Wiesbaden.

Lange, Bernd-Peter (1986): The Coming Race, in: Helmut Heuermann (hrsg.), Der Science Fiction Roman in der angloamerikanischen Literatur, Düsseldorf.

Lytton, Victor Alexander Robert (1913): The Life of Edward Bulwer-Lytton, First Lord Lytton, Macmillian and co., London.

Jens (2001): Jens, Walter (hrsg.), Kindlers neues Literaturlexikon, 22 Bde, München.

Saage, Richard (2002): Utopische Profile, Bd. 3, Industrielle Revolution und Technischer Staat im 19. Jahrhundert, Münster.

Strube, Julian (2013): Vril. Eine okkulte Urkraft in Theosopie und esoterischem Neonazismus, München.

2. 버틀러의 『에레혼』 외

(1872)

1. 과학기술과 기계에 대한 비판: 19세기 말에는 과학기술을 남용하는 엘리트 재벌의 폭력을 다룬 작품들이 속출하였습니다. 새뮤얼 버틀러 (Samuel Butler)의 『에레혼 혹은 산맥의 저편(Erewhon oder Jenseits der Berge)』 외에도 미국 작가, 이그내티어스 도널리(Ignatius Donnelly)의 『카이사르의 기둥(Caesar's Column)』(1890)이 있습니다. 버틀러는 학문과 과학기술에 바탕을 둔 진보가 과연 어떠한 대가를 치러야 하는가 하는 물음을 비판적으로 추적하였습니다. 그가 현대의 가장 끔찍한 문제로 파악한 것은 기계가 인간을 지배할 수 있다는 끔찍한 가능성이었습니다. 버틀러는 기계가 인위적으로 인간의 의식을 얼마든지 조종하고 조작할 수 있다는 점을 상상해 내었습니다. 버틀러에 의하면, 기계 역시 언젠가는 인간의 영혼을 지닐 수 있으며, 인간의 지적 수준을 뛰어넘게 되리라고 합니다. 실제로 버틀러는 인간은 기계화된 포유동물이라고 선언하였습니다(버틀러: 278). 버틀러는 뉴질랜드의 잡지 『프레스(The Press)』에 가명으로 다윈의 이론에 관한 논평을 몇 차례 게재했는데, 다윈은 1863년 6월 13일자에 실린 버틀러의 글 「기계에 둘러싸인 다윈(Darwin Among the Machines)」을 읽고, 뉴질랜드에 거주하는 젊은이에게 편지를 보내 소설의 집필을 독려했습니다. 작품에서 가상적으로 묘사되는 현실

의 사회적 구조 내지 시스템은 구체적으로 설계되어 있지 않습니다. 따라서 『에레혼』은 스위프트의 『걸리버 여행기』와 마찬가지로 유토피아에 대한 패러디에 해당하는 작품입니다.

2. 버틀러의 삶: 버틀러의 할아버지는 두루 학식을 갖춘 유능한 인재였습니다. 그는 슈렙스버리 학교의 교장으로 근무하다가, 나중에는 리치필드 지역의 주교로 활약하였습니다. 버틀러의 아버지인 토머스 버틀러는 자유분방한 사내로서 부모의 권유에 따라 억지로 신학의 길을 걸었지만, 나중에는 뚜렷한 직장 없이 부랑자로 살았습니다. 그는 아들에게 오랫동안 매질을 가하면서 자신의 불행을 자식에게 분풀이하였습니다. 버틀러의 문학의 저변에는 현실에 대한 부정적이며 냉소적인 자세가 은근히 깔려 있는데, 이러한 분위기는 어린 시절 아버지에게 당했던 크고 작은 폭력과 무관하지 않습니다. 버틀러는 케임브리지 대학에서 이탈리아 예술과 문학을 전공하였는데, 아버지는 그가 교회와 관련된 직업을 택하길 원했습니다. 그러나 버틀러는 종교인으로서의 삶을 회의하기 시작합니다. 그는 아버지와 격렬하게 언쟁을 벌인 다음, 1859년에 아예 영국을 떠납니다. 그가 이민하게 된 나라는 뉴질랜드였습니다.

뉴질랜드는 1840년 이래로 영국의 식민지였습니다. 이곳에서 그는 찰스 파울리라는 남자와 사랑에 빠집니다. 1864년 버틀러는 5년 동안 뉴질랜드에 머물다가, 외국 생활을 접고 영국으로 되돌아옵니다. 부랴부랴 귀국을 결심한 까닭은 친구이자 애인인 찰스 파울리가 영국에서 살기를 원했기 때문입니다. 세상은 여전히 동성연애에 적대적입니다. 버틀러는 어떠한 여성과도 결혼하지 않으리라고 결심합니다. 1864년에 그는 자신의 재산을 처분하여 런던 근교의 클리포드 인에서 죽을 때까지 칩거하며 살았습니다. 1886년 아버지가 사망한 뒤에 버틀러는 제법 많은 유산을 상속받았는데, 매년 여름마다 이탈리아로 떠나서 그곳에서 집필에 몰두했습니다. 1878년 버틀러는 법률가인 헨리 퍼스팅 존스와 사귀게 됩니다. 그는 버틀러의 집필에 도움을 주었으며, 찰스 파울리를 대신하여 그를 사랑했습니다. 버틀러가 사망한 뒤에 존스는 그의 비망록을 바탕으로 버틀러의 전기물을 발표했습니다.

버틀러는 처음에는 다윈의 진화론을 신봉하였습니다. 인간은 분명히 원숭이에서 유인원으로, 유인원에서 인간으로 발전되었을 공산이 크다는 것이었습니다. 그러나 버틀러는 얼마 지나지 않아 다윈의 이러한 진화론을 거부합니다. 버틀러는 1872년에 작품 『에레혼』을 발표하여 세인의 주목을 끌었습니다. 이 작품은 19세기 말 영국 사람들이 종교적으로, 사회적으로 가치 전도된 사회에서 표리부동하게 살고 있음을 백일하에 까발리고 있습니다. 버틀러는 언제나 사회의 국외자로서 고독하게 살았습니다. 그는 작품을 통하여 빅토리아 시대에 횡행하던 과학기술을 통한 진보를 맹신하는 영국인들을 조소하고 싶었습니다. 말년에는 다윈의 진화론으로부터 거리를 두었으며, 다시 기독교 신앙에 경도하게 됩니다. 그렇다고 버틀러가 자신이 증오하는 기독교의 독단론과 교회 체제를 무조건 추종한 것은 아니었습니다. 버틀러는 소설 외에도 우스꽝스럽고 의미심장한 경구 모음집을 발표하여 세인으로부터 주목을 받았습니다. 그의 경구는 오늘날 프랑스의 라로슈푸코(La Rochefoucauld)의 그것만큼이나 기상천외한 독설을 담고 있으며, 독자에게 냉소적 짜릿함을 안겨 줍니다. 버틀러로부터 영향을 받은 사람은 서머싯 몸, D. H. 로렌스, 웰스 그리고 제임스 조이스 등 상당히 많습니다.

3. **작품의 외적인 틀:** 작품의 배경 및 틀은 비교적 간단하게 요약할 수 있습니다. "에레혼(Erewhon)"이라는 단어는 유토피아, 즉 "지상에서 발견되지 않는 곳(nowhere)"이라는 알파벳 음절을 역순으로 표기한 것입니다. 여기서는 윌리엄 모리스의 『유토피아 뉴스(News from Nowhere)』와는 정반대되는 끔찍한 세계가 문학적으로 형상화되고 있습니다. 이로써 우리는 작가가 묘사하려고 하는 유토피아를 의도적으로 뒤집어 표현

했다는 것을 짐작하게 됩니다. 소설의 틀을 고려하면, 우리는 작가가 동시대 사회의 전반적 영역뿐 아니라, 19세기 영국 현실의 통상적인 가치를 부정하려 했음을 간파할 수 있습니다. 또한 우리는 작품 속에서 19세기 사회 유토피아의 핵심적 유형을 비판하는 중요한 논거를 발견할 수 있습니다. 그 당시까지 유토피아는 하나의 긍정적이고 미래지향적인 목표를 부각시키고 있는데, 이는 버틀러의 견해에 의하면 수정되어야 마땅하다는 것입니다. 버틀러는 "새로운 인간"에 관한 비전과 (토머스 모어 이후의 거의 모든 유토피아에 반영되어 있는) 과학기술에 대한 긍정적 태도에 대해 노골적으로 비판의 화살을 겨누었습니다.

4. 뉴질랜드를 배경으로 한 이유, 혹은 겉 다르고 속 다른 현실: 버틀러는 왕년에 뉴질랜드에서 몇 년간 목자로서 생활한 적이 있었습니다. 구체적으로 말하면, 버틀러가 소설의 배경으로 삼은 곳은 뉴질랜드 남쪽 섬의 산맥을 연상시킵니다. 버틀러의 일인칭 소설의 주인공, "나"는 조지 힉스라는 이름을 지닌 영국 청년입니다. 그는 가상적 문명을 피상적으로 즐기고 있는 에레혼 주민들의 거대한 아름다움을 강조하고 있습니다. 에레혼의 어디서든 건강, 고상함 그리고 아름다움이 자리하고 있습니다(Butler 1981: 99). 그렇지만 이러한 바람직한 모습은 그저 표면적으로 드러난 상으로서, 실제로는 정반대의 끔찍한 현실을 유추하게 해 줍니다. 에레혼의 현실이 아름답고 찬란하게 비치는 까닭은 육체적으로 그리고 심리적으로 병든 사람들, 장애인들 그리고 노인들을 은밀한 방식으로 다른 장소에 고립시켰기 때문입니다(Butler 2011: 102). 주인공은 우연히 이곳에 발을 디디게 되었는데, 주인공의 블론드 머리카락과 준수한 외모는 이곳 여성들의 호감을 부추기기에 충분했습니다. 그렇기에 에레혼의 주민들 역시 처음에 주인공을 환대하는 것은 어쩌면 당연한 것 같아 보입니다.

5. 소설의 줄거리: 조지 힉스는 양을 키우고 농사를 지으며 살아갑니다. 힉스는 우연히 지도에 나타나지 않은 "에레혼"이라는 지역이 주위에 있다는 것을 접하게 됩니다. 산악 안내인, "초복"은 과거에 에레혼 지역에서 살았는데, 아무도 몰래 그 지역을 탈출한 사내였습니다. 초복은 주인공에게 그곳은 위험하니 절대로 발을 들여놓지 말라고 경고합니다. 어째서 그곳이 위험한지 물어도 초복은 대답을 회피합니다. 그렇기에 힉스의 궁금증은 더욱더 증폭됩니다. 어느 날 주인공은 혼자 미지의 땅으로 잠입하기로 결심합니다. 힉스는 그곳에 발을 들여놓자마자 그곳 사람들에게 체포됩니다. 손목에 채워진 그의 시계가 사람들에게 발각되었던 것입니다. 에레혼에서는 모든 유형의 기계가 무조건 위험한 물건으로 간주됩니다. 기계는 어느 순간 고유한 생명체로 돌변하게 되고, 차제에 인간을 지배하게 되리라는 게 이곳 사람들의 주장이었습니다. 감옥에서 주인공은 이람이라는 이름의 간수를 만납니다. 이람은 중년의 사내로서 주인공을 친절하게 대합니다. 그는 주인공을 자신의 사위로 맞으려는 마음에서 자신의 딸을 소개시켜 주려고 합니다. 하지만 주인공 힉스가 자신의 몸 상태가 좋지 않다고 말했을 때, 이람은 주인공을 더 이상 거들떠보지 않습니다. 이람(Yram)은 여성의 이름 메리(Mary)를 거꾸로 표기한 이름입니다.

6. 과학기술과 질병은 사회적 터부 내지는 질병으로 간주되고 있다: 질병은 "에레혼"에서는 하나의 범죄로 간주됩니다. 범죄 또한 사회적 질병으로 이해됩니다. 끔찍한 범행을 저지른 자는 "에레혼"의 은폐된 병원에서 치료받게 됩니다. 문제는 병든 자가 이러한 조처를 통해서 사회적 낙오자로 낙인이 찍히게 된다는 사실입니다. 그렇기에 이곳 사람들은 자신의 크고 작은 병을 다른 사람들에게 함부로 드러낼 수 없습니다. 만약 자신이 어떤 병에 시달린다는 사실을 발설하게 되면, 그는 당국으로부터 환자, 아니 중범죄자 취급을 당하기 때문입니다. 따라서 어느 누구도 자

신의 병 내지 마음의 병 등을 밖으로 실토하려고 하지 않습니다. 예컨대 어느 여인은 소화불량에 시달리지만, 감옥과 같은 병원에 가지 않으려고 알코올 중독자로 자처합니다. 폐결핵에 걸린 어느 젊은 남자는 오랫동안 자신의 병을 은폐합니다. 그는 당국에 발각된 뒤에 재판을 받게 되고, 결국에는 사형선고를 받습니다. 사람들은 과학기술을 악마의 짓거리라고 단언합니다. 이곳의 예언자는 다음과 같이 말했습니다. "기계는 스스로 완벽한 존재로 변화하기 시작했으며, 나중에는 인간을 지배할 것이다"(Butler 1981: 23).

7. 기계에 대한 과도할 정도로 부정적인 시각: 에레혼 사람들은 마치 19세기 초 기계 파괴 운동을 전개한 "러다이트 노동자들(Luddten)"처럼 과학기술을 철저히 혐오합니다. 그렇다고 그들이 과학기술에 관해 사고하지 않는 것은 아닙니다. 사람들은 끔찍한 과학기술을 경고하기 위해 박물관을 건설하여, 젊은이들로 하여금 이곳을 방문하게 합니다. 이는 오로지 과학기술에 대한 두려움의 경종을 울리기 위함입니다. 교도소 사람들은 낯선 이방인인 힉스를 요주의 인물로 단정하여, 에레혼의 수도에 거주하는 왕에게 송치시킵니다. 왕의 책사는 세노이 노스니보어(Senoj Nosnibor)라는 이름을 지닌 장년 나이의 남자였습니다. "노스니보어"라는 이름은 로빈슨 크루소의 "로빈슨(Robinson)"을 뒤집어 표현한 것입니다. 이렇듯 작품에 등장하는 사람들과 지명 등은 이런 방식으로 작위적으로 표현되고 있습니다. 주인공은 사회 부적격자로 취급당하지만, 여성들에게는 매혹적인 사내로 간주됩니다. 노스니보어의 슬하에는 두 명의 딸이 있습니다. 노스니보어는 주인공을 첫째 딸, 줄로라의 남편감으로 맺어 주고 싶었습니다. 그런데 주인공 힉스는 냉정하고 볼품없는 줄로라를 그다지 탐탁하게 생각하지 않습니다. 그의 마음을 사로잡은 여인은 오히려 아름답고 유연한 성격을 지닌 둘째 딸 아로헤나였습니다. 마지막에 이르러 에레혼에서 거대한 폭동이 발발하게 되자, 힉스는 아로헤나와

함께 애드벌룬을 타고 소름끼치는 지역을 미련 없이 떠납니다.

8. 환자에 대한 격리 조처: 에레혼 사람들은 병자들을 체포하여 격리시킵니다. 환자들 가운데 건강 상태가 매우 나쁜 경우 무기징역의 형벌에 처해집니다. 그렇기에 이곳 사람들은 의식적이든 무의식적이든 간에 자신의 병을 은폐하지 않으면 안 됩니다. 만약 자신에게 질병이 있다는 사실이 알려지게 되면, 당사자는 당국에 의해 체포되어 나중에 어떠한 처벌을 받을지 모르기 때문입니다. 사람들은 불합리한 강제적 법 규정에 대해 거짓말과 속임수로 대응함으로써 자신에게 닥칠 위험을 비켜 갈 수밖에 없습니다. 이를 고려할 때, 에레혼의 사회는 개개인을 감시하지만, 외부적으로는 깨끗하고 위생적인 모습을 드러냅니다. 사회 내에서는 위생과 청결이 거의 숭배의 대상이 되며, 주어진 사회를 평가하는 최상의 기준이 됩니다. 이로써 거짓과 위선이 공공연하게 활개 치는 것은 당연합니다. 아름다움과 건강에 대한 무조건적 숭배는 지배자들이 임의로 만들어 낸 법을 관철시키기 위해서 교묘하게 조작된 것입니다. 과도한 청결은 오히려 역으로 개개인을 병들게 하고, 그들의 불안 심리를 가속화시킵니다. 병자들을 사악한 부류로 매도하면서 사회로부터 격리시키는 정책에도 문제가 있습니다. 자신의 존재를 지키려면 병자들을 동정해서도 안 되고, 그들과 개인적으로 친해져서도 안 됩니다. 설령 병자들이 자신과 같은 출신이거나 자신과 같은 신체적 상황에 처해 있으며, 자신과 거의 유사한 재산 그리고 자신과 비슷하게 활동한다 하더라도 말입니다.

9. 사회적 기준과 예외적 인간 사이의 간극: 19세기에 활동한 유토피아 사상가들은 대체로 성선설의 토대 하에서 인간과 인간 사이의 협동심을 고취시켰습니다. 지금까지 묘사된 바람직한 이상 국가는 특히 병약한 자들과 환자들이 인간답게 살아갈 수 있도록 무제한적으로 도움을 베풀

고 있습니다. 그렇지만 아무리 훌륭한 국가 내지 평등을 실천하는 이상 국가라 하더라도, 그들의 도움에는 어차피 한계가 있습니다. 버틀러는 바로 이 점을 분명하게 지적하고 있습니다. 만약 더럽고 보기 싫으며 병든 사람들에게도 건강한 사람들과 동일한 존재 가치를 용인한다면, 아름다움과 건강의 평등에 도달하기 위해서 국가는 얼마나 유용한 사회복지 정책을 실천할까요? 이를테면 히틀러의 제3제국에서 활약하던 우생학 연구자들은 이를 매우 심각한 문제로 받아들인 바 있습니다(Jens 2: 426). 문제는 유토피아의 사고에 처음부터 배제되는 예외적 사실로서 과학기술의 부정적 영향에 관한 사항입니다. 자고로 한 사회의 건강은 관용, 여유로운 삶에서 비롯하지, 오로지 도덕적 엄밀성, 질병 퇴치를 위한 위생 강화의 정책만으로 완전히 구현될 수는 없습니다. 왜냐하면 기계를 통한 근엄한 질서, 질병에 대한 철저한 위생 등은 오히려 역으로 사람들의 마음속에 불안을 가중시키기 때문입니다.

10. 과학기술, 그 극단적인 장단점: 19세기의 대부분의 유토피아는 기술에 대해 긍정적 의미를 부여하는 데 비해서, 버틀러는 과학기술이 인간에게 끼치게 될 어떤 해악 내지 손실을 거론하고 있습니다. 사실 모어와 베이컨의 유토피아 이래로 과학기술은 인간 삶을 발전시키고 지상의 행복을 위한 유용한 수단으로 사용되었습니다. 과학기술은 만인을 착취와 가난으로부터 해방시키기 위하여 산업화의 과정을 촉진시킵니다. 이는 역사 발전을 고려할 때 필수불가결한 전제 조건과 같았습니다. 실제로 16세기부터 18세기까지 유토피아의 사고를 주도했던 것은 두 가지 사항이었습니다. 그 하나는 이상적 공동체를 구성할 수 있는 최상의 헌법이며, 다른 하나는 생산력 신장을 극대화하기 위한 산업의 발전입니다. 물론 과학기술은 이 경우 미래를 위한 긍정적 설계로 활용되었지만, 19세기 중엽의 시점까지 함부로 남용되거나 과부하가 걸린 적은 한 번도 없었습니다.

문제는 과학기술이 자본주의 생산양식과 밀접하게 결착되어 있다는 사실에 있습니다. 과학기술의 기능은 마치 양날의 칼처럼 중립적 특성을 지니지만, 자본주의 생산양식이라는 전제 조건 하에서는 얼마든지 계급 갈등을 증폭시키는 도구로 전락하게 됩니다. 과학기술의 활용은 자본주의 체제의 현실에서는 끔찍한 악영향을 낳을 수 있습니다. 소수의 사람들은 자본주의 체제에서 이윤을 극대화하기 위해서 과학기술을 활용하는데, 이에 대한 반대급부로 대다수의 노동자의 생활은 더욱더 황폐한 수준으로 나락하게 됩니다. 만약 과학기술이 자본주의에서 통용되는 무한정한 이윤 추구의 가치를 허물고 다른 유형의 삶의 가치를 부분적으로 병행하게 된다면, 그것은 최소한의 범위에서 의미 있고 평등한 삶의 과업을 상당 부분 관철시킬 수 있을지 모릅니다. 여기서 말하는 다른 유형의 삶의 가치란 국가적 차원의 사회주의 계획경제, 혹은 소규모 공동체나 조합의 차원에서 활용되는 자활 자립 경제를 가리킵니다. 그게 아니라면 아나키즘의 현실적 전제 조건에서 중시되는 사회적 협동과 연대와 관련되는 가치를 지칭합니다.

11. 다윈의 진화론에 대한 버틀러의 비판: 버틀러는 나중에 이르러 다윈의 사회진화론과 연결된 낙관주의적 입장에 이의를 제기하였습니다. 이와 관련하여 그는 영국의 빅토리아 시대의 사회적 분위기를 은근히 비판하고 있습니다(Smithies: 213). 소설 『에레혼』의 세 개의 장으로 이루어진 「기계의 책(The Book of Machines)」에서 어느 에레혼의 박사는 다음과 같이 말합니다. "인간의 눈이란 뇌 뒤편의 작은 피조물이 무언가를 보기 위해 고안된 기계이다"(버틀러: 254). "인간은 기계화된 포유동물이다"(버틀러: 278). 기술에 대한 작가의 비판은 여기서 과학기술 중심주의로 향하고 있습니다. 버틀러는 그때까지 유토피아주의자들이 가지고 있던 과학기술에 대한 견해를 통렬하게 반박합니다. 즉, 그들은 기술로 인한 잠재적인 위험성들을 경시해 왔다는 것입니다. 예컨대 그들은 기술이 인간

에게 전해 주는 악영향을 오로지 사회의 틀 내지 전제 조건과 관련시켰을 뿐, 과학기술 자체가 인간에게 해악을 끼치는 도구라고 묘사하지는 않았습니다. 인류의 미래는 다윈의 진화론에 의하면 과학기술의 발전으로 보다 향상되리라고 하는데, 이제 과학기술과 진보에 관해서 깊이 고심할 시점에 도달했다는 것입니다.

12. 기계는 인간처럼 인식하게 될 것이다: 에레혼 사람들은 다음과 같이 토로합니다. 기계는 인간과 같이 인식할 수 있는 능력을 동시에 장착하지 못했다고 말입니다. 기계는 지금의 시점에서는 스스로 생각하고 스스로 제어하는 능력을 지니지 못한 존재입니다. 그렇다고 하더라도 기계는 언젠가는 반드시 그러한 능력을 갖추게 될 수도 있습니다. 작가는 다음과 같이 은근히 호소합니다. 기계가 인간의 신체를 빌려서 자신의 인상을 감지하게 될 날이 멀지 않았다고. 기계는 고도의 능력을 발휘하여 인간의 청력을 장착하게 될 것이며, 의사소통의 언어 역시 개발할지 모른다고 말입니다(Butler 1981: 278). 이를 고려한다면, 버틀러는 메리 셸리를 제외한다면 "기계는 언젠가는 인간의 의식을 지니게 될지 모른다"고 기술한 첫 번째 작가인 셈입니다.

13. 인간에 대한 기계의 지배: 에레혼 사람들은 다음과 같이 주장합니다. 역동적인 기술 발전에 직면하여 "지배"와 "봉사" 사이의 구분은 아무런 의미가 없게 되었다고 합니다. 봉사하면서 살아가는 자는 말하자면 "자신도 모르게 지배하는 등급으로 이전"된다는 것입니다. 사실 인간이 자신의 기계를 조작함으로써 과학기술을 장악했다고 하지만, 실제로는 그렇지 않습니다. 인간은 기계를 조작할 뿐, 실제로 노동하거나 행동하는 주체는 기계입니다. 흔히 소수의 엘리트들은 기계를 작동시킴으로써 자신의 권한을 행사하고, 자신의 후손들로 하여금 세상을 지배하게 하리라고 공언합니다. 그렇지만 이는 스스로 작동되는 기계의 도움 없이

는 불가능합니다. 버틀러에 의하면, 기계의 힘이 인간의 사고 능력보다 더욱 우월하게 될 날도 멀지 않았다고 합니다. 작품의 주인공은 다음과 같이 말합니다. "생각해 보라. 기계의 세계는 지난 몇 세기 동안 얼마나 놀라운 발전을 거듭했는가? 이에 비하면 동식물들은 얼마나 느릿느릿하게 진화하고 있는가? 놀랍게 조직화된 기계들은 조만간 지구의 역사에 놀라운 형체로 출현할 것이다. 이러한 재앙은 처음부터 근절되어야 하지 않을까? 기계의 발전에 제동을 거는 게 인류에게 안전하지 않을까?" (Butler 1981: 287).

14. **버틀러의 기계 비판 속에 도사린 다른 의미:** 기계에 대한 버틀러의 비판은 오늘날에도 어느 정도 설득력을 지니고 있습니다. 사람들은 모든 것이 오로지 컴퓨터 프로그램의 틀에 의해서 실행될 뿐이라고 말합니다. 그러나 컴퓨터는 가공할 만한 능력을 발휘하여 스스로 어떤 새로운 프로그램을 만들어 내고 이를 활성화시킬 수 있습니다(Saage: 296). 실제로 『에레혼』에서 모든 기계들은 인간에게 정면으로 대항하는데, 이로 인하여 인간의 삶은 더욱더 황폐하게 변모합니다. 기계의 도입은 처음에는 인간의 삶을 편하게 해 줍니다. 편리한 삶은 결국 생산력의 증가와 인구의 증가 등을 낳게 됩니다. 이로 인하여 사회적 문제가 발생할 수밖에 없습니다. 인구가 갑자기 두 배로 늘어났지만, 이를 감당할 식료품이 턱없이 모자랍니다. 사회적 간접자본과 생필품이 확보되지 않은 형국에서 갑자기 불어난 인구는 사람들 사이에 갈등을 부추깁니다. 결국 사람들은 빵을 서로 차지하려고 끔찍한 암투를 벌이다가 전쟁을 일으키게 됩니다. 이로 인하여 인구의 절반이 사망하는 끔찍한 결과를 초래할지 모릅니다. 이러한 비극적 가설을 고려한다면, 버틀러의 『에레혼』은 단순한 기계의 횡포를 경고하는 이야기를 들려줄 뿐 아니라, 참되고 선한 삶에 대한 인간의 갈망이 어쩌면 스스로 생각하는 기계 속에도 자리할 수 있음을 암시해 줍니다.

15. 버틀러의 시대 비판: 요약하건대 『에레혼』은 기계 문명에 대한 비판을 골자로 하고 있습니다. 작품은 19세기 영국에 대한 신랄한 시대 비판을 담고 있습니다(Kumar: 106). 첫째로, 버틀러는 작품 속에서 영국의 교회와 성당에서 일하는 성직자 계급에 대해서 집요할 정도의 저주를 퍼붓습니다. 교회와 성당은 이를테면 하나의 거대한 중앙은행으로 비유됩니다. 교회와 성당의 재산은 재정을 담당하는 성직자들에 의해서 은폐되고, 모든 거래는 국제적 종교 사업의 명목으로 신앙 상인들에 의해서 음성적으로 활성화되고 있습니다. 권위주의 교회 체제에 대한 버틀러의 비판은 여기서 자명하게 드러납니다. 고위 성직자들은 연방 장관과 마찬가지로 재정을 음성적으로 관리하기 때문에 부패의 고리가 쉽사리 차단되지 않는다는 게 버틀러의 입장입니다. 모든 영역에서 자발성이 결여되고 자율성이 약화되어 있는 까닭은, 고위 계층 사람들이 담합하여 모든 사회적 질서를 자신들에게 유리하게 관리하기 때문이라고 합니다. 계층 사회는 사람들로 하여금 신분적 질서 구도에서 헤어나지 못하게 합니다.

둘째로, 작가의 비판은 교육의 영역으로 향하고 있습니다. 버틀러는 19세기 영국의 교육적 현실을 심도 있게 비판합니다. 모든 교육정책은 고위 성직자 내지 빅토리아 시대의 보수적인 엘리트에 의해서 시행되기 때문에, 교육 영역에서 바람직한 혁신은 아직도 요원하다는 것입니다. 수많은 대학생들이 불필요한 공부에 시간과 돈을 낭비하면서 4년제 대학을 다니고 있습니다. 이를테면 라틴어, 그리스어와 같은 언어가 공공연하게 중요한 교과목으로 다루어지는 것 자체가 납득할 수 없다고 합니다. 당시 청소년들은 "비이성의 학교"에 다니면서 기이한 언어를 배워야 하는데, 이 언어는 100년 전에 사용되었을 뿐 지금은 더 이상 쓰이지 않는 사멸한 언어입니다. 그럼에도 중요한 책은 라틴어와 그리스어와 같은 기이한 언어로 기술되어 있어서, 학생들은 취업하기 위해서 고답적인 언어를 배워야 합니다. 그리스어와 라틴어는 기득권의 이데올로기를 공고히 하는 데 기여한다는 것입니다. 이로써 버틀러는 라틴어와 그리스어

교육이 분에 넘치게 행해진다는 사실을 지적하며, 교육에 있어서의 제반 개혁을 촉구합니다.

16. 하나의 공기, 에레혼: 소설의 첫 번째 판에서 작가는 다음과 같은 말을 모토로 내걸었습니다. "에레혼은 세 음절로 이루어져 있다. 에-레-혼. 그런데 이것을 영어식으로 발음하면 '에어 원'이 된다." 이는 무엇을 뜻하는 것일까요? 그것은 다름이 아니라 "하나의 공기"입니다. 첫 번째 생명체를 뜻하는 단어이지요. 첫 번째 생명체는 두 번째 생명체를 얼마든지 억압하고 조종할 수 있습니다. 다시 말해, 첫 번째의 우월한 생명체는 두 번째의 열등한 생명체를 얼마든지 정치적으로 억압하고 경제적으로 착취할 수 있습니다. 실제로 작품에서 묘사되고 있는 곳은 어떤 잘못된 법과 비이성적인 인간이 지배하는 나라입니다. 그곳 사람들 대부분은 기술의 노예로 살아가고 있습니다. 병이 사회적 죄악으로 간주되고, 사회적 죄악이 불치의 병으로 취급당하는 사회가 바로 에레혼입니다. 지상에서는 이처럼 많은 부자유의 질곡이 자리하지만, 공중의 공기는 "하나" 입니다. 이와 관련하여 주인공이 마지막 대목에 이르러 애드벌룬을 타고 에레혼을 떠나는 장면은 주제 상으로 의미심장합니다. 땅은 구속을 상징하고, 공기는 자유를 가리킵니다. 이를 고려할 때, 땅이란 — 반동적 파시스트 카를 슈미트(Carl Schmitt)가 『대지의 노모스』에서 주장한 대로 — 소유와 사유재산에 대한 법적 토대나 다름이 없습니다. 가령 영국은 영토의 확장을 위해 대양을 점유하면서, 정복되지 않은 대지에 법적 의미를 부여한 바 있습니다(슈미트: 23).

17. 버틀러의 새로운 작품: 버틀러는 1901년에 『에레혼, 20년 후 다시 방문하다, 나라의 원래 발견자와 그의 아들에 의해(Erewhon Revisited. Twenty Years Later: Both by the Original Discoverer of the Country and by His Son)』를 발표하였습니다. 주인공 조지 힉스는 에레혼을 탈출한 지

20년 후에 그곳을 다시 방문합니다. 에레혼 사람들은 그때까지 애드벌룬을 타고 그곳을 떠난 이방인 한 사람을 신으로 추앙하고 있었습니다. 조지 힉스가 그곳을 다시 방문했을 때, 에레혼 사람들은 이를 신의 재림으로 여기면서, 새로운 종교의 창시자를 대대적으로 환영하였습니다. 그런데 주인공의 재등장을 탐탁하게 생각하지 않는 그룹이 있습니다. 그들은 다름 아니라 신흥 종교를 통해서 에레혼 사람들을 경제적으로 교묘하게 착복하는 사제들이었습니다. 조지 힉스의 재출현은 그들의 종교적 강령과 정면으로 충돌하게 되고, 이로 인하여 주인공과 사제 그룹 사이의 갈등은 엄청난 크기로 증폭됩니다. 버틀러는 이 작품을 통하여 영국의 제반 체제를 희화화하였습니다. 버틀러의 비판적 관점은 이미 언급했듯이 교육과 신앙으로 향하고 있습니다. 교사는 아이들이 거짓말을 능수능란하게 활용하도록 가르치며 그들에게 매질을 가합니다. 사제 그룹은 기독교의 미명 하에 사람들에게 거대한 두려움을 안겨 주며, 무지몽매함으로부터 벗어나지 못하도록 조처합니다. 이를 통해서 사제들은 그들의 기득권을 포기하지 않으려고 발버둥 칩니다.

18. 작품의 영향: 버틀러의 작품은 여러 가지 측면에서 영향을 끼쳤습니다. 첫째로, 작품은 20세기에 출현할 디스토피아를 선취하고 있습니다. 다시 말해, 『에레혼』은 자먀찐, 헉슬리, 오웰의 문학 유토피아 이전에 나타난 디스토피아 문학의 선구적 위치를 차지하는 작품입니다. 그밖에 기계는 또 다른 인종의 사회적 삶을 창안해 낼 수 있습니다. 가령 앞 장에서 다룬 바 있는 불워-리턴의 『미래의 사람들』을 고려해 보십시오. 일반 사람들은 기계를 발명하여 최상의 가능성을 실험하는 다른 인종에게 얼마든지 지배당할 수 있습니다. 또한 독일의 표현주의 작가, 에른스트 톨러(Ernst Toller)의 극작품, 『대중 인간(Masse Mensch)』(1919)에는 노동자들이 무기 공장의 기계를 부수기 위해서 공장을 향해서 돌진하는 사건이 묘사되고 있는데, 이 역시 부분적으로 버틀러의 주제와 일

맥상통합니다(Toller: 27). 그런데 우리는 문명사회의 필요악으로서 기계를 받아들이고 기계와 함께 살아갈 수밖에 없습니다. 이후에 나타난 수많은 사이언스 픽션 문학작품들은 기계가 인간의 삶에 과연 어느 정도로 좋고 나쁜 영향을 미칠지에 관해서 묘사한 바 있습니다.

둘째로, 버틀러의 작품은 기계의 발전과 이로 인해 나타난 악영향을 예리하게 지적하였습니다. 프랑스의 철학자, 들뢰즈와 가타리는 『자본주의와 편집 분열증. 안티 오이디푸스(Capitalisme et schizophrénie. L'anti-Œdipe)』(1972)의 「기관 없는 신체(Corps sans organes)」의 장에서 활력주의와 메커니즘 사이의 상관관계를 설명하면서 『에레혼』을 인용하였습니다. 그들이 구상하는 "갈망 기계(Wunschmaschine)"에 관한 이론은 소설 말미에 있는 「기계의 책」에 첨부되어 있습니다(Deleuze: 29). 이로써 독자들은 자본주의의 분열 증세를 치유할 수 있는 가능성으로서의 기계와 인간 사이의 상호 보조 그리고 이러한 문제의 사회적 개입 등을 유추할 수 있게 되었습니다. 현대에 이르러 정보화, 자동화 그리고 기계화로 인하여 새로운 유형의 실업자들이 등장하게 됩니다. 이들은 이른바 새로운 무산계급 그룹인 "프레카리아트(Prekariat)"로서 글로벌 자본주의 체제 속에서 노동으로부터 배제된 잠재적 실업자들을 가리킵니다. 기계를 둘러싼 문제는 오로지 기계에 관한 문제 하나만으로 해결될 수 없다는 것은 자명한 사실입니다.

19. 신비로운 미국 작가, 도널리: 이그내티어스 도널리(1831-1901)는 생전에 미국 미네소타주의 연방 의원으로 일하면서 아틀란티스의 전설에 지대한 관심을 쏟은 작가입니다. 실제로 그는 1882년에 『아틀란티스, 홍적세 이전의 세계(Atlantis, the Antediluvian World)』라는 공상 소설을 발표하여 세인의 관심을 불러일으켰습니다. 북대서양에는 아틀란티스라는 거대한 대륙이 존재했는데, 이 대륙은 바다 아래로 가라앉았다고 합니다. 이러한 가설은 맨 처음 플라톤에 의해서 제기된 바 있습니다. 놀라

운 것은 아리아 인종에 대한 플라톤의 가설입니다. 아리아 인종은 아틀란티스의 후손인데, 이들은 인도와 유럽으로 퍼져 나가서, 오늘날의 아리아 인종을 형성했다고 합니다. 도널리 역시 이러한 가설을 엄연한 사실이라고 믿었습니다. 그의 견해에 의하면, 아틀란티스가 가라앉은 다음에 몇몇 사람들이 살아남았는데, 이들은 아조레스 군도에 머물다가, 일부가 중앙아메리카로 건너가 아메리카 인디언들에게 글쓰기, 금속 기술 그리고 피라미드 축조 기술을 전수했다는 것입니다. 나아가 도널리는 셰익스피어가 실존 인물이 아니라고 주장한 바 있습니다. 셰익스피어의 이름을 빌려 모든 작품을 저술한 사람은 프랜시스 베이컨이라는 것입니다. 물론 이러한 주장은 신빙성이 없는 것으로 판명되었습니다.

20. 작품 『카이사르의 기둥』: 도널리는 1890년에 가명으로 또 다른 소설을 발표하였습니다. 그것은 『카이사르의 기둥』이라는 작품입니다. 편지 형식으로 서술되어 있는 이 작품은 세계의 파국에 관한 묵시록의 유토피아를 담고 있는데, 당시에 25만 부나 팔려 나갔습니다. 도널리는 작품을 발표한 지 2년 후에 미국의 공화당 강령을 발표하였습니다. 여기에는 작품의 핵심적 전언이 은밀하게 반영되어 있습니다. 그는 다음과 같이 기술하였습니다. "인류에 대항하는 거대한 반역 행위는 두 개의 대륙에서 조직화되었다. 반역의 폭동은 신속하게 세계를 장악하였다. 설령 모반 세력의 정책이 신속하게 작동되지 않는다고 하더라도, 결국에는 끔찍한 사회적 전복을 불러일으키고, 문명을 파괴하여, 절대주의의 폭정을 실행하게 될 것이다." 이 대목에서 도널리는 몇몇 엘리트의 과두정치의 위험성을 노골적으로 비판하고 있습니다. 실제로 20세기에 이르러 히틀러와 스탈린은 제각기 철혈 정치를 자행하여 무고한 사람들을 학살과 전쟁이라는 살육의 현장으로 몰아갔습니다. 도널리의 발언은 놀랍게도 이러한 끔찍한 사건을 예견하고 있습니다.

21. 주인공 가브리엘 월드스타인: 작품의 주인공은 가브리엘 월드스타인이라는 이름을 지닌 우간다 출신의 흑인입니다. 우간다에서 생산된 목화를 해외로 판매해 왔습니다. 그는 사업차 애드벌룬을 타고 뉴욕으로 여행합니다. 가브리엘은 고향에 머물고 있는 자신의 동생, 하인리히에게 편지를 보내어 자신의 미국 체험을 전합니다. 그런데 월드스타인은 전형적인 유대인의 성입니다. 여기서 우리는 한 가지 사항을 유추할 수 있습니다. 과거에 어느 익명의 시오니스트는 우간다에 유대인 국가를 세우려고 고심한 바 있었습니다. 이때 가브리엘은 자신의 고향에서 생산되는 목화가 중간 상인을 거쳐 비싼 가격으로 청바지 생산자에게 넘겨진다는 것을 알게 되었습니다. 만약 자신의 생산품이 중간 이윤 없이 소비자에게 직접 판매된다면, 더 많은 이득을 얻게 되리라고 판단합니다. 그래서 직접 뉴욕으로 건너오게 된 것입니다.

22. 새로운 도시 뉴욕: 뉴욕에 도착한 가브리엘은 그곳에서 일상화된 고도의 기술을 접하게 됩니다. 지하철이 완공되어 있는데, 모든 시설은 유리로 설치되어 있기 때문에 도로에서 지상의 고층 빌딩을 훤히 올려다볼 수 있습니다. 주인공은 다윈 호텔에 머물면서 TV 메뉴판으로 음식을 주문합니다. 거기에는 세계의 모든 이국적인 음식 이름이 빼곡히 적혀 있습니다. 심지어 거미 요리도 있고, 중국의 새둥지 요리도 있습니다. 사람들은 거대한 TV 화면으로 세계에서 발생하는 모든 정치적 사건을 접할 수 있습니다. 그런데 문제는 일부의 엘리트만이 이러한 기술의 혜택을 누리고 있다는 사실입니다. 뉴욕에 도착한 지 얼마 되지 않아 가브리엘은 기이한 계기로 몇몇 사람들과 조우합니다. 그가 탄 마차는 도로를 건너던 거지 한 사람을 다치게 했는데, 이 와중에 주인공은 카를 카바노 왕자를 알게 됩니다. 거지는 막스 패션이라는 이름의 사내였는데, 사실 인즉 비밀 지하조직인 형제 동맹의 수장이었습니다.

23. 과두제의 정치가, 카이사르 롬멜리니: 가브리엘은 막스 패션을 통해서 뉴욕의 제반 현실, 특히 가난한 사람들의 끔찍한 생활상을 피부로 접합니다. 무산계급에 속하는 수많은 노동자들은 과두정치를 추구하는 몇몇 엘리트의 폭정에 지속적으로 시달리며 자신의 노동을 착취당하고 있습니다. 어느 날 가브리엘은 막스 패션의 소개로 비밀결사 단체의 대표를 만납니다. 카이사르 롬멜리니라는 이름을 지닌 단체의 대표는 무지막지한 광신자의 면모를 드러냅니다. 이탈리아인과 흑인 사이에서 혼혈로 태어난 롬멜리니는 장대하고 근육질의 몸을 지니고 있었습니다. 그런데 뉴욕 사회의 근본적인 문제는 부자가 권력을 장악하고 모든 과학기술을 마음대로 활용한다는 데 있습니다. 이에 반해 일반 사람들에게 문명의 혜택은 주어지지 않으며, 가난해서 하루하루를 연명해 나가는 것조차도 힘이 듭니다. 말하자면, 미국 사회는 자본주의 경제구조로 인하여 빈부 차이가 급격하게 생겨나게 된 것입니다. 가브리엘은 막스 패션과 함께 정규군에 의해 갇혀 있는 여성들을 구출하는 데 안간힘을 쏟습니다. 이때 주인공은 에스텔라라는 이름의 여성과 안면을 익힙니다.

24. 폭동으로 인한 마지막 참상: 막스 패션이 이끄는 비밀결사조직은 과두제의 독재자들에 대항하여 격렬하게 싸웁니다. 마침내 수많은 노동자들과 합세한 대중들은 거대한 폭동을 일으킵니다. 폭동에 힘을 보탠 사람은 카이사르 롬멜리니입니다. 무력 투쟁이 발발하자, 뉴욕은 그야말로 무질서의 아비규환 속으로 빠집니다. 과두 체제를 이끄는 정규군의 저항이 극에 달하자, 이번에는 카이사르 롬멜리니가 선봉에 나섭니다. 총탄과 폭격이 지속되는 가운데, 롬멜리니는 마지막 전투에서 장렬하게 전사합니다. 가브리엘은 폭동이 승리를 구가하는 바로 그날 고향으로 도주합니다. 우간다로 향하는 애드벌룬에 어렵사리 승선한 것입니다. 애드벌룬에 승선한 사람은 주인공 외에도 막스 패션, 에스텔라 그리고 크리스티네였습니다. 하늘에서 내려다본 뉴욕의 광경은 참담한 지옥을 방

불케 합니다. 폐허의 건물에는 수많은 시체가 즐비하게 널려 있고, 화염으로 인한 잿빛 연기는 끝없이 솟아오르고 있습니다.

25. 제목의 의미: 소설의 제목은 줄거리와 일치하지 않습니다. 작가는 카이사르 롬멜리니라는 인물을 로마의 정치가, 카이사르와 연관 지으려 했습니다. 카이사르 롬멜리니는 인민의 편에서 싸우면서도 폭동을 지나치게 자의적으로 이끌려고 하다가 살해당하고 맙니다. 이러한 행동은 카이사르를 방불케 합니다. 실제로 브루투스는 인민들과의 신의를 지키기 위해서 카이사르를 살해해야 했습니다. 만약 카이사르가 생존해 있으면, 로마 사람들은 모조리 노예가 될 것이라고 확신했던 것입니다. 물론 브루투스가 카이사르를 개인적으로 애호하지 않은 것은 아니었습니다. 그러나 로마를 위험에 빠뜨리지 않기 위해서 브루투스는 어쩔 수 없이 대장군의 가슴에 단도를 찔러야 했습니다. 도널리의 작품에서 카이사르 롬멜리니는 가난한 노동자와 농민의 의향을 저버리고, 무조건 과두정치 권력자에게 복수의 칼을 들이대었습니다. 강경 일변도의 그의 투쟁은 무산계급의 안녕을 도모하는 일을 등한시하게 했고, 그들의 목숨을 앗아가게 했던 것입니다. 카이사르의 기둥이 25만 명의 시체를 바탕으로 건립된 사실은 독자에게 어떤 상징적 의미를 전해 줍니다. 말하자면 롬멜리니는 과두정치의 독재자들을 무력으로 실각시키는 일이 하나의 수단이며, 무산계급의 안녕과 평화를 도모하는 일이 하나의 궁극적 목표라는 사실을 깨닫지 못했습니다.

26. 도널리의 시대 비판, 부자가 권력을 장악하면 사회는 패망한다: 도널리의 시대 비판을 이해하려면, 우리는 작가가 살았던 19세기 말의 미국 사회를 예의 주시해야 할 것입니다. 새뮤얼 버틀러의 작품 『에레혼』이 과학기술을 노골적으로 비판하는 데 비해, 도널리의 작품은 자연과학과 기술집약적 문명을 직접적 비판의 대상으로 겨냥하지는 않고, 사회적

갈등의 해결로서 투쟁을 서술하고 있습니다. 문제는 부유한 자들이 권력을 장악하고 있으며, 과학기술이 이들에 의해 자의적으로 남용된다는 사실에 있습니다. 일반 노동자들에게 첨단 과학기술은 그야말로 그림의 떡일 뿐입니다. 중요한 것은 부자가 권력마저 장악하면, 세상의 모든 정책적 방향성을 상실한다는 사실입니다. 이는 독일의 신지학자 루돌프 슈타이너(Rudolf Steiner)의 사회 삼층론(三層論)에서 언급된 바 있습니다(Behrens: 86). 작가, 도널리는 이 작품을 통해서 부자가 권력을 장악하면 사회적 폭동이 일게 되리라고 경고했습니다. 세상은 과두정치를 행하는 부자 권력 집단과 대중의 이익을 대변하는 카이사르 롬멜리니의 비밀결사 집단으로 양분됩니다. 그렇게 되면 과두 체제의 권력자들은 모조리 야수의 면모를 드러내고, 롬멜리니 역시 막강한 권력을 쥔 야수로 돌변하게 됩니다. 전자가 고급문화를 향유하는 고상한 야수들이라면, 후자는 자연 상태의 야수입니다. 카이사르는 수많은 노동자들의 죽음과 현대 문명의 몰락을 기념하기 위한 동상을 설치합니다. 동상을 설치하는 데 사용되는 기둥 아래에는 25만 명의 시신이 매몰되어 있습니다.

27. 묵시록의 전언: 기실 19세기 말의 유럽에는 가난과 기아가 온존하고 있었습니다. 작가는 이러한 참담한 현실이 존재하는 근본적 이유를 상류층의 권력 장악에서 찾으려고 했습니다. 이그내티어스 도널리는 주인공 가브리엘의 입을 빌려서 신의 법정을 소환하고 있습니다. "너희는 눈이 멀고, 귀를 막고 있다. 너희는 이웃들의 고통에 냉담할 뿐이다. 가난한 자들의 피맺힌 외침은 너희들의 마음을 건드리지 못한다. 인간 영혼이 표출하는 연민의 외침, 모든 탄식, 굶주리는 남녀의 눈물, 기아 현상에 시달리는 아이들의 입에서 나오는 빵을 달라는 외침은 하늘 위로 올라가서 왕관을 쓴 지고의 존재 주위를 구름으로 맴돌고 있다. 이제 시대가 충만하게 되면, 폭풍과 번개를 지상으로 뻗어, 너희의 죄 많은 머리를 내리칠 것이다. 그렇게 되면 너희는 피로 물들게 될 것이다"

(Donnelly: 293). 이러한 탄식은 구약성서의 욥의 발언을 떠올리게 합니다. 그렇다고 해서 도널리는 무조건 무산계급의 편을 들지는 않습니다. 실제로 가브리엘은 대립하는 두 세력을 중재하려고 애를 씁니다. 그렇지만 미래를 위한 긍정적 대안을 실현하기에는 그는 무력한 한 개인에 불과합니다. 뉴욕에 머물고 있는 낯선 이방인, 가브리엘에게는 충분한 에너지도, 독창적 추진력도 결핍되어 있습니다.

28. 유토피아 성분 (1), 이윤 추구 비판: 마지막으로 작가가 내세우는 몇 가지 부분적인 요구 사항을 열거하기로 하겠습니다. 첫째로, 도널리는 생산수단과 노동 수단에 있어서 사유재산을 용인하며, 재화의 분배에 있어서 차등을 어느 정도 인정하고 있습니다. 개개인의 사회적 힘은 각자의 능력 차이로 인해 다양하게 분산될 수밖에 없다고 합니다. 그렇기에 사회 구성은 어쩔 수 없이 빈부 차이를 야기하는데, 국가는 어떻게 해서든 이러한 갈등을 최소화해야 한다는 것입니다. 여기서 우리는 불평등을 과도기적으로 용인할 수밖에 없다는 작가의 입장과 그의 한계를 읽을 수 있습니다. 둘째로, 도널리는 사회적 갈등을 차단시키기 위해서 무엇보다도 자본주의의 이윤 추구 내지 과도한 이자율을 어떠한 방식으로든 간에 약화시키거나 철폐해야 한다고 주장했습니다. "자본주의의 이윤 추구는 세상의 모든 악덕을 조장한다"는 게 그의 지론이었습니다 (Donnelly: 111). 그렇지만 도널리는 개개인의 이윤 추구를 비판했을 뿐, 전체주의 국가의 이윤 추구의 위험성은 사전에 알지 못했습니다. 비록 그가 부분적으로 폐쇄적 사회주의 국가 체제에 동의했다고 하지만, 자본주의 체제에 대해서 전면적으로 비판의 메스를 가하지는 못했습니다.

29. 유토피아 성분 (2), 소유할 수 있는 재화의 상한은 정해져야 한다: 셋째로, 도널리는 한 인간이 지닐 수 있는 최대한의 재산을 규정해야 한다고 주장했습니다. 예컨대 어느 누구도 법적으로 정해진 재산 그 이상을

소유해서는 안 된다는 것이었습니다. 이를 위해서 산업 영역에서 대규모 무역이 사라져야 하며, 모든 사업은 개인에 의해서 적정 규모로 행해져야 한다고 주장하였습니다. 나아가 모든 사업가는 무한정의 이윤을 획득하지 말아야 한다고 했습니다. 물론 사업을 추진하면, 원래의 이윤 그 이상을 도출해 낼 수 있습니다. 이 경우 자본가는 잉여 이윤을 노동자들과 가난한 사람들을 위한 사회복지 자금으로 쾌척해야 한다는 것이었습니다. 그렇게 되면 학교, 고아원, 병원, 노동자의 주거지역, 공원, 도서관, 휴양지 등이 설치될 수 있다는 것이었습니다. 여기서 우리는 도널리가 거대한 산업 체제를 부정하고, 오로지 자생적 개인 사업만을 용인하고 있다는 것을 알게 됩니다. 도널리는 이러한 주장을 통하여 무한대의 재산 증식을 용인하는 "미국적 생활 방식"의 문제점을 개선하려고 했습니다. 그러나 그는 유럽 국가들이 국가독점자본주의라는 전체주의 방식으로 거대하게 확장되리라는 점을 미리 통찰하지는 못했습니다.

30. 유토피아 성분 (3), 소작농을 위한 세법의 개혁: 넷째로, 대지주의 넓은 땅은 도널리에 의하면 2년에 한 번씩 소작농에게 이양되어 그들로 하여금 농사를 짓게 해야 합니다. 대지주는 소작인의 이득을 턱없이 높은 가격으로 빼앗지 말아야 합니다. 국가는 이를 어길 시에 대지주의 부동산을 몰수하는 세법을 만들어야 한다고 도널리는 강조합니다. 도널리의 이러한 제안은 부분적으로 어설프지만, 최소한 — 피히테가 주장한 바 있는 — 폐쇄된 국가 체제에서만 그 실천이 가능한 것이었습니다. 만약 국가의 기능이 개별적 인간의 이익을 도모하는 사회단체의 기능으로 변화되면, 도널리가 내세운 개혁 프로그램은 부분적으로 실천될 수 있을 것입니다. 요약하건대, 도널리의 작품은 고전적 유토피아와 디스토피아 사이의 중간에 위치할 수 있습니다. 작품의 주제를 고려할 때, 우리는 도널리의 작품을 역사적 진보와 전체주의의 폭력 사이의 변곡점에 위치한 문헌으로 평가할 수 있습니다.

31. 인구 폭발에 대한 경고: 도널리는 19세기 말 미국의 시대적 현실을 작품 속에 반영하였습니다. 가난과 폭정은 수많은 사람들을 도시로 몰려들게 하였고, 이로 인하여 거대한 도시가 형성되었습니다. 문제는 수많은 도시의 빈민들이 일용할 양식을 구하지 못해서 가난에 허덕이게 되었다는 사실입니다. 몇몇 엘리트가 엄청난 재산을 축적하는 동안 수많은 민초들은 허기진 배를 끌어안고 살았습니다. 문제는 바로 이러한 상황 속에서 인구가 급속도로 증가해 나갔다는 사실입니다. 도널리는 대도시의 인구 증가 및 인민의 기아 현상에 관해 심각한 우려를 표명하였습니다. 인구 증가는 가난을 부추기고 식량 문제를 불러일으켜서 사회적 갈등을 초래한다는 것입니다. 그의 다음과 같은 발언은 과히 놀라울 뿐입니다. "만약 세계에서 약 천만 명이 몰살당한다고 가정한다면, 인간 삶은 더 나아질 것이다. 살아남은 사람들에게는 다소 충분한 공간이 확보될 것이고, 그렇게 되면 세상은 약 몇 세기 동안 평화를 유지하게 될 것이다"(Donnelly: 152).

참고 문헌

버틀러, 새뮤얼 (2018): 에레혼, 한은경 역, 김영사.

슈미트, 칼 (1995): 대지의 노모스, 최재훈 역, 민음사.

Behrens, Bernhard (1958): Der Mensch-Bildner des sozialen Organismus, Hamburg.

Butler, Samuel (1981): Erewhon. Roman, München.

Butler, Samuel (2011): Erewhon, London.

Deleuze Gilles, Guattari Félix (1977): Anti-Ödipus Frankfurt a. M..

Donnelly, Ignatius (2009): Caesar's Column and Other Works. Engish Edition, Kindle: München.

Gardner, Martin (1952): Fads and Fallacies in the Name of Science. Dover Publications: New York.

Jens (2001): Jens, Walter (hrsg.), Kindlers neues Literaturlexikon, 22 Bde, München.

Kumar Krishan (1987): Utopia and Anti-Utopia in Modern Times, Oxford.

James G. Paradis, James G. (2007): Samuel Butler. Victorian Against the Grain: A Critical Overview. University of Toronto Press,.

Saage, Richard (2002): Utopische Profile, Bd. 3, Industrielle Revolution und technischer Staat im 19. Jahrhundert, Münster.

Smithies, James (2007): Return Migration and the Mechanical Age: Samuel Butler in New Zealand 1860-1864, Journal of Victorian Culture Vol. 12, Nr 2, 203-224.

Toller, Ernst (1979): Masse Mensch, Stuttgart.

Weiner, M. Richard (2014): Aufstand der Denkcopmputer, Marburg.

3. 벨러미의 『뒤를 돌아보면서』

(1888)

1. 국가 중심의 절반의 공산주의 유토피아: 19세기 말의 미국 사회는 과학기술의 발전을 통해서 단기간에 사회적인 풍요로움을 구가하게 되었습니다. 그렇지만 상류 부르주아계급만이 이러한 경제적 풍요로움을 누리고 있었습니다. 미국 작가 에드워드 벨러미(Edward Bellamy, 1850-1898)는 상류층이 누리는 이러한 막강한 부를 만인에게 확장시키고 싶었습니다(Heyer: 47). 벨러미가 설계한 것은 시민사회에서 하나의 대안이 될 수 있는 유토피아 상입니다. 미리 말씀드리건대, 벨러미의 유토피아는 19세기 미국 사회에 대한 반대급부의 상으로서, 시민사회에 대한 부분적인 개혁을 지향하는 국가 중심적 시스템을 강조합니다. 원제목은 "2000년에서 1887년을 되돌아보면서(Looking backward: 2000-1887)"인데, 1888년에 발표되었습니다. 벨러미의 전언은 단순 명료한 것이었고, 많이 배우지 못한 사람들도 그의 미래 사회의 구상에 관심을 기울였습니다. 한마디로 『뒤를 돌아보면서』는 간행된 지 2년 내에 21만 권 이상이 팔려 나갈 정도로 대대적인 성공을 거두었습니다.

많은 사람들은 벨러미의 예견에서 20세기에 나타날 파시즘 내지 기존 사회주의의 특성을 지닌 전체주의 정치 시스템을 발견해 내었습니다. 이와 관련하여 좌파 지식인들은 벨러미를 비난하였습니다. 예컨대 독일의 노동 계층은 벨러미의 시도를 회의적으로 고찰하였습니다. 클라라 체트킨은 벨러미가 추구하는 사회적 변혁의 전략을 심도 있게 비난하였습니다. 벨러미는 모든 사회 계층을 구원하겠다고 공언하지만, 새로운 사회질서는 오로지 "혁명적 프롤레타리아의 창조 작업"을 통해서 이룩될 수 있다는 것입니다(Zetkin 83: 281). 윌리엄 모리스는 1889년 친구에게 보낸 편지에서 벨러미의 유토피아를 "영국 방언으로 기술된 끔찍한 천국"이라고 규정하면서, 기계처럼 작동되는 중앙집권적 계층 사회에 전율을 느꼈다고 술회했습니다(Morris: 28). 이는 결국 윌리엄 모리스로 하여금 자신의 문학 유토피아를 설계하게 하였습니다. 클라인베히터는 벨러미의 유토피아를 "절반의 공산주의 시스템"이라고 혹평했습니다. 왜냐하면 벨러미는 생산수단을 국가의 공동소유로 규정하지만, 여러 가지 제품들을 개인의 사유재산으로 인정하였기 때문입니다(Kleinwächter: 121).

2. **벨러미의 삶:** 벨러미는 1850년 3월 26일 미국 매사추세츠주의 산업 도시 치코피폴스에서 침례교 전도사의 아들로 태어났습니다. 그가 자란 곳에는 면 방직공장과 무기 공장이 즐비했습니다. 그래서 벨러미는 어린 시절부터 가난한 노동자의 자식들과 자연스럽게 어울리며 지냈습니다. 벨러미는 가난하고 더러운 아이들과는 달리 학교를 다닐 수 있었습니다. 원래 그는 군인으로서 경력을 쌓고 싶었는데, 1867년 군사 학교인 웨스트포인트는 그의 유약한 신체적 조건 때문에 입교를 거부했습니다. 1868년 벨러미는 사촌형, 윌리엄 파커와 함께 독일에서 약 1년간 동고동락하였습니다. 그런데 독일의 사회주의가 벨러미에게 끼친 영향은 아직 명확히 밝혀진 바 없습니다. 확실한 것은 벨러미가 독일에 체류하면서 프로이센 국가가 어떻게 사회적 문제를 해결하려고 하는가 하는 사항을 신문을 통해서 접했다는 사실입니다. 벨러미의 관심사는 유럽의 왕궁과 교회의 찬란함이 아니라, 무산계급의 참담한 삶으로 향하고 있었습니다. 1894년에 발표한 「나는 어떻게 "뒤를 돌아보면서"」를 집필하게

되었는가(How I wrote 'Looking Backward')」에서 벨러미는 다음과 같이 기술하였습니다. 자신은 독일에서 어떻게 하면 가난을 퇴치하고 평등하게 살 수 있는가 하는 문제로 고뇌하며 사촌 형과 자주 토론을 벌였다는 것입니다(Bellamy 1929: 163).

벨러미는 미국으로 돌아와서 법학을 공부하여 변호사가 됩니다. 그렇지만 그는 변호사 직업에 대해 그다지 신명을 느끼지 못했습니다. 왜냐하면 변호사는 "금권 정치(πλουτοκρατία)"의 사회에 빌붙어 일하는 자이며, "공공연하게 가난한 자의 피를 빨아먹는 사냥개"로 일하기 때문이라는 것입니다. 그래서 그는 뉴욕의 『이브닝 포스트(Evening Post)』와 매사추세츠의 『스프링필드 유니온(Springfield Union)』 등과 같은 잡지사에서 일합니다. 1877년 벨러미는 건강상의 이유로 잡지사를 그만두고 동생과 함께 요양 차 하와이로 떠납니다. 그를 오래 괴롭혔던 것은 바로 폐결핵이었습니다. 벨러미는 하와이에서 장편소설을 집필하기 시작합니다. 『루딩턴 양의 자매』 외에도 네 편의 작품이 연이어 간행되었습니다. 1880년 벨러미는 동생과 함께 스프링필드에서 『데일리뉴스』라는 잡지를 간행하였습니다. 1882년 그는 에마 샌더슨과 결혼하여 일남일녀를 둡니다. 1888년에 간행된 『뒤를 돌아보면서』는 대대적인 성공을 거둡니다. 미국 전역에서 벨러미 독서 토론회가 생겨났으며, 천성적으로 과묵하고 소극적인 성격을 지닌 그는 자신의 생각을 실천하기 위하여 노력합니다. 1891년 벨러미는 보스턴에서 『새로운 국가(New Nation)』라는 잡지를 간행합니다. 폐결핵과의 투쟁 중에도 『평등(Equality)』이라는 책이 완성되었으며, 1898년 48세라는 이른 나이에 사망하였습니다.

3. 줄리언 웨스트, 미래에 깨어나다: 작품의 줄거리는 다음과 같습니다. 보스턴 출신의 젊은 부자, 줄리언 웨스트는 만성 불면증으로 고생하다가, 의사의 마취 요법을 받아들이기로 결심합니다. 그의 머릿속에는 애인을 위하여 멋진 집을 마련하려는 생각으로 가득 차 있습니다. 그런데

최근에 노동자 시위가 빈번하게 발생하여 불면증에 시달리게 되었습니다. 의사 필스버리는 주인공이 마취 상태에서 깊이 잠들 수 있다고 충고합니다. 이때 중요한 것은 줄리언이 주위의 소음에 방해당하지 않는 상태를 유지하는 일이었습니다. 줄리언은 자신의 집의 지하실에 침실을 마련한 다음에 깊은 잠에 빠져듭니다. 그런데 1887년 3월 30일, 즉 줄리언이 마취된 채 깊이 잠든 그날 밤 공교롭게도 방화 사건이 발생합니다. 필스버리는 공교롭게도 뉴올리언스에서 새로운 직장을 얻은 관계로 방화사건이 발생하기 직전에 떠난 터라 방화 소식을 접하지 못했습니다. 모든 게 불에 타서 흔적 없이 사라지고, 주위 사람들은 지하실만 방치한 채그 지역을 떠나고 맙니다. 지하실에 누군가 잠자고 있다는 사실을 아무도 알아차리지 못했던 것입니다.

4. 새롭게 비친 미래 사회의 상: 놀라운 것은 줄리언이 이미 113년이 지난 뒤에 잠에서 깨어났다는 사실입니다. 2000년 어느 날 의사인 리트 박사는 자신의 실험실을 건립하기 위해서 자신의 땅을 깊이 파게 되었는데, 그곳에 지하실이 있다는 사실을 뒤늦게 알아차리게 됩니다. 지하실을 열어젖혔는데, 놀랍게도 거기에 한 사람이 깊이 잠든 채 누워 있는 게 아니겠습니까? 줄리언은 리트 박사에 의해서 오랜 잠으로부터 깨어납니다. 보스턴은 주인공의 눈에는 너무 많이 변해 있습니다. 이에 반해서 자신의 얼굴은 오랜 시간이 흘렀는데도 옛날 그대로의 면모를 지니고 있습니다. 줄리언은 리트 박사와 그의 아름다운 딸, 에디트가 살고 있는 집에 거처를 마련합니다.

5. 주인공, 자신의 약혼녀의 증손녀와 결혼식을 올리다: 약 백여 년 동안 잠을 잤다고 말했지만, 사람들은 줄리언의 말을 신뢰하지 않습니다. 줄리언은 주위의 도움으로 보스턴에 있는 쇼머트 대학에서 역사학 교수로 일하게 됩니다. 주인공은 시간이 흐를수록 에디트에게 마음이 이끌립니

다. 두 사람의 연애는 결국 약혼까지 이어지고, 소설은 해피엔딩으로 끝납니다. 나중에 알고 보니, 에디트는 옛날에 줄리언이 결혼하기로 했던 신부, 에디트 바르틀레트의 증손녀로 밝혀집니다. 줄리언이 미래의 증손녀에 해당하는 여자를 만나서 깊은 사랑에 빠지는 이야기는 그 자체 흥미롭지만, 소설의 주제를 염두에 둔다면, 지엽적인 의미를 지닙니다. 이보다 중요한 것은 벨러미가 설계한 이상 국가의 상입니다. 작품의 많은 부분은 리트 박사와 줄리언 사이의 토론으로 이루어져 있는데, 우리는 이 대목을 주의 깊게 파악해야 할 것입니다.

6. 벨러미의 시대 비판, 빈부 차이의 극복: 벨러미는 어떠한 이유에서 2000년의 새로운 보스턴을 설계하였을까요? 가장 큰 문제는 자본주의의 확장으로 인하여 소수의 사람들이 부를 독식하고 있다는 사실입니다. 이로써 심화되는 것은 빈부 차이라는 사회의 양극화 현상입니다. 양극화 현상은 중세 내지 근대에 드러난 봉건적 계급사회의 경우보다도 더 심각합니다. 사회의 재화가 소수에 의해서 장악되면, 생산에 가담하는 노동자들은 지금까지 한 번도 겪지 못한 노예화의 질곡 속에 갇히게 됩니다(Bellamy 1983: 41). 벨러미는 주어진 19세기의 미국 사회를 "하나의 거대한 마차"로 비유하였습니다. "수많은 사람들이 힘들게 마차를 뒤에서 밀지만, 안락의자에서 여유만만하게 있는 자는 소수에 불과하다. 만약 마차가 어떤 장애물에 부딪히면 좌석에 앉아 있던 사람은 어디론가 튕겨 나가고, 다른 사람이 악을 쓰면서 그 자리를 차지하려고 발버둥 친다"(Kirchenheim: 260). 문제는 부의 불평등한 분배에 있는 것만은 아닙니다. 이보다 더 큰 문제는 사회의 불평등 구조가 세대가 바뀌어도 변함없이 재생산되는 사실입니다. 특히 빈부 차이는 가지지 못한 사람에게서 동등하게 교육 받을 권리마저 박탈합니다.

7. 미국 사회에 대한 벨러미의 비판: 벨러미는 19세기 미국 사회의 세

가지 경향을 비판하였습니다. 첫째는, 카베와 마찬가지로 경쟁 구도에 입각해 있는 미국의 산업사회가 경제적으로 너무 불안정하다는 것입니다. 특히 미국 사회를 지탱하는 것은 주로 민간 기업이기 때문에 여러 가지 문제가 지속적으로 속출합니다. 가령 미국의 대기업은 수요와 공급을 미리 예측하지 못해서 방만하게 경영하다가 일시적으로 고통을 겪었습니다. 기업들은 상호 경쟁을 통해서 각자 손해만 보았습니다. 둘째로, 19세기의 미국은 벨러미에 의하면 자본주의의 생산과 분배 방식에 있어서 노동력과 자본과 같은 인적, 물적 자원의 낭비가 심하다는 것이었습니다. 미국의 민간 기업들은 경기 침체로 인한 주기적 경기 변동에 대처하지 못했으며, 자본과 노동의 효율성이라든가 효과 있는 고용 창출을 이룩하지 못했습니다(이인식: 219). 셋째로, 19세기의 미국에서는 소수의 부유한 특권층이 다수의 가난한 대중들을 끝없이 착취하고 위협을 가한다는 것입니다. 벨러미의 이러한 시대 비판은 무엇보다도 민간 기업으로 향하는 것이었으며, 이는 결국 강력한 국가를 중심으로 하는 조직화된 자본주의 유토피아를 설계하도록 자극하였습니다. 실제로 1886년 5월 1일에 시카고에서는 8시간 노동을 보장하라는 대규모 파업 집회가 열렸습니다. 이 과정에서 폭탄 테러가 일어나 70명의 사상자가 발생했습니다. 이것이 바로 오늘날 세계 노동절의 효시가 된 헤이마켓 사건입니다. 재미있는 것은 벨러미의 소설 속의 주인공이 잠든 시점이 이듬해인 1887년으로 설정되어 있다는 사실입니다.

8. 벨러미의 국가 중심의 중앙집권적 유토피아: 벨러미는 국유화를 주창하던 당시의 일부 지식인들에게 미래 사회의 가능한 상을 제시하고 싶었습니다. 벨러미의 유토피아는 세 가지 중요한 특징을 표방합니다. 첫째로, 그의 유토피아는 강력한 중앙집권 체제를 지닌 국가의 상으로서 모든 재화 및 산업이 국가의 소유로 되어 있습니다. 국가가 처음부터 산업의 주체로 설정되어 있으므로, 국가 외의 다른 유형의 경제 기관은 커다

란 영향을 끼치지 못합니다. 이로써 불필요한 소모적 경쟁은 미연에 방지할 수 있습니다. 둘째로, 벨러미의 미래 국가에서 살아가는 사람들은 45세에 이르기까지 반드시 노동의 의무를 준수해야 합니다. 그렇지만 45세 이후의 사람들은 노동의 의무가 면제됩니다. 45세 이전의 사람들은 열심히 일해야 하지만, 45세 이후의 장년층, 노년층 사람들은 더 이상 일하지 않도록 배려했던 것입니다. 여기서 중요한 것은 노인 복지와 관련된 사안입니다. 셋째로, 벨러미는 무엇보다도 국가를 운영하는 데 있어서 소수의 엘리트 그룹인 경영자의 중요성을 부각시키고 있습니다. 벨러미의 유토피아가 중앙집권적 관료주의라는 비난을 듣는 것도 바로 이 때문입니다.

9. 중산층을 고려한 사회 설계: 놀라운 것은 벨러미가 산업과 재화의 국유화를 강조하면서도 미국의 부르주아의 개인적 심성을 자극하지 않았다는 사실입니다. 이를테면 카베가 자신의 유토피아를 집필할 때 19세기의 가난한 사람들과 하층민들을 염두에 두었다면, 벨러미는 아마도 미국의 중산층을 상당히 고려한 것 같아 보입니다. 아니나 다를까, 작품은 중산층 사람들에게 45세 이후에 편안하고 즐거운 삶을 살아갈 수 있다는 희망을 불러일으켰습니다. 벨러미의 유토피아에서 45세 이상의 나이 많은 사람들은 노동의 의무에서 벗어나서 취미 생활 내지 예술 활동을 얼마든지 영위할 수 있습니다. 벨러미의 『뒤를 돌아보면서』가 미래 사회의 삶뿐 아니라, 노인 복지를 위한 정책적인 측면에서 많은 것을 암시하는 까닭은 바로 여기에 있습니다.

10. 완전히 자율에 맡겨지는 개인의 삶: 벨러미는 건축과 도시 계획에서 기하학적 동질성이라는 틀을 깨뜨리고 있습니다. 지금까지 나타난 대부분의 유토피아는 정방형 아니면 직선의 질서에 의해서 구조화된 것이었습니다. 그러나 벨러미는 이러한 엄격한 틀을 파괴하고 있습니다. 보스

턴의 집들은 이미 오래 전에 산업 중심의 거대한 메가 단지의 모습을 지양하고, 다양하고 아름다운 정원으로 치장하고 있습니다. 건축물들은 다양한 양식으로 축조되어 있으며, 더 이상 통일적이고 단순한 면모를 드러내지 않습니다(Bellamy 1983: 85). 말하자면, 개인의 취향을 고려한 다양성이 강조되는데, 이는 이전에 출현한 문학 유토피아에서 거의 발견되지 않는 독특한 사항입니다. 따라서 벨러미의 건축양식은 시대와는 무관한 기이한 특성을 지니고 있습니다(Bellamy 1983: 146). 국가는 더 이상 개개인의 의식주에 직접 관여하지 않습니다. 개개인들이 자신에게 배당된 수입을 어디에 지출하는가 하는 물음에 대해서는 자율에 맡겨지고 있습니다. 이는 카베의 중앙집권적 이카리아 유토피아와 완전히 다른 특징입니다. 벨러미의 유토피아에서는 사람들의 유행 또한 계절마다 바뀌고 있습니다. 한마디로 개개인의 삶은 자율적 방식을 채택하고 있습니다. 거주 이전의 자유 역시 주어져 있습니다. 이곳 사람들은 자신이 원하는 대로 여행할 수 있으며, 거주지를 바꿀 수 있습니다.

11. 2000년의 찬란한 산업국가: 벨러미는 무엇보다도 바람직한 국가의 상을 설계하고 싶었습니다. 그가 묘사한 것은 나중에 올더스 헉슬리, 조지 오웰, 레이 브래드버리 등이 시도한 바 있는 미래 사회의 무시무시한 사회적, 정치적 환경이 아니라, 작가의 뇌리에 떠오른 긍정적 상으로서의 이상 국가였습니다. 물론 이러한 이상 국가가 어떠한 과정을 거쳐서 실현될 수 있는가 하는 문제는 명확하게 기술되어 있지 않습니다. 20세기의 어느 시점에 인류 사회는 비유적으로 말해서 이성과 공동선의 물결로 넘치게 되리라고 합니다. 그렇게 되면 동지애에 입각한 국가의 토대가 마련된다는 것입니다. 벨러미에 의하면, 서기 2000년의 세상에서는 오로지 산업국가들만이 존재할 것입니다. 산업국가들은 제각기 협동하여 하나의 거대한 연방 국가 공동체를 형성한다고 합니다. 모든 산업국가들은 물질적 풍요로움을 누리고, 모든 인민들로 하여금 걱정 없는 삶

을 누리도록 조처합니다. 사람들은 제각기 노동에 참여하지만, 제반 조직들이 적재적소에서 원활하게 기능함으로써 공동으로 생산된 재화의 가치는 공정하게 분배된다고 합니다. 이로 인하여 어느 누구도 착취당하지 않으며, 과도한 재화를 독점하지도 않게 됩니다.

12. 강력한 중앙집권적 국가 시스템: 가령 제19장에는 새로운 법적 시스템이 언급되고 있습니다. 중범죄와 같은 격세유전적으로 나타나는 징후는 하나의 폭풍으로 비유되는데, 만약 사회주의의 법적 시스템이 도입되면, 질병의 이러한 징후는 마치 의학이 특정한 질병을 치유하듯이 사라지게 되리라는 것입니다. 벨러미는 다음과 같이 구상하였습니다. 만인이 전체를 위해 최상의 것을 창출해 낸다면, 사회는 강력하게 중앙집권적으로 조직화될 수 있으며, 지배 체제 내지 산업의 체제들은 이와 병행하여 가장 바람직한 기업 경영과 군사적 입장에 따라 설립될 수 있다는 것입니다. 경제적 삶에 있어서 사적인 책임론은 더 이상 필요하지 않게 될 것이고, 기업과 기업, 산업국가와 산업국가 사이의 무한대의 소모적인 경쟁은 더 이상 가능하지 않으리라고 합니다. 다만 45세 이상의 소수 엘리트들만이 국가와 기업에서 자신의 고유한 관직을 차지할 수 있는데, 이 경우에도 스스로 원할 경우 얼마든지 특수한 전공 분야 내에서 활약하게 된다고 합니다.

13. 단일국가 시스템과 군대 조직과 같은 질서: 유토피아 국가의 모든 생산수단은 국가의 소유물로 되어 있습니다. 벨러미의 미래 국가는 이 점을 고려할 때 마르크스주의의 특징을 약간 반영하고 있지만, 모든 것은 중앙집권적으로 국가의 시스템 하에서 일사분란하게 영위되고 있습니다. 국가는 미국의 유일한 신디케이트와 같습니다. 정부가 국내 유일의 기업 그 자체이므로, 어떠한 정당이나 노동조합도 처음부터 불필요합니다. 새로운 국가에서는 정부가 기업을 운영하므로, 고용주와 노동자

사이의 갈등이나 노사 관계의 마찰이 발생하지 않기 때문입니다. 사람들 사이에는 부패도 존재하지 않고, 정치적 선동 또한 자리하지 않습니다. 국가가 고용주라면, 국민 모두가 고용인인 셈입니다. 국민들은 국가에 활력을 불어넣기 위해서 "산업 군인"으로 근무하는 것을 하나의 의무로 생각합니다. 여기서 "산업 군인"이라는 용어는 매우 중요합니다. 왜냐하면 벨러미의 유토피아의 질서가 군대의 질서를 방불케 하기 때문입니다. 군대 질서를 도입한 국가의 계획적 경제 시스템은 여러 가지 장점을 지닙니다. 이를테면 그것은 신속하게 계획을 실천하는 추진력뿐 아니라, 겉으로 드러나지 않는 잠재적 노동력을 극대화시킬 수 있는 장점을 가리킵니다.

14. 만인의 노동: 만인은 21세부터 45세까지 약 24년 동안 산업 군인으로 복무합니다. 이들은 약 이백 혹은 삼백 가지의 업종에서 각자 일합니다. 여성들도 이러한 의무에서 벗어나지 않습니다. 아이를 낳지 않을 경우, 여성들 역시 45세까지 각자 맡은 자리에서 일해야 합니다. 임신과 출산을 겪어야 하는 여자들은 한시적으로 노동의 의무를 면제받습니다. 벨러미는 다음과 같이 말합니다. "노동의 의무는 24년으로 정해져 있다. 노동은 학교 교육이 끝나는 21세부터 시작되어, 45세의 나이까지 행해진다. 45세가 되는 국민은 일반적 노동의 의무로부터 면제되지만, 여기에는 예외가 있다. 가령 긴급하게 필요한 경우, 이를테면 특정 영역에서 갑자기 노동력이 절실하게 필요하면 45세 이상의 사람들도 노동에 소환될 수 있다. 그렇게 되면 사람들은 55세까지 일하게 된다"(Bellamy 1983: 50). 모든 재화는 국가에 의해서 관리됩니다. 재화의 분배 역시 국가가 직접 관장하기 때문에 사람들은 화폐를 필요로 하지 않습니다. 대신에 사람들은 물품 수령 시에 신용카드로 결제합니다.

15. 매니저 그룹: 벨러미의 국가에서는 모든 국민이 국가의 번영에 동

참하고 있습니다. 그런데 국가를 실질적으로 다스리는 계급은 매니저로 구성되어 있습니다. 이들은 산업 경영 능력을 갖춘 엘리트들입니다. 여기서 언급되는 산업 관료들은 제임스 버넘(James Burnham, 1905-1987)이 명명한 매니저 계급과 거의 동일합니다. 기실 국가의 산업을 기획하고 추진하며, 이를 선도하는 일을 능수능란하게 수행하기 위해서는 제반 분야에서 탁월한 능력을 인정받은 남자들과 여자들을 필요로 합니다. 이들의 노력을 통해서 국가의 생산력은 극대화될 수 있습니다. 일사불란하게 움직이는 매니저 그룹은 나중에 허버트 조지 웰스(H. G. Wells)의 『모던 유토피아』에 등장하는 엘리트 사무라이 집단을 연상시키며, 제임스 버넘의 엘리트 중심의 국가 경영 이론은 조지 오웰의 디스토피아, 『1984년』에서 일반 대중에 해당하는 "프롤레스(Proles)"를 통제하고 지배하는 빅브라더에 의해 구현되고 있습니다. 어쨌든 벨러미의 유토피아에 등장하는 매니저 그룹은 마치 군대 조직처럼 체계 잡혀 있습니다. 위관급 장교, 영관급 장교 그리고 장성 등과 같은 수직 구도의 위계질서를 생각해 보십시오. 국가의 산업을 수행하는 데 있어서 이러한 군대식의 조직은 하나의 계획을 가장 신속하게 추진할 수 있습니다. 벨러미는 생시몽과 마찬가지로 전문가, 행정 능력을 지닌 엘리트 관료들에게 커다란 권한을 부여하고 있습니다.

16. 대부분의 경우 사유재산의 철폐, 화폐의 철폐: 벨러미의 유토피아 국가에서는 상업이 존재하지 않습니다. 국가가 시장의 역할을 전체적으로 관장합니다. 매매는 없지만, 물건 거래는 존재합니다. 모든 교환은 신용카드로 이루어집니다(Bellamy 1983: 67). 돈이 무용지물이니, 은행 역시 불필요합니다. 따라서 사유재산제도는 실질적으로 거의 사라진 지 오래입니다. 모든 재산은 국가가 관할하고 있습니다. 개개인들은 의식주에 관해서는 자신에게 필요한 것들을 당국으로부터 배급받아서 사용하면 족합니다. 물론 오스트레일리아, 멕시코 그리고 남미의 나라 역시 미

국과 같은 국가 중심적 사회주의 체제를 갖추고 있습니다. 이들 나라에서도 화폐는 사라졌지만, 교역에는 무리가 없습니다. 사람들은 더 이상 귀금속을 수집하려고 생각하지 않습니다. 나중에 팔 수 없기 때문에 귀금속으로 보관하는 것은 경제생활에 전혀 보탬이 되지 않습니다. 그런데 기호 물품의 경우 벨러미는 일부 품목에 한해서 사유재산을 예외적으로 인정하고 있습니다. 또한 공동의 소유물도 존재하는데, 이것들은 주로 생산도구들입니다.

17. 최고 지도자 선출과 45세 이후의 안락한 삶: 물론 당국의 정책에는 몇 가지 예외 사항이 존재합니다. 즉, 학문적 연구, 정부의 정책 수행 그리고 중요한 관청의 자치적 업무 등이 그것들입니다. 이러한 예외 정책을 제외한다면 모든 국민들은 45세의 나이에 생업의 의무로부터 벗어나서 자신이 개인적으로 추구하고 싶은 일을 행할 수 있습니다. 나아가 45세 이상의 사람들은 공공 식당에서 돈을 내지 않고 식사할 수 있습니다. 물론 조기 퇴직도 가능합니다. 33세의 노동자가 일선에서 물러날 경우 연간 수입의 반액이 할당되는데, 조기 퇴직자는 이 금액을 신용카드로 지출할 수 있습니다. 벨러미의 유토피아 국가의 사람들은 최고 지도자를 선출합니다. 국가의 최고 지도자인 대통령은 45세 이상이어야 하며, 임기는 5년으로 정해져 있습니다. 투표권은 45세 이상의 사람들만 소유하고, 일반 사람들에게는 선거권이 주어지지 않습니다. 45세 이상 되는 대부분의 사람들은 노동의 일선에서 물러나서, 스스로 원하는 일을 마치 취미 생활처럼 즐깁니다.

18. 시간 절약과 불필요한 노동시간 축소: 벨러미는 주인공으로 하여금 거주지 근처의 물류 저장 창고를 시찰하게 합니다. 모든 사람들은 5분에서 10분 사이에 도시의 모든 구역에 배치되어 있는 물류 저장 창고에 도달할 수 있습니다. 이는 귀부인들이 가게를 돌아다니면서 물건을 구매

하는 시간과 일반 노동자들이 상점에서 필요한 물건을 구입하는 시간에 비해 훨씬 능률적입니다. 정부가 발행한 유인물에는 사람들에게 필요한 모든 물건들에 관한 정보가 담겨 있어서(Bellamy 1983: 81), 사람들은 물건을 얻는 데 엄청난 시간을 절약할 수 있습니다. 사람들은 공동 식사, 공동 빨래 등을 통하여 가사 노동에 필요한 많은 시간을 줄일 수 있습니다. 물론 의식주와 관련된 봉사의 일들이 많이 있지만, 순번제로 수행되기 때문에 큰 어려움이 발생하지는 않습니다.

19. **직업 선택의 자유:** 모든 사람들은 자신의 재능과 관심에 따라 무언가를 배울 수 있으며, 특정 직업을 선택할 수 있습니다. 그런데 여기에는 전제 조건이 따릅니다. 직업을 선택하려는 자는 첫째로 21세까지 국가의 산업 시스템에서 필요로 하는 학업을 이수해야 하며, 둘째로 사전에 산업에 필요한 제반 기본 지식을 쌓아야 합니다. 모든 사람들은 병들지 않는다는 전제 하에서 3년에 걸쳐서 수련생으로 근무해야 합니다. 수련생의 일감은 육체노동, 자신의 일과 관련되는 기계 및 기구 사용 그리고 특정한 기술 연마입니다. 이러한 의무교육을 이수해야만 개개인이 특정한 일감을 독점하지 않으며, 자신이 사회적으로 공평하게 대접받는다고 확신하게 될 것입니다. 과도기의 이러한 예외적 조처를 제외한다면, 사람들은 누구나 할 것 없이 자신의 자발적인 의지에 따라 직업을 선택할 수 있습니다. 적어도 이성을 지닌 사람이라면 누구든 간에, 자신이 무엇을 할 수 있으며, 무엇을 하고 싶은지 스스로 결정할 수 있다는 것입니다. 중요한 것은 노동의 수요와 공급이 그 수에 있어서 어느 정도 정비례한다는 사실입니다.

20. **힘들고 불쾌한 노동에 대하여:** 국가는 좋은 업종과 나쁜 업종 사이의 차이를 없애는 데 혼신의 힘을 다합니다. 젊은이들의 직업 선택의 욕구와 국가의 필요성 사이에는 언제나 어떤 간극이 존재하기 마련입니다.

이러한 간극을 채우기 위해서 국가는 개인들이 노동시간을 조절하도록 면밀하게 조처합니다. 가령 모든 노동자는 자신이 하고 싶은 일감과 자신이 싫어 하는 일감을 동시에 행해야 합니다. 대신에 원하는 일감의 경우 노동시간이 늘어나고, 원하지 않는 일감의 경우에는 노동시간이 축소됩니다. 예컨대 카베의 『이카리아 여행』에서는 고도의 기술 개발로 하기 싫은 일감과 힘든 일감은 대부분의 경우 기계로 대치되는 데 반해서, 벨러미의 경우에는 이에 관한 언급이 없습니다. 자고로 인간은 누구든 간에 힘든 노동을 기피합니다. 그래서 국가는 21세의 젊은 노동자로 하여금 최소한 3년 동안 힘들고 불쾌한 일감을 택하도록 조처합니다. 따라서 21세의 젊은이들은 3년 동안 국가가 부여한 일을 의무적으로 행하지 않으면 안 됩니다. 어느 누구도 국가로부터 위임 받은 의무 노동을 면제받을 수 없습니다.

21. **전선과 전화기:** 벨러미의 유토피아에서 놀라운 사항은 여러 가지 있으나, 두 가지만 말씀드리겠습니다. 이상 국가의 사람들은 전화선을 이용하여 음악을 듣고, 먼 곳에서도 서로 대화를 나눌 수 있습니다. 작가가 살던 시대에 전화기와 축음기가 발명된 지 얼마 되지 않았다는 사실을 감안한다면, 이는 놀라운 착상이 아닐 수 없습니다. 벨러미가 프랜시스 베이컨의 『새로운 아틀란티스』를 읽은 것은 분명한 것 같습니다. 사람들은 전화기를 사용하여 멀리서도 다양하고 아름다운 음악을 청취할 수 있습니다. 단추 하나만 누르면, 전화선이 공연장과 연결되어 멀리서도 사람들은 자신이 원하는 음악을 즐길 수 있습니다.

22. **신용 채권의 사용:** 또 한 가지 놀라운 사항은 벨러미가 미래 국가의 사람들로 하여금 화폐 대신에 신용 채권을 사용하게 했다는 사실입니다. 국가는 거대한 장부에다 개별 노동자들의 신용 채권 구좌를 개설합니다. 개별 노동자들은 신용 채권으로써 자신이 취득하는 물품의 가

격을 신용 구좌에 등록합니다. 사람들은 신용 채권으로써 물건을 수령할 뿐 아니라, 가정부 등 임시 직원을 고용할 수 있습니다(Jens 2: 430). 또 한 가지 예를 들겠습니다. 신문을 간행하는 사람은 노동시간에 신문 편집 작업에 몰두할 수 있습니다. 이 경우, 편집 일은 나중에 신문의 판매량에 따라 노동의 성과로 책정됩니다. 이 모든 것은 신용 채권의 구좌 속에 적립됩니다. 사람들은 신용 채권을 통해서 교회나 성당에서 종교적 행사의 비용을 치를 수도 있습니다. 모든 국민의 임금에는 별반 차이가 없습니다. 그렇지만 이들이 필요로 하는 물품들은 동일하지 않습니다. 혹자는 멋진 옷을 구입하고 싶어 합니다. 혹자는 더 나은 거주지에서 살고 싶어 합니다. 국민들의 거주지는 위치에 따라 그리고 크기에 따라 가격 편차를 드러냅니다. 이 경우 국민들은 신용 채권을 통해서 자신의 욕구를 충족시킵니다.

23. 화폐의 대안으로서 신용 채권의 의미: 벨러미는 화폐 사용의 폐해가 얼마나 끔찍한가 하는 문제를 심각하게 고민했습니다. 특히 심각한 문제는 무엇보다도 지폐에 있습니다. 지폐는 금화와 은화와는 달리 인위적인 정책에 의해서 무한대로 발행이 가능한 것입니다. 이러한 경우는 20세기 초, 세계 대공황 시기에 실제로 출현하였습니다. 당시에 지폐는 마치 종잇조각처럼 가치 하락했습니다. 이 점에 있어서 벨러미의 숙고는 시대에 앞선 것이었습니다. 만약 세상 사람들에게 동일한 통화의 원칙이 적용될 수 있다면, 돈과 권력에 대한 탐욕 그리고 이로 인해 나타나는 수많은 범죄 등은 어쩌면 자취를 감추게 될지 모른다는 것이었습니다. 거짓과 시기 그리고 탐욕과 범죄 등은 바로 권력과 금력에 대한 탐욕에서 유래한다는 게 벨러미의 지론이었습니다.

24. 평등한 일부일처제의 결혼 제도: 벨러미 역시 이상 국가의 존속을 위해서는 남녀의 성생활이 명확히 규정되어야 한다고 확신합니다. 가령

벨러미의 이상 사회에서는 일부일처제의 결혼이 장려되며, 독신으로 살아가는 것을 좋게 평가하지 않습니다. 그렇다고 해서 벨러미가 일부일처제의 가부장주의를 하나의 철칙으로 주장하는 것은 결코 아닙니다. 오히려 그 반대입니다. 남녀는 직업을 선택할 때와 사랑의 파트너를 선택할 때 동등한 권한을 부여받습니다. 다만 여성들이 신체적 조건 때문에 힘든 일을 담당하지 못하고 육아 등의 일을 담당하는 것은 자연스러운 일이라고 합니다. 따라서 남자와 여자가 어떠한 노동에 임할 것인가, 어떠한 배우자를 택할 것인가 하는 물음은 남녀 모두에게 공평하게 주어져 있습니다. 놀라운 것은 벨러미가 남성들의 조직에서 융화와 단합 내지 갈등의 조절을 위해서 여성을 최고 우두머리로 선택하여 여성의 지도를 받도록 조처한다는 사실입니다(Bellamy 1983: 207).

25. 결혼 제도: 벨러미는 전통적인 결혼 제도를 용인하지만, 중매결혼은 철저히 비난합니다. 왜냐하면 중매결혼은 여성에게 강요된 형태로서, 벨러미에 의하면 마치 하룻밤의 성매매와 같은, "장기간의 매춘"과 다를 바 없다고 합니다. 몇 번 만나고 결혼하면, 상대방이 성격상으로 자신과 잘 맞는지 알 수 없으며, 나중에 반드시 예기치 못한 갈등을 빚을 소지가 생긴다는 것입니다. 벨러미가 설계한 이상 국가인 미국에서는 여성이 더 이상 남성에게 의존하지 않으며, 수동적으로 생활하지도 않습니다. 벨러미는 사랑과 결혼에 대해서 다음과 같은 견해를 피력합니다. 즉, 무엇보다도 상대방에 대한 존경과 사랑이야말로 가장 중요한 결혼 조건이 되어야 한다고 말입니다. 벨러미는 연애결혼을 통해서 더 나은 후세들이 많이 태어나고, 질적으로 좋지 못한 사람들이 사멸되기를 기대하였습니다 (Bellamy 1983: 214). 2000년에는 대부분의 사람들이 85세에서 90세까지 장수를 누리며, 45세가 되더라도 여전히 젊음을 유지한다는 것입니다.

26. 여성의 사회적 지위와 활동: 여성 역시 예외 없이 산업 군인에 편입

됩니다. 물론 가사 노동과 일반 사무직에서 일하는 여성들은 여기서 제외됩니다. 산업 군인에 편입된 여성들은 힘든 일을 면제 받거나 다른 사람에 비해 짧은 시간만 일합니다. 여성들도 국가의 대표 위원회에 선발될 수 있습니다. 그러나 여성 대표에게는 사안에 대한 결정권은 부여되지 않습니다. 대신에 여성 대표는 어떤 중요한 정책을 결정할 경우 특정 사안에 대한 거부권을 행사할 수 있습니다. 사법부에도 얼마든지 여성이 발탁될 수 있습니다. 이 경우 여성의 능력이 무엇보다도 필수적인 관건입니다. 이곳에서의 여성들은, 카베의 『이카리아 여행』의 경우와 마찬가지로, 자의식을 지니고 남자들에게 당당하게 처신하면서 살아가고 있습니다. 그렇지만 엄밀히 따지면 벨러미는 완전한 남녀평등을 주장하지는 않았습니다. 그는 다만 영원히 여성적인 것을 찬양하였을 뿐입니다. 당시는 19세기 말로서, 자신의 고유한 성 정체성을 추구하려는 제반 페미니즘의 경향이 수용되기 어려운 가부장적 남성 사회였습니다. 바로 이러한 까닭에 카베, 벨러미 그리고 윌리엄 모리스 등의 유토피아에서는 완전한 남녀평등이 실천되고 있지 않습니다.

27. 법의 집행과 범죄 그리고 종교: 2000년에는 19세기의 온갖 범죄들이 사라져 있습니다. 개개인들은 사회적으로 보장받기 때문에 굳이 죄를 저지를 필요가 없습니다. 그래서 미래의 미국에는 모든 감옥이 철폐되어 있습니다. 법학은 더 이상 중요한 학문이 아닙니다. 그럼에도 폭력과 범죄가 예외적으로 출현하곤 합니다. 대부분의 경우 범인은 자신의 죄를 시인합니다. 그래서 형사 사건은 경미한 내용이므로, 엄격한 판결은 더 이상 필요하지 않습니다. 판사는 일정 기간이 지나면 근무지를 바꾸어 검사나 변호사로 근무합니다. 여성 역시 법관이 될 수 있습니다. "두 여성이 어떤 사안으로 법적 판단을 요구할 경우, 모든 것은 법관의 참여 하에 합의에 의해서 처리되고, 한 남자와 한 여자가 법적으로 다툴 경우 마지막 판결은 앞의 재판과는 다른 성(性)을 지닌 판사가 담당한다"

(Bellamy 1983: 207). 2000년의 미국에서 종교적 강령은 개인의 개별 생활에 영향을 미치지 않습니다. 그렇다고 교회와 성당이 사라진 것은 아닙니다. 벨러미의 유토피아에서는 교권과 정치권력이 철저히 구분되어 있습니다. 신정 분리가 실천되어야 사회는 부패되지 않는다고 합니다. 사람들은 이성적 자세로 신앙생활을 영위합니다. 그들은 죽으면 자신의 영혼이 신에게 향한다고 굳게 믿고 있습니다.

28. 벨러미 유토피아의 취약점: 우리는 벨러미의 작품을 논할 때 일차적으로 작가가 처한 사회적 정황을 우선적으로 고려해야 할 것입니다. 첫째로, 벨러미는 초기 자본주의의 결과로 나타난 무산계급의 암울한 경제적 상황만을 염두에 두고 있을 뿐, 무산계급이 어떠한 이유에서 비참한 상황으로 전락했는지, 어떠한 과정을 거쳐 해결할 수 있는지 등에 관해서는 전혀 관심을 기울이지 않습니다. 작품은 어떠한 과정을 거쳐서 노동과 이윤 사이의 복합적인 상관관계가 극복되었는가, 그리고 산업 군인의 시스템은 어떻게 형성되었는가 하는 과정의 문제점들을 자세하게 서술하지 않습니다. 이 점에 있어서 벨러미의 유토피아는 카베의 그것과 비슷합니다. 왜냐하면 두 사람 모두 통시적 관점에서 자본주의 사회의 오랜 변화 과정에서 나타나는 문제점 등을 언급하지 않고, 처음부터 하나의 틀에 의한 계획경제, 질서, 중앙집권적 경제 시스템에만 몰두하기 때문입니다. 그렇지만 두 사람 사이에는 엄연한 차이점이 있습니다. 카베는 『이카리아 여행』에서 낙관적인 자세로 기술적 진보를 찬양하면서, 기계를 통하여 노동의 부담을 가급적이면 줄이려고 하였습니다. 그러나 벨러미는 이를 세밀하게 서술하지 않고 있습니다. 가령 벨러미는 노동자들이 구체적으로 어떻게 노동에 임하는지 그리고 그들의 근무 조건 내지 노동 환경 등은 어떠한지 등의 물음을 생략하고 있습니다. 벨러미의 유토피아는 "조직화된 자본주의 유산으로 계획경제를 추구하는 기술 국가"라고 규정될 수 있습니다.

둘째로, 벨러미는 다음의 사항을 간과하고 있습니다. "완전무결한 관료주의 국가가 실제 현실에서 얼마든지 끔찍한 전체주의 정책을 수행하지 않겠는가?" 하는 사항 말입니다. 국가가 개인의 권리까지 모조리 접수하여 관장하면 몹시 위험한 사태가 발생할 수 있는데, 벨러미는 이 점을 등한시하고 있습니다. 벨러미는 자신의 문헌에서 무엇보다도 매니저 그룹을 강조합니다. 매니저 그룹은 최악의 경우 매우 위험한 조직으로 부상할 수 있습니다. 예컨대 마음만 먹으면, 국가의 최고 지배자와 의기투합하여 일반 사람들을 억압하고 재화를 갈취할 수도 있습니다. 셋째로, 벨러미는 사회의 근본 문제를 해결하기 위해서 계급투쟁을 내세우지 않고, 오히려 국가 체제에 모든 힘을 실어 주고 있습니다. 이로써 아래로부터의 혁명은 무시되고, 위로부터 아래로 향하는 행정적 정책만이 마치 만병통치약인 것처럼 제시될 뿐입니다. 벨러미의 유토피아는 미국 시민사회에서 출현할 수 있는 사회적 대안 내지 "시민사회의 중앙집권적 유토피아"일 수 있습니다(블로흐: 1247f.). 당시는 기계가 모든 노동을 서서히 잠식해 나가고, 초기 자본주의의 자유 경쟁이 사회 전체에 폭넓은 방식으로 해악을 끼치기 시작할 무렵이었습니다. 이 점을 고려하면 개별적 능력 차이를 지닌 개개인이 마치 기계처럼 모든 것을 완전무결하게 수행한다고 장담할 수는 없습니다.

29. 벨러미 유토피아의 특징과 강점: 상기한 취약점에도 불구하고 벨러미의 유토피아는 자본주의의 시장경제가 파멸을 초래할 때 국가가 어떻게 이에 대해 개입할 수 있는가 하는 사항을 분명하게 지적하고 있습니다. 자고로 자본주의 경제는 구매와 판매를 행하는 시장 체제를 전제로 합니다. 그러나 이러한 시장은 자율적인 가격 결정으로 인하여 — 칼 폴라니도 언급한 바 있듯이 — 스스로 제어할 능력을 지니지 못합니다. 이를테면 자본주의 시장의 시스템 하에서 노동, 토지 그리고 화폐 자체가 상품으로 둔갑하고 맙니다(폴라니 2002: 60). 이러한 변화 과정을 폴라니

는 "거대한 전환(the great Transformation)"이라고 명명했습니다. 요약하건대, 벨러미는 자본주의의 시장 시스템이 필연적으로 공황을 초래하게 된다는 사실을 직감적으로 알아차렸습니다. 재화의 재분배는 국가의 영역이라는 점 그리고 국가가 신용 채권으로써 생산과 분배의 정책으로 활용하려 한다는 점은 칼 폴라니가 추구한 국가 중심의 경제체제를 방불케 합니다. 벨러미의 유토피아에서는 신용 채권으로써, 폴라니가 고대 경제의 범례로서 서술한 다호메이 왕국에서는 카우리 조개껍질로써 엄격한 통화량을 유지하는 것 역시 서로 유사합니다(폴라니 2015: 339). 요약하건대, 벨러미의 유토피아는 시장경제의 사회에서 국가의 개입 필요성을 우리에게 분명히 지적해 주고 있습니다.

30. 작품의 영향: 벨러미의 작품은 19세기 후반부에 발전된 과학기술을 통한 진보적 낙관주의를 반영하고 있습니다. 『뒤를 돌아보면서』는 존 듀이에게 그리고 노르웨이 출신의 미국 경제학자, 소스타인 베블런(Thorstein Veblen)의 『유한 계급론(The Theory of Leisure Class)』(1899)에 지대한 영향을 끼쳤습니다. 벨러미의 작품은 미국 사회에서 스토 부인의 『톰 아저씨의 오두막(Uncle Tom's Cabin)』(1852) 이래로 최대의 흥행을 올리기도 하였습니다. 19세기 말 미국에서 약 150개의 벨러미 클럽이 생겨난 것은 이를 반증해 줍니다. 일반 사람들은 저녁에 술집에 모여서 벨러미가 묘사한 이상 국가가 과연 실현 가능한가 하는 물음에 관해서 지속적으로 토론을 벌였습니다. 벨러미는 1897년에 「평등(Equality)」이라는 논문을 발표했습니다. 여기서 그는 지난 작품에서 완성하지 못한 인공적 폐쇄성의 정책에 관한 구상을 분명하게 밝히고 있습니다. 여기서 말하는 인공적 폐쇄성의 정책 구상이란 인간의 경제적 평등과 생태학적 차원에서 바람직한 여러 가지 정책 시도 등을 가리킵니다.

31. 환경문제에 관한 암시: 벨러미의 유토피아는 실제로 미국 사회에 직

접적인 영향을 끼쳤습니다. 그것은 세계 대공황 시기에 아서 모건의 "테네시 계곡 개발공사(TVA)"의 정책과 프랭클린 루스벨트의 뉴딜 정책에 반영된 바 있습니다(손세호: 117). 벨러미의 유토피아에서는 영원한 처녀지로서 자연의 개념이 달리 이해되고 있습니다. 2000년의 보스턴은 새로운 도시계획 정책에 의해서 완전히 변화되어 있습니다. 인간의 삶은 자연과 조화를 이루고 있는데, 이는 자연을 무작정 정복하는 것 자체가 하나의 문제점으로 이해된 결과입니다. 도시 사람들은 나무와 석탄을 사용하여 환경을 더럽히지 않고, 주로 전기를 사용하며 살아갑니다. 물론 벨러미의 유토피아가 그 구도에 있어서 사회주의의 중앙집권적 시스템에서 벗어나지 못하며, 그 배후에는 미국 자본주의 국가 체제에 대한 비판이 도사리고 있는 것은 사실입니다. 놀라운 것은 벨러미의 유토피아가 모리스의 유토피아와 함께 오늘날 환경문제의 심각성을 은근히 시사해 준다는 사실입니다.

참고 문헌

베블런, 소스타인 (2018): 유한 계급론, 이종인 역, 현대지성.

벨러미, 에드워드 (2008): 뒤를 돌아보면서, 손세호 역, 지만지.

블로흐, 에른스트 (2004): 희망의 원리, 5권, 열린책들.

손세호 (2014): 에드워드 벨러미의 부활. 1930년대 뉴딜에 미친 영향, 실린 곳: 미국
사 연구, 제40집, 107-136.

이인식 (2007): 유토피아 이야기, 갤리온.

폴라니, 칼 (2002): 전 세계적 자본주의인가 지역적 계획경제인가, 홍기빈 옮김, 책세
상.

폴라니, 칼 (2015) 다호메이 왕국과 노예무역, 홍기빈 옮김, 길.

Bellamy, Edward (1929): Artikel Bellamy, in: Dictionary of American Biography,
Vol. II, London, 163-164.

Bellamy, Edward (1983): Ein Rückblick aus dem Jahr 2000 auf 1887, Stuttgart.

Hertzka, Theodor (2012): Freiland, Ein soziales Zukunftsland, La Vergne.

Heyer, Andreas (2006): Die Utopie steht links! Ein Essay, Berlin.

Jens (2001): Jens, Walter (hrsg.), Kindlers neues Literaturlexikon, 22 Bde,
München.

Kirchenheim, Artur von (1892): Schlaraffa politica. Geschichte der Dichtungen
vom besten Staate, Leipzig.

Kleinwächter, Friedrich (1891): Die Staatsromane. Ein Beitrag zur Lehre von
Communismus und Socialismus, Wien.

Morris, William (1910/15): The Collected Works of William Morris, Ed. and
introd. May Morris, London.

Zetkin, Klara (1983): Vorwort zu Edward Bellamy. Ein Rückblick aus dem Jahre
2000 auf das Jahr 1887, 2. Aufl., Stuttgart.

4. 헤르츠카의 『자유국가』

(1889)

1. 헤르츠카가 추구한 자유의 사회주의: 테오도르 헤르츠카(Theodor Hertzka, 1845-1924)의 유토피아는 사회주의 국가가 건립되기 전에 출현한 것으로서, 하나의 절충적 대안으로 이해될 수 있습니다. 그는 자본주의와 사회주의의 경제체제를 혼합시켰습니다. 헤르츠카의 『자유국가: 어떤 사회의 미래상(Freiland. Ein soziales Zukunftbild)』(1889)에서는 고전적 유토피아의 전통에 입각하여 자본주의와 사회주의의 경제적 조건을 동시에 용인하는 자발적 협동 공동체가 설계되어 있습니다. 작품은 테오도르 헤르츨의 『유대 국가』가 간행되기 7년 전에 간행된 문헌으로서 시오니즘 사상에도 커다란 영향을 끼쳤습니다(헤르츨: 10). 문제는 자본주의와 사회주의라는 경제적 질서의 두 가지 이질적인 기본적 토대가 과연 어떻게 하나의 중앙집권 국가 시스템 속에서 작동될 수 있는가 하는 물음입니다. 헤르츠카에 의하면, 인간은 유럽을 벗어난 새로운 땅에서 진정한 의미에서 자유를 구가하면서 평등하게 살 수 있다고 합니다. 이러한 주장의 배후에는 헤르츠카 특유의 미래에 대한 낙관주의적 전망이 도사리고 있습니다. 미래에 대한 낙관주의는 자본주의와 사회주의를 혼합한 절충적 대안으로 구체화되어 있는데, 헤르츠카는 개인의 이익과 사회주의 공동체를 합치시킬 수 없을까 하고 오랫동안 고뇌했습니다.

2, 헤르츠카의 삶: 헤르츠카는 1845년 7월 13일 부다페스트에서 유대인 상인의 아들로 태어났습니다. 그렇지만 그가 어디서 어떻게 유년기를 보냈는지는 밝혀지지 않았습니다. 분명한 것은 헤르츠카가 빈과 부다페스트의 대학교에서 국민경제학을 공부하였으며, 대학을 졸업한 뒤에 빈에서 경제 담당 저널리스트로서 명성을 떨쳤다는 사실입니다. 1872년에서 1879년 사이에 헤르츠카는 자유주의를 표방하는 빈의 신문 『신 자유 신문』, 『빈 일간 신문』 등의 주간을 맡으면서, 무역 정책 내지 화폐 경제의 기술적 문제에 전념했습니다. 이 시기에 발표된 문헌들은 헤르츠카가 당시의 가장 중요한 경제 이론에 정통해 있음을 말해 줍니다. 헤르츠카는 마르크스 경제학의 패러다임에 친숙해 있었으며, 나중에 출현하게 될 한계효용학파의 경제학 이론을 꿰뚫고 있었습니다(Stavenhagen: 718). 여기서 말하는 "한계효용학파(Grenznutzenschule)"는 자유주의와 밀접한 관계를 지닌 연구 그룹으로서, 재화의 가치를 (객관적 가치로서의) 마르크스의 노동 가치가 아니라, (주관적 가치로서의) 개인의 이질적인 가치로써 구명하려는 일련의 성향을 고수하고 있습니다. 초창기에 헤르츠카는 고전적 국민경제학을 추종했습니다. 말하자면 그는 신념을 지닌 채 자유 상인인 시민들의 경제정책을 적극적으로 수용한 셈이지요. 뒤이어 칼럼 외에도 『화폐와 거래(Währung und Handel)』(1876), 『오스트리아의 화폐 문제(Die Österreichische Währungsfrage)』(1877), 『오스트리아에서 금 보호 정책(Die Golddeckung in Österreich)』(1879) 등의 저작물들이 발표되었습니다.

3. 헤르츠카, 자신의 경제학적 관점을 약간 바꾸다: 1880년에 『빈 일간 신문』의 주간 직을 받아들였을 때, 헤르츠카는 여전히 자유주의 경제정책에 대한 신념을 고수하고 있었습니다. 6년 후에 신문사를 떠난 뒤에 헤르츠카는 자유주의 경제 논리를 더 이상 고수하지 않고, 사회주의와 평등한 삶의 가능성을 천착하였습니다. 그렇다고 그가 시민사회 경제학

의 입장을 저버린 것은 아니었습니다. 분명한 것은 헤르츠카의 경제적 입장이 1880년 중반부터 현저하게 변화되었다는 사실입니다. 당시 지식인들이 유럽의 주어진 자본주의 경제정책에 언제나 비판적으로 반응했듯이, 헤르츠카는 자본주의 경제구조로 인한 사회적 갈등 문제에 집중함으로써 경제적 개인주의와 사회정의 사이의 종합적 지양을 추구했던 것입니다. 이러한 사고는 1890년에 간행된 그의 소설, 『자유국가: 어떤 사회의 미래상』에 반영되어 있습니다.

4. 자본주의와 사회주의 사이의 제3의 길, 자본주의 계획경제: 헤르츠카의 작품은 간행된 직후에 단기간에 놀라운 판매고를 기록하였습니다. 처음에는 베를린에서 간행되었지만, 1년 후에는 드레스덴과 라이프치히에서 축소판으로 간행되었습니다. 헤르츠카는 다음과 같이 논평하였습니다. "축소판이 간행된다고 해서, 그게 근본적인 내용을 손상시키는 것은 아니다. 다만 이론적 논거가 부분적으로 단순화되고 축소되었을 뿐이다. 몇몇 에피소드는 생략되었으며, 몇 가지 지엽적인 사항이 수정되어 있다"(Hertzka 1890: V). 책은 1892년 말까지 둔케 홈블로트 출판사에서 다섯 번의 개정판이 간행되었고, 이후 유럽의 다른 언어로 번역되어 지속적으로 출판되었습니다. 헤르츠카의 책이 당시에 놀라운 반향을 얻게 된 까닭은 그가 자본주의와 사회주의 사이의 제3의 계획경제를 추구했기 때문입니다. 특히 헤르츠카는 1889년부터 『국가 및 인민 경제 잡지(Zeitschrift für Staats- und Volkswirtschaft)』를 간행했는데, 이 잡지를 통해서 그의 작품을 대대적으로 소개하였습니다.

5. 헤르츠카의 『자유국가』: 작품은 소설이라는 문학적 형식을 택하고 있습니다. 헤르츠카는 아프리카 땅을 여행한 데이비드 리빙스턴(David Livingstone)의 문헌을 많이 참고하였습니다. 리빙스턴은 실존 인물로서 스코틀랜드 선교사입니다. 그는 1846년부터 1855년까지 아프리카의 중

부와 남부 지역을 여행한 다음에 자신의 아프리카 경험을 여행기로 간행한 바 있습니다. 그의 책, 『선교 여행과 남아프리카 연구(Missionsreisen und Forschungen in Südafrika)』는 1858년 두 권으로 독일에서 간행되었습니다. 리빙스턴이 접한 것은 찬란한 아프리카 대륙이었고, 단호하고 강인한 흑인들의 인성이었습니다. 그러나 그가 가장 안타까워한 것은 신대륙의 정복자들이 아프리카 흑인들을 잡아다가 신대륙으로 팔아넘기는 노예무역이었습니다(주경철: 257). 헤르츠카는 리빙스턴의 여행기에 착안하여 소설을 집필했습니다. 『자유국가』의 배경은 유럽 사람들이 당시에 아직 식민지로 정복하지 않은 케냐의 어느 땅으로 설정되어 있습니다. 작가는 소설 형식을 통하여 딱딱한 경제학의 내용을 생동감 넘치게 다루고 있습니다. 인류의 미래에 대한 도덕적 책임감을 지닌 몇몇 사람들은 동아프리카 해안에 도착하여, 아프리카의 중부·남부 지역을 탐험하다가, 킬리만자로 지역의 고지대에 도달합니다. 그곳은 그다지 무덥지 않으며, 비옥한 토양에도 불구하고 거주민의 수는 적었습니다. 몇몇 사람들의 노력으로 이 지역은 농경지로 변모하여 놀라운 수확량을 거둘 수 있게 됩니다. 원주민들과의 갈등이 없었던 것은 아니지만, 사람들은 신천지를 개척하고 사회적 난제를 해결하면서 바람직한 공동체를 건립하게 됩니다.

6. **독일에서 작품의 반향:** 우리가 주목해야 하는 것은 헤르츠카의 소설이 특히 독일에서 커다란 반향을 불러일으켰다는 사실입니다. 1891년 클라인베히터는 헤르츠카의 유토피아를 세밀하게 분석한 뒤에 다음과 같이 논평하였습니다. 즉, 헤르츠카는 아무런 장애 없는 개인주의와 공산주의의 공동체 운동 사이의 갈라진 틈을 성공적으로 메우고 있다는 것입니다. 헤르츠카의 유토피아는 벨러미의 그것보다도 더 높이 평가해야 한다고 합니다. 이에 반해 벨러미는 학문적 차원에서의 논의 대신에 2000년의 보스턴의 삶을 흥미롭게 묘사하는 데 그치고 있습니다. "우리가 어찌 이 대

담한 판타지를 비판할 수 있단 말인가? 『자유국가』는 다른 유토피아처럼 완벽하다. 이곳에서는 어떠한 품위 없는 노동도 존재하지 않는다. 모두가 자신을 위해서 일하지만, 결국 공동체에 도움을 주고 있다"(Kleinwächter: 270). 사실 헤르츠카는 자신의 유토피아 공동체를 아프리카의 적도 부근 인 케냐 지역에 설정하여, 공동체 사람들이 강제 노동에 시달릴 필요가 없도록 하였습니다. 적도 부근에는 수많은 과실수들이 즐비하여, 식량 조 달에 어려움이 없기 때문입니다. 그렇지만 헤르츠카 공동체는 사회정의 와 개인의 최대한의 이익을 종합하려는 유토피아의 목표에 도달하지 못 하고 있다는 비판을 당하기도 하였습니다. 가령 에른스트 블로흐는 『자 유국가』를 미래를 예견하는 향락적 소설로 폄하하면서, 소시민들이 꿈꾸 는 뜬금없는 갈망으로 치부하였습니다(블로흐: 1245).

7. 헤르츠카의 마지막 삶과 그의 영향: 헤르츠카는 1894년 영국령 동아 프리카로 건너가서 자유국가를 건설하려고 했습니다. 그의 노력은 실 패로 돌아가고 맙니다. 그 자신이 아프리카의 풍토병에 시달리고, 원주 민들과의 갈등과 동료의 죽음 등으로 인하여 고향으로 돌아와야 했습 니다. 그는 자신의 경험을 바탕으로 두 편의 소설을 발표하였으나, 커다 란 반향을 얻지 못했습니다. 여기서 말하는 두 편의 소설은 『자유국가에 로의 여행(Eine Reise nach Freiland)』(1893)과 『미래를 꿈꾸기. 사회 정치 적 소설(Entrückt in die Zukunft. Socialpolitischer Roman)』(1895)를 가리킵 니다. 헤르츠카는 더 이상 공동체 운동을 실행에 옮기지 못했습니다. 지 금까지의 시도는 경제적 개인주의와 사회의 공동의 삶을 하나로 접목시 키려는 목표 때문에 생겨난 것이었습니다. 1901년 부다페스트로 돌아온 그는 헝가리의 국무총리, 콜로만 스첼(Koloman Széll)의 자문 위원으로 일하다가, 1년 후부터 저술 작업에 몰두하며 살았습니다. 그는 비스바덴 에 있는 딸의 집에서 여생을 보내다가 1924년에 79세의 나이로 유명을 달리하였습니다.

8. 헤르츠카의 시대 비판 (1), 자본주의 비판: 마치 고전적 유토피아주의 자들이 사유재산제도를 맹렬하게 공격했듯이, 헤르츠카는 자본주의 체제의 현실을 신랄하게 비난합니다. 홉스가 언급한 "만인에 대항하는 만인의 전쟁(Bellum omnium contra omnes)"이라는 공식은 자본주의 사회 체제 속에서는 여전히 유효합니다. 자본주의 체제 하에서의 삶은 한마디로 약탈 사회의 그것과 같습니다. 타인을 착취하고 노예로 만들 뿐 아니라, 경제적으로 파산하게 만듭니다. 자본주의 체제 하의 삶 속에서는 이윤 추구의 대립이 극심하므로, 이윤을 협동적으로 생산하고 분배하는 일은 거의 불가능합니다(Hertzka 1893: 228). 자본주의 체제 하에서 살아가는 인간은 야수들과 다름이 없습니다. 이를테면 "동물원의 우리 속에 갇힌 채 관객들을 불편하게 바라보면서 배회하는 맹수들"을 생각해 보세요. 헤르츠카에 의하면, 자본주의 체제 속에서 사람들은 "마치 카니발 기간 동안 자본주의의 경쟁을 추종하며 승리를 구가하려는 동물들처럼" 행동한다고 합니다(Hertzka 1890: 303).

9. 헤르츠카의 시대 비판 (2), 사회적 불평등과 빈부 차이: 헤르츠카는 자본주의 체제를 신랄하게 비판합니다. 인간적 가치와 규범은 황금만능주의로 인하여 몰락하고, 빈부 차이로 인하여 인간 삶은 심각할 정도로 양극화되어 있습니다. 작품의 주인공, "나"는 다음과 같이 생각합니다. 즉, 자신의 부유한 여동생이 과거에는 결코 파렴치한 인간이 아니었으며, 경제적으로 힘든 사람들을 많이 도와주었다고 말입니다. 그미는 최근에는 낮은 계층 사람들을 멸시합니다. 그렇지만 "나"는 사회경제적 구조를 구체적으로 접한 다음에 분개합니다. 여동생이 이성을 지닌 인간이라면 어찌 하녀든 자신이든 그렇게 경멸할 수 있는가 하고 말입니다 (Hertzka 1890: 14f). 물론 상류층 사람들은 궁핍함을 안타깝게 여기지만, 가난한 사람들의 수는 너무나 많습니다. 사회적 불평등은 인간과 인간의 경제적 관계 속에 깊이 뿌리를 내리고 있습니다. 다시 말해, 빈부 차

이는 헤르츠카에 의하면 인간에 대한 인간의 착취에서 비롯합니다. 사회적 불평등 현상으로 인하여 상품들은 제대로 소비되지 않고, 대부분 과잉으로 생산됩니다. 이로 인하여 생산자는 제품의 양과 질을 저하시키면서 무작정 자신의 이익을 남기려고 합니다. 그 결과 생산자 사이에도 갈등이 발생하게 됩니다.

10. 생산력과 소비 욕구 사이의 불균형: 소비 저하와 과잉생산 사이에는 커다란 괴리감이 자리합니다. 이는 기업가들 사이의 경쟁을 부추길 뿐 아니라, 상호 파멸하게 합니다. 과잉생산과 이로 인한 위기는 이미 푸리에에 의해서 언급된 바 있습니다. 기업이 도산하면, 공장이 문을 닫게 되고, 많은 실업자가 발생하며, 노동자들의 경제적 수준은 더욱 하락하게 됩니다. 그렇게 되면 경기 침체가 도래합니다. 헤르츠카는 이러한 상황의 역설을 다음과 같이 표현합니다. "아무도 곡식을 필요로 하지 않지만, 우리는 오히려 쟁기를 만들어야 한다. 아무도 직물을 필요로 하지 않지만, 우리는 역으로 베틀을 생산해 내야 한다"(Herzka 1890: 211). 생산과 자본이 위기를 맞이하게 되는 궁극적인 이유는 과잉생산과 소비 저하의 상황, 다시 말해서 생산력과 소비 욕구 사이의 불균형에 있다고 합니다. 요약하건대, 자본가는 수많은 노동자 대중의 소비 욕구를 충족시키지 못한 채 부의 축적을 위해 물건을 과다하게 생산합니다. 그렇다면 헤르츠카는 이와 관련하여 무엇을 유토피아의 이상으로 추적했을까요?

11. 자유와 경제적 정의: 헤르츠카는 자신의 유토피아 소설의 모두에서, 유토피아의 건설에서 가장 중요한 토대는 개별적으로는 완전한 자유를 누리는 일이지만, 사회적으로는 경제적 정의를 실천하는 일이라고 서술합니다. 자유국가는 이러한 두 가지 입장에 근거하고 있습니다. "첫째로, 개인의 자기 결정권을 무조건 실천하기 위해서 공동체는 모든 노동하는 사람들에게 자기 자신의 노동으로 획득한 열매를 어떠한 제한 없이 맞

보게 해야 한다. 둘째로, 무조건적인 인간 삶의 평등과 개인의 무제한적 자기 결정권 사이의 갈등을 해결하려면, 공동체는 약자들과의 협동을 무엇보다도 중요한 삶의 방식으로 선택해야 한다"(Hertzka 1890: 16). 여기서 헤르츠카는 다음과 같이 주장합니다. 만약 타인을 불평등한 방식으로 억누르고, 차별하고, 굴욕을 가한다면, 우리는 자신의 행복을 결코 발전시킬 수 없을 것이라고 합니다. 공동체에서 살아가는 건전한 개인이라면, 누구든 간에 힘들게 살아가는 아이들, 찢어질 정도의 가난, 악덕 등을 방치하지는 않을 것입니다. 자유의 나라는 갈등 없는 사회의 이상을 실천하려고 합니다. 그렇게 함으로써 헤르츠카는 갈등 없는 이상 사회라는 유토피아적 이상에 접근해 나갈 수 있다고 확신합니다. 자유국가가 작품 내에서 하나의 천국으로 비유되는 것은 결코 우연이 아닙니다. 그렇지만 천국에서처럼 조화롭게 살려면, 개인의 자유를 최소화하는 엄격한 전체주의를 결코 용납해서는 안 된다는 게 헤르츠카의 지론입니다. 공동체는 개인의 자기 결정권을 최대한 존중해 주고, 경제적인 영역에서 상부상조하는 토대에서 출발해야 한다는 것입니다. 헤르츠카는 국가 중심의 공동경제를 추구하는 게 아니라, 협동적 삶을 통한 조합 운동을 추구한다는 점에서 국가주의 정책을 처음부터 수정하려 합니다.

12. 땅은 공유물이다. 토지 사용과 국가의 세금: 사회경제적 토대를 언급하기 전에, 일단 이상적 공동체 사람들이 어떻게 재화를 소유하고 있는지 살펴볼 필요가 있습니다. 자유국가에서 살아가는 사람들은 땅과 토지를 사유재로 인정하지 않습니다. 땅은 — 적어도 그것이 생산수단에 기여하는 한 — "주인 없는 공유물"입니다. 영국의 농민반란 지도자, 존 볼(John Ball)도 언급한 바 있듯이, 땅은 아무에게도 속하지 않지만, 열매는 만인의 것입니다(블로흐: 956). 땅은 경작하려는 사람에게 무상으로 제공되어야 합니다. 중요한 것은 공동체가 땅을 사용한 사람들이 수확한 결실을 각자의 노동량에 따라 분배한다는 사실입니다. 이렇듯 헤

르츠카는 영농 사업을 조합 방식으로 추진하는 게 가장 바람직하다고 주장합니다. 어느 누구도 협동조합을 결성하여 땅을 경작하려는 사람들의 노력을 가로막을 수 없습니다. 문제는 조합 사람들이 이전보다도 더 많은 수확을 얻어 내는 일입니다. 대신에 수확물은 공정하게 배분되어야 합니다. 공정한 배분이라고 해서 모든 사람들이 동일한 양을 수령하는 식으로 균등하게 배분해서는 안 됩니다. 오히려 각자의 노력과 노동량에 합당하게 모든 분배가 이루어져야 합니다. 국가는 사람들에게 자산을 이자 없이 대여해 줍니다. 대신에 국가는 그들로부터 수입에 합당한 세금을 거두어들입니다. 구체적으로 말하면, 총 수확의 35퍼센트에 해당하는 돈이 세금입니다. 세금은 기본 토지 사용료와 자산에 대한 이자에 해당하는 금액입니다.

13. 자유로운 사업을 통한 최대 이익의 창출: 헤르츠카의 사고는 합리적 계산을 중시하는 경제적 관점과 순수 시장의 모델에서 출발하고 있습니다. 자유국가에서 살아가는 사람들은 모두 거주 이전의 자유를 지닙니다. 헤르츠카에 의하면, 시민 주체든 부르주아든 간에 모두가 자신의 수입을 극대화시킬 수 있어야 합니다. 모든 사람들은 자신이 최대한의 이익을 창출할 수 있는 일을 열심히 하고, 꼭 필요한 자본만 지출해야 하며, 최대한으로 수확할 수 있는 땅을 찾아 농사를 지어야 합니다. 여기에는 어떠한 규제도 있을 수 없으며, 어떠한 중앙집권적 계획도 존재할 수 없습니다. 자유국가에서는 개별 사업의 소득을 미리 측정하는 데 있어서 어떠한 비밀도 없습니다. 국가에는 모든 정보를 제공하는 부서가 있어서, 만인에게 그 정보를 제공합니다. 한마디로 헤르츠카가 지향하는 사회는 물질적 궁핍함이 없는 사회입니다.

14. 자연과학의 중요성과 생태계를 고려한 산업: 자유국가에서 생산수단은 높은 기술에 바탕을 두고 있습니다. 자유국가가 건설된 다음에 대

학이 창립되었는데, 이곳의 대학 사람들은 유럽의 모든 대학이 추구하는 학문 영역들을 연구하고 가르칩니다. 모든 과목들은 자유롭게 개설됩니다. 사람들은 수많은 수단을 동원하여 천문학 등 여러 자연과학의 실험실을 운영하며, 좋은 인적 자원을 활용합니다. 대학과 연구소의 학문을 유토피아 영역에 적극적으로 도입하여, 이를 무조건적으로 실행하려 한 사람은 프랜시스 베이컨 이후로 헤르츠카가 처음일 것입니다. 특히 『자유국가』에서 중요한 분야는 농업과 산업 그리고 무역 등입니다. 놀라운 것은 헤르츠카가 생태학의 관점에서 바람직한 공동체를 선취하고 있다는 사실입니다. 이를테면 거주지 근처에 산업 시설을 축조할 경우, 물과 공기를 더럽혀서 거주민들의 건강을 해치지 말아야 한다고 헤르츠카는 단호하게 못 박고 있습니다(Hertzka 1890: 223). 국가는 산업 쓰레기로 인한 강물의 오염을 사전에 차단하기 위해 일련의 조처를 취합니다. 전체적으로 고찰할 때, 헤르츠카는 베이컨의 기술 유토피아를 계승하고 있습니다.

15. 기술 유토피아, 광산 개발, 전화기 생산: 헤르츠카의 자유국가는 바람직한 과학기술의 결과를 일상생활에 적용하는 이상 사회입니다(Kleinwächter: 128). 실제로 헤르츠카는 자유국가에서 활용되는 경제적, 기술적 진보에 관해서 자세히 언급합니다. 증기기관이 도입되고, 증기기관의 한계를 극복할 수 있는 전력 생산 시설이 건설되고 있습니다. 실제로 이곳의 사람들은 250미터 높이의 폭포수 아래에서 터빈을 돌려, 연간 50만에서 60만 마력의 전기를 생산해 냅니다. 그 밖에 자유국가는 천연 지하자원을 최대한 활용하려고 계획 중입니다. 이곳 사람들은 영국의 권력과 재산을 보장해 주는 석탄, 50에서 60퍼센트의 성분을 함유하는 자석의 발굴, 구리, 납, 황 등을 지속적으로 채굴합니다. 나아가 그들은 땅 속에서 많은 양의 소금을 캐내고 있습니다. 기상관측 장비와 전화기 등도 이미 발명된 지 오래입니다. 사람들은 자동차를 활용하며, 자전거를

상용화하고 있습니다. 거대한 운하를 건설하여 선박의 이동을 용이하게 하는가 하면, 대륙을 횡단하는 철도 또한 건설하려 합니다.

16. 노동시간, 수공업의 찬양 그리고 분업의 극복: 자유국가에 사는 사람들은 기계를 도입하여 사회적인 부를 창출하며, 노동시간을 단축시킵니다. 그들은 하루 다섯 시간, 일 년에 천오백 시간만 노동에 임합니다. 사람들은 석탄, 자석, 철광석, 구리, 납, 비스무트, 안티몬, 황 등과 같은 지하자원을 채굴합니다. 기계를 도입한다고 해서 무조건 두 손을 놀리는 작업이 무시되는 것은 아닙니다. 자유국가에서는 수공업자들이 오히려 사회적으로 존중받습니다. 비록 기계화로 인하여 노동력이 극대화되지만, 손으로 행하는 일감 역시 아울러 중요하다는 게 이곳 사람들의 지론입니다. 사람들은 여러 가지 일을 수행할 수 있는 능력을 갖추고 있습니다. 사람들은 다양한 노동 기술을 연마해 놓고 있습니다. 상황에 따라서 그들은 쟁기 대신에 옷감을 생산하기도 하고, 대장간에서 일하거나 서류 등을 정리하기도 합니다. 그렇기에 헤르츠카의 공동체에서는 임금에 의존해서 살아가는 무산계급이 존재하지 않습니다. 자유국가에서는 육체노동자와 정신노동자의 구분이 없습니다. 이는 기계화와 분업의 도입으로 인한 노동의 지루함 내지 소외를 회피하려는 의도에서 비롯한 것입니다(Hertzka 1890: 226).

17. 절약 대신에 향유를 강조하는 유토피아: 헤르츠카의 자유로운 노동의 구상은 19세기 유토피아주의자들이 설계한 바와 거의 일치합니다. 공동체는 무조건적인 절약을 미덕으로 채택하지는 않습니다. 과거 사람들은 자신이 필요로 하는 것을 상당 부분 포기하며 살았는데, 이는 오히려 지상의 행복을 저해하는 결과만 낳았다고 합니다. 그렇기 때문에 자유국가에서 살아가는 사람들은 더 많은 욕구를 강하게 드러내야 한다는 것입니다(Hertzka 1890: 126). 사람들의 욕구는 가급적이면 원하는 만

큼 충족되어야 한다고 헤르츠카는 주장합니다. 과거의 유토피아는 검소함을 미덕으로 내세운 데 비해서, 헤르츠카의 그것은 물질적 재화를 최대한 활용하여 삶을 향유하도록 권하고 있습니다. 노동자에게도 약간의 사치스러운 삶이 허용됩니다. 그렇다고 해서 국가가 자원을 낭비할 만큼의 과소비를 방치하지는 않습니다. 가령 집을 꾸미는 데 있어서 사람들은 단순한 가구에 만족합니다. 자신의 말(馬)을 소유하지는 않지만, 빌린 말 한 필 정도는 비치하고 있습니다. 사람들은 예술품과 도서 등을 구입하기 위해서 많은 돈을 지불하지는 않습니다.

18. 자유국가에서 실천되는 풍요로운 삶: 자유국가에서 살아가는 가족들은 매년 2개월 동안 여행을 즐깁니다. 대부분은 국내 여행을 통하여 찬란한 풍광을 즐기지만, 일부는 외국으로 휴가 여행을 떠나기도 합니다. 깨끗하고 호화로운 집 욕실에서 사람들은 편안하게 목욕을 즐길 수 있습니다. 집 주위에는 약 16개의 극장, 영화관, 오페라 극장이 위치하고 있습니다. 예술품, 포도주 그리고 고급 수제품 등은 외국으로부터 수입됩니다. 상품 유통과 관련하여 헤르츠카는 다음과 같이 서술합니다. 즉, 대중들은 특정 제품들을 대량으로 소비합니다. 이는 19세기의 다른 유토피아에서는 거의 드러나지 않는 특징입니다. 물건을 대량으로 소비하는 것은 사회적 부를 확인하는 척도로 활용되고 있습니다. 대중의 소비가 줄어들 때, 사람들은 이를 재화의 생산이 증가하지 않은 결과로 이해합니다. 과거의 유토피아는 사람들이 가난하고 평등하게 살 것을 요구했는데, 이는 헤르츠카에 의하면 잘못된 요청이라고 합니다. 가난의 평등은 때로는 문화의 침체를 불러일으킬 수 있습니다. 예술과 과학은 진보의 동인과 다름이 없는데, 부와 여유를 전제 조건으로 발전될 수 있습니다. 과거 사람들은 부귀영화를 누릴 수 없었지만, 이제 현대인들은 산업 발전과 기술 개발을 통해서 놀라운 생산력을 실현시켰다는 것입니다. 따라서 자유국가에서 살아가는 사람들이 물질적 행복을 누리고 삶을 향

유하는 것은 당연하다는 게 헤르츠카의 지론입니다.

19. 일부일처제의 가부장주의 가정: 헤르츠카는 유럽 문명사회에서 나타난 여성 억압의 실태를 차례대로 열거합니다. 19세기 유럽에서 여성들은 설령 귀족이라 하더라도 노예의 처지에서 벗어나지 못하고 있습니다. 여성들은 마치 성노리개처럼 육욕의 대상으로 이리저리 팔려 다녔으며, 여성 착취는 19세기 말에 이르러서도 조금도 변화된 게 없습니다 (Hertzka 1890: 112). 그렇지만 헤르츠카의 여성관은 일관성을 보여 주지 못합니다. 그는 지금까지 억압당하고 살아온 여성들의 삶을 애처롭게 받아들이면서도, 여성해방에 관해서는 보수적인 견해를 내세웁니다. 이상적인 사랑의 삶은 헤르츠카에 의하면 일부일처제의 가부장주의 가정에서 실현될 수 있다고 합니다. 가장은 자신의 식솔들을 함부로 대하고 폭력을 휘두르지 말고, 사랑과 관심으로 보살펴야 한다는 것입니다. 가령 딸이 배우자를 고를 때 가장은 딸을 성심껏 도움으로써 좋은 배필을 맞이할 수 있도록 도와주어야 합니다. 그렇게 해야만 여성들은 시민주의 가족 체제 내에서 남편을 믿고 의지하며 안정을 누릴 수 있다는 것입니다. 예컨대 자유국가에서 수공업 노동에 종사하는 여성들은 기계의 도입으로 힘들게 일할 필요가 없습니다.

20. 여성 전용 일감에 대한 편견: 헤르츠카는 여성 전용 일감과 관련하여 일방적 견해를 드러내고 있습니다. 여성들에게는 천부적으로 아이를 키우고, 병자와 노약자들을 돌보는 일감이 주어져 있다는 것입니다. 그렇기에 여성들은 학교나 병원에서 여성 특유의 세심하고 유연한 일자리를 찾아서 노동해야 합니다. 그 밖에 여성들은 자신의 육체적이고 심리적인 특성상 무턱대고 생업에 종사하는 것보다는, 차라리 아기를 낳고, 자신의 몸을 가꾸고 치장하는 게 더 낫다고 합니다. 헤르츠카는 다음과 같이 주장합니다. "여자들에게 생업의 기회를 주어서 남자들과 경쟁함으

로써 여성의 동등권을 실현하게 하는 발상은 그 자체 유해하고 나쁘다"
(Hertzka 1890: 113). 처녀들 역시 여성답게 살아가는 삶을 위해서 교육받
아야 합니다. 물론 자유국가의 여성들에게는 선거권이 보장되어 있습니
다. 그렇지만 여성들은 중앙 행정기관의 대표를 선출하는 선거에는 아무
런 권한도 행사할 수 없습니다. 물론 여성들은 정치, 학문, 예술, 병원 그
리고 법원 등에서 나름대로 봉사할 수는 있지만, 무언가를 책임지고 결
정할 권한은 없습니다.

21. **헤르츠카의 새로운 인간에 대한 구상:** 자유국가는 남성과 여성이 관
계 맺는 가정뿐 아니라, 새로운 인간형을 설계하고 있습니다. 이곳 정치
공동체 내의 노동자들은 조화롭게 생활하며, 일할 때 놀라운 에너지를
발휘합니다. 그들은 민첩성과 에너지의 측면에서 서구 사회에서 접할 수
있는 노예들보다 두 배 내지 세 배 우월하다고 합니다. 그들의 얼굴에는
삶의 즐거움과 생명 넘치는 기운이 느껴집니다. 새로운 인간의 모습은
무엇보다도 이웃에 대한 동료애와 박애 정신에서 강하게 드러납니다. 비
록 사람들 사이에 경쟁심이 자리하지만, 질투와 시기의 감정은 이를테면
긍정적 미덕으로서 우정과 동지애를 훼손시키지 않을 정도로 미약한 것
들입니다. 헤르츠카는 동물을 이용한 사육 실험을 통해서, 가난한 삶에
대한 두려움과 근심이 사라질 경우 인간의 품성이 더 나아지고 쾌활해진
다는 것을 확인한 바 있습니다. 새로운 인간에 대한 헤르츠카의 설계는
무엇보다도 어떤 사안에 대한 깊은 이해와 사실에 근거한 판단을 통해
서 정책을 수행하는 것을 목표로 하고 있습니다.

22. **정치가, 의회 의원 그리고 간접민주주의에 대한 비판:** 헤르츠카는
19세기 말까지 유럽의 정치가 사실에 근거한 게 아니라, 언제나 권력 투
쟁의 관점에서 수행되어 왔음을 신랄하게 지적합니다. 이를테면 의회 의
원들은 국민의 권익과 행복을 위해서 일하는 게 아니라, 자신의 이권과

헤게모니를 더욱 공고히 하는 일에 골몰했습니다. 그러니 그들은 입법 과정에서 계파의 이득에만 혈안이 되어 있었습니다. "의회의 모임은 장관을 양성하는 기관으로 기능했다고는 하지만, 사안을 제대로 아는 사람을 채택하는 게 아니라, 권력만 차지하려는 무능한 사람으로 구성되어 있다. 직업 정치가들은 의회에서 번듯한 연설을 행하지만, 사실은 권력을 추종하고 맹목적으로 이득을 추구하기 때문에 국가를 이끌어 나가는 추진력을 전혀 지니지 못하고 있다"(Hertzka 1890: 115). 이러한 전근대적 패거리 정치는 철폐되어야 한다는 게 헤르츠카의 지론입니다. 의회 의원이 유권자의 신뢰를 끌어내기 위해서는 전문가의 지식을 지녀야 할 뿐 아니라, 소신과 정직성을 견지해야 합니다(Saage: 201). 아닌 게 아니라 헤르츠카의 뇌리에 각인된 것은 권력투쟁이 아니라, 동지애와 우정에 입각한 협동 사회에 대한 갈망이었습니다.

23. 정치적 시스템의 세 가지 원칙: 헤르츠카가 내세우는 정치적 시스템은 세 가지 법칙으로 요약됩니다. 첫 번째 법칙은 르네상스 시대의 유토피아에서 나타난 바 있는 혁신적인 특징으로서 자유의지의 권한을 가리킵니다. 헤르츠카는 다음과 같이 말합니다. "적어도 다른 사람의 법적인 영역을 침해하지 않는 한 어느 누구도 개인의 자유로운 의지를 행사하는 데 있어서 방해 받지 말아야 한다"(Hertzka 1890: 111). 이는 인권 및 개인의 자기 발전의 영역뿐 아니라, 경제적 영역에도 적용될 수 있습니다. 가장 중요한 것은 주어진 사안에 대한 자기 결정권입니다. 이와 관련하여 정치 시스템의 두 번째 원칙은 사회의 중요한 문제의 결정에 대한 자발적 참여를 가리킵니다. 어떤 중요한 문제가 공공연하게 대두된다면, 그것은 자유국가에서 살아가는 20세 이상의 모든 남성과 여성의 선택에 따라 해결되어야 합니다. 사회적으로 중요한 문제는 특정한 개인 내지 그룹에만 유리하게 시행되어서는 안 됩니다. 이는 민주주의의 실천에 있어서 매우 중요한 사항입니다. "누구에게 유리한가(Cui bono)?"하

는 법적 물음을 생각해 보십시오. 하나의 정책은 특정 그룹과 특정 지역을 위한 게 아니라, 만인에게 유익한 것이어야 한다고 헤르츠카는 생각합니다. 전문가의 올바른 진단은 일반 사람들에게 정확하게 전달되어야 합니다. 자유국가의 모든 사람들은 모든 정책에 참여하여 무언가를 결정하기 전에 어떤 해당 사안을 낱낱이 간파해야 합니다.

세 번째 원칙은 만인의 의견이 반영된 결정 사안을 공정하게 실천하는 문제와 관련됩니다. 어떤 사안이 결정되면, 몇몇 전문가로 하여금 결정된 사안을 정확하게 실행하도록 조처해야 합니다. 다시 말해서, 헤르츠카의 이상 국가에서는 12개의 전문 관청이 결정된 사안들을 실행하게 되어 있습니다. 12개의 관청에서 활동하는 임원은 사전에 민주적으로 선출된 자들입니다. 의원으로 선출되는 사람은 전문 관청을 대표할 뿐, 어떠한 경우에도 사안을 자신의 의사대로 처리하지는 않습니다. 한마디로 『자유국가』에서는 인간의 인간에 대한 지배는 처음부터 존재하지 않습니다. 전문 관청은 사실을 관장하는 행정기관이며, 만인의 의지를 담은 정책을 수행하는 자치적 행정기관에 불과합니다.

24. 방어 전쟁에 참가하는 남자들: 『자유국가』에서는 계층적, 관료적 등급에 의한 군대 조직 역시 철폐되어 있습니다. 물론 사람들은 나라를 방어하기 위해서 모든 것을 준비해 놓고 있습니다. 젊은이들은 무기 다루는 방법을 학교 내지 관청에서 숙달된 조교로부터 배웁니다. 군대에 동원될 수 있는 모든 남자들은 여러 가지 무기를 다룰 줄 알아야 하기 때문입니다. 따라서 군대 조직은 평상시에 존재하지 않지만, 비상사태가 도래할 경우 남자들은 비상 체제 하에서 군인으로 일사불란하게 활약할 수 있어야 합니다. 자유국가에서는 약 250만 명의 남자들이 군인으로 나라를 지킵니다. 이들 가운데 20만 내지 30만 명의 남자들은 언제라도 군대 조직을 결성할 수 있습니다. 이 정도의 수는 자유국가를 방어하기에 충분합니다.

25. 새로운 국가, 사회보장제도의 실천: 그 밖에 자유국가는 전통적 의미의 국가 체제를 철폐하였습니다. 국가라는 존재는 권위적으로 인민을 다스리는 지배 기관이 아니라, 사회적 정책을 수행하는 자치 기관에 불과합니다(Hertzka 1890: 152). 이러한 목표를 달성하기 위해서 국가는 효율성 있게 일을 처리합니다. 따라서 국가는 그 자체 자치적 행정기관과 같습니다. 자유국가에서 여자, 아이, 노인 그리고 노동에 종사할 수 없는 사람들은 국가로부터 자신의 생계를 위한 비용을 얻을 수 있습니다. 국가는 모든 여자, 아이 그리고 60세 이상의 모든 남자와 모든 병자 들의 생활비 및 건강 보험료 등을 위한 재원을 사전에 마련해 놓고 있습니다. 그렇기에 자유국가에서 가장 많은 재원이 사회보장을 위해 지불되는 것은 당연합니다. 대신에 자유국가에는 판사가 없고, 경찰 기관이 없습니다. 사람들의 세금은 자동적으로 징수됩니다.

26. 자유국가의 실현 가능성: 헤르츠카는 자신의 유토피아가 실현 가능하다고 믿었습니다. 그러나 헤르츠카가 구상한 자유국가는 실제 현실에서 성공을 거두지 못했습니다. 지금까지의 역사에서 나타난 인간 사이의 수많은 갈등은 인간의 욕망과 자연 자원을 제대로 활용하지 못했기 때문에 나타난 결과라고 합니다(Hertzka 1893: 186). 인간의 욕망과 이것의 충족 사이에는 거대한 간극이 도사리고 있었습니다. 이는 결국 다른 사람을 억압하고 착취하는 결과로 이어졌다고 헤르츠카는 주장합니다. 왜냐하면 생산수단은 적절하지 않았으며, 주어진 자연을 최대한 활용할 기회는 거의 없었기 때문입니다. 그렇지만 19세기 말에 이르러 인류는 자연의 힘을 최대한 활용하고, 실질적인 노동을 통하여 풍요로운 결실을 맺을 수 있게 되었습니다. 해방된 사회에서는 물질적 궁핍함으로 인하여 더 이상 고생할 필요가 없습니다. 서로 피 터지게 싸우는 경쟁 체제는 더 이상 유효하지 않기 때문에 자유의 나라에서는 경제적 측면에서 승리자도, 패배자도 존재하지 않습니다.

27. 첫 번째 문제점: 마지막으로 헤르츠카의 유토피아의 문제점을 지적하겠습니다. 물론 헤르츠카는 자신의 구상이 실현 가능할 뿐 아니라, 자연법칙을 고려할 때 인류가 필연적으로 걸어가야 할 방향이라고 주장합니다. 실제로 자유국가에서의 제반 사항들은 역사적 발전 단계의 기초적 상호 관련성의 결과로 이해됩니다. 물론 헤르츠카의 유토피아에는 미래에 대한 낙관주의가 도사리고 있습니다. 그렇지만 미래의 낙관주의는 역사적으로 두 가지 측면에서 실패로 돌아갔습니다. 그 하나는 파시즘의 승리로 인하여 그 시기까지 추진되던, 전통적 의미의 노동운동이 쓰라린 좌절을 맛보았다는 점입니다. 다른 하나는 역사철학에 기초한 진보적 목적론이 심하게 훼손되고 말았다는 점입니다. 20세기의 공산주의의 역사는 다음과 같은 위험성을 시사해 줍니다. 즉, "전체적 지배 형태가 역사적으로 거의 필연적이다"라는 견해가 얼마든지 잘못 적용될 수 있다는 위험성을 생각해 보세요. 그렇기에 헤르츠카의 유토피아는 주어진 현실의 위험으로부터 등을 돌리는 "맨체스터 사회주의의 아류"라고 비난당할 소지를 안고 있습니다(Kleinwächter: 141).

28. 두 번째 문제점: 헤르츠카의 경제적 시스템 속에는 어떤 하자가 있습니다. 왜냐하면 경제적 시스템은 시장의 자발적 결정에 너무 크게 의존하기 때문입니다. 조직의 효율성은 무엇보다도 거대 재벌의 탁월한 재정적인 힘이라든가, 엘리트에 의해서 작동되는 숙련된 관료주의에 근거하기 마련인데, 헤르츠카는 기존하는 재벌 내지 관료주의의 놀라운 권능을 처음부터 간과했던 것입니다(Rosner: 19). 그 밖에 자유국가 내부의 실물 경제 속에도 어떤 치명적인 문제점이 자리하고 있습니다. 인민들이 땅값과 자금 조달에 대한 이자로서 국가에 지불해야 하는 35퍼센트의 세금은 국가의 재원으로 이전되지 못할 수 있습니다. 왜냐하면 신용 담보 자금은 차제에 세금 폭탄으로 비화될 가능성이 존재하기 때문입니다. 사람들이 자신의 부채를 탕감하지 못하는 상황을 생각해 보세요. 노동과 사

업을 위한 금융 자금의 순환은 실제 현실에서 원활하게 이루어지지 않으므로 언제 스태그플레이션이 발생할지 사전에 예측할 수 없습니다.

29. 세 번째 문제점: 헤르츠카의 민주주의의 구상은 한마디로 기술 관료주의의 환상에서 벗어나지 못하고 있습니다(Saage: 206). 외부의 특정한 사회경제적 조건을 전제로 할 때, 정치적 사안은 오로지 실물경제의 세부적인 사안들로 축소될지 모릅니다. 그렇지만 원래 정치적 문제는 가장 최상의 해결책을 적재적소에 도출해 낼 수 있는 과업과는 거리가 멉니다. 왜냐하면 현실 정치의 방법론은 "경우에 따라" 주어진 가능성 가운데 가장 실효성을 지닌 무엇을 선택하는 일이기 때문에, 최상의 목표를 구성적으로 선취하는 과업과는 처음부터 다르기 때문입니다. 헤르츠카의 유토피아에서 문제점은 무엇보다도 입법기관인 의회의 기능이 배제되어 있다는 것입니다. 사실 헤르츠카는 오로지 권력과 금력만을 추종하는 부패한 의회 의원을 누구보다도 증오했습니다. 그렇다고 의회의 존재와 기능을 단번에 폐지시키는 것은 정치적 혼란을 초래할 수 있습니다. 헤르츠카는 기존 국가들이 도입했던 의회 체제를 비판하면서, 의회를 철폐하려고 의도했습니다. 그렇지만 입법기관을 무시하고 모든 정치적 문제를 슬기롭게 해결해 나가는 데에는 많은 무리가 따릅니다. 자고로 어떤 특정한 공동체에는 다양한 법적 문제들이 속출하기 마련입니다. 이를테면 윤리적 문제, 종교적 문제, 문화적 갈등 그리고 성 문제 등이 그러한 것들입니다. 이러한 문제들을 법과 입법기관 없이 사회 내에서 자치적으로 해결한다는 것은 커다란 난관에 봉착할 것입니다.

30. 영향: 요약하건대, 헤르츠카의 유토피아는 개인과 공동체의 공동의 이익을 동시에 추구합니다. 그것은 한편으로는 르네상스 시대의 고전적 유토피아가 지향하는 바를 반영하고 있으며, 다른 한편으로는 자유주의의 측면과 접목될 수 있는 사회주의 경제체제의 가능성을 시사

해 줍니다. 헤르츠카의 『자유국가』는 이후의 사람들에게 두 가지 측면의 방향성을 제공하였습니다. 그 하나는 헤르츠카의 유토피아가 시오니즘의 초기 운동에 기여했다는 점이고, 다른 하나는 자유주의에 입각한 사회주의 국가 체제의 구상을 가리킵니다. 첫 번째로, 테오도르 헤르츨(Theodor Herzl)은 『유대 국가』에서 다음과 같이 주장하였습니다. 즉, 시오니스트들이 추구했던 이스라엘은 더 나은 세계를 창조하려는 이념에서 태동해야 한다고 말입니다(Rosner: 18). 헤르츠카는 이상 사회의 가능성을 일차적으로 아프리카의 미지의 영역으로 설정하였습니다. 이로써 그는 유럽에서 핍박당하는 민초들의 마음속에 어떤 유형의 시오니즘의 열망을 심어 주었습니다. 두 번째로, 자유주의와 접목된 사회주의의 구상을 언급한 사람은 독일의 사회학자이자 독일 연방 수상인 루드비히 에어하르트의 스승인 프란츠 오펜하이머(Franz Oppenheimer)였습니다. 오펜하이머는 단순히 실현 불가능하다는 이유에서 『자유국가』의 이상주의의 면모를 비판하였지만, 자유국가에서 거론된 경제적 제3의 길의 가능성을 깊이 숙고한 바 있습니다(Oppenheimer: 139f). 헤르츠카의 유토피아 구상안은 1895년 베를린의 건축 조합 "프라이에 숄레"의 창건에 결정적으로 영향을 끼쳤습니다. 프라이에 숄레는 건축 조합이지만, 나중에 함께 거주하는 공동체 조합 운동으로 발돋움하였으며, 독일 전역에 확산되었습니다.

참고 문헌

블로흐, 에른스트 (2004): 희망의 원리, 5권, 열린책들.

주경철 (2016): 일요일의 역사가, 현대문학.

헤르츨, 테오도르 (2012): 유대 국가. 유대인 문제의 현대적 해결 시도, 이신철 역, 도서출판 b.

Hertzka, Theodor (1890): Freiland. Ein sociales Zukunftsbild. Zweite durchgesehene Auflage, Dresden und Leipzig.

Hertzka, Theodor (1893): Eine Reise nach Freiland, Leipzig.

Hertzka, Theodor (2010): Entrückt in die Zukunft. Sozialpolitischer Roman (1985), Kessinger: Whitefish, Montana.

Kleinwächter, Friedrich (1891): Die Staatromane. Ein Beitrag zur Lehre vom Communismus und Socialismus, Wien.

Oppenheimer, Franz (1964): Erlebtes, Erstrebtes, Erreichtes. Lebenserinnerungen, Düsseldorf.

Rosner, Peter (1966): Wirtschaftsfreiheit für alle. Eine Österreichische Utopie, in: Wiener Tagebuch, Nr 10, Oktober, S. 18-20.

Saage, Richard (2002): Utopische Profile, Bd. III, Industrielle Revolution und Technischer Staat im 19. Jahrhundert, Münster.

Stavenhagen, Gerhard (1969): Theodor Hertzka, in: Neue deutsche Biographie, Bd. 8, Duncker & Humblot: Berlin.

5. 모리스의 『유토피아 뉴스』

(1890)

1. 소규모 코뮌 공동체의 유토피아: 윌리엄 모리스(William Morris, 1834-1896)는 19세기 말 런던의 시대적 현실을 반영한 이상 사회를 문학적으로 형상화했는데, 아름다운 수공예 예술을 활성화시킴으로써 즐거운 노동, 멋진 생활환경을 추구하였습니다. 이를 고려한다면, 그의 유토피아는 코뮌 공동체의 유토피아에 편입될 수 있습니다. 왜냐하면 그것은 거대한 국가 체제를 근거로 설계된 사회주의 유토피아와는 질적으로 다르기 때문입니다(박경서: 55). 실제로 모리스는 이른바 "페이비언협회(Fabian Society)"의 국가 중심의 개량 사회주의에 동의하지 않았습니다. 여기서 개량 사회주의란 혁명 대신에 의회주의를 통하여 사회주의를 실천하자는 운동을 가리킵니다. 모리스는 국가의 해체가 사회주의의 근본이라고 파악했으며, 국가 중심의 사회 체계의 메커니즘에 이의를 제기하였습니다(박홍규: 367). 모리스는 독일의 사회주의 사상가, 빌헬름 바이틀링의 농촌 중심의 기독교 사회주의의 전통을 계승하면서, 아나키즘 코뮌 운동이라는 놀라운 모티프를 제시하였습니다. 그의 사상은 나중에 루돌프 슈타이너의 대안 교육이라든가, 약 100년 후에 생태 공동체 운동에 지대한 영향을 끼쳤습니다. 제목, "유토피아 뉴스"는 자구적으로는 "아무도 없는 곳으로부터의 소식(News from no-where)"인데, "지금 이

곳으로부터의 소식(News from now-here)"이라고 번역될 수도 있습니다. 모리스는 사려 깊은 숙고 끝에 "최상의 곳(Eu + Topos)"과 "없는 곳(U + Topos)"의 의미를 동시에 함축하고 있는 "유토피아"의 진의를 그런 방식으로 탁월하게 표현하였습니다.

2. 단아하고 목가적인 농촌 중심의 수공업적 이상 사회: 모리스는 아나키즘 코뮌 운동의 관점에서 고찰할 때 19세기 유토피아의 흐름에서 생략할 수 없는 인물입니다. 그는 자신이 속했던 기계 문명을 철저하게 거부했다는 점에서 토머스 칼라일과 존 러스킨보다도 더욱 근본적으로 자연 친화적인 입장을 취했습니다. 나아가 모리스는 마르크스의 영향으로 사회주의의 길을 걷게 되었는데, 마르크스보다 더 치열하게, 사적인 이윤을 추구하는 자본주의에 대해 비판적으로 대응했습니다. 예컨대 마르크스와 엥겔스는 기존하는 사회의 생산양식을 비판적으로 분석하는 데 그치지 않고, 노동자 운동에 적극적인 자세를 취했습니다. 이들에 비해서 모리스는 기존하는 사회적 상황에 대해 하나의 이상적인 대안을 내세웠습니다. 그것은 다름 아니라 자본주의의 황폐한 생활 방식을 바꿀 수 있는, 어떤 단아하고 목가적인 농촌 중심의 수공업적 이상 사회를 가리킵니다. 이는 중세의 삶이라는 근원적 목표를 지향한다는 점에서 크고 작은 오해를 불러일으켰습니다. 모리스의 유토피아는 "과거지향적 미학," "낭만적 반자본주의," "취향에 입각한 사회주의" 등으로 평가되었습니다(Reifsteck: 5).

3. 모리스의 삶: 모리스는 건축가, 시인, 화가, 기술자, 양탄자 제작자, 인쇄업자 등 다양하게 활동했습니다. 그렇기에 모리스는 작가로서보다는, 오히려 화가, 특히 다양한 미술공예 운동과 청년 양식 운동의 선구자로 더 잘 알려져 있습니다. 그는 1834년 3월 24일 영국 에식스 지방의 월섬스토라는 마을에서 증권회사 소개상의 큰아들로 태어났습니다. 월

섬스토는 런던 근교의 자그마한 마을이었고, 농촌의 전원적인 분위기가 온존하고 있었습니다. 그의 아버지는 증권 거래를 통해서 상당한 부를 축적하였으므로, 모리스의 가족은 풍족하게 살 수 있었습니다. 그의 아버지는 구리 광산에 투자하여 엄청나게 많은 돈을 벌었습니다. 1847년 아버지가 사망했을 때 모리스는 많은 재산을 물려받았습니다. 그의 학교생활은 지루함만 안겨 주었습니다. 말보로 대학의 부속학교에서 배운 것은 거의 없었지만, 그렇다고 그가 학문을 포기한 것은 아니었습니다. 그의 관심은 학교에서 가르치는 내용이 아니었습니다. 그렇기에 그는 언제나 혼자서 다양한 분야의 책을 읽고 지냈습니다.

모리스는 1853년부터 옥스퍼드에 있는 엑서터 칼리지와 버밍엄의 킹 에드워드 그래머 스쿨에 다니기 시작합니다. 옥스퍼드 대학에서 만난 사람들 가운데에는 영국의 사회 사상가이자 예술 비평가, 존 러스킨(John Ruskin, 1819-1900)도 있었습니다. 러스킨은 기계의 노예로 전락한 영국 노동자들의 비참한 삶을 안타깝게 여기며, 장식 없는 현대 건축과는 다른 중세 고딕 건축을 찬양했습니다. 모리스는 이에 영향을 받아서 1854년 친구들과 함께 벨기에와 프랑스 북부를 여행하였습니다. 유럽 여행은 모리스에게 거대한 영감을 불러일으켰는데, 이는 결국 그의 관심을 예술 쪽으로 돌리게 했습니다. 당시에 그의 마음을 사로잡은 것은 테니슨, 칼라일 그리고 존 러스킨 등의 문화 비판 서적이었습니다. 가령 칼라일의 『과거와 현재(Past and Present)』, 러스킨의 『베네치아의 돌(The Stones of Vinice)』 등의 책이 거론될 수 있습니다. 그 밖에 신앙 대신에 예술로 방향전환하게 된 계기는 깊은 사랑의 감정을 불어넣어 준 아내, 제인과 놀라운 예술적 모티프를 제공한 라파엘로의 그림이었습니다.

모리스는 1861년부터 수공업 관련 회사를 창건하여, 유리, 가구 그리고 실내장식 제품들을 생산하였습니다. 1878년부터 그는 양탄자 제조업에 뛰어들어서 수제 양탄자를 생산해 냅니다. 사업이 안정되자, 그는 역사적 건물 보존과 정치 등에 관심을 기울이기 시작합니다. 그의 노력은

1877년에 역사 건축 보존 협회의 창립으로 이어졌습니다. 1887년 11월 13일 런던에서는 이른바 "피의 일요일"이라는 사건이 발발합니다. 자본 가들에게 이용당하던 노동자들은 런던의 트래펄가 광장에 집결하여 데 모를 벌였는데, 이때 군인과 경찰의 개입으로 많은 사람들이 죽었습니 다. 이때의 사건이 계기가 되어 모리스는 차제에 적극적으로 정치에 참 여하겠다고 각오합니다. 이 당시에 "민주 연맹(Democratic Federation)" 과 "사회주의 동맹(Socialist League)" 등의 단체가 결성됩니다. 1884년에 창립된 "민주 연맹"은 조만간 "사회 민주 연맹"이라는 명칭으로 바뀌게 됩니다. 모리스는 1886년에 집필한 「존 볼의 꿈(A Dream of John Ball)」 에서, 자신이 현실 문제로 항상 고민하지만 때로는 엉뚱한 찬란한 꿈으 로 자신의 고뇌를 보상 받는다고 토로한 적이 있습니다. 이를 고려할 때 모리스의 문학은 주어진 사회를 간접적으로 비판하기 위한 문학적 시도 라고 규정할 수 있습니다.

4. 『유토피아 뉴스』의 집필 계기: 그의 대표작, 『유토피아 뉴스, 혹은 휴식의 시대. 낭만적이고 유토피아적인 소설의 몇 개의 단락들(News from Nowhere, or an Epoch of Rest, Being Some Chapters from a Utopian Romance)』(1890)은 사회 유토피아를 담은 소설입니다. 집필 계기로서 우리는 두 가지 사항을 언급할 수 있습니다. 모리스는 벨러미의 『뒤를 돌아보면서』에서 제기된, 산업 군대의 모델에 대해서 결코 동의할 수 없 었습니다. 그는 벨러미의 중앙집권적 유토피아 모델에 비판적으로 대응 하고 싶었습니다. 인간의 행복이 생산력의 증가만으로 이룩될 수 있다 는 벨러미의 생각은 착각이라고 합니다. 다시 말해, 벨러미는 전체적으 로 작동되는 기계주의에 집착한다는 것입니다. 모리스는 다음과 같이 말했습니다. "나는 결코 벨러미가 생각한 그따위 '속된 (런던인의) 천국 (cockney paradise)'에서 살고 싶지 않다"(Wandel: 50). 19세기 말에 모리 스는 열정적으로 정치적 모임에 참여하였습니다. 사회주의 서클의 임원

으로서, 말하자면 기계가 모든 것을 장악한 빅토리아 시대의 비참한 문명에 하나의 전쟁을 선포한 셈입니다. 19세기의 사회는 "마치 목욕하던 인간이 자신의 옷을 잃어버려서 발가벗은 채 시대 한복판을 달리는 꼴이나 다를 바 없다"고 합니다(Berneri: 232). 인간은 자신의 안일한 삶을 추구하다가 최소한의 옷마저 빼앗기고 말았다는 것입니다. 여기서 옷은 건강과 최소한 누릴 수 있는 행복을 암시합니다.

5. 모리스의 시대 비판 (1), 자연과 인간 삶의 파괴 현상: 모리스는 당시의 세 가지 사회적 경향을 철저히 혐오하였습니다. 첫째는 자본주의적 산업 기술의 발전과 병행하여 나타난 자연 파괴 현상이었습니다. 모리스는 18세기 말의 영국의 암울한 현실을 안타깝게 여겼습니다. 런던에서는 노동자들의 집단 거주 지역인 슬럼가가 형성되어 있었습니다. 동굴과 같은 집에서 살아가는 노동자들의 모습은 마치 우글거리는 청어 떼를 방불케 합니다. 이러한 공간은 인권이라고는 찾아볼 수 없는 곳으로서 마치 짐승 우리와 같습니다. 시골 또한 더럽기는 마찬가지입니다. 지하자원의 개발, 공장 건설 등으로 인하여 영국의 산과 들판은 온통 황폐화되어 있습니다. 공장에서는 유독가스가 뿜어져 나오고, 노동자들은 먼지, 가스 냄새 그리고 소음으로 가득 찬 열악한 노동 조건 속에서 힘들게 일하고 있습니다. 경작지와 숲은 대지주에 의해서 약탈당하고 서서히 파괴되어 갑니다. 도시에는 산업 시설이 자리를 차지하여 대기오염이 심각한 문제로 출현하고 있습니다(Morris: 101f).

둘째로, 모리스의 시대 비판은 자본주의의 발달로 인한 자연과 인간 삶의 황폐화로 향합니다. 시골은 더 이상 사람이 살지 않는 황량한 땅으로 변모되고 있습니다. 과거에 영국의 시골은 멋진 자연경관을 자랑하고 단아한 장터를 보여 주었는데, 이제는 더 이상 그렇지 않습니다. 사람들은 자본주의 경제체제 하에서 온통 세계 경제에 종속되어 있으며, 도시든 시골이든 간에 끔찍한 유독가스를 뿜어내는 공장 지역 내지 황폐한 땅으로 변모되었습니다. 가장 커다란 문제는 물품들이 필요에 의해서 생산되는 게 아니라, 오로지 이윤 추구를 위해 시장에 제공된다는 사실입니다. 수요를 전혀 고려하지 않는 상품 생산은 재고를 낳고, 물품의 재생산을 거의 불가능하게 만듭니다. 상품은 질적으로 형편없는데, 이는 결국 가격 하락을 부추기게 됩니다. 게다가 상품은 기계에 의해서 대량으로 생산되고 있습니다.

6. 모리스의 시대 비판 (2), 분업과 노동의 소외에 대한 비판: 모리스는 노동 분업을 가장 혐오하였습니다. 왜냐하면 분업은 노동자의 몸에 기계의 멍에를 씌우며, 노동하는 인간에게 기계보다 더 나은 생산 성과를 강요하기 때문입니다. 아니, 노동 자체가 기계의 도입으로 지루한 일감으로 변모하고 말았습니다. 자본가에 해당하는 "기계의 소유자는 기계가 생산해 내는 물품을 사용가치로 고찰하지 않고, 자신의 부를 축적할 수 있는 수단으로 여긴다. 그의 유일한 관심사는 생산된 제품이 고객들에게 유익한 것이냐, 아니냐 하는 물음이 아니라, 구매자를 찾을 수 있는가, 없는가 하는 물음으로 향하고 있다"(Morris: 124f). 실제로 분업이 도입된 뒤부터 인간은 점점 부자유스러운 삶을 누리게 되고 자신의 노동으로부터 소외되어 왔습니다. 모리스는 다음과 같이 확신하였습니다. 즉, 인간은 오로지 자유롭고 자발적으로 일할 때 비로소 예술적 창의성을 발휘할 수 있다고 말입니다. 만약 이상적인 사회가 건설될 수 있다면, 인간 삶은 더욱더 풍요롭게 되고 개별 인간은 자의에 의해 즐겁게 무언가를 창출해 낼 수 있다는 것입니다. 모리스는 자신의 생각을 프랑스 혁명의 슬로건과 접목시킵니다. 이상적인 삶을 실현하기 위해서는 인간은 무엇보다도 노동자의 "동지애"로부터, "평등"을 거쳐서 결국 "자유"로 향하는 길을 걸어가야 한다는 것입니다.

7. 모리스의 시대 비판 (3), 자본주의의 폭력에 의해서 심리적으로 파괴되

는 인간군: 산업화 시대의 전형적 특징은 자본가들의 착취 현상입니다. 노동자들은 비참한 삶의 조건을 개선하기 위해서 전력투구하는 반면에, 자본가들은 어떻게 해서든 자신의 이득을 더욱 많이 갈취하는 데 혈안이 되어 있습니다. 이러한 사회적 현상은 계급 갈등을 부추기고, 범죄를 들끓게 하며, 도덕의 개념을 파괴합니다. 수많은 폭력이 난무하고, 성적 욕망 역시 도착적으로 돌변합니다. 폭력은 과도한 질투심을 끓어오르게 하고, 급기야는 가난한 남녀 모두를 비참한 심리 상태에 빠지게 합니다 (Morris: 112). 영국의 여성들은 실제로 남성의 소유물로 간주되고 있습니다. 여기서 남편이냐, 아버지냐, 혹은 오빠냐 하는 질문은 중요하지 않습니다. 여성은 불법적으로 남성들의 성 충동의 희생양이 되거나, 자신의 자연스러운 욕망을 추종할 경우에는 결국 몸을 파는 여자로 전락하게 됩니다. 요약하건대, 모리스의 유토피아는 상기한 비참한 삶에 대한 반대급부의 상으로 이해될 수 있습니다.

8. 분업의 극복을 위한 예술적 수공예: 모리스는 자본주의의 경제 방식 대신에 중세에 활성화되었던 수공업과 예술 작품을 하나의 대안으로 내세웠습니다. 기계 산업 대신에 예술적 수공업이 발전된 중세의 단아한 문화가 하나의 긍정적 표본으로 설정된 것입니다. 옷, 그릇, 주택 등 모든 단아한 예술적 배경은 중세의 수공업적 생산양식에 의해서 축조되어 있습니다. 중세의 사회 구도는 비록 아담하지만, 인간 사이에 우정이 허용되고 일꾼들이 직접 자신의 손으로 생필품을 만들어 내는 식으로 이루어져 있었습니다. 그렇다고 모리스의 유토피아에 산업과 과학기술과 관련된 공장이 모조리 철폐된 것은 아닙니다. 공장에는 더 이상 기계 내지 컨베이어 시스템이 가동되지 않으며, 생산과정에서 어떠한 분업도 용납하지 않고 있습니다. 모리스는 기계로 힘든 노동을 대체하였을 뿐, 가내 수공업을 무엇보다도 중요하게 생각하였습니다. 하나의 물건을 만들어도 장인이 열정적 즐거움으로 그것을 만들면, 그 물건은 그야말로 명

품이라는 것입니다. 모리스는 중세부터 이어져 내려온 수공업적 노동을 예찬했지만, 무작정 중세를 동경한 것은 아니었습니다.

9. 다른 시간의 런던에서 깨어난 주인공: 작품의 배경은 19세기 말의 영국입니다. 전지적인 화자가 등장하여, 자신의 친구에 관한 이야기를 들려줍니다. 친구는 윌리엄 게스트를 가리키는데, 윌리엄은 22세기에 해당하는 아주 먼 미래에서 며칠을 보낸 사내입니다. 제2장부터 "친구"는 주인공 "나"로 등장하여 윌리엄의 체험담을 상세하게 서술합니다. 윌리엄은 자신이 속해 있는 사회주의 서클에서 친구들과 격렬한 논쟁을 벌인 다음에 밤늦게 집으로 돌아옵니다. 혁명의 날에 무슨 일이 벌어질 것인가 하는 물음이 논쟁의 내용이었습니다. 전차 정류장의 악취와 더러움에 불쾌감을 느끼면서 무의식적으로 주위 환경의 개선이 시급하다는 것을 절감합니다. 다음 날 아침에 목욕을 끝내고 바깥의 템스강을 바라보니, 놀랍게도 강 주변이 너무나 깨끗하게 변해 있는 게 아니겠습니까? 자신이 있는 곳은 미래 영국의 평화롭고도 전원적인 현실이었던 것입니다. 깊은 잠을 자고 나니, 어느새 250년이라는 세월이 흘러갔습니다. 세상은 형형색색의 꽃들이 만개한 에덴동산과 다를 바 없습니다.

10. 아름다움, 자유, 평화와 행복에 관한 뉴스: 주위 환경은 말끔히 단장되었지만, 고색창연한 분위기를 보여 줍니다. 거리의 사람들은 깨끗한 옷을 걸치고 활기가 넘칩니다. 그들은 순진무구한 아이들처럼 웃음을 머금으면서 일에 만족을 느끼고 있습니다. 이들의 일감은 두 손으로 농사와 건축에 몰두하거나 그릇을 제조하는 일입니다. 이렇듯 행복한 사람들은 자신의 능력과 애착에 따라 수작업에 몰두하면서, 그다지 세련되지는 않았지만, 예술적 개성이 발휘된 물품들을 천천히 만들어 내고, 그것들은 자연스러운 방식으로 이웃에게 전해집니다. 여성들은 건강하고 튼실하며 아름답습니다. 그들은 매사에 관심을 기울이며 감각적입니다.

40대의 여성들이 주름 하나 없는 20대의 처녀처럼 보입니다. 90세의 노인 역시 40세의 건장한 사내의 면모를 자랑합니다(Morris: 83). 사람들은 공동 식당에서 담소를 나누면서 식사를 즐기고 있습니다. 병에는 프랑스 포도주가 담겨 있어서 사람들의 식욕을 돋웁니다. 영국의 땅은 햇빛 가득하고, 따뜻하기 이를 데 없습니다. 한마디로 모리스가 묘사한 것은 아름다움, 자유, 평화 그리고 행복에 관한 뉴스입니다.

11. 모든 거대한 중앙집권적인 체제로서의 국가, 사유재산 그리고 지폐의 철폐: 새로운 영국에서 국가는 질서 유지를 위한 경찰 기관으로 축소화되어 있습니다. 따라서 무소불위의 국가권력은 더 이상 존재하지 않습니다. 국가가 경찰서 정도로 축소화 된 것은 카베와 벨러미의 경우와는 정반대되는 사항입니다. 거대한 회사, 대규모 공장, 매머드를 연상시키는 거대한 백화점 등은 더 이상 존재하지 않습니다. 물품 조달은 이웃들이 필요한 만큼 자연스러운 방식으로 행해집니다. 사유재산제도는 새로운 영국에서는 더 이상 존재하지 않습니다. 기계로 만든 제품, 불필요한 사치성 물품은 더 이상 생산되지 않습니다. 상품 광고 역시 더 이상 행해지지 않고 있습니다. 놀라운 것은 기존의 지폐가 사용되지 않는다는 점이며, 무한정의 팽창을 도모하는 시장경제체제가 순식간에 사라졌다는 사실입니다. 왜냐하면 시장은 더 많은 이윤을 남기려는 판매자와 더 싸게 물품을 구입하려는 구매자 사이에 진정한 인간관계를 형성시키지 못하기 때문입니다. 사람들은 모두 행복하게 살기 때문에 죽은 뒤의 삶에 관해서 고뇌할 필요도 없고, 신으로부터 위안을 받을 필요도 없습니다. 새로운 영국에서는 신앙 자체가 불필요한 일이 되었습니다.

12. 기계를 극복한 삶, 역사는 불필요한가: 22세기의 영국에서 환영 받는 일감은 단순 노동 외에도 학문입니다. 사람들은 학문 연구를 통하여 환경 친화적인 에너지를 창조해 낼 수 있습니다. 하지만 사람들은 고도

로 발전된 기계의 사용을 결코 애호하지 않습니다. 왜냐하면 기계 속에는 예술적으로 섬세한 감각이 담겨 있지 않기 때문입니다. 디크라는 청년은 주인공에게 미래의 런던의 제반 사회상을 세밀하게 설명해 줍니다. "과거 사람들은 모든 노동을 습관적으로 기계로 행했지요. 이로써 그들은 스스로 기계가 되었답니다. 그리하여 단순하고도 당연한 수작업을 행할 능력조차 망각하게 되었어요"(Morris: 196). 물론 모리스는 작품 속에 기계 설계 및 기술과 관련되는 세부적인 사항을 정밀하게 서술하지는 않습니다. 작가에게 중요한 것은 과학기술의 전문지식이 아니라, 무엇보다도 인간과 자연에 친화적인 과학과 기술의 토대, 그리고 이러한 과학기술이 환영 받을 수 있는 사회적 전제 조건을 마련하는 일이었습니다.

13. 전인적 삶에 대한 동경, 역사에 대한 외면: 아름다운 미래 사회에 발을 들여놓은 윌리엄 게스트는 설레는 마음으로 모든 새로운 사항을 접하게 됩니다. 그는 거리의 사람들에게 여러 가지 질문을 던지는데, 이들은 성심성의껏 질문에 대답해 줍니다. 사람들은 한 가지 일에만 몰두하는 것보다는 전인적인 삶을 더 좋게 생각합니다. 등장인물 딕은 수학과 정치경제학에 관심이 많은 친구 봅에게 다음과 같이 충고합니다. 즉, 야외 노동을 하여 머릿속의 거미줄을 모조리 걷어 내라는 것입니다. 한 가지 특징적인 사항은 대부분 사람들이 열심히 생업에 몰두하고, 역사에 관해 관심을 기울이지 않으며, 동시에 비판적 역사의식을 지니지 않고 있다는 사실입니다. 이는 어쩌면 22세기 런던 사람들에게 하나의 위험 요인으로 작용할지 모를 정도입니다. 그렇다면 어떠한 이유에서 사람들은 지나간 역사에 더 이상 관심을 기울이지 않을까요? 이 문제를 해결하기 위하여 윌리엄은 역사학자, 해먼드를 만나려고 영국 박물관으로 향합니다.

14. 역사학자 해먼드와의 대화: 해먼드와의 대화는 비교적 오래 지속됩

니다. 해먼드는 언젠가 루소가 표방한 바 있는 공동체 내의 원칙에 관해서 언급합니다. 가령 죄악을 처벌하고 금지시키는 엄격한 정책 대신에 선을 권장하는 사랑의 정책이 바로 그 원칙입니다. 뒤이어 해먼드는 「어떻게 변화가 도래했는가?」라는 핵심적인 장에서 지나간 역사적 진행 과정을 쉽게 설명해 줍니다. 이는 착취하는 자와 착취당하는 자 사이의 계급투쟁의 역사가 어떻게 피비린내 나는 혁명으로 이전되었는가 하는 물음과 관련됩니다. 물론 과도기의 혁명에 관한 이야기는 비교적 불분명하지만, 한 가지 사건만은 세밀하고 정교하게 언급되고 있습니다. 그것은 다름 아니라 혁명의 와중에 사람들이 인간의 노동을 소외시키는 많은 기계들을 파괴했다는 사실입니다. 해먼드는 무작정 모든 것을 일방적으로 설명하지 않고, 윌리엄에게 간간이 질문을 던집니다. 그의 이러한 태도는 사려 깊은 숙고에서 비롯된 것입니다. 즉, 소크라테스의 산파법이 두 사람 사이의 대화에 도입되는 것도 무척 놀랍습니다. 가령 대화에서 문제점이라든가 의혹이 발생하면, 해먼드는 방문객인 윌리엄 게스트로 하여금 스스로 문제를 제기하여 스스로 해답을 찾도록 조처하고 있습니다.

15. 학교는 없다: 주인공은 딕에게 미래 사회의 교육제도와 학교에 대해 물어보았습니다. 그런데 우스꽝스럽게도 딕은 "학교"가 무슨 뜻인지 전혀 모르고 있습니다. 체제로서의 학교가 존재하지 않으므로, 학교라는 단어 역시 사라진 것입니다. 체제로서의 교육 시스템은 완전히 철폐되고, 아이들은 자신이 필요한 내용을 자발적으로 배워 나갑니다. 요리하기, 목공 일, 상점 운영 등이 그러한 일입니다. 아이는 만 4세가 되면 읽기와 쓰기를 배웁니다. 기관 내지 체제로서의 학교가 없으므로 교육 내지 교육 시스템이 더 이상 필요하지 않습니다. 쓰기에 관하여 선생은 아이들로 하여금 스스로 무언가 쓰도록 내버려 둡니다. 그렇게 해야만 지저분한 글씨체에 적응하게 된다고 합니다(Morris: 62). 아이들은 외국어 역시 독학해야 합니다. 영어, 웨일스와 아일랜드 사투리 외에도 독일어,

프랑스어를 배우며, 당사자가 원할 경우 그리스어와 라틴어도 배울 수 있습니다. 교사는 질문할 때만 대답하며, 시험의 평가에만 관여합니다. 아이들의 능력을 권위적 척도에 의해 상대적으로 평가하지는 않습니다.

16. 템스 강변의 보트 여행, 과거로의 회귀: 윌리엄은 박물관을 나와서 템스강으로 가는데, 몇몇 이웃 사람들과 템스강을 거슬러 올라가는 보트에 동승합니다. 템스강은 매우 깨끗하게 변하여, 연어 떼가 알을 낳으러 퍼덕거리며 상류로 헤엄치고 있습니다. 이 장면은 모리스의 유년 시대로 향하는 자전적 여행기를 방불케 합니다. 윌리엄은 새로 사귄 친구들과의 보트 여행을 통하여 어떤 행복감에 젖어듭니다. 그렇지만 자신은 과거의 사람이기 때문에 결코 이들과 영원히 살 수 없음을 깨닫습니다. 이때부터 그는 서서히 슬픈 감정에 빠져듭니다. 윌리엄은 어느 교회에서 개최되는, 수확을 찬양하는 세속적 만찬에 참가할 수 없습니다. 시름에 잠긴 채 그는 혼자 템스 강변을 걷습니다. 이때 검은 구름이 출현하여 그를 감쌉니다. 구름은 마치 유년시절에 접했던 끔찍한 악몽과도 유사하게 느껴집니다. 다시 의식을 되찾았을 때 윌리엄은 자신이 더러운 산업의 시대인 "지금 그리고 여기"에 서성거리고 있음을 확인합니다.

17. 중세의 전원적 삶: 모리스는 수공업 모델을 강조하면서, 과거로 돌아가는 전원적인 삶을 사회주의 이론과 접목시키고 있습니다. 이로써 그는 중세를 동경하는 영국 낭만주의의 전통을 계승하려 합니다. 이러한 입장은 존 러스킨의 예술 비평서,『베네치아의 돌』(1851-1853)에 실려 있는 예술 비판을 연상시킵니다(Jens 11: 1004). 러스킨의 작품 가운데「고딕의 자연」이라는 장에서는 중세의 전원적이고 목가적인 삶이 하나의 이상으로 묘사되는데, 모리스는 아마도 친구의 저서에서 커다란 감명을 받은 것 같습니다. 그 밖에 모리스는 정치적으로 마르크스, 샤를 푸리에, 로버트 오언 그리고 러시아 무정부주의자, 표도르 크로포트킨의 영향

을 강하게 받았습니다. 모리스에게 19세기 영국 자본주의 사회는 참으로 저열하고 사악한 것이었습니다. 왜냐하면 그것은 인간관계를 돈으로 물화시키고, 타인을 이윤 추구의 수단으로 생각하게 만들기 때문입니다. 모리스의 유토피아 모델은 삶의 포괄적인 아름다움을 추구하였으며, 인간의 본성에 관한 모리스의 낙관론적인 견해는 루소의 그것과 매우 근친하다고 말할 수 있습니다.

18. 사유재산제도 철폐, 경찰의 기능을 수행하는 국가, 시장의 철폐, 즐거운 노동: 모리스의 유토피아는 실용 사회주의에 토대를 두고 있습니다. 모리스는 거대한 시스템으로서의 기계 산업의 구조를 지양하고, 소규모의 농업 내지 수공업을 통한 자급자족의 경제구도를 설파하였습니다(오봉희: 58). 여기서 국가는 경찰의 기능을 수행하는 기관으로 축소되어 있고, 사유재산제도는 철폐되어 있습니다. 나아가 상품을 생산하여 이윤을 추구하려는 욕망 역시 자리할 리 만무합니다. 이곳에서는 시장이 존재하지 않습니다. 사람들은 이윤을 추구하기 위해서가 아니라, 무언가를 창의적으로 만들어 내기 위해서 열심히 일합니다. 사람들은 공동 작업장에서 오로지 필요에 의해서 수공예 제품들을 생산하며, 창조적인 열정으로 제각기 맡은 노동에 몰두하면서 살아갑니다. 모리스는 노동의 미학적 형식을 강조합니다. 이러한 형식은 즐거운 노동을 강조한 샤를 푸리에의 공동체, "팔랑스테르"를 떠올리게 합니다. 사람들은 노동이 즐겁기 때문에, 지루함을 오히려 질병으로 간주할 정도입니다. 사실 일시적으로 게으름을 피우고 싶어도 대부분의 사람들은 마치 배탈 난 사람이 설사약을 복용하듯이 금방 일터로 복귀합니다(Morris: 57; 모리스: 82).

19. 부분적으로 활용되는 과학기술: 모리스는 새뮤얼 버틀러의 경우처럼 기계를 완전히 거부하지는 않았습니다. 기계를 부분적으로 도입하여 미학적 관점을 극대화하는 일은 중요합니다. 이를테면 그릇이나 유리 제

품의 경우 폭넓은 범위에서 기계 공장이 예외적으로 활용되고 있습니다. 제24장에는 건축을 위한 크레인과 화물 운반을 위한 특수차 등이 예외적으로 활용됩니다. 또 한 가지 재미있는 사항은 모리스가 최상의 과학기술을 활용한 열 난로에 관해서 설명하고 있다는 점입니다. 이 경우 열난로에서는 어떠한 유독 연기도 배출되지 않습니다(Morris: 19). 작가는 다음과 같이 말합니다. "노동은 손으로 행하기 힘든 경우에는 기계에 의해 수행되고, 손으로 행해지는 모든 노동은 그 자체 즐거움으로 이해될 수 있다. 왜냐하면 이러한 일들은 기계에 의해 세밀하고 정교한 아름다움을 창출할 수 없기 때문이다"(Morris 126). 한마디로 과학기술은 자연의 생명체를 파괴하지 않고, 생명의 보존을 위해서 활용되고 있습니다.

20. 오래된 아름다움, 모리스의 수공예 예술: 모리스의 경우 멋진 수공예 작품은 예술에만 영향을 끼치는 게 아니라, 인간의 노동 전반과 관련되는 무엇입니다. 그것은 중세로부터 이어진 수공예 예술로서, 소외된 노동이 아니라 삶의 기쁨, 노동의 즐거움을 만끽하게 하는 예술입니다(Vallance: 32). 모리스는 회화 예술을 "소 예술"과 "대 예술"로 구분합니다. 소 예술은 집, 도장, 목공, 유리 제조, 직물, 카페트, 가구, 옷, 주방용품 등을 창조하는 일이며, 대 예술은 회화, 조각 그리고 건축으로 규정합니다. 모리스는 인간의 생활환경을 개선하기 위해서는 무엇보다도 소 예술을 개발하고 발전시켜야 한다고 확신하였습니다. 어쩌면 생활에 접목되는 예술이야말로 모든 예술의 토대가 될 수 있는 것이라고 합니다(이예성: 96). 이를테면 수공예 제품의 제조는 인간에게 소박한 즐거움을 안겨 주며 위안을 가져다주는 일감으로서 결코 경시할 수 없는 창의적 노동이라는 것입니다.

21. 모리스의 소규모 사회주의 공동체, 남녀평등의 유토피아: 모리스의 미래 국가에는 정부가 존재하지 않습니다. 국가가 강제적 권력을 지니

지 않기 때문에 모든 사람들에게 강제로 적용되는 법은 존재하지 않습니다. 정부가 없으므로 의회 또한 존재할 필요가 없습니다. 물론 행정과 치안을 담당하는 행정기관은 별도로 존재합니다. 정치 행정 시스템은 지방분권화 되어 있습니다. 모든 사안은 자치 구역에서 충분히 논의되므로, 정책 결정은 아래로부터 위로 원활하게 이루어집니다. 이때 견해 차이로 인한 다수와 소수는 얼마든지 출현 가능합니다. 이 경우 소수는 세 번에 한하여 거부권을 행사할 수 있습니다. 다수는 소수의 견해를 충분히 반영하여 하나의 안을 채택하여 결정합니다. 모리스의 미래 국가에서는 법 규정이 없습니다. 국가는 무정부주의적 특성을 표방하기 때문에, 사람들은 형법에 저촉되어 감옥에 가지 않습니다. 감옥과 법정이 처음부터 존재하지 않습니다. 조직화된 정부, 군대, 군함 그리고 경찰 조직이 필요 없습니다. 물론 모리스의 유토피아에도 사람들 사이에 갈등이 발생합니다. 그러나 갈등은 주로 기술상의 문제에서 나타나는 의견 대립이 태반입니다. 따라서 사람들 사이에 거대한 사회적 이슈로 인한 대립은 출현하지 않습니다. 그렇기에 정당이 필요하지 않는 것은 당연합니다. 모리스는 남녀평등을 강조하고 있습니다. "남자들은 여자들을, 마찬가지로 여자들 역시 남자들을 억압할 아무런 계기를 지니고 있지 않다. 여자들은 자신이 가장 잘 하는 일을 행할 수 있고, 행해야 하며, 이에 대해 남자들이 어떠한 질투심을 느껴서도 안 되고, 화를 내어서도 안 된다"(Morris: 100).

22. 사랑과 결혼: 국가는 개개인의 사랑과 결혼에 개입하지 않습니다. 따라서 모리스가 일부일처제를 중시하는가, 아니면 플라톤과 캄파넬라의 여성 공동체를 중시하는가 하는 물음은 무의미합니다. 결혼이란 모리스의 유토피아에서는 가족을 구성하려는 당사자의 합의에 의한 결합, 그 이상도 그 이하도 아닙니다. 결혼이 국가에 의해서 제도화된 계약관계가 아니므로, 이혼 역시 그야말로 진부한 일일 뿐입니다(Morris: 89).

사랑의 열기가 사라지면, 남녀는 법적 이혼이라는 절차 없이 그냥 헤어집니다. 모리스의 이상 사회에서는 에로틱한 열정은 예술적으로 표현됩니다. 예컨대 미래의 런던 사람들은 두 남자와 한 여자, 혹은 한 남자와 두 여자가 애정의 삼각관계 속에서 어떻게 질투심을 극복하는가 하는 주제를 다룬 극작품을 즐겨 관람합니다. 모리스의 유토피아에서 살아가는 사람들은 남자가 여자를, 여자가 남자를 억압하고 구속할 하등의 이유를 알지 못합니다. 여자들 역시 자신이 할 수 있는 최상의 방식으로 누군가를 사랑하므로, 남자들은 질투심에 사로잡히지도 않고 애인의 배신에 대해 막무가내로 화를 내지 않습니다.

23. 여성의 일감은 부분적으로 용인되고 있다: 모리스는 여성이 전통적으로 행하던 일감, 가령 가사와 육아를 긍정적으로 언급합니다. 집안일은 매우 중요하므로, 사람들은 가사 노동을 결코 하찮게 여기지 않습니다. 사람들은 멋지게 치장된 공공 식당에서 하루 한 번 식사하기 때문에,여성들이 요리에 대한 부담감을 느끼지 않습니다. 모리스는 푸리에의 팔랑스테르에서의 삶의 방식을 진부한 것으로 규정했습니다. 19세기 초반의 유럽에는 가난한 사람들이 너무 많아서 푸리에의 공동체가 최소한의 생활을 보장받을 수 있는 도피처로서 기능할 수 있었습니다. 그렇지만 과학기술이 발전된 19세기 후반부의 삶의 공간에서는 굳이 폐쇄적인 공동체 속에서 살아갈 필요가 없게 되었다는 것입니다(Morris: 100). 그렇다고 모리스의 유토피아가 개인화된 거주 공간만 예찬하는 것은 아닙니다. 각자 개인적으로 고답적인 아름다움을 드러내는 건물에서 거주하지만, 낮에는 찾아오는 손님을 위해서 대문이 활짝 열려 있습니다.

24. 모리스 유토피아의 네 가지 특성: 첫째로, 미래의 영국 사회에는 보편적으로 이해되는 몇 가지 규정이 존재하지만, 그것은 법이라고 말할 수 없습니다. 왜냐하면 그러한 규정들은 국가의 강제적 폭력에 의해서

실행되지 않기 때문입니다. 모든 사안은 권력자가 아니라, 그저 행정을 담당하는 관청에 의해서 처리될 뿐입니다. 따라서 모리스의 공동체는 지배와 권력이 없는 어떤 아나키즘의 요소를 표방합니다. 따라서 어느 누구도 강제적 사항에 의해서 자신의 의무를 다할 필요가 없습니다. 둘째로, 모리스가 묘사한 사회에는 국가의 강제적 폭력이 없습니다. 인간은 어떠한 정부, 군대 그리고 경찰의 명령에 따를 필요가 없습니다. 따라서 "인간에 대한 인간의 지배"는 옛말이 되어 있습니다. 셋째로, 모든 결정권은 개개인에게 위임되어 있습니다. 국가의 주권은 개인에게 귀속되어 있습니다. 설령 어떤 특수한 경우에 갈등이 발생한다고 하더라도, 이는 어떤 정치적 대립을 부추기지 못합니다. 갈등의 당사자는 스스로 문제를 해결하고, 기술적 문제에 있어서의 의견 대립을 자체적으로 해결해 나가기 때문입니다. 넷째로, 행정 시스템은 완전히 탈-중앙집권주의 방식으로 구성되어 있습니다. 대부분의 의제는 공동체 구역에 모인 주민들에 의해서 논의되고 결정됩니다. 가령 전체의 안녕, 의식주에 관한 개별적 문제 역시 이러한 방식을 거칩니다. 물론 소수는 세 번에 걸쳐 반대 의사를 표명할 수 있습니다. 다수의 의사가 채택되지만, 소수의 견해 역시 충분히 반영됩니다.

25. 모리스의 유토피아 속에 도사린 문제점: 『유토피아 뉴스』에는 몇 가지 하자가 발견됩니다. 첫째로, 모리스의 사고는 사회주의적 요소를 지니고 있지만, 정치경제학적 차원에서 바람직한 체계적 구도를 보여 주지는 못했습니다. 또한 수공업 예찬, 과거지향적인 중세의 이상에 대한 동경 그리고 전근대적인 느슨한 문체 등은 동시대인들에게 격렬한 비판을 불러일으켰습니다. 모리스는 상품의 가격을 낮추면 상품의 교환가치를 약화시킬 수 있다고 주장하는데, 여기에는 미시경제에 입각한 세밀한 설명이 결여되어 있습니다. 그렇기에 우리는 미래의 영국인들이 어떠한 과정을 거쳐서 화폐를 철폐하고 시장을 폐지하였는가에 대한 명료한 대답

을 찾을 수 없습니다. 예컨대 모리스는 기계가 이윤 추구의 도구가 아니라, 그저 활용 도구로 사용될 것을 강조했는데, 이는 주어진 현실에서 실천되기 어렵습니다. 기계의 소유주는 부의 확장을 이루기 위해서 기계 판매를 고려하기 때문입니다(모리스 2004: 307). 한마디로 주어진 현실의 제반 조건이 국가적 강령에 의해서 변화되지 않을 경우, 이윤을 추구하는 시장 체제는 이 세상에서 사라질 리 만무할 것입니다. 그렇기에 블로흐는 모리스의 유토피아를 "순진하고 감상주의적인 지식인이 신 고딕과 혁명을 서로 혼합시킨 무엇"으로 규정하였습니다(블로흐: 1251). 그러나 블로흐 역시 모리스의 "실용적 사회주의"의 특징을 명확히 파악하지 못하고, 그것을 사회주의와는 다른, 일종의 시민사회의 유토피아에 해당한다고 성급하게 판단했습니다.

둘째로, 모리스는 포괄적이고 학문적인 시스템으로서의 유토피아를 엄밀하게 설계하지는 않았습니다. 그렇기에 "모리스의 유토피아는 미래 사회에 대한 예견이 아니라, 개인적 취향의 표현이다"라는 콜(G. D. H, Cole)의 주장은 부분적으로 설득력을 지닙니다(Berneri: 234). 「지상의 천국」이라는 표제시 또한 이 점을 은근히 암시해 주고 있습니다. "유예된 시간에서 태어난 꿈의 몽상가/왜 내가 힘들게 허리 펴려고 애써야 하는가/나의 각운이 상아 문으로 향해 수월하게/날갯짓하는 것으로 충분하지 않은가/공허한 날 가수들의 요람 속에서/꿈의 나라에 머무르려고 하는 사람들에게/강권하지 않고 그냥 이야기하는 것으로"(Berneri: 235). 모리스의 유토피아는 푸리에의 그것처럼 연방주의 공동체의 모델로 면밀하게 설계되어 있지 않습니다. 물론 모리스의 『유토피아 뉴스』에는 소유, 가난, 착취 그리고 경쟁이 더 이상 자리하지 않지만, 모리스의 유토피아에는 새로운 사회 모델에 관한 체계적인 설명이 생략되어 있으며, 행정기관으로서의 국가에 관한 설명은 흐릿하고 막연할 뿐입니다. 모리스는 하나의 이념으로서 사회주의를 추종한다고 술회하였지만, 하나의 방법론으로서 사회주의 국가 체제 대신에, 소규모 코뮌 형태의 사회주의의 구도를 도입하고 있습니다.

셋째로, 모리스의 유토피아에서는 사회주의 경제 구도, 정치 체계와 정책 이행 과정, 성 그리고 가족제도의 문제점, 사유재산제도의 수정 사항 등과 같은 구체적 범례들은 거의 찾아볼 수 없습니다. 모리스는 가정과 결혼 제도, 성의 문제점들 그리고 이로 인해 파생되는 갈등 등을 상당 부분 생략하였습니다. 물론 작품 속에 딕과 클라라 사이의 결혼과 이혼의 범례가 약간 다루어지기는 합니다. 그렇지만 이는 기껏해야 새로운 사회에서의 결혼이 19세기 빅토리아 시대와 다르다는 것을 강조하기 위함입니다. 딕과 클라라는 결혼하여 아이를 낳았지만, 서로 헤어지게 됩니다. 그렇지만 나중에 다시 호감을 느낀 두 사람은 다시 동거합니다. 사회는 두 사람의 이러한 행동에 대해 어떠한 제재도 가하지 않습니다(March: 120). 전체적으로, 가령 22세기 런던에서 이혼 후의 자식 교육에 관한 구체적 사항들은 언급되고 있지 않습니다. 모리스는 19세기 말 영국의 비참한 현실과는 반대되는 어떤 긍정적인 사회상을 막연하게 묘사하였을 뿐입니다. 여기서 중요한 것은 그의 시각이 개개인의 자유와 행복에 바탕을 둔다는 사실입니다.

윌리엄 모리스가 설계한 사회는 주관적 색채를 강하게 드러냅니다. 그것은 자세하고 명징하게 서술되지는 않았지만, 바람직한 공동체에 대한 인간의 창의적 참여를 하나의 상으로 도출해 내고 있습니다. 모리스는 구태의연하지만, 비교적 이해하기 쉬운 문장으로 기술합니다. 그의 문체는 독자의 상상력을 불러일으키고, 실제 현실과 가상적 현실 사이에서 드러나는 대립적 특징을 부각시킵니다. 한마디로 『유토피아 뉴스』는 진보에 대한 낙관론과 미래의 비관론 사이의 변곡점에 자리하는 작품입니다(Jens 11: 1005). 수공업과 농업에 바탕을 둔 소규모의 이상 사회는 모리스가 처했던 실제 현실과의 관련성을 고려할 때 때로는 무정부주의에 근거하는, 시대착오적인 유토피아라는 비판을 불러일으킬 수 있습니다. 그렇다고 해서 우리는 모리스의 유토피아 설계를 진부하다고 단정할 수는 없습니다. 오히려 그 반대입니다. 모리스의 유토피아 설계는 오늘날 생태학적 차원에서 고찰할 때 많은 것을 시사하고 있으며, 무조건 소규모의 과거지향적 유토피아로 폄하할 수는 없습니다(Callenbach: 201f).

26. 이후의 영향: 추측컨대 모리스는 세계가 진화론적으로 향상되리라고 믿지 않은 것 같습니다. 그는 주어진 사회의 혁명적 전복이 필연적이라고 확신했지만, 실천에 있어서 어떤 좋은 해결책을 찾지 못했습니다. 게다가 모리스는 사회가 어느 순간 혁명적으로 전복되리라고 믿었으므로, 혁명을 위한 구체적 계획과 상세한 설계를 처음부터 생략하였습니다. 엥겔스가 모리스를 가리켜 "정서적 취향의 사회주의자"라고 명명한 것도 바로 그 때문입니다. 19세기 말의 유토피아는 벨러미와 모리스를 필두로 두 개의 양극을 이루고 있습니다. 그 하나는 과학기술에 대한 극단적 찬양이며, 다른 하나는 과학기술의 발전에 대한 급진적 비판입니다. 최근에 이르러 모리스의 『유토피아 뉴스』는 생태주의 유토피아의 원조로 새롭게 부각되었습니다. 왜냐하면 그것은 산업 발전으로 인한 환경 파괴를 비판하기 위한 목적의 일환으로 설계된 것이기 때문입니다(d'Idler: 87; Holim: 25). 모리스의 유토피아는 유럽 지역의 생태 공동체 운동보다 100년 앞서 출현하였으며, 오늘날에도 환경 생태를 위한 기본적 단초를 제공하고 있습니다.

참고 문헌

모리스, 윌리엄 (2008): 에코토피아 뉴스, 박홍규 역, 필맥.

박경서 (2012): 전복적 상상력. 아나키즘 유토피아에서 전체주의적 디스토피아로, 실린 곳: 영미어문학, 제104호, 53-76.

박홍규 (2008): 윌리엄 모리스의 생활 사회주의와 유토피아 사상, 실린 곳: 모리스, 윌리엄: 에코토피아 뉴스, 박홍규 역, 필맥, 361-427.

블로흐, 에른스트 (2004): 희망의 원리, 5권, 열린책들.

오봉희 (2017): 노동과 예술, 휴식이 어우러진 삶, 윌리엄 모리스의 『유토피아에서 온 소식』, 실린 곳: 이명호 외, 유토피아의 귀환. 폐허의 시대, 희망의 흔적을 찾아서, 경희대 출판문화원, 56-68.

이예성 (2006): 윌리엄 모리스의 노동과 예술 사상, 실린 곳: 국제언어문학, 제12집, 77-107.

Atwood, Margaret (2012): The Handsmaid's Tale, München.

Butler, Samuel (1987): Erewhon, London.

Berneri, Marie Louise (1982): Reise durch Utopia, Berlin. (한국어판) 베르네리, 마리 루이즈(2019): 유토피아 편력, 이주명 역, 필맥.

Callnbach, Ernest (1978): Ökotopia-Notizen und Reportagen von William Weston aus dem Jahre 1999, Berlin.

Hollim, Jan (1998): Die angloamerikanische Ökotopie. Literarische Entwürfe einer grünen Welt, Frankfurt a. M..

Idler, Martin de (1999): Neue Wege für Übermorgen. Ökologische Utopien seit den 70er Jahren, Köln.

Jens (2001): Jens, Walter (hrsg.), Kindlers neues Literaturlexikon, 22 Bde., München.

March, Jan (1990): "Concerning Love: News From Nowhere and Gender." William Morris & News from Nowhere: A Vision for Our Time. Green Books: Biderford, 107-125.

Morris, William (1982): Kunde vom Nirgendwo, Ostfildern.

Reifsteck, Peter (1981): Vorwort zur Neuauflage, William Morris, Kunde von Nirgendwo, Reitlingen.

Vallance, Aymer (1898): William Morris, his Art, his Whitings and his public Life, George Bell and Sons: London.

Wandel, Reinhold (1981): Sozialkritik und regressive Ideale in den politisch engagierten Schriften von William Morris, Frankfurt a. M..

6. 로시의 실증적 아나키즘 공동체

(1894)

1. 로시의 소규모 아나키즘 유토피아: 19세기 후반에는 크고 작은 유형의 공동체가 결성되었는데, 『서양 유토피아의 흐름』 제2권에서 다룬 바 있는 푸아니, 라옹탕, 디드로 그리고 푸리에의 비-국가주의 모델의 전통을 계승하고 있습니다. 이들 공동체는 크기와 특징에 있어서 약간의 편차를 드러내지만, 한 가지 공통점을 보여 줍니다. 그것은 다름 아니라 어떠한 경우에도 국가로부터 구속당하지 않겠다는 "절대적 자유주의"의 지조를 표방합니다(프레포지에: 51). 이러한 유형의 공동체를 결성한 사람으로서 피사 출신의 아나키스트, 조반니 로시(Giovanni Rossi, 1856-1943)가 있습니다. 로시의 유토피아는 19세기 후반의 문학 유토피아의 특징을 적극적으로 차용하지만, 공동체의 본질을 염두에 둔다면, 샤를 푸리에의 공동체와 흡사합니다. 가령 노동의 향유의 측면에서 국가의 간섭을 받지 않으려는 로시의 공동체는 푸리에의 팔랑스테르와 많은 공통점을 드러냅니다(Maitron: 96). 그 밖에 소규모 지방분권적이라는 측면에서 고찰하면, 로시의 유토피아는 윌리엄 모리스의 먼 미래의 런던과 흡사한 측면을 보여 주기도 합니다. 로시의 유토피아는 주어진 현실에서 실현 가능한가 하는 문제를 더욱 심도 있게 받아들여, 유연하고 실증적인 구도로 설계하였습니다. 그렇기에 그것은 ─ 제3권에서 언급된 바 있듯이

— 데자크의 『위마니스페르』에서 다루어지는 급진적 아나키즘 구상과는 경미한 차이가 있습니다.

   2. 조반니 로시: 유토피아주의자들 가운데 윈스탠리를 제외하면, 조반니 로시만큼 자신의 생각을 행동으로 실천한 사람은 아마 없을 것입니다. 로시는 처음부터 지속 가능한 아나키즘 공동체를 구상하였으며, 이를 수미일관적으로 실천하려 하였습니다. 조반니 로시는 1856년 이탈리아의 피사에서 태어났는데, 그의 아버지는 변호사였고, 그의 어머니는 전통적으로 의사 집안이었습니다. 로시는 처음에는 의학과 법학을 공부했으나, 부모의 뜻과는 반대로, 농업과 수의학에 전념하게 됩니다. 뒤이어 "농업기술대학(Ecole Normale Superieure von Agronomie)"에 다니면서 수의사 자격증을 취득한 로시는 토스카나 지역의 "몬테스쿠다이오(Montescudaio)" 공동체를 찾아가서 자생적 사회주의에 깊은 감명을 받게 됩니다. 이곳에는 약 1,400명의 주민이 거주하고 있었는데, 이들은 약 19만 평방킬로미터의 땅을 개간하여 이탈리아에서 가장 아름다운 전원 지역을 개발해 내었습니다. 1878년에서 1891년 사이에 조반니 로시는 "카르디아스"라는 가명으로 다섯 권으로 이루어진 『어떤 사회주의 공동체(Une Gemeinde socialiste)』라는 연작 도서를 발간하였습니다. 여기서 로시는 세실리아라는 여주인공을 등장시켜서, 사회주의 공동체가 어떻게 결성되었고, 공동체는 어떤 과업을 실천해 나갔는가 하는 사항을 서술하였습니다. 이와 병행하여 로시는 인간의 자유를 억압하는 근엄한 종교, 개개인의 경제적 차별을 공고히 하는 사유재산제도와 성적 차별 내지 부자유를 조장하는 일부일처제의 핵가족 제도 등을 신랄하게 비판하였습니다. 이로 인하여 그는 반정부적 지조를 드러내었다는 혐의로 1879년 4월에 감옥에 수감되기도 했습니다.
   1886년부터 로시는 친구인 안드레아 코스타와 함께 『실험(Esperimento)』이라는 잡지를 간행하였습니다. 이 잡지는 여러 아나키즘 공동체의 수평적 확산과 협동을 도모하기 위한 목표로 발간된 것입니다. 로시는 국가자본주의의 제반 문제를 떨칠 수 있는 유일한 방안으로 자생적, 자치적 공동체 운동을 채택하였습니다. 말하자면, 자신의 공동체 모델을 먼 미래가 아니라 19세기의 이탈리아 동부 해안 지역에 설정하였던 것입니다. 공동체는 어떠한 위험이 있더라도 시민 자본주의 사회의 한가운데에서 정착되고 조심스럽게 확산되어야 한다고 로시는 굳게 믿었습니다. 드디어 로시는 크레모나 근교에 있는 스타뇨 롬바르도(Stagno Lombardo)에서 새로운 사회적 삶을 실험하기 위하여 농업협동조합의 형태를 갖춘 공동체를 건설하였습니다. 공동체의 명칭은 "포조 알 마레(Poggio al Mare)"로 정해졌습니다. 그는 알렉산더 드 바르디라는 어느 독지가로부터 땅을 임대받아서, 뜻을 함께하는 사람들과 조합을 운영하기로 한 것이었습니다. 땅의 임대 기간은 10년으로 정해져 있었으므로, 조합원들은 나중에 조합이 해체될 가능성도 고려해야 했습니다. 로시는 땅의 점유 문제로 피사 관청 사람들과 법적인 마찰을 빚지 않기 위해 공증인을 대동해서 하나의 계약을 맺었습니다. 이 계약서에서 그는 공동체의 사용을 10년으로 확정하였으며, 나중에 다시 10년을 연장할 수 있다는 조항을 첨부했습니다(Rossi A: 32). 그리하여 공동체는 1887년 11월 11일에 시타델라 협동조합으로 생겨나게 되었고, 조합의 경제적 이익 역시 서서히 향상되었습니다. 그러나 19세기 유럽에서 시도한 로시의 공동체 실험은 여전히 여러 제약으로부터 자유롭지는 못했습니다. 특히 공동체 내에서의 자유연애라는 생활 방식이 19세기 이탈리아 시민사회의 보수성의 장벽에 부딪히곤 하였습니다.

상기한 이유로 인하여 로시는 자유로운 땅, 신대륙에서 자신의 코뮌을 실천하고 싶었습니다. 신대륙에서 공동체를 결성하려는 로시의 구상은 놀랍게도 브라질 왕의 도움을 받을 뻔합니다. 브라질의 왕, 페드로 2세는 1888년 4월에 요양을 위해 유럽으로 오게 되었는데, 밀라노에서 조반니 로시의 글을 접하게 되었습니다. 로시의 글에는 미국에서의 새로운 공동체의 실험 가능성뿐 아니라, 법의 철폐, 자유연애, 사유재산제도의 철폐, 어떠한 계층 차이도 없는 평등한 인간관계, 종교적 독단론의 폐지 등의 주장이 담겨 있었습니다. 페드로 2세는 로시에게 편지를 써서, 자신의 땅 가운데 1,000헥타르를 무상으로 내놓을 테니, 그곳에서 공동체를 운영하는 게 어떠한가 하고 제안하였습니다. 로시는 브라질의 파라냐 지역에서 자신이 뜻을 펼치려고 결심합니다. 로시는 다섯 명의 친구들과 함께 1890년 2월 20일 리우데자네이루로 떠납니다. 그러나 페드로 2세는 자신의 약속을 지킬 수 없었습니다. 왜냐하면 이 무렵에 그는 권좌에서 축출되고, 뒤이어 브라질 공화국이 탄생했기 때문입니다 (Metz: 8). 그래도 로시는 자신의 계획을 포기하지 않습니다. 그는 쿠르다비에서 100킬로미터 떨어진 지역에서 땅을 구매하여 "라 세실리아(La Cecilia)" 공동체를 결성하게 됩니다.

신대륙의 기후와 풍토는 유럽의 그것과는 전혀 판판이었으며, 특히 이질적인 토양이 문제였습니다. 로시가 의도하던 농작물은 제대로 자라지 않았으므로, 전혀 다른 곡물을 재배하였습니다. 게다가 협동조합의 임원으로 가담한 대부분의 사람들은 주로 러시아와 독일 출신의 식민주의자들이었습니다. 이들은 "라 세실리아" 협동조합을 통한 평등하고 자유로운 삶에 관심을 기울이지 않고, 새로운 땅에서 오로지 일확천금을 꿈꾸면서 살았습니다. 부귀영화의 유혹이 그들로 하여금 신대륙으로 이주하도록 자극했던 것입니다. 문제는 또 다른 곳에서도 발생하였습니다. 조합의 임원들은 약 300명으로 구성되었는데, 남자들이 다수를 차지하고 있었습니다(Maitron: 99). 다수의 남자들과 소수의 여자들 사이에 어떠한 갈등이 대두되었는지 우리는 얼마든지 유추할 수 있을 것입니다. 이로 인하여 로시가 시도하려던 자유연애의 실천은 사람들 사이에 마찰과 반목만 부추기게 됩니다(Maitron: 99). 어쨌든 공동체의 실험은 1894년에 이르러 완전히 실패로 돌아갑니다. 이때 로시는 공동체 사람들과 협의하여 1907년에 자신의 땅을 브라질에 영구히 반환하기로 결정합니다. 로시의 이러한 공동체 운동은 1975년에 장 루이 코몰리(Jean-Louis Comolli) 감독의 프랑스 영화 〈세실리아(La Cecilia)〉에 자세히 소개된 바 있습니다.

3. "소도시(Cittadella)" 공동체: 중요한 것은 로시의 브라질에서의 코뮌 운동뿐 아니라, 로시의 "소도시(Cittadella)" 공동체의 실험을 제대로 이해하는 일입니다. 로시의 공동체에 관해서는 로시가 1878년에 카르디아스(Cardias)라는 가명으로 발표한 소설 『어떤 사회주의 공동체』에 자세히 묘사되어 있습니다. 로시의 공동체는 다른 문학 유토피아에 비해서 현실적으로 실현 가능한 코뮌 공동체의 실상을 생생하게 보여 줍니다. 소설은 두 개의 장으로 이루어져 있는데, 첫 번째 장은 "선전"이라는 부제를 달고 있습니다. 주인공 "나"는 알렉산더 데 바르드라는 농장주의 초청을 받습니다. 농장으로 향하는 길에서 주인공은 이 지역의 가난과 황폐함을 피부로 체험합니다. 밭은 수확이 어려울 정도로 방치되고 있었으며, 농부들은 일해도 노동의 대가를 얻을 수 없는 거래 조건 때문에 게으름을 피우고 있었습니다. 인접해 있는 작은 도자기 공장들은 거의 이윤을 남기지 못했으므로, 수공업 노동자의 얼굴에는 실망과 노여움이 가득 차 있었습니다. 주인공, "나"는 농장주의 여동생을 사랑하게 됩니다. 그미 역시 주인공을 환대하였고, 자신이 사회주의자라는 것을 분명히 전합니다. 두 사람은 농장주 알렉산더를 설득하여, 10년 동안 농장을 임대하게 합니다. 그들은 이곳에서 아나키즘에 근거한 공동체를 건설하여, 어떤 놀라운 경제적 효과를 창출하려고 합니다.

제2장은 "조직"이라는 부제를 달고 있습니다. 여기서는 새로운 코뮌의 삶이 세부적으로 서술되고 있습니다. 사람들은 기술의 도입으로 단기간에 많은 것을 이룩합니다. 황무지는 옥토로 변하고, 가난한 사람들의 거주지는 마치 멋진 궁궐처럼 축조됩니다. 늪지는 사라지고, 숲 내지는 경작지가 조성되었습니다. 사람들은 자연 비료와 인공 비료를 사용하여

곡식을 재배하고, 가축들을 숲에 방목하게 되었습니다(Saage: 332). 농부들 가운데 직접 두 손을 놀려 일하는 사람은 찾아보기 어렵습니다. 대부분 농기구를 활용하여 오랜 시간 일하지 않아도 되기 때문입니다. 공동체의 중앙에는 거대한 가옥이 건립되어 있는데, 이곳은 공동체 사람들이 공동으로 사용하는 공간입니다. 이곳에서 공동체 사람들은 함께 둘러앉아서 점심 식사를 즐깁니다. 젊은이들은 공동체의 미래에 커다란 희망을 품고 애향심으로 가득 차 있습니다. 인품과 학식을 겸비한 교사들은 학생들을 열심히 가르칩니다. 여성들은 대부분의 경우 고결한 심성을 지니고 있는데, 이타주의 방식으로 처신하며, 다른 사람들을 도우면서 살아갑니다.

4. **공동체 내에서의 제반 문제들:** 로시의 공동체는 처음에 조합원들 사이에 많은 갈등이 출현하였습니다. 가령 공동체 사람들 사이의 경제적, 심리적 갈등이 문제였습니다. 실제로 공동체는 조합원들 사이의 증오심과 경쟁으로 인한 질투심을 근절시키지 못했다고 합니다(Rossi A: 43). 공동체를 통해서 평등한 삶을 정착시키려면, 무엇보다도 계층 차이를 철폐하는 게 급선무인데, 사람들은 실제 현실에서 위계질서를 완전히 차단시키는 데에 어려움을 겪었습니다. 사람들은 일을 감독하는 기술자의 말에 복종하고, 각 분과위원회의 위원장, 대표자들의 권위를 일단 우선적으로 받아들이곤 하였습니다. 공동체의 임원들은 물품을 생산해 나가는 과정에서 서서히 어떤 의견의 일치를 이룩합니다. 인간의 노동이 시간에 의해 구속되어서는 안 되며, 질적으로 높은 제품을 만들어 내야 한다는 강박관념에 사로잡힐 필요도 없다는 게 그러한 결정 사항이었습니다. 문제는 노동의 즐거움이 마음속에서 자발적으로 우러나와야 한다는 사실입니다. 그렇게 되어야만 사람들은 열정적으로 일할 수 있다는 것입니다.

그 밖에 중요한 것은 모든 사람들이 돌아가면서 한 그룹의 책임자로서 역할을 수행하는 것입니다. 책임자는 공동체를 위하여 봉사하며 헌신하는 자여야 합니다. 그래야 권위주의적인 위계질서 역시 서서히 사라지게 되리라고 합니다. 전통적으로 유지되던 이러한 권위주의적인 위계질서가 비교적 짧은 기간 내에 사라지게 된 것은 행운이었다고 로시는 추후에 자가 진단을 내립니다. 그렇지 않을 경우 어떤 노동을 이끌어 나가는 지도자는 지속적으로 대표성을 고수하게 되고, 노동자들을 다스리는 항구적 엘리트로 군림하게 되기 때문입니다. 만약 포조 알 마레 공동체 내에서 특정 부류가 언제나 억압자로 행세한다면, 차제에는 억압당하다가 반역하는 사람이 속출하게 됩니다. 이러한 수직 구도의 위계질서는 평범한 계층적 자본주의 사회와 별반 차이가 없기 때문에 철폐되어야 마땅합니다(Roth: 78).

5. 로시의 코뮌이 전통적 유토피아에서 수용한 사항들: 로시의 아나키즘 공동체 역시 고전적인 유토피아 패러다임으로부터 완전히 벗어나 있지 않습니다. 로시는 노동의 향유 내지 즐겁게 일하는 유형의 노동의 가능성을 샤를 푸리에의 팔랑스테르에서 차용했습니다. 게다가 당사자가 원할 경우 두 달에 한 번씩 성의 파트너를 교체하는 사랑의 삶의 방식 역시 푸리에의 유토피아에서 이미 등장한 내용입니다. 나아가 로시는 코뮌을 운영하는 과업에서 필수적으로 첨부되어야 할 조건으로서 과학기술의 도입 내지 산업의 육성을 제시하였습니다. 실제로 이탈리아에서 결성된 시타델라 협동조합과 브라질에서 시도된 라 세실리아 공동체는 과학기술의 도입을 적극적으로 권장하고 있습니다. 이러한 방식은 어느 정도의 범위에서 생시몽의 중앙집권적 모델과 일맥상통합니다. 그런데 일감들 가운데에는 구성원이 수행하기를 꺼려 하는 것들이 존재합니다. 쓰레기 처리, 하수도 공사 등이 그것들입니다. 로시는 더럽고 불결한 노동에 종사하는 사람들의 고통 내지 하소연을 경감시키기 위해서 그들의 노동시간을 단축시켜 주는 규정을 도입했습니다. 이러한 규정은 벨러미의 유

토피아에서 이미 언급된 내용입니다. 그 밖에 인간은 어떠한 경우에도 차별받지 아니한다는 평등사상의 공식은 — 『서양 유토피아의 흐름』 제 2권에서 논한 바 있듯이 — 르네상스 시대의 라블레의 텔렘 사원의 유토 피아에서 그리고 절대왕정 시기의 푸아니의 유토피아에서 이미 출현한 바 있습니다.

  6. 포조 알 마레 공동체에서 드러난 강압적 특징들: 얼핏 보면, 로시의 공동체는 만인에게 최대한의 자유를 부여하는 것 같지만, 실제로는 몇 가지 강제 사항이 존재합니다. 그 가운데 하나는 노동을 수행하는 데 있어서 엄격한 훈련을 가리킵니다. 배우지 못한 노동자가 일하지 않고서는 일용할 양식을 얻을 수 없는 게 당연하지만, 노동의 필연성과 강제성을 내세운 것은 로시 공동체의 난제로 부각되었습니다. 로시는 유토피아 실 험이 성공하기 위해서는 공동체의 주위 현실을 향상시켜야 한다고 믿었 습니다. 다시 말해, 외부의 현실적 조건은 소규모의 코뮌 운동을 통해서 더욱 살기 좋은 환경으로 변화되어야 한다는 것입니다. 이는 모리스의 유토피아와 데자크의 유토피아의 경우와는 전혀 다른 특성을 보여 줍니 다. 가령 모리스와 데자크는 오로지 억압당하는 사람들을 돕기 위해서 혁명적 폭력이 사용될 수 있음을 천명하면서, 이러한 폭력이 하나의 필 수불가결한 역사적 진보의 동인이라고 규정합니다. 이에 반해서 로시는 비단 가진 것 없고, 배운 것 없는 사람들뿐 아니라, 만인을 위해서 사회, 국가 전체가 변화를 도모해야 한다고 역설하고 있습니다. 실제로 그는 이탈리아 전체가 8,000개의 사회주의 공동체, 수백 개의 자치 도시로 구 성되는 가능성을 서술하고 있습니다(Rossi A: 62f). 여기서 우리는 로시의 코뮌 사상이 21세기 생태 공동체의 선구적 위치를 점하고 있음을 간파 할 수 있습니다.

  7. 로시의 장편소설: 로시는 약 20년 후에도 자신의 아나키즘의 이상이

실현되리라고 확신하였습니다. 1890년대에 그는 브라질에서 자신의 유토피아 공동체를 실험한 다음에 그 제반 경험들을 바탕으로 장편소설 한 편을 완성했습니다. 소설의 제목은 『20세기의 파라냐(Der Paranà im XX. Jahrhundert)』입니다. 주인공, "나"는 사회주의의 지조를 지니고 있는데, 브라질의 시골에 머물면서, 친구의 영지에서 개최되는 저녁 식사에 초대 받습니다. 주인은 저녁 식사에 참석한 귀빈들에게 술과 커피 그리고 니코틴을 제공하면서 자신이 심령론자라고 소개합니다. 다시 말해, 영혼을 숭배하며, 영혼과의 조우를 즐긴다는 것이었습니다. 이때 주인공은 주인장이 손님들뿐 아니라, 여러 유형의 영혼들을 은밀하게 식사에 초대했음을 알아차립니다. 밤이 깊어지자, 주인장과 주인공만이 남습니다. 두 사람은 대화를 나누다가 10년 후에는 사회주의의 미래가 개벽하게 되리라는 데 동의합니다. 이때 주인공은 홀의 어둠 속에서 누군가가 앉은 자동 의자 하나가 서서히 모습을 드러내는 것을 감지합니다. 자동 의자 위에는 그리요 박사가 앉아 있습니다. 그리요 박사는 누군가에 의해서 만들어진 새로운 인조인간으로서 마치 피와 살로 구성된 사람 같아 보입니다(Rossi B: 278). 세 사람은 대화를 이어 가다가 다음과 같은 결론에 도달합니다. 즉, 브라질의 한 지방인 파라냐가 서서히 사회 문화적으로 세력을 얻게 되어, 남아메리카 대륙 전체에 그야말로 거대한 영향을 끼치게 되리라는 결론 말입니다. 이에 반해서 계층 차이에 근거한 유럽의 정치 시스템은 관료들의 탐욕과 부패로 인하여 서서히 몰락하리라고 했습니다. 이 와중에 몇몇은 벨기에에서 사회주의의 토대 하에 하나의 아나키즘 공동체를 건설하게 되는데, 이는 결국 브라질의 파라냐 지방에 새로운 자극을 가하게 되리라는 것입니다. 그렇게 되면 새로운 시대가 출현하는 것은 자연스러운 귀결이라고 했습니다. 한마디로 로시의 소설, 『20세기의 파라냐』는 아나키즘에 입각한 사회주의 시스템에 관한 찬란한 가능성을 주제로 하고 있습니다. 로시는 다음과 같이 천명합니다. "아름다운 파라냐는 소박하고 세인들에게 거의 알려지지 않은 땅이었는데, 이곳 사람들은 벨기에인들과 함께 즐거운 마음으로 인류 역사상 가장 훌륭하고 정직한 인간적 사고를 실천하게 될 것이다"(Rossi B: 286).

8. 로시 공동체의 여러 가지 특징들: 그렇다면 로시의 아나키즘 공동체는 과연 어떠한 특징을 지니고 있을까요? 처음에 로시는 국가의 권력을 배제한 지방의 코뮌을 구상하였습니다. 이에 대한 예로서 우리는 포조 알 마레 공동체를 들 수 있습니다. 그렇지만 상기한 소설 속에 묘사되어 있는 공동체의 상은 이전의 포조 알 마레 공동체의 모습과는 근본적으로 다릅니다. 첫째로, 로시의 새로운 공동체는 정치적, 사회 경제적 그리고 지리학적인 조건에 있어서 과거에 나타난 이상적 아나키즘에 의해 설립된 코뮌과는 차이를 보여 줍니다. 이를테면 새로운 공동체에서 자연은 사람들에게 풍요로운 결실을 가져다주는 보고와 같으며, 주민 수만 해도 약 이천만에 달합니다. 이들 가운데 원주민은 사백만에 달하고, 총 인구의 5분의 4는 사회주의의 지조를 신봉하다가 이곳에 합류하였습니다. 로시는 과거 포조 알 마레에서 추구했던 공동체의 틀을 더 확장시킨 셈입니다. 둘째로, 새로운 공동체 사람들은 높은 교육 수준에 도달해 있습니다. 상당수의 사람들은 기술자, 발명가, 과학자들로 구성되어 있습니다. 이들을 통해서 로시의 새로운 코뮌은 노동과 인민 경제에 있어서 놀라울 정도로 효용 가치를 창출해 냅니다. 사람들은 이러한 기구를 통해서 자발적으로 최대한의 능력을 발휘합니다. 말하자면, 높은 교육 수준을 갖춘 사람들에 의해 구성된 기구들은 여러 가지 갈등을 조정하고, 공동의 목표를 위해서 보편적으로 협력하고 있습니다.

9. 다른 코뮌과의 협력 작업: 셋째로, 놀라운 사항을 지적하지 않을 수 없습니다. 파라냐 공동체는 결코 외부와 단절되어 있지 않습니다. 이곳 사람들은 인접 지역에 거주하는 사람들과 교류하고, 아나키즘 사회주의

를 실천하면서, 벨기에에 위치한 공동체와 자유로운 인적, 물적 자원의 교환에 합의합니다. 이로써 파라냐 공동체와 벨기에에 있는 아나키즘 사회주의 공동체는 학문과 기술을 상호 교류할 수 있게 됩니다. 넷째로, 로시는 브라질에서 새로운 코뮌을 결성하는 데 있어서 과거의 방식을 막무가내로 도입하지는 않았습니다. 과거에 그는 절대적 평등이라는 공산주의의 원칙을 준수하려고 하였으며, 이를 위해서는 때로는 강압적인 방법을 사용하기도 했습니다. 당시의 공동체에서 채택된 슬로건은 "만인을 위한 한 사람, 한 사람을 위한 만인"이었습니다. 그렇지만 새로운 코뮌인 파라냐에서 채택된 슬로건은 약간 온건했습니다. "일하지 않으려는 자는 어떠한 음식도 먹어서는 안 된다"(Rossi A: 46). 이 역시 노동의 중요성을 고취시키는 기독교의 가르침이 아닐 수 없습니다. 물론 로시는 이러한 슬로건이야말로 자신의 결정적인 실수임을 추후에 토로하였습니다. 자고로 자유로운 사회주의자의 의지는 노동에 관한 필연적 의무와 결코 통합될 수 없습니다. 왜냐하면 공동체는 개개인에게 때로는 이른바 "게으를 수 있는 권리"(폴 라파르그) 역시 보장해 주어야 하기 때문입니다. 그렇지만 전체적으로 고찰할 때 로시의 아나키즘 공동체 역시 생존을 위해서는 어쩔 수 없이 노동을 일차적 관건으로 중시해야 했습니다.

10. 주어진 현실과 공산주의의 이상 사이의 갈등: 사람들 가운데에는 노동 실적을 극대화시키는 자가 있는가 하면, 수행 능력이 떨어지는 자도 있습니다. 근본적인 문제는 개개인의 이기심에 뿌리 내리고 있다고 로시는 주장합니다. 어쩌면 질투와 이기심이야말로 공산주의의 물질적 평등성에 관한 사상을 실천하지 못하게 하는 악재일 수 있다는 것입니다. 문제는 자아의 욕구를 공산주의의 평등성이라는 이상과 접목시키는 일에 있습니다. 이와 관련하여 로시는 다음과 같이 말합니다. "혹자가 전체의 안녕을 도모하자고 이야기하면, 혹자는 이기적인 자세로 이에 항의하기 마련이다. 공동체의 사람들은 눈앞의 삶 때문에 공산주의 내지 평등

에 관해 더 이상 알려고 하지 않는다. 왜냐하면 모두가 자신의 이웃보다도 더 잘 살고 싶어 하기 때문이다"(Rossi B: 271). 실제 현실에서 노동자들은 처음에 추구하던 공산주의의 평등이라는 목표로부터 멀리 벗어나 있음을 깨닫고, 이를 하나의 수단으로 간주하기 일쑤입니다. 그들에게는 공산주의의 평등에 대한 확신이 없기 때문에 다음과 같은 물음이 속출하게 됩니다. 즉, 왜 우리가 옛날의 질서를 버리고 새로운 질서를 힘들게 정립할 필요가 있는가 하고 말입니다. 바로 이러한 까닭에 공동체의 이상은 실제 현실에서 회원들의 개인적 욕구 충족과 끊임없이 마찰을 빚을 수밖에 없습니다.

11. 푸리에 사상의 모순점, 해결책은 없는가: "즐거운 노동"이란 그 자체 형용모순입니다. 노동은 특별한 경우를 제외하면 쾌락과 반대되기 때문입니다. 설령 로시가 노동의 가치를 바르게 정립한다고 하더라도, 더 많은 부를 얻으려는 욕망 내지 공동체 내에서의 갈등은 이로 인해서 축소되지는 않을 것입니다. 노동자 공동체 속에서는 명령자 내지 수장이 존재하지 않으며, 동등한 친구들이 함께 일합니다. 각자 자신의 능력과 관심에 따라 일하지만, 일에 관해서 잘 모르는 사람은 공동체 내에서 숙련된 노동자에게 문의해야 할 것입니다. 그런데 대부분의 공동체 사람들은 노동의 가치와 중요성이 강조되었음에도 불구하고 노동이 마냥 즐겁지는 않았습니다. 맨 처음에 로시는 푸리에의 공동체 운동에서 여러 모티프를 찾아내었습니다. 푸리에에 의하면, 어떻게 해서든 노동의 즐거움을 찾아내어 이를 실천하는 게 관건이었습니다.

공동체 사람들은 이론적으로는 노동의 즐거움을 찾는 데에 대해 공감했습니다. 그러나 로시는 노동의 향유에 관해서 공동체 사람들을 설득시키는 데에 실패했음을 실토합니다. 만약 개인의 관심사가 협동의 정신에 의해서 자극 받지 못하고, 생산에 있어서의 비용 절감과 기계의 도움 등에 의해서 대치될 수 없다면, 공동체에서 과연 무엇을 기대할 수 있는가

하고 로시는 묻습니다. 첫째로 중요한 것은 공동체에서 새로운 인간형을 발견하는 일이라고 로시는 믿습니다. 그것은 어느 정도 이타주의적인 태도를 취하는 인간형을 가리킵니다. 둘째로 중요한 것은 물질적 평등을 실천하는 삶이라고 로시는 믿습니다. 이 모든 것을 위해서 필요한 덕목은 "이타주의, 자기중심적 사고의 타파 그리고 협동심"이라고 합니다(Rossi B: 295). 로시는 다음과 같이 묻습니다. 만약 이러한 덕목이 없다면, 억압 구도의 계층 사회가 얼마나 수월하게 재생산되는가? 만약 공동체 내에서 과거의 자본주의 시민사회에서 나타나는 여러 의견 대립 내지 반목이 온존한다면, 과연 아나키즘 공동체는 제대로 영위될 수 있겠는가?

12. 개인의 자발적 참여와 협동적 노동: 로시는 자신의 논의를 개진하면서 급진적인 개인주의로 방향을 전환하고 있습니다. 문제는 개개인의 자발적인 사고를 전체 속으로 끌어들이는 과업이라고 합니다. 가령 누군가 도시를 계획하거나 거대한 건물을 지으려고 구상한다면, 그는 사람들 앞에 등장하여 반드시 자신의 계획을 밝혀야 합니다. 이러한 구상이 호응을 얻게 되면, 공동체 사람들 가운데 다수가 이 일에 동참할 수 있습니다. 만약 어떤 구상이 공개적 토론을 통해서 공동체에 필요하고 실현 가능한 무엇으로 판명되면, 공동체 내에서 하나의 조합이 결성될 수 있습니다. 그 다음에 조합은 제반 기술적 문제, 노동 기구, 노동시간 그리고 요구되는 수행 결과 등을 확정합니다. 모든 사업 내용은 대부분의 경우 조합원들의 판단에 의해서 결정됩니다. 필요한 노동 수행, 생산과 소비에 필요한 물자를 충당하는 문제, 원자재의 선택, 기계 사용을 극대화하는 방안 등은 조합원들의 고유한 판단에 의해서 정해집니다. 따라서 중요한 것은 이 모든 일감이 국가의 중재 내지는 위로부터의 간섭 없이 수행된다는 점입니다.

13. 모두에게 자신이 하고 싶고 할 수 있는 일을 행하게 하라: 로시의 공

동체는 브라질의 제반 국가정책으로부터 완전히 등을 돌리지는 않습니다. 하나의 사업이 국가의 행정기관과 협동적으로 시행될 필요가 있다면, 분권화된 조합들은 외부로부터 특수한 전문가를 받아들일 수도 있습니다. 그렇게 되면 노동자들 사이에 등급이 매겨져서, 전문가 내지 일급과 이급 노동자 등으로 분류됩니다. 그렇지만 종래의 계급사회와는 달리 노동자들은 외부로부터 고립되지 않고, 개인의 능력과 관심에 따라서 유연한 방식으로 자신의 일을 교체할 수 있습니다. 로시의 작품에서 주인공, "나"는 이러한 특성에 관해서 다음과 같은 결론을 내립니다. "거참, 섬세한 생각이 아닐 수 없습니다. 사회는 수많은 계층과 계급으로 분화되어 있지요. 이는 서인도제도의 인디언 부족의 그것과 다를 바 없습니다." 이에 대해 파라냐 공동체에 속하는 어느 남자는 다음과 같이 대답합니다. "계층, 계급이라고요? 그렇지만 모두가 자신이 하고 싶고 할 수 있는 일을 수행하지 않습니까? 그렇게 되면 만인은 어떤 자유로운 상태, 평등한 공산주의 사회 속에 속해 있는 게 아닐까요?"(Rossi B: 297). 여기서 화두는 모두가 자신이 원하는 노동에 충실히 임한다는 사실입니다. 로시의 유토피아는 바로 이 점에 있어서 자발적 노동, 강제성을 배제한 자유의 삶을 구가하는 라블레의 "텔렘 사원"의 문학적 상에 근접해 있습니다. 그런데 라블레의 텔렘 사원이 노예경제에 바탕을 둔 상류층 사람들의 행복한 공동체라면, 로시의 유토피아는 노예 없는, 만인 평등의 사회적 삶을 하나의 이상으로 추구하고 있습니다.

14. 노동은 강제적 사항이 되지 말아야 한다. 사치는 금지의 대상이 되어서는 안 된다: 중요한 것은 노동의 강제성이 배제된다는 점입니다. 파라냐에서는 열심히 일하고 싶지 않는 자 내지 열심히 일할 수 없는 자는 자신이 원하는 대로 편하게 휴식을 취할 수 있습니다. 만약 주어진 최소한의 삶에 만족을 느낀다면, 공동체는 그를 내버려 두어야 할 것입니다. 왜냐하면 그는 "달콤한 무위(dolce far niente)"의 욕망을 품거나, 자신이

일하지 않는다는 사실에 대해 엄청난 심리적 고통을 느끼기 때문입니다. 그렇지만 시간이 지나면 이러한 생각은 순식간에 바뀔 수 있습니다. 푹 쉬게 되면 다시 일상으로 돌아가게 되듯이, 자신의 일터로 돌아가기 마련이라고 합니다. 일할지 말지는 오로지 스스로 결정해야 한다고 로시는 주장합니다(Saage: 338). 그 밖에 파라냐 공동체에서 사치는 더 이상 금지되지 않습니다. 공동체 사회 내의 기본적 욕구가 충족되고 어떤 특정한 사항에서의 소비 욕구가 증폭되면, 사치에 대한 욕망은 자연스럽게 태동할 수 있습니다. 그렇게 되면 공동체 사람들은 보석이라든가 거주지와 의복의 치장에 대해 신경을 쓰게 되고, 양탄자 내지 화장품에 대한 수요가 출현할 수 있습니다. 부언하건대, 약간의 사치라든가 어느 범위 내에서 풍요로운 삶이 허용되는 것은 19세기 후반에 출현한 사회 유토피아에서 공동으로 드러나는 현상입니다.

15. 남녀평등과 여성의 지위: 마지막으로 지적되어야 하는 것은 파라냐 공동체의 여성들의 지위입니다. 그들은 더 이상 유럽 자본주의 시민사회의 여성들처럼 고통스럽게 살지 않습니다. 더 이상 남편, 동지 혹은 행운의 기사의 품에 안긴 채 쾌락의 기계로 몸 바칠 필요가 없습니다. 남자를 사랑의 파트너로 선택하는 것은 여성 고유의 권한입니다. 다시 말해, 로시의 공동체에서는 결혼이란 제도 내에서, 혹은 결혼과 무관하게 남자를 선택할 권한은 오로지 여성들에게 주어져 있습니다. 나아가 여성들에게는 의무적 노동이 배제되어 있습니다. 흔히 여성들이 주로 담당해 온 가사 노동과 농사는 로시의 공동체에서는 남녀 모두에게 공평하게 할당되어 있습니다. 그렇기에 여성들만이 그룹을 이루어 들판에서 곡식을 가꾸거나 부엌에서 요리해야 할 필요는 없습니다. 청소, 세탁 그리고 육아만이 여성 고유의 일감은 아닙니다. 남성과 여성의 일감에는 차이가 없습니다(Roth: 117). 여성들은 새로운 공동체에서 모든 의무적 일감으로부터 해방되어, 자신의 고유한 거주지를 지닐 수 있습니다. 자신의 집에서 몸

을 단정히 가꾸면서 편안하게 지낼 수 있습니다.

16. 로시의 유토피아의 문제점: 마지막으로, 이탈리아에서의 "소도시" 공동체 그리고 브라질의 라 세실리아 공동체의 실패의 원인을 비판적으로 살펴보기로 하겠습니다. 여기서 로시의 유토피아의 장단점은 분명하게 부각되리라고 여겨집니다. 첫째로, 로시의 소도시 공동체의 회원들은 주로 농부 내지 농부 출신의 사람들로 구성되었습니다. 로시는 생산력 향상을 위해서 과학기술이라든가 기계의 도입을 강력하게 주장하였는데, 이는 처음에 회원들의 반발심을 불러일으켰습니다. 대부분의 농부들은 그 속성에 있어서 변화를 싫어하는 경향을 지니는데, 새로운 진취적 실험 내지 자신의 일감이 변화되는 것을 원치 않았습니다. 그렇기에 그들은 사회주의가 아니라 개인주의의 삶의 방식을 고수하려고 했으며, 무엇보다도 새로운 과학기술에 대해 거부반응을 보였습니다. 게다가 주어진 땅 자체가 수년간 임대한 자산이었기 때문에, 땅 주인과 농부들 사이의 관계는 지주와 소작인 사이의 임대 관계로 변질되고 말았습니다. 자고로 땅이 공동의 자산이 아니라면, 거기서 생산되는 모든 수확물 또한 전적으로 공동체의 자산이라고 말할 수는 없습니다. 바로 이러한 이유로 인하여 포조 알 마레 소도시 공동체는 파괴되고 말았습니다.

둘째로, 브라질에서의 라 세실리아 공동체는 이미 언급했듯이 로시의 두 가지 이념을 제대로 파악하지 못했습니다. 비록 그것이 이탈리아의 "소도시" 공동체에 비해서 규모가 크고 다양한 직업군으로 구성되었지만, 대부분 사람들은 사회주의 코뮌이 무엇인지 제대로 이해하지 못했습니다. 공동체는 구성원들의 의식을 공고히 하기 위해서 영성 내지 사상 교육을 실시해야 했는데, 실제로 브라질 공동체에서는 정신 훈련을 위한 교육을 행할 여력이 거의 없었습니다. 이로 인하여 모든 사람들이 정신적으로 하나의 뜻으로 뭉치지 못했습니다. 예컨대 사람들 사이에는 공동체의 재산을 사적으로 횡령하는 범법 행위가 발생하곤 하였습니다. 특히 몇몇 여성들의 단선적이고 이기적인 시각이 사소한 갈등을 심화시켰습니다. 나아가 일부 남자와 여자의 마음속에는 본능적으로 게으름, 질투심 등과 같은 반사회적 충동이 도사리고 있었습니다. 이로 인하여 사람들 사이에는 재화 문제와 성의 문제로 자주 다툼이 발생하곤 하였습니다. 게으름과 질투심을 차단시키기 위해서 공동체 사람들은 끊임없이 토론하면서 서로의 견해를 주고받아야 하는데, 경제적 문제가 선결 과제여서 그런지는 몰라도, 교육과 토론은 기대한 만큼 활성화되지 못했습니다. 로시는 교육과 토론 그리고 공동체 사람들의 이질성 등을 중요하게 인지하지 않고, 막연하게 선량한 사람들의 자유롭고도 평등한 사회적 삶을 갈구하였습니다. 또 한 가지 문제점은 공동체는 "일부다처주의"를 표방했지만, 실제로 일부일처제를 중시하는 소수의 성적 욕망은 공동체 내에서 은폐되었다는 사실입니다. 나아가 "다부일처주의"를 원하는 여성들도 드물게 존재했지만, 이들의 견해는 공공연하게 묵살되고 말았습니다(Marquardt: 391). 요약하건대, 로시의 아나키즘 유토피아는 인간의 선한 마음과 모든 것을 공동으로 나누려는 이념에서 출발하곤 합니다. 마치 연꽃처럼 피어나는 선한 이념은 실제 현실이라는 진흙탕 속에서 더럽혀지고 변질되는 결과를 낳을 수 있습니다.

17. 요약: 로시의 유토피아는 사회주의의 요소를 지닌 아나키즘 공동체를 지향한다는 점에서 윌리엄 모리스의 지방분권적 유토피아와 유사합니다. 그러나 모리스의 유토피아가 미래의 변화된 영국을 상정하여 과거의 수공업 경제에 바탕을 둔 삶을 찬양하고 있다면, 로시의 유토피아는 소규모의 자생적 아나키즘을 구체적으로 실행에 옮기려고 하였습니다. 바로 이 점으로 인하여 로시의 아나키즘 유토피아는 조제프 데자크의 "위마니스페르(L'Humanisphère)" 공동체와 비슷하나, 데자크에 비해서 현실적 실현 가능성과 이를 위한 공동체의 실용적인 변용 가능성을 처음부터 강조한 셈입니다. 특히 우리가 주목해야 할 사항은 로시의 코

뭔 운동의 지향점이 사변적으로 숙고한 추상적 상이 아니라는 점입니다. 로시의 유토피아는 이탈리아와 브라질이라는 실제 현실에서 실험을 거듭하다가 귀납적으로 만들어 낸 문학 유토피아라는 점에서 실제 현실에서 출현할 수 있는 공동체의 실질적인 모습과 문제점을 구체적으로 알려 줍니다.

또 한 가지 지적되어야 할 사항은 로시의 유토피아가 19세기 말에 태동한 문학 유토피아의 여러 가지 특징을 반영하고 있다는 점입니다. 첫째로, 노동의 향유 내지 유희로서의 노동이 찬양되고 있는데, 이는 푸리에의 유토피아에서 드러나는 특징이기도 합니다. 푸리에는 일의 즐거움을 위해서 2시간마다 일감의 교체를 권고하였습니다. 그런데 로시는 일부러 하루의 노동시간을 확정하지 않았으며, 밤일과 낮일을 처음부터 별개 사항으로 구별하지 않았습니다. 일감의 교체는 노동하는 자의 심리적 의무감을 줄여 주기 위한 고육책으로 이해될 수 있습니다. 둘째로, 과학기술의 사용을 극대화시켜서 공동체의 부를 창출하게 합니다. 셋째로, 과거 르네상스 유토피아가 주로 근검절약을 모토로 내세우는 데 비하면, 로시의 유토피아는 어느 정도의 사치는 용인합니다. 그러나 로시는 무작정 거대한 산업 시스템을 도입하지는 않았습니다. 대신에 사회 내지 국가 전체가 수많은 자생적 코뮌으로 나누어지고 분산되기를 애타게 바랐습니다. 사실 따지고 보면 19세기에 등장하는 비국가주의 모델은 다음의 사항을 분명하게 시사해 줍니다. 즉, 과거 사람들은 노예의 신분에서 벗어나지 못했지만, 차제에는 새로운 세계에서 비국가주의의 유토피아 모델을 통해서 자유롭게 살게 되리라고 말입니다(Mackay: VII). 이는 21세기에 나타나는 유럽의 생태 공동체 운동의 확산의 차원에서 매우 유사성을 드러내는 대목이 아닐 수 없습니다.

참고 문헌

프레포지에, 장 (2003): 아나키즘의 역사, 이소희 외 역, 이룸.

Mackay, John Henry (1924): Die Anarchisten. Kulturgemälde aus dem Ende des XIX Jahrhunderts, Berlin.

Maitron, Jean (1978): Bulletin anarchiste, in: Le Mouvement social, Nr. 104, 95-102.

Marquardt, Bruno (1897): Utopie und Experiment. Eine kritische Besprechung, http://library.fes.de/cgi-bin/somo_mktiff.pl?year=1897&pdfs=1897_0389x 1897_0390x1897_0391x1897_0392x1897_0393x1897_0394x1897_0395x189 7_0396&verz=1897/1897_07

Metz, Michaela (2018): Herr Rossi sucht das Glück, in: Süddeutsche Zeitung vom 19. Juni 2018.

Rossi A. (1979): Rossi, Giovanni, Ein sozialistisches Gemeinwesen, Utopie, in: ders., Utopie und Experiment, Berlin, 1-63.

Rossi B. (1979): Rossi, Giovanni, Der Paranà im XX. Jahrhundert, in: ders., Utopie und Experiment, Berlin, 267-309.

Roth, Tobias (2018)(hrsg.): Cecilia. Anarchie und freie Liebe, Das kulturelle Gedächtnis, Berlin.

Saage, Richard (2002): Utopische Profile III, Industrielle Revolution und Technischer Staat im 19. Jahrhundert, Münster 2002.

7. 헤르츨의 시오니즘의 유토피아

(1900)

1. **시오니즘, 고향에 대한 유대인들의 갈망:** 인류 역사에서 유대인의 고통만큼 쓰라리고 참혹한 사건은 아마도 없을 것입니다. 유대인들이 천여 년에 걸쳐 박해받았다는 사실을 고려하면, 우리는 유대인들의 고난을 과히 짐작할 수 있습니다. 여기서 예수가 유대인 출신이며, 그가 할례를 받았다는 사실은 중요하지 않습니다. 중요한 것은 기독교인들이 유대인들과는 다르다는 선입견이었으며, 이러한 편견은 천년 이상 이어져 왔습니다. 테오도르 헤르츨(Theodor Herzl, 1860-1904)은 19세기의 반유대주의 경향이 종교적 이질성 때문이 아니라, 두 가지 사회정치적 문제 때문이라고 주장하였습니다. 그 하나는 타민족에 대한 유대인의 동화 가능성의 상실인데, 이는 반유대주의에 대한 "먼 원인(causa remota)"이라고 합니다. 실제로 유대인들은 타 인종을 배척하며 선민의식을 견지하였습니다. 그런데 유대인의 고립주의는 생존하기 위해서 필연적으로 출현한 생활 관습이라고 말하는 게 타당할 것입니다. 왜냐하면 그들은 낯선 타향에서 살아남기 위해서 동족끼리 결속해야 했기 때문입니다. 반유대주의 경향 가운데 다른 하나는 유대인들 가운데 중간 계층 지식인들이 많았다는 사실과 관련됩니다. 유대인 지식인들은 탁월한 외국어 능력으로써 학계의 제반 분야에서 두각을 나타냈습니다. 이는 유대 민족에 대한

시기와 질투로 이어졌고, 반유대주의의 "가까운 원인(causa proxima)"으로 부각되었습니다(헤르츨: 40). 미리 말씀드리자면, 반유대주의를 극복하는 길은 헤르츨에 의하면 시오니즘의 실천밖에 없다고 합니다.

2. **시오니즘 사상가, 모제스 헤스:** 마르크스와 엥겔스의 친구이며, 이후에 라살(Lassalle)과 친교를 맺었던 사회주의자, 모제스 헤스(Moses Heß, 1812-1875)는 오랫동안 관념론의 변증법을 고수해 온 유대인입니다. 그는 1862년 『로마와 예루살렘(Rom und Jerusalem)』이라는 책을 통하여 특유의 시오니즘 사상을 추적하였습니다. 헤스는 마르크스와 엥겔스와는 달리 무엇보다도 인종을 경제적 요인 내지 이데올로기를 결정하게 하는 동인으로 이해하였습니다. 그는 『로마와 예루살렘』에서 "나의 민족이여, 그대의 깃발을 높이 치켜들어라." 하고 외치면서, 이를 실천하기 위한 방법론으로서 국제적인 사회주의를 선택하였습니다. 국제적 사회주의자, 헤스는 유대인의 우월성을 강조하면서, "유대주의가 다시 부활할 수 있는 팔레스티나에서 하나의 핵심 운동"을 계획하였습니다. 이를 위해서는 프랑스 혁명의 정신이 필요하다고 굳게 믿었습니다. 이로써 자유, 평등 그리고 동지애는 헤스에 의해서 시오니즘의 사상적 토대로 정립됩니다. 그렇지만 중요한 것은 헤스가 팔레스티나 지역에 구체적인 땅이 아니라 "찬란한 유대민족의 국가 설립"이라는 어떤 상징적 의미를 부여했다는 사실입니다.

3. **넥타이 유대인들:** 특히 동유럽의 유대인들은 인종적 핍박에도 불구하고 자신의 고유한 뿌리 내지 유대주의의 전통을 고수하려 하였습니다. 이는 자신의 분파적 고립주의로 이어졌습니다. 에스파냐 출신으로서 동구 지역에 자리 잡은 아시케나지 유대인들 가운데 분파적 고립주의를 고수한 사람들이 유독 많았습니다. 이들은 카발라 사상의 의미를 연구하던 지식인들이 아니라 평범한 사람들로서, 유대교의 생활 관습을 고

수하는 사람들은 대체로 하시디즘 사상을 추구하였습니다. 이들 가운데 유럽 문화에 동화하면서 경력을 쌓으려는 사람들이 더러 있었습니다. 이들은 "넥타이 유대인들(Krawatten-Juden)"으로 명명되었습니다.

4. 자본주의의 관점에서 파악된 시오니즘: 헤르츨이 추구한 시오니즘 운동은 근본적으로 자본주의의 시민 정신에 바탕을 둔 것이었습니다. 여기서 말하는 시민은 예컨대 독일의 표현주의 극작가, 게오르크 카이저(Georg Kaiser)의 극작품 「칼레의 시민(Die Bürger von Calais)」(1914)에 등장하는 주인공 유스타쉬 드 상 피에르와 같은 인물로서, 정의롭고 책임감을 지닌 "시민 주체(Citoyen)"를 가리킵니다. 공동체를 위해서 자신의 목숨을 초개처럼 희생하는 의인이 시민 주체이며, 이러한 정신을 지닌 사람이 바로 헤르츨이었습니다. 시오니즘 운동이 사회주의의 평등한 삶을 지양하고 시민의 사고에서 출발한 까닭은 서구의 유대인들이 19세기 말엽에 대부분 부유하게 살았기 때문입니다. 은행가로서 놀라운 영향력을 행사하던 많은 유대인들은 자유 시민의 사고에 애착을 느끼고, 정치적으로 재빨리 체제 옹호적인 태도를 취하였습니다. 이들은 더 이상 과거의 혁명적 시오니즘이나 사회주의 강령을 추종하지 않고, 헤르츨의 시오니즘 운동에 동참했습니다. 이로써 헤르츨의 시오니즘 운동은 상당 부분 성공을 거두었으나, 다른 한편으로는 정치적 악영향을 낳기도 하였습니다. 즉, 헤르츨의 운동으로 인하여 열혈 반유대주의 단체가 도처에서 생겨났던 것입니다. 반유대주의의 횡포는 특히 동유럽, 그중에서도 러시아에서 극에 달했습니다(박설호: 311).

5. 디아스포라는 유대인의 삶의 방식이 아니다: 18세기 유대주의 철학자, 모제스 멘델스존은 다음과 같이 주장한 적이 있습니다. 유대인들이 뿔뿔이 세계 전역으로 흩어지면, 그들에게 밝은 여명이 도래한다는 것입니다. 그러나 헤르츨은 멘델스존의 이러한 디아스포라의 생활 방식을 철

저히 부정하였습니다. 유대인들이 흩어져야 할 게 아니라, 서로 뭉치고 아우름으로써 국가를 결성해야 한다는 게 그의 지론이었습니다. 이는 바로 팔레스티나에서 유대 민족이 합법적으로 안전하게 고향을 찾는 작업을 의미합니다. 헤르츨의 유토피아는 국가 설립을 위한 유대인들의 단일화를 요구합니다(블로흐: 1224). 그것은 겉으로 보기에는 유대인의 정신적 단일화를 표방하는 낭만적 시오니스트, 모제스 헤스보다 더 강력한 것입니다. 이미 언급했듯이, 헤스의 입장은 고대 메시아주의에 근접해 있었습니다. 그는 사회적 "시온(Zion)"을 신봉한 사람으로서 죽을 때까지 사회주의 노동운동을 위해 투쟁하였습니다. 그런데 국제 노동자 운동으로써 예언자들의 정신을 실천하고 있다고 확신한 사람이 바로 헤스였습니다. 헤르츨은 사회주의의 지조를 고수하지 않았고, 오로지 유대 국가를 건립하는 것을 최상의 목표로 삼았습니다. 팔레스티나 지역에 자리 잡을 수 없다면, 라틴아메리카도 괜찮다고 여겼습니다. 여기에 커다란 관심을 보인 사람들은 부유한 유대인들이었고, 식민지 건설에 앞장서던 제국주의자들이었습니다.

6. 헤르츨의 삶: 이스라엘 건국의 토대를 닦은 헤르츨은 1860년 오스트리아의 에들라흐에서 유대인의 아들로 태어났습니다. 그의 선조는 서구의 문화를 적극적으로 받아들인 넥타이 유대인들이었습니다. 그들은 일찍이 기독교로 개종하였으며, 할아버지의 형제들은 기독교의 근본주의 종파인 세르비아 정교에 깊이 빠져들 정도였습니다. 헤르츨은 일찍이 독일어를 배우면서 오스트리아-헝가리 문화에 침잠하게 됩니다. 그의 아버지 야곱 헤르츨은 헝가리 은행장으로 근무하다가 나중에는 부유한 목재 상인이 되었습니다. 테오도르 헤르츨이 1897년부터 벤야민 제프(Benjamin Seff)라는 가명으로 시오니즘 운동 잡지인 『세계(Die Welt)』를 간행하기 시작했을 때, 그의 아버지는 죽을 때까지 아들의 시오니즘 활동을 재정적으로 지원하였습니다. 테오도르 헤르츨은 어린 시절부터 영

민함과 문학적 재능을 지니고 있었습니다. 또한 과학기술에도 커다란 관심을 기울였는데, 불과 10세 때 파나마 운하를 건설하겠노라고 호언장담하기도 하였습니다. 그는 빈 대학에서 법학을 공부하였으며, 1884년에 법학 박사를 취득합니다.

헤르츨이 시오니즘 사상에 경도된 시점은 몇 편의 극작품을 발표한 뒤인 1882년이었습니다. 이때 집필한 문헌이 바로 『유대 국가(Der Judenstaat)』(1896)입니다. 1882년은 헤르츨에게 변모의 계기를 제공한 연도였습니다. 왜냐하면 그는 독일의 국민경제학자이자 반유대주의자인 오이겐 뒤링(Eugen Dühring)이 발표한 팸플릿 「인종, 예절 그리고 문화의 문제로서 유대인 문제(Die Judenfrage als Racen-, Sitten- und Culturfrage)」(1881)를 접하고 엄청난 충격에 사로잡혔기 때문입니다. 이 글을 읽고 처음에는 인종 문제를 하나의 사회적 사안이라고 지레짐작합니다. 즉, 유대인 청년들이 조직적으로 기독교로 개종하게 되면, 크고 작은 문제들이 저절로 해결된다는 것이었습니다. 이는 유대인의 문화를 사장시킬 때 유대인을 둘러싼 정치적, 경제적 문제가 해결된다는 억측과 관련됩니다. 헤르츨은 유대 인종 및 유대 문화의 말살을 주장하는 뒤링의 이론이 근본적으로 잘못되었음을 통감합니다. 나아가 유대인 문제는 유럽의 다른 인종과의 공존을 통해서 해결될 사항이 아니라, 오로지 이 세상에 유대인 국가를 건설하는 일밖에 해결책이 없다고 굳게 결심하게 됩니다. 1902년 2월 27일에는 헤르츨의 노력으로 "앵글로 팔레스틴 회사(Anglo- Palestine-Company)"가 설립되었습니다. 이 회사는 시오니즘 운동의 자금을 조달하기 위한 스폰서 역할을 담당하였습니다. 나중에 이 회사는 "로이미 은행(Bank Reumi)"으로 탈바꿈하게 됩니다. 1904년 헤르츨은 심장병에다 폐렴이 악화되어 사망합니다. 그의 묘지에는 수천의 조객들이 한꺼번에 몰려와서 절망적으로 애도하였습니다(Zweig: 107). 왜냐하면 그는 수백만 유대인들의 희망을 실천에 옮기려고 노력했기 때문입니다.

7. **유대 국가, 이레덴타:**『유대 국가』의 내용은 정치적 성명으로 이루어져 있습니다. 작품의 부제는 "유대인 문제를 현대적으로 해결하기 위한 시도"입니다. 이 책의 핵심적 목표는 유대인들의 자치 국가의 토대를 설정하는 일입니다. 1894년에는 주지하다시피 드레퓌스 사건이 발생하였습니다. 드레퓌스 사건은 1894년에 열린 알프레드 드레퓌스에 대한 군사재판에서 촉발되었습니다. 드레퓌스는 프랑스의 포병 장교로서 독일에 군사 정보를 팔아넘겼다는 혐의로 기소되었는데, 프랑스 언론은 유대인 드레퓌스에게 불리한 기사를 발표하였습니다. 만약 유대인이 아니었더라면 드레퓌스는 그렇게 혹독한 재판을 받지 않았으리라는 게 주변의 생각이었습니다. 드레퓌스 사건 이전만 하더라도 헤르츨은 개별적 유대인들이 오스트리아-헝가리 등의 국가에 복속하여 살아가는 데 전적으로 찬성하였습니다. 그러나 드레퓌스 사건은 유대인이 어떠한 나라에도 속할 수 없는 이방인에 불과하다는 사실을 뼈저리게 느끼게 해 주었습니다. 유대인은 반드시 그들 고유의 국가를 건립해야 한다고 생각되었습니다. 러시아 출신의 유대인 작가 레온 피스커(Leon Pisker)는『자기 해방(Autoemanzipation)』(1882)이라는 책에서 유럽에서 유대인의 동화(同化)는 궁극적으로 불가능하다고 선언했는데(존슨 2권: 494), 헤르츨은 이러한 생각을 뒤늦게 지지하게 됩니다.

8. **"이레덴타" 민족주의에서 시오니즘으로의 변환:** 원래 "이레덴타 지역(terra irredenta)"은 어원상 "잃어버린 땅," "해방되지 않은 나라"라는 의미를 지니고 있습니다. 바로 여기서 "이레덴타 민족주의"라는 용어가 생겨납니다. 이 개념은 제1차 세계대전이 끝날 무렵까지 파시즘이 아니라, 애국적 민족주의의 성격을 강하게 표방하고 있었습니다. 그런데 이탈리아 파시스트들이 나중에 분할된 인종 국가를 병합하기 위해서 이 용어를 사용했습니다. 제1차 세계대전이 끝난 뒤에 합스부르크 왕국은 헝가리와 오스트리아로 분할되었습니다. 이로 인하여 체코슬로바키아, 세르

비아, 슬로베니아 그리고 크로아티아 등 많은 국가가 출현하였습니다. 이레덴타 민족주의자들은 같은 언어를 쓰는 같은 인종들은 자신의 고향으로 돌아가서 살아야 한다고 믿었습니다. 그런데 헤르츨은 유대 국가를 모델로 삼아서, "이레덴타"의 개념을 질적으로 변화시켰습니다. 이레덴타는 헤르츨에 의하면 분할된 여러 나라를 하나로 병합시키는 개념이 아니라, 그 자체 시오니즘의 의향을 담고 있다는 것입니다. 헤르츨은 맨 처음에 미래 국가를 상정할 때, 무엇보다도 남미에 있는 아르헨티나의 광활한 땅과 현재의 팔레스티나 지역을 염두에 두었습니다. 이렇듯 시온은 원래 예루살렘 남서부에 위치한 작은 산을 가리키지만, 반드시 예루살렘 근처일 필요는 없다고 했습니다.

9. 헤르츨의 『유대 국가』: 모제스 헤스 역시 프랑스 국가와 같은 강대국의 지원을 애타게 갈망한 바 있습니다. "나는 유대인 문제가 사회적 그리고 종교적 차원에서 해결될 수 없다고 믿는다. 그것은 국가의 문제인데, 이를 해결하기 위해서 우리는 무엇보다도 문화 국가의 건설을 위한 정치적 방향에 관해서 문제를 제기해야 한다"(Jens 8: 778). 여기서 그는 프랑스 혁명을 동경하는 등 어떤 낭만주의적 순수성을 띠고 있습니다. 이에 비하면 헤르츨은 의식적으로 자본주의 강대국에게 유대인 문제를 해결해 달라고 직접적으로 요청합니다. 헤르츨은 영국이나 독일의 양해 하에 소규모의 자본주의적 민주국가를 건립할 수 있다고 확신했습니다. 헤르츨은 『유대 국가』에서 세부적인 사항에 이르기까지 체계적으로 자신의 견해를 피력합니다. 헤르츨에 의하면 유대인들은 토지 개혁을 실시함으로써 자본주의 국가 체제를 협동적으로 운영해 나갈 수 있습니다. 땅은 공유물이며, 경작지는 반드시 5년에 한 번씩 분배되어야 한다는 것입니다(나중에 발표된 『오래 전의 새로운 나라』에서는 개개인이 50년 동안 빌릴 수 있도록 되어 있습니다). 또한 이 책에서는 19세기 말 문명사회의 바람직한 특성이 고스란히 반영되어 있습니다. 만일에 유대인이 원하기만 한다

면, 이렇듯 동화적인 찬란한 삶은 반드시 실현되리라고 합니다.

10. 시오니즘의 실천 과정: 실제로 이스라엘의 건립은 어떠한 과정을 거쳐서 실현되었을까요? 이를 약술해야만 우리는 실제 현실에 도입된 헤르츨의 유토피아를 제대로 이해할 수 있습니다. 영국은 인도로 향하는 교두보를 마련하는 데 골몰하고 있었습니다. 그들은 이에 알맞은 곳으로 팔레스티나를 정했습니다. 영국은 식민지를 다스릴 유대인 정치가를 찾지 못했는데, 헤르츨이 팔레스티나 지역의 적임자라고 판단하였습니다. 1897년 스위스의 바젤에서 세계 시오니즘 총회를 개최한 사람이 바로 헤르츨이었습니다. 그는 바젤 프로그램을 작성하여, 이를 총회에서 통과시켰습니다. 팔레스티나 지역에 관심을 둔 나라는 영국뿐이 아니었습니다. 빌헬름 2세를 비롯한 독일의 제국주의자들은 무조건 시오니즘에 동조하였습니다. 빌헬름 2세는 1898년 "독일과 터키 정부의 보호 하에 유대인의 팔레스티나를 건설"할 수 있는 방안에 관하여 헤르츨과 논의하였습니다. 이러한 논의는 그 당시 떠들썩한 사건이었는데, 독일 은행의 바그다드 철도 사업을 계기로 성사되었습니다. 말하자면 독일은 철도 사업을 핑계로 터키 지역을 식민지로 집어삼키려고 획책했던 것입니다. 어쨌든 시오니즘 운동은 여러 가지 이유로 인하여 제국주의 국가들에 의해서 이리저리 조종당했습니다.

독일은 제1차 세계대전에 패하고, 터키는 이슬람 지역을 보호하는 권한을 잃게 되었습니다. 1917년에 영국 외무 당국은 지금까지 서류철 속에 보관해 왔던 「밸푸어 선언(Balfour Declaration)」을 공표하였습니다. 이에 의하면 팔레스티나는 영국이 관장하는 지역인데, 유대 민족의 합법적인 고향 국가라는 것이었습니다. 영국은 억압받는 유대인들의 팔레스티나 지역의 입국을 허용하였습니다. 그러나 영국은 망명을 절실하게 필요로 하던 시기, 즉 1930년대 말부터 유대인들의 입국을 더 이상 허용하지 않았습니다. 영국인들의 관심사는 죽음의 위기에 처한 유럽의 유대인들을 구출하는 일이 아니라, 오히려 편안한 사업 여건과 부귀영화를 가져다줄 "근동의 인도 지역"으로 향하고 있었습니다. 말하자면, 영국은 경제적 이익에 혈안이 되어 수백만 명의 유대인들이 나치에 의해 학살당하는 것을 수수방관한 셈입니다. 유대인 공산주의자들 역시 소련에서 스탈린의 이주 정책의 희생양이 되기도 하였습니다(Heller: 60).

이스라엘은 1948년에 영국의 유대인 분리 정책의 일환으로 탄생했지만, 주위의 아랍 국가들은 이를 침략 행위로 규정하였습니다. 그렇기에 이스라엘은 아랍 국가의 혁명 세력들이 저주하는 대상이 되어 버렸습니다. 물론 아랍 국가들의 혁명 운동 역시 영국 제국주의 정책의 일환으로 생겨났음을 잊어서는 안 될 것입니다. 놀라운 것은 파시즘의 폭력 피해자들에 의해 건립된 이스라엘이 1950년대 이후에는 타민족을 가해하는 국가로 돌변해 버렸다는 사실입니다. 말하자면, 피해자가 가해자가 된 형국입니다. 심지어 이스라엘은 근동 지역에서 미국 제국주의의 낚싯밥 역할을 성실히 잘 수행하는 하수인 국가로 변질되어 버렸습니다. "모세"라는 전형적 인물과 "이집트-황무지-가나안"이라는 전형적인 이주, 이 두 가지 유형은 혁명과는 전혀 다른, 폭력의 왜곡된 희망을 낳게 되었던 것입니다.

11. 『오래 전의 새로운 나라』: 헤르츨은 1900년에 자신의 유토피아 소설, 『오래 전의 새로운 나라(Altneuland)』를 발표하였습니다. 작품의 줄거리는 다음과 같습니다. 주인공, 프리드리히 뢰벤베르크는 빈 출신의 가난한 유대인 청년입니다. 그는 부모로부터 독립하여 당장 생활비를 필요로 합니다. 그런데 최근에 어느 처녀를 사랑하게 되었는데, 짝사랑으로 끝나게 되자, 깊은 좌절감에 빠져 있었습니다. 1902년 말에 프리드리히는 우연한 기회에 한 가지 놀라운 정보를 입수하게 됩니다. 그것은 미국 출신의 어느 기술자가 조수를 구한다는 정보였습니다. 그는 아달베르트 킹스커트라는 이름의 백만장자인데, 태평양의 한 무인도에서 함께

살아갈 청년을 찾고 있었습니다. 그는 자신과 함께 살아 주면, 거액의 수고비를 주겠다는 것이었습니다. 프리드리히는 이를 수락합니다. 주인공은 수고비 명목으로 받은 거액을 친구, 다비드 리트와크에게 건네줍니다. 최근에 빈의 커피 가게에서 친구를 만났는데, 다비드는 찢어지게 가난하게 살고 있었습니다. 어차피 태평양으로 떠나면, 돈은 거의 무용지물일 것 같았습니다. 프리드리히는 친구에게 거액을 건네준 다음에 백만장자와 함께 태평양으로 출항합니다.

12. 태평양에서 보낸 20년의 세월: 헤르츨은 의도적으로 정치에 담을 쌓은, 희망 없는 젊은이 두 사람을 주인공으로 채택하였습니다. 프리드리히와 아달베르트는 요트를 타고 지중해를 여행하다가, 잠깐 팔레스티나에 들립니다. 아달베르트는 이곳이 프리드리히의 고향이라는 언질을 줍니다. 그들은 배를 해안에 정박한 다음, 잠시 예루살렘을 둘러보기로 합니다. 그 지역은 참으로 황량하고, 더러우며, 초라한 벌판으로 이루어져 있습니다. 예루살렘 여행을 마친 그들은 수에즈 운하를 거쳐서 태평양의 섬으로 계속 항해합니다. 태평양의 무인도에서 두 사람은 약 20년간 무념무상으로 살아갑니다. 그들은 서로 대화를 나누고, 여러 가지 유형의 놀이와 목공 작업 등을 행하면서 소일합니다. 이따금 육지로부터 선박이 와서 식량과 물품을 조달해 줍니다. 그런데 20년 후에 나이 든 아달베르트는 그동안 세상이 어떻게 변했는지 알고 싶어 합니다. 그래서 1923년 초에 두 사람은 요트를 타고 유럽으로 돌아가기로 결심합니다. 이때 그들은 제1차 세계대전에 관한 사실 그리고 홍해와 수에즈 운하의 통행이 힘들게 되었다는 사실 등을 접합니다. 왜냐하면 팔레스티나 분쟁으로 통행이 불가능했기 때문입니다. 그래서 그들은 항해를 포기하고 육로를 선택합니다.

13. 팔레스티나에서 옛 친구를 만나 정착하다: 프리드리히와 아달베르트

가 다시 입국한 곳은 팔레스티나 지역이었습니다. 프리드리히는 이곳에서 20년 전에 빈에서 헤어진 친구, 다비드 리트와크와 재회합니다. 다비드는 "팔레스티나 식민지 개척을 위한 새로운 나라"라는 단체에서 중책을 맡고 있었습니다. "새로운 나라"는 팔레스티나 유대인 공동체를 자치적으로 다스리는 단체인데, 다비드가 거기서 핵심적 역할을 수행하고 있었던 것입니다. 다비드는 오래간만에 만난 친구와 그의 동반자를 자신의 별장으로 초대하여, 팔레스티나 지역에 생겨난 유대인 국가 공동체의 이모저모를 알려 줍니다. 헤르츨의 작품은 팔레스티나 지역의 유대인 국가 공동체의 사회적, 경제적 그리고 기술적 토대에 관한 서술로 이루어져 있습니다. 결국 주인공과 아달베르트는 팔레스티나에 정착하기로 작심합니다(Herzl 2004: 28). 아달베르트 역시 다비드의 아들, 프리츠를 애호하게 된 것이 정착의 계기로 작용하였습니다. 프리드리히는 다비드의 여동생, 미리암을 깊이 사랑합니다. 그미에게는 프리드리히가 생명의 은인이나 마찬가지였습니다. 20세기 초 빈에서 미리암은 아사 직전에 처해 있었는데, 프리드리히가 빌려준 돈으로 생계를 꾸려 나갈 수 있었던 것입니다. 마지막에 이르러 "새로운 나라"는 다비드가 불참했는데도 불구하고, 그를 대표 회의의 회장으로 선출합니다.

14. 『오래 전의 새로운 나라』의 사회 형태: 헤르츨의 『오래 전의 새로운 나라』는 하나의 국가라고 말할 수 없습니다. 그것은 조합으로 이루어진 거대한 집단 공동체입니다. "오래 전의 새로운 나라"는 "텔아비브"를 가리킵니다. 여기서 "tel"은 "히브리어에 의하면 오래된"이라는 뜻을 지니고, "aviv"는 "새로운"이라는 의미를 지니고 있습니다(Avineri: Haaretz, 20, 12, 2002). "새로운 나라"는 『유대 국가』에서 언급되는 "유대인 협회"를 방불케 하는 국가 단체로서, 마치 행정기관과 같이 기능합니다. 그것은 국외로부터 조합원을 받아들이고 경제를 관장합니다. 나아가 "새로운 나라"는 새로운 도시를 건설하며, 도로, 상하수도, 전기, 에너지 등

과 같은 사회간접자본의 업무를 담당합니다. 게다가 팔레스티나 지역에서 절실하게 필요한 것은 학교와 병원이었습니다. 헤르츨의 유토피아 공동체는 처음부터 황무지를 개간하여 도시를 건설하는 계획을 추진한다는 점에서 능동적 과정의 특성을 강하게 드러냅니다. 작품 속에서 많은 건물을 설계하고 건설하는 자는 슈타이네크라는 인물입니다. 헤르츨은 빈에서 사귀었던 친구인 건축가이자 시오니스트, 오스카르 마르모렉(Oskar Marmorek, 1863-1909)을 떠올리면서, 슈타이네크를 묘사하였습니다. 중요한 것은 다음의 사항입니다. 즉, 헤르츨의 새로운 나라는 오스만 제국으로부터 임대한 것입니다. 유대인들은 이곳에 정주한 다음에 땅의 사용에 대한 대가로 오스만 제국에게 정기적으로 일정 금액을 지불해야 합니다. 팔레스티나에 거주하는 이슬람 사람들은 유대 국가의 건설을 못마땅하게 생각했습니다. 그렇기에 헤르츨로서는 어떻게 해서든 땅의 점유 대가를 오스만 제국에게 지불하도록 조처했던 것입니다.

15. 경제와 이주 정책: 재미있는 것은 "새로운 나라"의 이주 정책입니다. 이주 정책은 헤르츨의 책 『유대 국가』에 기술된 사항과 동일합니다. 모든 정책은 유대인 협회에 속한 유대인 회사에 의해서 수행됩니다. 새로운 나라에 우선적으로 이주해야 할 사람은 "고통 속에서 살고 있는 배우지 못한 유대인들"입니다. 이곳에 처음으로 이주한 사람들은 기술자와 함께 마치 황무지나 다름이 없는 장소를 개간하고, 도로, 상하수도, 거주지, 전기 등과 같은 사회간접자본의 확충에 전력투구합니다. 사람들은 늪과 습지를 농경지로 변화시키기 위해서 무엇보다도 유칼립투스를 심습니다. 유칼립투스 나무는 오스트레일리아에서 처음 발견된 것으로서 도금양과에 속하는 나무인데, 단기간에 수분을 흡수하므로, 늪지를 제거하는 데 도움을 주었습니다. 뒤이어 정부는 도매 블록의 대형 상점을 이주시켜야 한다고 합니다. 이것이 먼저 건립되어야, (자치 내지 자활 운동에 도움이 되지 않는) 소규모의 소매상점이 마구잡이로 생겨나지 않

으리라는 것입니다. 사회간접자본이 확충된 다음에 중산층의 유대인들이 이주하는 게 바람직하다고 헤르츨을 주장합니다(Peck: 79). 대부분의 사업은 거대한 조합의 측면에서 조직화되어야 합니다. 이주민들은 신문과 전보 등을 통해 신속하게 정보를 입수해야 합니다. 당시에는 라디오도 없었으며, 전화도 아직 상용화되지 않았습니다.

16. (부설) 하루 7시간 노동은 철칙이 아니라 권고 사항이다: 헤르츨은 『유대 국가』에서 다음과 같이 선언하였습니다. 즉, 새로운 땅에서 살아갈 유대인들은 반드시 하루 일곱 시간의 노동을 필요로 한다고 말입니다. 노동자들은 오전에 3시간 30분을 일한 다음에 점심시간의 휴식을 즐깁니다. 그 다음에 그들은 서로 일감을 바꾸어 오후에 3시간 30분을 일해야 합니다. 노동의 구체적 일감에 관해서 헤르츨은 언급을 회피하고 있습니다(헤르츨: 62). 중요한 것은 하루 일곱 시간의 노동이 철칙이 아니라는 사실입니다. 필요하다면, 노동자는 자발적으로 3시간 추가로 일할 수 있지만, 10시간 이상의 노동은 법적으로 금지해야 한다고 합니다. 만일 10시간 이상 일하게 되면 유대 국가의 노동자들은 다음 날 피곤해서 자신의 능력을 제대로 발휘하지 못하기 때문입니다.

17. 공동 조합에 근거한 자본주의 경제체제, 사유재산은 존속된다: 헤르츨은 국가의 개념 대신에 사회 내지 새로운 사회의 개념을 도입하고 있습니다. 헤르츨이 설계한 것은 유대인 국가 대신에, 이슬람의 영토에서 탄생할 수 있는 상호부조의 유대인 사회, 즉 텔아비브, 바로 그것이었습니다. "텔아비브(Tel Aviv)"는 히브리어로 "오래 전의 새로운 나라"라는 의미를 지닙니다(「에제키엘」 3장 15절). "새로운 나라"는 사유재산제도를 용인한다는 점에서 자본주의의 속성을 고수하고 있습니다. 그렇지만 이는 산업사회의 자본주의 시장경제와는 약간 다릅니다. "새로운 나라"는 이를테면 자본주의 시장경제 체제에서 나타나는 폐해인 분업을 지양하

고, 상호성의 경제구조를 추구합니다. 사유재산도 용인되고 시장 역시 기능하지만, "새로운 나라"의 사람들은 일종의 조합원들처럼 공적 사업을 위해서 서로 협력합니다. 특히 사회간접자본을 위한 사업의 경우, 조합원들은 공동의 이익을 도모합니다.

18. 약 50년 동안 분배되는 토지: 토지는 정부에 해당하는 "새로운 나라"의 공유물입니다. 일정한 땅을 사용하는 유대인은 50년에 걸쳐 땅의 임대료를 그들의 국가에 납부해야 합니다. 50년이란 유대인의 희년과 관련되는 기간입니다(「레위기」 제25장 17절). 땅에서 생산되는 모든 농산물과 공산품은 개인의 재산으로 귀속됩니다. 『오래 전의 새로운 나라』는 농업과 관광 사업을 가장 중요하게 생각합니다. 농업의 경우, 당국은 기후 조건과 풍토를 감안하여 포도와 레몬의 재배를 장려합니다. 팔레스티나는 휴가철의 요양지, 유럽인들의 겨울나기의 최적의 장소로 개발될 필요성이 있습니다. 여행자 유치를 위해서 요양 시설, 훌륭한 숙박 시설을 마련합니다. 새로운 나라의 사람들은 여행과 운송을 위하여 철도 사업을 활성화시키고, 아스팔트로 도로를 포장합니다. 충분한 에너지를 공급받기 위해서는 수력발전의 개발이 필수적입니다. 나아가 사해에는 운하가 건설되어야 하고, 사람들은 수자원의 공급을 위하여 저수 시설의 확보를 중요한 관건으로 생각하고 있습니다. 여기서 우리는 베이컨의 기술 유토피아의 특성을 재발견할 수 있습니다.

19. 종교적, 인종적 관용이 통용되는 사회: "오래 전의 새로운 나라"의 사람들은 반드시 유대인이어야 할 필요는 없습니다. 가령 헤르츨의 작품에는 라시드 베이라는 터키인이 등장하는데, 그는 "새로운 나라"의 임원으로 일하고 있습니다. 차제에는 비-유대인이라도 얼마든지 이곳에서 함께 살아갈 수 있습니다. 이곳 사람들은 히브리어뿐 아니라, "유대 독일어(Jiddisch)"도 병행하여 사용합니다. 인종 갈등은 오랜 역사를 지닙

니다. 사도 바울은 그리스도가 십자가에 못 박힌 사실이 "유대인에게는 노여움으로, 이교도에게는 어리석음으로 비친다"고 말한 바 있습니다 (「고린도 전서」 제1장 23절). 왜냐하면 유대인들은 대체로 그리스도의 수난에 극도의 고통을 느끼는 반면에, 그리스인들은 십자가에 못 박힌 예수를 "하찮은 믿음 때문에 자신의 목숨을 초개처럼 저버리는 어리석은 자"로 이해하기 때문입니다(Graf-Stuhlhofer: 131). 헤르츨은 다른 인종 사이의 오해와 갈등은 이질적인 문화에 대한 무지와 편견에서 비롯된다고 판단했습니다. 그리하여 그는 가장 중요한 사항으로서 신앙의 자유를 내세웠습니다. 헤르츨의 새로운 나라에서 인종, 종교, 출신의 차이는 결코 중요하지 않습니다. 아랍인들도 얼마든지 사업의 파트너가 될 수 있으며, 사회간접자본의 건설에 동참할 수 있습니다. 새로운 나라에서는 종교적 관용의 정신이 존재합니다. 이곳에서는 불교 사원이나 힌두교 사원의 건립이 허락됩니다. 새로운 나라는 무엇보다도 건강과 교육에 비중을 둡니다. 따라서 사람들은 병원, 요양 시설의 건립 그리고 공원 시설의 조성을 중시합니다. 학생들은 기초 학교에서 대학에 이르기까지 학비를 내지 않습니다. 문제는 남학생과 여학생이 배우는 내용이 별도의 규정으로 정해져 있다는 사실입니다. 이는 헤르츨의 남성 중심주의 시각이 반영된 탓이기도 합니다.

20. 일부일처제와 가족의 결속력 그리고 폐쇄적 생활 관습: 헤르츨은 유대인의 가부장주의 가족제도를 고수했습니다. 그렇기에 헤르츨이 일부일처제를 암묵적으로 용인한 것은 당연한 귀결입니다. 대부분의 유대인들은 그들이 어디에 살든 간에 전통적 인습을 존중하였습니다. 지금까지 낯선 곳에서 살아가던 유대인들을 생각해 보세요. 설령 유럽 사회에 동화하기 위해서 노력하는 "넥타이 유대인"들도 대부분의 경우 겉으로는 유대주의의 관습을 떨친 것처럼 보였지만, 속으로는 자신의 유대주의의 정체성을 완전히 저버리지 않았습니다. 그렇기에 그들은 낯선 지역

에서 이방인으로 힘들게 살아가면서도 가부장주의 가족의 튼실한 결속력을 무엇보다도 중요하게 생각하였습니다. 이를테면 금요일 저녁 식사만큼은 가족들이 함께 모여 유대인의 예식을 올리고 공동으로 식사하는 경우를 생각해 보세요. 물론 이러한 가족적 단합과 결속력은 때로는 다른 이웃들에게는 외부와 단절하고 살아가는 유대인들의 폐쇄적 생활 태도로 곡해되어, 타민족에게는 유대인 고립주의라는 편견을 심어 주었지만 말입니다.

21. 감옥의 철폐, 대표자 추대를 위한 만장일치 제도: 새로운 나라의 놀라운 특징 가운데 하나는 감옥의 철폐입니다. 죄를 진 자는 대체 복무를 통해서 자신의 죄를 탕감할 수 있습니다. 예컨대 죄수들은 육체적으로 힘든 일을 행하며 조직적 관리의 대상이 됩니다. 유대인들은 역사적으로 언제나 처벌당하고 고통의 세월을 보냈다는 점이 그들로 하여금 감옥을 철폐하게 만들었는지 모릅니다. 구체적으로 말하면, 헤르츨은 형사소송법에서 자주 거론되는 "회복적 정의"를 실천할 방안을 부분적으로 마련해 놓고 있습니다. 말하자면 "눈에는 눈, 이에는 이"와 같은 함무라비 법의 "응보적 정의"는 칸트와 헤겔의 법철학적 논거에 의해서 정당화되었는데, 차제에는 물질적, 심리적 보상 그리고 가해자와 피해자 사이의 화해를 추구하는 "회복적 정의(restorative justice)"로 변화되어야 합니다(제어: 242). 마지막으로 한 가지 중요한 사항이 있습니다. 대표자는 능력과 인간성을 고려하여 추대되고 있습니다. 선거제도는 불필요한 비용이 많이 들고 여러 가지 부작용을 낳는 게 사실입니다. 그것은 서로 다른 공약을 지닌 사람들끼리 정견을 발표하고 유권자들의 호응을 끌어내는 제도입니다. 이에 비하면 추대 제도를 주장하는 자들은 성숙된 인간에 대한 신뢰를 무엇보다도 더 중요한 관건으로 생각합니다. 가령 교황청에서 행하는 만장일치 추대 제도를 생각해 보세요. 오래 전의 새로운 나라의 사람들은 선거제도 대신에 추대 제도를 도입합니다. "새로운 나라"의 임

원들은 다비드가 회의에 참석하지 않았는데도 불구하고 그를 과감하게 회장으로 추대합니다.

22. (요약) 자본주의 시장경제에 근거하는 헤르츨의 유토피아: 헤르츨은 발전된 시민주의 국가를 상상하면서 이를 구체적으로 묘사하였습니다. 즉, 유대인은 중동 지역의 황무지에 천막을 치고, 포도나무 등과 같은 과실수를 재배하며 살아갑니다. 어쩌면 문명의 배꼽은 그리스가 아니라, 팔레스티나 지역일지 모릅니다. 왜냐하면 이곳은 아시아와 유럽 사이를 연결하는 지역이기 때문입니다. 여기서 모델이 되는 유대 국가에서는 경제적으로 그렇게 큰 변화가 발생하지 않습니다. 더 나은 사회상은 유럽으로부터 멀리 떠나 있지도 않고, 먼 미래로 이전되어 있지도 않습니다. 그렇기에 상기한 장편소설은 기껏해야 1920년대에 상상해 낸 미래 현실에 관하여 보고할 뿐입니다. 물론 헤르츨의 새로운 나라에서는 유대주의의 요소가 거의 발견되지 않으며, 서구 문명사회가 추구하는 미래의 진보적 국가의 상과 별반 차이가 없습니다. 헤르츨은 농경지 개간, 축산 조합 그리고 이와 유사한 방법으로써 유대인 고유의 땅으로 돌아가는 것으로 묘사하고 있습니다. 바로 이러한 까닭에 특히 유대인 은행가들은 이를 진지하게 받아들였습니다. 그래서 헤르츨의 시온은 자본주의적 민주주의에 바탕을 둔 채 직접적으로 이룩할 수 있는 유토피아로 이해될 수 있습니다. 그것은 아직 소유하지 않은 땅에 뿌리를 내리기 때문에, 뜬금없는 환상과는 거리가 멉니다. 헤르츨은 사회주의가 아니라 자본주의 시장경제를 바탕으로 하는 유대 상인 내지는 법률가들의 특수한 이상주의에 합당한 미래상을 그린 셈입니다.

23. 문제점: 첫째로, 헤르츨의 『오래 전의 새로운 나라』는 문학 유토피아가 아니지만, 국가 소설에서 드러나는 사회적 틀 내지 정치경제적 질서에 관한 명징한 구도를 보여 주지는 못합니다. 그 까닭은 이곳 사람들

이 일차적으로 황무지 개간 내지 사회간접자본의 터전을 마련하는 데 심혈을 기울이기 때문입니다. 그렇기에 헤르츨의 유토피아는 처음부터 완성된 사회 유토피아의 상을 구체적 모델로 설계할 수 없었습니다. 중요한 것은 헤르츨에 의하면 황폐한 공간을 일차적으로 사람이 살 수 있는 터전으로 만드는 과정이라고 합니다. 바로 이러한 까닭에 헤르츨은 하나의 정태적으로 완성된 이레덴타의 국가의 상을 설계하는 대신에 황무지를 "젖과 꿀이 흐르는 나라"로 변모시키는 과정으로서의 역동성을 중시해야 했습니다. 헤르츨의 유토피아는 이렇듯 과정의 역동성을 강조하지만, 찬란한 국가에 대한 유대인들의 꿈을 실현하려는 의지, 그 이상의 의미를 드러내지는 못합니다.

둘째로, 헤르츨의 유토피아는 시민사회의 유토피아 사회상에 해당합니다. 왜냐하면 『오래 전의 새로운 나라』는 엄밀히 따지면 자본주의 시장경제에 바탕을 두고 있기 때문입니다. 사실 시오니즘을 실천하는 과업은 복잡하게 얽힌 열강의 정치적 이해관계 속에서 정치적 독립을 보장받을 수 있는 전제 조건 그리고 이와 병행하는 엄청난 자금을 확보할 수 있는 가능성이 마련되어야만 제대로 수행될 수 있는 힘든 과업이었습니다. 헤르츨은 이를 해결하기 위해서 무엇보다도 열강의 제국주의적 의도와 부유한 상인들의 의향 등을 최대한 수용하지 않을 수 없었습니다. 예컨대 그는 하나의 타협책으로서 유럽 혹은 미국의 부유한 상인들로부터 지지를 받는 것을 급선무라고 판단하였습니다. 바로 이러한 이유로 인하여 자본주의 시장경제의 틀을 그대로 도입할 수밖에 없었던 것입니다. 바로 이 점이 헤르츨의 유토피아의 한계로 지적될 수 있습니다.

셋째로, 우리는 헤르츨의 유토피아에 나타난 가부장주의의 요소를 지적할 수 있습니다. 물론 일부일처제의 이상은 이전의 유토피아에서 자주 나타난 바 있습니다. 가령 일부일처제 유형의 유토피아로서 안드레에의 『기독교 도시국가』를 하나의 예로 들 수 있습니다. 물론 가부장주의의 가족 관계가 힘든 삶 속에서 가족 구성원을 하나로 결속시킨다는 강점을 지닌 것은 사실입니다. 그러나 가부장주의의 가족 구도는 남녀평등의 삶에 악재로 작용하고, 남존여비의 전근대적인 생활 관습을 정착시키는 위험성을 처음부터 안고 있습니다. 가령 지금도 이스라엘에서는 젊은 남자들이 책상에 앉아서 유대 경전을 연구하고 암송하는 반면에, 젊은 여자들은 이들에게 식사를 대접하기 위해서 부엌에 쪼그려 앉은 채 힘들게 빵을 굽고 있습니다.

24. 키부츠 공동체: 상기한 사항에도 불구하고 헤르츨의 시오니즘 유토피아는 이스라엘에서 키부츠 공동체를 형성하도록 작용했습니다. "키부츠(Kibbutz)"는 히브리어로 "코뮌"을 가리킵니다. 키부츠 공동체는 유대주의 사상가, 마르틴 부버의 탈-물질중심주의 사상과 헤르츨의 시오니즘 유토피아를 결합한 실천적인 운동으로서, 지금까지 실제 사회에서 자치, 자활 그리고 평화를 실천하는 운동으로 자리매김하였습니다. 키부츠 공동체는 헤르츨이 묘사한 자본주의 시장경제가 아니라, 오히려 사회주의의 협동적 계획경제에 바탕을 두고 있습니다. 이스라엘 사람들은 키부츠 공동체를 통하여 "화폐로 지불받지 않는 노동"을 실천하였으며, 물품의 매매를 지양하는 단위 조합을 통한 공동 소비를 생활화하였습니다. 물론 키부츠 공동체가 지난 수십 년 동안 심각한 경제적 위기를 맞이한 것이 사실이지만, 차제에는 보다 안정되고, 복합적으로 기능하고 상호부조 하는 공동체로 거듭날 가능성은 분명히 존재합니다. 키부츠 공동체는 최대 1,600명의 조합원으로 구성되어 있으며, 이스라엘이 건립될 당시에는 소수였지만, 2010년 이래로 이스라엘에서 약 270개의 공동체로 확장되었습니다.

25. 시오니즘 운동은 아직도 끝나지 않았다: 흔히 20세기의 유대인 탄압은 히틀러의 인종주의 정책에 의해서 자행되었다고 말합니다. 주지하다시피 제2차 세계대전이 끝날 때까지 유대인 강제수용소에서 사망한

유대인들의 수는 600만이 넘습니다. 그런데 실제로 오랜 기간에 걸쳐서 토착민들에게 학대와 모멸 그리고 박해 등을 감수했던 사람들은 주로 동구와 러시아에서 살아가던 아시케나지 유대인들이었습니다(Lustiger: 63). 시오니즘은 광의적 차원에서 새로운 의미를 지닙니다. 그것은 단순히 팔레스티나로 돌아가려는 운동을 넘어서서, 어느 지역에서든 간에 인종 탄압에 저항하는 민족적 결사 운동으로 창조적으로 발전될 수 있습니다. 왜냐하면 시오니즘은 하나의 일회적, 역사적 운동으로 끝나지 않고, 새로운 현실적 토대 속에서 어떤 새로운 민족적 저항 운동으로 거듭날 수 있는 단초를 제공하기 때문입니다. 시오니즘의 광의적 의미는 한마디로 나라를 잃은 난민 내지 보트피플이 새로운 삶의 터전을 찾으려는 애타는 갈망과 다를 바 없습니다.

참고 문헌

박설호 (2016): 소련과 동독에서의 반유대주의, 그 배경과 경과, 실린 곳: 박설호, 비행하는 이카로스, 울력, 171-192.

블로흐, 에른스트 (2004): 희망의 원리, 5권, 열린책들.

제어, 하워드 (2011): 회복적 정의란 무엇인가? 손진 역, KAP.

존슨, 폴 (1998): 유대인의 역사, 3권, 김한성 역, 살림.

헤르츨, 테오도르 (2012), 유대 국가. 유대인 문제의 현대적 해결 시도, 이신철 역, 도서출판 b.

Avineri, Shlomo: Zionism. According to Theodor Herzl, in: Haaretz, 20. 12, 2002.

Fried, Erich (2010): Höre Israel!, Gedichte gegen Unrecht, Stuttgart.

Graf-Stuhlhofer, Franz (2010): Basis predigten: Grundlagen des christlichen Glaubens in Predigten, Nürnberg.

Heller, Otto (1981): Der Untergang des Judentums. Die Judenfrage, ihre Kritik, ihre Lösung, durch den Sozalismus, Berlin.

Herzl, Theodor (2006): Der Judenstaat, Göttingen.

Herzl, Theodor (2004): AltneuLand: Ein utopischer Roman, Norderstedt.

Jens (2001): Jens, Walter (hrsg.), Kindlers neues Literaturlexikon, 22 Bde, München.

Lustiger, Arno (2002): Rotbuch. Stalin und die Juden, Berlin.

Peck, Clemens (2012): Im Labor der Utopie. Theodor Herzl und das "Altneu-land"-Projekt, Berlin.

Zweig, Stefan (1952): Die Welt von Gestern, Wien.

8. 웰스의 소설 『모던 유토피아』

(1905)

1. 세계국가 유토피아: "극단의 시대"(홉스봄)인 20세기에 이르면 19세기 유토피아의 특성들은 현저하게 사라지고, 세계국가에 관한 유토피아의 구상이 출현합니다. 우리는 허버트 조지 웰스(Herbert G. Wells, 1866-1946)의 『모던 유토피아(A Modern Utopia)』(1905)를 예로 들 수 있습니다. 첫째로, 웰스는 세계국가를 문학적으로 형상화하려고 했습니다. 19세기 말에 이르러 유럽 시민사회는 그 규모에 있어서 엄청난 속도로 확장되었습니다. 대도시, 인구 성장 그리고 사회적 전문화 과정은 폭넓은 양상으로 전개되었습니다. 둘째로, 웰스의 유토피아는 역동적 특성을 갖추고 있습니다. 오늘날 유토피아는 웰스에 의하면 하나의 정태적인 "성(citadels)"이 아니라, 마치 "선박"과 같은 형태로 축조되어야 한다고 생각했습니다(McLean: 151). 그의 첫 작품 『타임머신』이 대양을 항해하는 배의 형태로 축조된 것은 우연이 아닙니다(Wells 1904: 14). 그만큼 웰스는 과학자의 시각에서 모든 것을 역동적인 관점에서 고찰하려고 했습니다. 가령 기찻길, 자전거도로, 고속도로, 보행로, 자동차 전용 도로, 뱃길에 이르기까지 모든 길이 만들어져서 인간이 이동하고 여행하는 데 도움을 주고 있습니다. 셋째로, 웰스는 기상천외한 관점에서 우주와 미래를 상상하고, 이를 문학적으로 형상화하였습니다. 세계국가가 건설되면, 국

가 사이의 전쟁은 시간이 흐름에 따라서 종식되리라는 게 그의 입장이었습니다. 이를 위해서는 모든 시스템이 통합되어야 할 뿐 아니라, 모든 전통과 관습이 사회 윤리적으로 일원화되어야 한다고 믿었습니다. 웰스가 자신의 유토피아를 세계국가로 설정하고, 엘리트 그룹으로 하여금 관료주의 정치를 시행하게 한 것은 바로 이러한 믿음 때문이었습니다.

2. **다재다능한 작가, 허버트 조지 웰스:** 웰스는 사이언스 픽션 문학의 선구자이며, 동시에 유토피아 문학의 저자로 알려진 영국 작가입니다. 그는 소설 집필 외에도 저널리스트로서 그리고 미래학자로서 많은 글을 남겼습니다. 실제로 웰스만큼 자신의 상상력을 동원하여 많은 사이언스 픽션을 창안한 작가는 아마 없을 것입니다. 그는 소설뿐 아니라 정치와 사회 비판의 글들, 전쟁에 관한 수많은 글을 집필하였습니다. 사람들은 그를 쥘 베른, 휴고 건즈백(Hugo Gernsback)과 함께 "사이언스 픽션의 아버지"라고 명명하기도 합니다. 두 차례 세계대전 시기를 살아가면서, 그의 관심사는 오래된 미래를 추적하는 작업이었습니다. 그렇지만 그의 세계적 명성은 무엇보다도 문학작품을 통해서 이룩된 것이었습니다. 웰스는 약 53년 동안 평균적으로 일 년에 두 권의 책을 지속적으로 간행하였습니다. 여기에는 그가 남긴 수많은 잡문과 저널리스트로서의 논평은 제외되어 있습니다. 1946년 웰스가 사망했을 때 그는 도합 114권의 책을 남겼습니다. 대부분의 연구자는 다음과 같이 주장합니다. 웰스의 문학작품 가운데 가장 훌륭한 것들은 특히 제1차 세계대전이 발발하기 전까지의 시기에 발표되었다고 말입니다.

3. **웰스의 삶:** 그렇다면 과연 무엇이 그로 하여금 수많은 작품을 발표하게 했을까요? 웰스는 1866년 9월 21일 런던의 브롬니 켄트에서 어느 가난한 가정의 셋째 아들로 태어났습니다. 말하자면 하층민 출신이었습니다. 당시 웰스가 태어난 1866년은 영국에서 산업화로 인하여 가난, 질

병 그리고 실업 등과 같은 재앙이 속출하던 시기입니다. 부모는 생업에 몰두했으므로 자식들을 방치할 수밖에 없었습니다. 웰스 역시 어린 나이에 포목상의 도제로 일했지만, 별반 커다란 흥미를 느끼지 못했습니다. 그는 1873년부터 1879년까지 모를리 아카데미 학교에 다녔으나, 1880년에 학교를 그만두고, 면직물 상인 수업을 받게 됩니다. 그러나 면직물 도제로서 일하는 것은 웰스에게 심리적 아픔을 안겨 주었습니다. 열악한 노동 조건과 쥐꼬리만 한 임금에 대해 혐오감을 드러냅니다. 결국 도제 일을 도중에 그만두었으나, 생계를 위해서 이듬해에 다시 면직물 상인에게서 장사 수완을 체득합니다.

하루 13시간의 노동, 적은 액수의 임금, 더러운 숙소, 게다가 사장의 권위적인 태도 등으로 인해 웰스의 일상은 힘들게 이어졌습니다. 자살 충동이 솟아났으나, 이러한 위기를 극복하게 한 것은 독서였습니다. 호손, 유진 수(Eugèn Sue), 새뮤얼 존슨, 조너선 스위프트 등의 작품들은 그의 상상력을 키우는 데 도움을 주었습니다. 1882년에 웰스는 미드허스트 그래머 스쿨에서 조교로 일하게 됩니다. 웰스는 1884년부터 1887년까지 런던의 과학사범학교에서 지리학, 생물학, 천문학, 천체 물리학을 공부했습니다. 그의 은사는 다윈의 진화론을 옹호한 생물학 교수, 토머스 헉슬리였습니다. 토머스 헉슬리는 『멋진 신세계』를 집필한 소설가, 올더스 헉슬리의 할아버지입니다. 웰스의 관심은 두 가지로 향하고 있었습니다. 그 하나는 문학이었는데, 웰스는 낭만주의 문학에 심취하여, 블레이크와 칼라일의 작품들을 즐겨 읽었습니다. 또 한 가지는 사촌 누이동생 이사벨에 대한 사랑이었습니다. 그미와의 밀회는 처음에는 성적인 호기심에서 시작되었는데, 깊은 사랑으로 발전되어 나중에 결혼까지 이어졌습니다. 웰스는 자유분방한 삶을 이어 갔습니다. 작가의 방탕한 생활은 어쩌면 어머니에 대한 이룰 수 없는 사랑 내지 죽음에 대한 두려움에서 기인하는 것 같습니다.

1887년 웰스는 대학 졸업 시험을 거부당합니다. 그 이유는 페이비언

협회에 가담하여 적극적인 정치 활동을 펼쳤기 때문입니다. 몇 년 후에 어느 대학 부설 학교의 생물 보조 교사로 취직하여 경제적 어려움을 면하게 됩니다. 바로 이 시기에 사촌 누이, 이사벨과 결혼할 수 있게 되었습니다. 어느 날 웰스는 여고생 제자, 캐서린 로빈스를 사랑하게 됩니다. 웰스는 캐서린의 도움으로 작품 집필에 몰두하게 됩니다. 1895년에 그는 이사벨과 이혼하고 캐서린과 재혼합니다. 1910년에는 여행기 작가인 레베카 웨스트(Rebecca West)와 깊은 관계에 빠져 약 20년 동안 동거하였습니다. 웰스는 일찍부터 사회주의에 동조하였고, 전쟁에 대한 적개심을 드러내었습니다. 그는 엄청난 창조력을 자랑하는 다작가였으며, 정치 및 사회를 내용으로 하는 비평문 내지 기사를 지속적으로 발표하였습니다. 웰스는 말년에는 사회의 중간 계층 내지 소시민의 문제점을 자주 다루곤 하였습니다.

4. 작품의 서두:『모던 유토피아』의 줄거리는 다른 작품에 비해 빈약합니다. 그렇기에 작품은 소설이 아니라 국가에 관한 "해부학"이라는 느낌을 강하게 풍깁니다(Sherborne: 165). 주인공, "나"는 익명의 식물학자와 함께 시리우스라는 행성으로부터 스위스의 피츠 루센드로에 도착합니다. 피츠 루센드로는 알프스 산맥의 끝자락에 있는 높은 고원 지역입니다. 말하자면, 주인공은 미래의 지구로 시간 여행을 떠난 셈입니다. 미래의 사람들은 많이 변해 있습니다. 그들은 공동 주택에 거주하고, 세련된 옷을 입으며, 전염병을 막기 위해서 애완동물을 아예 키우지 않습니다. 화자인 "나"는 지문 감식을 통해서 자신의 거주지가 런던이었음을 확인합니다. 화자는 과거의 "나"를 통해서 과거에 자신이 어떻게 살았는지 알게 됩니다. 마지막 장은 대화와 토론으로 구성되어 있습니다. 식물학자는 이상 세계의 건설에 대해서는 더 이상 관심을 기울이지 않습니다. 8년 전에 실패로 끝난, 사적인 사랑의 삶에 집착하기 시작했기 때문입니다. 식물학자는 사회의 상류층 출신으로서 정서적으로 자신의 고정

관념 속에 차단되어 살아가는 폐쇄적인 인간이며, 서구 우월주의를 내세우는 인종주의자입니다. 세상에는 식물학자와 같은 유형의 사람들이 많은데, 이들이 존재하는 한 인간의 미래는 결코 바람직한 방향으로 도래하지 않으리라는 것을 웰스는 암시하고 있습니다.

5. 작품의 전개: 등장인물들은 자연의 사도라고 하는 어느 채식주의자와 만나서, 그와 열띤 토론을 벌입니다. 채식주의자는 마치 견유학자, 디오게네스처럼 생활합니다. 맨발로 다니고, 가죽이나 털옷을 걸치지 않은 채 살아갑니다. 세상에 인위적인 요소가 너무나 많기 때문에 인간 삶이 온통 불행해졌다고 확신합니다. 주인공은 극단적 자연주의자에 대해 수수방관의 태도를 취합니다. 뒤이어 작가는 이상 국가 내에서의 개인적 삶, 경제 시스템, 이곳 사람들의 자연관, 여성의 역할, 일상생활과 의식주, 마치 사무라이처럼 원활하게 활약하는 엘리트 계층 등을 차례로 묘사합니다. 작품 내에는 시대 비판적 견해가 간간이 삽입되어 있습니다. 마지막에 주인공이 식물학자의 과거 집착에 극도의 분노에 사로잡히는 순간, 미래의 공간은 사라지고, 두 사람은 어느새 1920년대 런던의 현실로 돌아가 있습니다. 여기서 우리는 두 가지 물음에 주목할 필요가 있습니다. 1. 웰스는 과연 어떠한 혁신적 방법을 통해서 플라톤부터 모어에 이르는 고전적 유토피아의 면모를 더욱 활성화시켰는가? 2. 이와 관련하여 웰스는 제1차 세계대전 이전에 유럽 사회에 출현한, 개인주의와 공동의 삶 사이에 나타나는 갈등을 어떻게 해결하려고 했는가?

6. 시대 비판 (1), 서구 문명의 진보 자체에 대한 회의감: 지금까지의 문학 유토피아는 공히 다음의 사항을 드러냅니다. 즉, 주어진 사회 내의 물질적 비참상은 처음부터 재화의 사적 소유권을 용인한 데에서 유래합니다. 자본, 토지 그리고 생산수단을 소유한 계층 사람들은 어떻게 해서든 재화를 강탈하려고 하고, 이로 인하여 대부분의 민초들은 궁핍한 삶에

서 벗어날 수 없습니다. 이러한 경우는 웰스의 유토피아에서는 전혀 드러나지 않습니다. 웰스는 계층 차이로 인한 사회적 갈등을 비판하기보다는 서구 문명의 진보 내지 발전 자체에 대해 이의를 제기합니다. 물론 작가는 인간이 주어진 현실에서 어떻게 아우르고 살아야 하는가 하는 문제에 관한 성찰을 배제하지는 않습니다. 그렇지만 더 나은 삶을 위한 새로운 사회 시스템은 구체적으로 언급되지 않습니다. 20세기 초에 이르러 새로운 기술은 인간의 모든 생활 방식을 전환시켰습니다. 새로운 자원의 개발과 자연과학 연구의 충동은 더욱 극대화되었습니다.

7. **시대 비판 (2), 비참한 삶과 인종 갈등 비판:** 기계에 의한 기술적 발전의 가능성은 남아 있지만, 산업화의 과정은 극심한 빈부 차이를 야기했습니다. 이로 인하여 부자든 거지든 간에 불안에 사로잡혀 있습니다. 예컨대 국민경제학은 주어진 사회적 결손 내지 하자를 극복하기 위해서는 기술의 도움이 필요하다고 설파합니다. 부는 개개인의 이윤을 극대화한다는 의미에서 오로지 재화의 매매를 통해서 창출되고 있을 뿐입니다. 대부분 사회 전체의 이익과 문제점에는 아랑곳하지 않고, 오로지 재화의 축적에 혈안이 되어 있습니다. 20세기 초에 이르렀는데도 일반 사람들은 굶주림에 시달립니다. 수십만의 사람들이 비참한 환경 속에서 힘들게 연명하고 있습니다. 노동자들은 사회적인 근본 문제를 고심하지 않고, 서로 싸우고 술에 찌든 채 살아갑니다. 계급 차이의 문제는 극복되지 않고, 갈등은 공격 성향, 질투와 시기 그리고 투쟁 등을 불러일으키고 있습니다. 1880년대에 이르기까지 사람들의 마음속에는 진보에 대한 기대감이 기독교 신앙과 함께 자라났습니다. 그러나 20세기 초에 이르러 인종 갈등이라는 문제가 출현했습니다. 특정 인종에 대한 편견은 기이하게도 "인종 다원주의(racial pluralism)"의 관점에서 싹텄던 것입니다. 웰스는 1905년에 놀랍게도 지구상에 인종 문제가 심각한 갈등과 살인을 부추길 것이라고 예견하였습니다(Wells 1967: 327f).

8. 시대 비판 (3), 지적 야수, 혹은 이성을 지닌 동물: 20세기 초 영국 사회의 부패와 탐욕은 사회적 죄악을 낳고, 인간의 목숨을 일찍 끊어 버리게 만듭니다. 『모던 유토피아』에서 웰스는 강대국인 영국의 높은 유아사망률을 노골적으로 지적합니다. 다섯 명 가운데 한 명의 영아가 사망하는데, 그 이유는 의학과 간호의 소홀함, 가난, 그리고 사회조직의 결함 때문이라고 합니다(Wells 1967: 170). 얼핏 보면, 웰스는 인류의 역사가 자연 발달의 역사와 마찬가지로 숙명적으로 진척되리라고 믿는 것 같습니다. 인간의 역사가 자연사와 마찬가지로 맹목적으로 잔인하게 이어지는 경우를 생각해 보세요. 이러한 경우는 『타임머신』, 『잠자는 자가 깨어난다면』에서 훌륭하게 묘사된 바 있습니다. 그렇지만 웰스는 토머스 헉슬리에게서 놀라운 점을 배웁니다. 그것은 다름 아니라 인간이 자신의 윤리적인 사고를 통해서 자신의 종(種)을 조절할 능력을 갖추고 있다는 점입니다. 설령 인간의 노력이 어떤 위험에 봉착한다고 하더라도, 인간은 자신이 능동적으로 무언가를 대처할 수 있다고 믿습니다(Kumar: 176). 세계는 혼란스러울 정도로 마음대로 진화를 거듭한다고 하더라도, 인간은 최상의 공동체를 만들기 위해서 어떤 무엇을 선택할 수 있다는 것입니다. 여기서 우리는 웰스가 고전적 유토피아의 사상적 모티프를 답습하고 있음을 알 수 있습니다.

9. 제3의 길로 향하는 경제적 시스템: 그렇다면 웰스가 설계한 세계국가는 어떠한 경제적 시스템을 보여 줄까요? 웰스는 사회주의와 자유방임에 의거한 자본주의 사이의 제3의 길을 선택하고 있습니다. 첫째로, 세계국가는 토지 외에는 모든 사유재산을 용인합니다. 가령 개개인은 물품들을 사적으로 소유할 수 있습니다. 이 물품을 소지한다고 해서 세금을 납부하지 않습니다. 둘째로, 개개인의 사유재산은 특별한 경우 얼마든지 국가의 재산으로 귀속될 수 있습니다. 가령 누군가 자식들의 교육을 위해 일정 금액을 공탁한 경우가 여기에 해당합니다. 누군가 사망하면 그

가 공탁한 모든 금액은 국고로 환수됩니다(Wells 1967: 94). 그 밖에 사업을 통해 벌어들인 이득 역시 여기에 해당합니다. 이로써 사적 소유물은 절대로 자식들에게 유산으로 물려줄 수 없습니다. 사업 자금 내지 축적된 돈을 국가의 소유로 귀속시키는 데는 나름대로 이유가 있습니다. 그렇게 하면, 사람들은 돈을 어딘가에 비밀리에 은닉하지 않고 더욱더 능동적으로 새로운 사업에 투자하려고 하기 때문입니다. 셋째로, 재산 가운데에는 국가의 소유물도 존재합니다. 부동산 가운데에서 토지 그리고 철, 석탄 등과 같은 지하자원, 수력발전을 할 수 있는 수자원 등은 국유물입니다. 국가는 여러 가지 유형의 땅을 회사라든가 개개인들에게 임대합니다. 그렇지만 토지의 임대 기간은 50년을 넘을 수 없습니다.

10. 경제 문제에 있어서 국가의 중재 작업: 웰스의 세계국가는 제3의 경제 시스템으로 구성되어 있는데, 여기에는 공적 영역과 사적 영역이 존재합니다. 그렇지만 두 영역은 크기와 세력에 있어서 하나의 균형을 이루고 있습니다. 어떤 경제적 문제로 분쟁이 발생할 경우, 국가는 이를 중재하고 좋은 방향으로 유도하기 위해서 분쟁의 방향을 인위적으로 조절할 수 있습니다. 앞에서 암시했듯이, 세계국가는 유산 제도를 철폐함으로써 사유재산을 공정하게 분배하는 데 직접 관여하고 있습니다. 언젠가 생시몽주의자들 역시 유산 제도를 파기함으로써 재산의 재분배를 이룩할 수 있다고 믿었습니다. 웰스의 세계국가는 생산에 가담하고, 지하자원을 관장하며, 재산의 인위적 분배에도 관여합니다. 나아가 국가는 공적인 질서, 이를테면 교통 시스템, 출생률 조정, 화폐 발행 등과 같은 중요한 문제에 얼마든지 직접 중재 역할을 맡을 수 있습니다. 그 외에도 국가는 경제적 차원에서 계획을 설립하고 시행하는 작업에 독점적으로 가담할 수 있습니다.

11. 사적인 사업을 장려하는 세계국가: 비록 경제적 측면에서 능동적으

로 참여한다고 하지만, 세계국가는 인위적으로 경제정책을 펴 나가지는 않습니다. 오히려 개인의 사적인 사업이라든가 이익 창출을 위한 노력을 배후에서 장려하는 편입니다. 그렇기에 사업 추진을 위한 혁신적 선택에 국가가 직접 개입하는 경우는 드뭅니다. 물론 웰스는 국가 경제라는 거대한 틀 속에서 개개인의 사업이 과연 어떻게 기능하는가 하는 문제를 주도면밀하게 기술하지는 않았습니다. 그렇지만 고용인과 피고용인 사이의 사적 계약이라든가 노동 조건 등은 공장의 거대한 게시판에 낱낱이 공개됩니다. 임금노동자와 사업주 사이에는 평의회가 구성되어 있습니다. 평의회 사람들은 서로 머리를 맞대고 사업 추진과 물품 생산에 관한 문제라든가 이득을 분배하는 문제를 허심탄회하게 논의합니다. 노동조합은 과거에는 헌법에 명시된 합법적 기구였지만, 이제는 평의회가 과거의 노동조합의 업무를 대신하고 있습니다. 개별 노동자들은 자신의 노동을 둘러싼 여러 가지 조건들에 관해서 주어진 범위 내에서 고용주와 얼마든지 토론할 수 있습니다.

12. 분배의 문제, 금의 활용에 관하여: 웰스는 재화의 분배에 관한 문제를 물품 교환권 제도로 해결하고 있습니다. 가령 작가는 벨러미의 유토피아에서 나타나는 신용 채권이라든가 물품 저장소에서 자유롭게 무언가를 요구할 수 있는 교환권으로서의 돈을 강조합니다. 이는 피히테의 「폐쇄적인 상업 국가」에서 통용되는 곡물 증권과 유사한 것입니다. 돈은 교환수단으로 활용될 뿐, 재산의 축적 수단으로 쓰이지는 않습니다. 대부분의 유토피아주의자들은 화폐를 한결같이 부정적으로 여겼지만, 웰스의 경우는 그렇지 않습니다. 만약 사람들이 정확하게 사용할 경우, 교환권으로서의 돈은 그 자체 "선한 무엇"이라고 합니다. 인간은 얼마든지 재화로 인해 부패의 나락에 빠질 수 있지만, 그렇다고 해서 인간의 사회적 삶에서 화폐가 배제될 수는 없다는 것입니다. 물론 웰스는 귀금속인 금을 화폐 대신에 축적하는 일을 철저히 배격합니다. 왜냐하면 금은

사람들의 마음속에 돈의 가치를 혼란스럽게 만들고 투기의 목적으로 재화를 저장하도록 자극하기 때문입니다. 따라서 금은 생산적 에너지로 활용되어야 한다는 것입니다.

13. 과학기술 연구의 중요성: 『모던 유토피아』에 반영된 기술, 노동 그리고 인간의 경제적 욕구 등에 관한 내용은 19세기 유토피아의 그것들과 커다란 차이를 지닙니다. 가령 과학기술은 웰스의 유토피아에서 가장 커다란 역할을 수행하는 동인입니다. 실제로 세계국가 내에는 놀라운 능력을 지닌 수많은 자연과학자들이 활약하고 있습니다. 말하자면 프랜시스 베이컨의 "솔로몬 연구소"에서 고안된 내용이 실제 현실에서 사용되고 있습니다. 세계의 모든 대학들은 제각기 자신의 고유 분야에서 최상의 기능을 수행하며, 지방의 에너지 센터와 광산 그리고 거대한 공장들은 대학의 실험실과 연계하여 본연의 역할을 수행합니다. 말하자면, 솔로몬 연구소는 세계 전체의 수백만의 연구자들을 포괄하여 관할하는 셈입니다(Wells 67: 275). 어떤 실험에 관한 연구 보고는 새로운 소통 수단을 통해서 순식간에 전 세계로 전해집니다.

14. 최저 임금노동을 위한 세계국가의 조처: 학문과 과학기술의 발전은 모든 노동을 기계로 대치시켰습니다. 그럼에도 불구하고 『모던 유토피아』에서는 실업자가 한 명도 발생하지 않습니다. 왜냐면 세계국가는 이를 위해서 세 가지 정책을 수행하기 때문입니다. 첫째로, 노동자들은 기계의 도입으로 인한 노동시간 단축으로 근무 시간을 자유롭게 조정합니다. 둘째로, 세계국가는 최저임금의 토대가 되는 기준 지표를 지방행정기관에 보냅니다. 이로써 노동자들은 최소한의 노동으로 국가가 추진하는 프로젝트에 동참하며, 최저임금을 받게 됩니다. 세계국가는 이러한 방식으로 마치 예비 고용주와 같은 역할을 담당하며, 기계의 사용으로 증가된 생산성을 노동자에게 분산시켜서 고용의 안정을 유지합니다. 노

동의 생산력이 최대한으로 증가되어 있기 때문에, 국가는 결코 인위적으로 사람들에게 열심히 일하라고 독려할 필요가 없습니다.

15. 고도의 경제적 수준을 누리는 사람들: 웰스의 세계국가는 사치를 금지하지 않습니다. 사람들은 개인적 삶에 있어서 최상의 수준으로 살아갑니다. 개개인의 거주지에는 의상실, 도서관, 서재 그리고 아름다운 정원이 갖추어져 있습니다. 가령 모어의 『유토피아』에서 사람들은 술을 전혀 입에 대지 않습니다. 마치 국가 공무원들이 철도와 도로에서 감시하고 감독하듯이, 식당과 술집 또한 감찰합니다. 술 마시고 거리에서 행패를 부리는 짓거리 그리고 미성년자들에게 술을 파는 행위는 범법 행위로 처벌 받습니다. 그렇지만 웰스의 경우, 어른이 자신의 집에서 술을 마시는 것은 개인의 양심의 문제 내지는 건강상의 문제로 간주될 뿐입니다. 대신에 사회의 지도층은 이러한 방식의 향락을 누릴 수 없습니다. 만약 사회의 지도층이 향락을 추구하면, 사회 전체의 기강은 흐트러지고 만다는 게 웰스의 지론이었습니다. 세계국가 사람들은 모두 유니폼을 걸치며, 어떠한 유행도 따르지 않습니다. 요약하건대, 웰스의 세계국가 시스템은 경제적 측면에서 전체주의의 틀을 갖추고 있으며, 깨끗하고 질서 잡힌 면모를 보여 줍니다. 그럼에도 불구하고 국가는 투자와 분배에 관한 개개인의 혁신 동력에 대해서 거의 간섭하지 않습니다.

16. 세계국가에서의 결혼: 그렇다면 웰스의 세계국가는 남녀의 성생활을 어떻게 규정하고 있을까요? 『모던 유토피아』에 나타난 사랑의 삶에 관한 웰스의 구상은 두 가지 측면에서 플라톤의 입장과 구별됩니다. 우선 세계국가는 플라톤과 캄파넬라가 설계한 이른바 "혼인 없는 여성 공동체"의 체제를 거부합니다. 웰스는 일부일처제의 결혼 생활을 지지하지만, 사랑의 파트너는 자유롭게 선택되어야 하고, 여기에는 남녀의 차별이 없습니다. 대신에 체제로서의 결혼, 다시 말해 결혼하려는 남녀는 반

드시 국가의 엄격한 중재 하에 혼인의 예식을 치러야 합니다. 결혼하려는 자는 국가가 설정한 결혼 조건을 충족시켜야 합니다. 첫째로, 남자는 26세 내지 27세, 여자는 21세가 되어야 결혼할 수 있습니다. 신용이 불량하지 않은 자, 국가가 설정한 최저임금을 수령하는 자라면 누구나 결혼식을 치를 수 있습니다. 둘째로, 전염병 환자가 아니어야 하며, 육체적으로 성숙되어 있어야 합니다(Wells 1967: 191).

17. 완전한 남녀평등은 불가능한가?: 세계국가에서 남녀는 경제적으로 평등하게 살아갑니다. 남녀 누구에게나 최저임금제가 보장되어 있으며, 출산 역시 국가에 대한 봉사의 행위로 인정받습니다. 그렇지만 남녀가 성적인 측면에서 평등하다고 말할 수는 없습니다. 물론 국가는 남녀의 자손 문제에만 관여할 뿐, 성생활에 시시콜콜 간섭하지는 않습니다. 그렇지만 웰스는 몇 가지 예외적 사항을 마련했습니다. 첫째로, 세계국가에서 남자는 얼마든지 성적으로 개방된 삶을 즐길 수 있지만, 여자는 남편에 대한 정조를 지켜야 합니다. 둘째로, 여자가 가정 내에서 제 구실을 못하면, 이는 이혼 사유가 됩니다. 셋째로, 결혼 후 3년이 지나도 아이를 낳지 못하는 부부는 자동적으로 헤어집니다. 웰스가 여성의 정절을 강조한 것은 국가가 "열등한 생명의 불법적인 출산"을 막으려고 의도하기 때문입니다(이상화: 112). 그러나 열등한 생명은 일반적으로 혼외정사를 통해서 태어난다고 말할 수는 없습니다. 왜냐하면 열등한지 아닌지는 부모가 부부인가 아닌가에 의해서 정해지는 게 아니라, 부모와 사회의 후천적인 보살핌 내지 양육을 위한 경제적, 사회적 조건 등에 의해서 결정되기 때문입니다. 웰스가 여성의 정조를 강조한 것은 작가의 내면에 자리한 남존여비의 보수적 지조 때문이지, 결혼 제도를 옹호하기 위해서 내세운 것은 아닙니다. 한마디로 말해서, 세계국가 내에서 성적인 불평등은 웰스의 남성 중심적 관점에서 비롯되었다는 점에서 하자를 드러내고 있습니다.

18. 육아와 가정에 대한 국가의 지원: 출산과 육아는 세계국가에 대한 봉사로 간주됩니다. 국가는 아이들과 그 가정에게 보조금을 지급함으로써 부모들을 지원합니다. 세계국가는 훌륭한 아이를 키운 가정에게 포상금을 지급합니다. 최상의 국가를 위해서는 육체적으로 그리고 정신적으로 훌륭한 자손이 이어지는 일이 무엇보다도 중요합니다. 바로 이 점에 한해서만 국가가 사랑의 삶과 유아 교육에 개입합니다. 이러한 조처를 통해서 정신적으로 그리고 육체적으로 결격 사유를 지닌 아이들이 태어나지 않는다는 것입니다. 웰스는 이렇듯 훌륭한 아이들이 많이 태어나서 잘 교육 받는 것이 국가 번영의 길이라고 믿었습니다. 주지하다시피 히틀러의 제3제국은 정신병자, 술꾼, 마약 중독자 그리고 범법자 등을 사전에 제거함으로써 가급적이면 우량한 아이들이 세상에 태어나도록 조처했습니다. 웰스의 세계국가에서 정신병자, 술꾼, 마약중독자 그리고 범법자들은 미리 선별되어 고립된 섬으로 보내집니다. 고립된 섬에는 수사와 수녀들이 관장하는 수도원 내지 수녀원이 많이 있는데, 심리적으로나 육체적으로 문제를 지닌 인간들은 성별에 따라 수도원과 수녀원에서 살아가야 합니다.

19. 엘리트 관료주의: 세계국가에서는 계급 차이가 용인되지 않습니다. 그렇지만 국가의 헌법은 엄격한 엘리트 관료주의에 근거하고 있습니다. 웰스는 정치적 엘리트 그룹의 모범으로서 일본의 사무라이를 채택하였습니다. 이들은 마치 플라톤의 『국가』에 등장하는 파수꾼 계급과 거의 유사합니다. 웰스는 사무라이가 되려는 젊은이들은 험난한 희생적 삶을 자의로 선택해야 한다고 합니다. 세계국가는 지원자들 가운데 정신적으로, 육체적으로 훌륭한 자들을 선별하여, 그들을 엘리트 계급, 즉 사무라이로 임명합니다. 남자는 나이가 25세가 넘으면 누구나 사무라이에 지원할 수 있습니다(Wells 1967: 278). 그들은 자신이 속해 있는 단체에 무조건 복종해야 하며, 규칙을 준수해야 합니다. 그들은 자신의 감정을 절

제하는 법을 배우고, 도덕적인 태도를 발전시키며, 극기 훈련을 통하여 극도의 난관을 스스로 헤쳐 나가는 연습을 게을리하지 않습니다. 그들에게 중요한 것은 협동성이며, 최대한의 능력을 발휘하는 일입니다.

20. 사무라이, 엘리트 집단: 웰스가 말하는 사무라이는 일본의 사무라이와 명칭만 동일할 뿐입니다. 그들은 특정 전문 영역에서 봉사하는 엘리트를 지칭합니다. 이들은 아널드 토인비(Arnold Toynbee)가 방대한 저서, 『역사의 연구(A Study of History)』(1934-1954)에서 역설한 바 있는 "창조적 소수"를 가리킵니다. 창조적 소수는 자신의 욕망을 자제할 줄 알고, 고결하게 살아야 하며, 사적인 이득에 집착하지 않고, 사회 전체의 이득과 이상을 달성하려는 "봉사하는 고결한 인간군"을 가리킵니다. 모든 대학의 장, 모든 판사, 변호사, 고용주, 의사 그리고 모든 입법 초안자들은 사무라이로 구성되어 있습니다. 여성도 사무라이가 될 수 있습니다. 작가는 어쩌면 "청빈"을 강조하기 위해서 사무라이 집단을 창안했는지 모릅니다(김상욱: 120). 사무라이들은 — 플라톤의 『국가』에서와는 달리 — 태어날 때부터 엘리트 계급으로 선택되는 게 아니라, 후천적으로 선별되어 특수 교육을 받습니다. 어쩌면 웰스는 엘리트 그룹을 강조함으로써 인민의 자격권 내지 민주주의에 대한 거부감을 은근히 노출했는지 모릅니다. 사실 민주주의가 웰스의 유토피아에서 합법적인 방식으로 정착되지 못하는 까닭은 근본적으로 일반 대중에 대한 웰스의 불신이 자리하기 때문인지 모릅니다. 웰스는 계몽주의자, 드니 디드로처럼, 이른바 "우둔한" 대중들의 판단력을 의심했습니다.

21. 교육의 중요성: 웰스의 이상 공동체는 무엇보다도 교육 및 교육제도에 중요한 의미를 부여합니다. 이미 언급했듯이, 젖먹이 아이들은 어머니에 의해 길러집니다. 초등학교에 입학할 때까지 부모의 보살핌은 아이의 정서적, 지적 발전에 지대한 영향을 끼칩니다(Wells 1967: 199). 모

든 아이들은 동일한 초등교육을 받을 권리를 누립니다. 14세가 되면 아이들은 초등학교를 마칩니다. 이들 가운데 약 3퍼센트에 해당하는 학생들은 학교 시스템에서 탈락합니다. 이들은 지적, 정서적 장애를 드러낸 셈이므로 더 이상 교육을 받지 못합니다. 나머지 학생들은 부모의 직업과는 무관하게 무상으로 중등교육, 혹은 고등교육을 받게 됩니다. 18세가 되면 학생들은 졸업 시험을 치릅니다. 이들 가운데 약 10퍼센트의 학생들은 중도 탈락합니다. 나머지 학생들은 대학에서 고등교육을 받습니다. 24세 혹은 25세가 되면, 학생들은 대학 수업을 마치게 됩니다. 학생들은 성적에 따라 자신의 장래가 결정됩니다. 졸업 시험은 그 자체 학생들의 능력, 재능 그리고 잠재적 수행 능력 등에 대한 상대 평가로 치러집니다. 학생들은 사회의 피라미드에서 한 부서를 맡아서 일하게 됩니다.

22. 계층 사회 그리고 법적 질서를 최상으로 여기는 국가: 세계국가에서 살아가는 개별 인간들은 네 가지 계층으로 분할되어 있습니다. 1. 활동가, 2. 창조자, 3. 평민, 4. 우민. 첫째로, 활동가는 공동체 내에서 적극적으로 활동하는 사람으로서 관리자, 경영자, 관료 등을 지칭합니다. 둘째로, 창조자는 지성인들로서, 창조적인 부분을 담당합니다(Mumford: 184). 자신의 고유한 능력에 따라 서로 다른 계층의 피라미드에서 살아갑니다. 그렇기에 중요한 것은 재산이 아니라 개별 인간의 고유한 능력입니다. 이로써 웰스는 세계국가의 사람들이 개별 인간의 지적 차이를 인정하고 받아들이도록 조처하였습니다. 지금까지 유토피아주의자들은 다음과 같이 숙고하였습니다. 만약 주어진 사회 내의 갈등이 사라지면, 범죄 역시 사라지게 되리라고 말입니다. 그렇기에 중요한 것은 법 규정이라든가 법적 질서가 아니라, 사람들 사이에 갈등을 부추기는 빈부 차이라든가 사유재산제도를 철폐하는 일이었습니다. 이러한 견해는 웰스의 유토피아에서는 더 이상 유효하지 않습니다. 웰스는 가령 살인 범죄를 막으려면, 타인을 살상할 수 없게 하는 게 최상의 방책이라고 여깁니

다(Wells 1967: 33). 다시 말해, 엄정중립적인 형법을 공표하는 일이야말로 범죄를 예방할 수 있는 가장 효과 있는 수단이라는 것입니다. 그럼에도 웰스의 『모던 유토피아』에서는 사형제도와 구금형의 제도가 철폐되어 있습니다. 사람들은 한 번 죄를 짓더라도 처형당하거나 감옥에 갇히지는 않습니다. 만일 한 사람이 세 번에 걸쳐 중범죄를 저지를 경우, 국가는 당사자를 어떤 섬으로 보내어 그곳에서 더 이상 밖으로 나오지 못하도록 조처합니다. 어쨌든 세계국가에서 범죄가 완전히 근절되는 경우는 없습니다.

23. 종교와 자연의 기술에 관하여: 세계국가 사람들은 인간이 선한 존재라고 믿습니다. 그들에게 믿음이란 마치 쾌락 내지 노여움과 같은 자연스러운 감정입니다. 사람들은 신의 존재가 너무나 복합적이기 때문에 몇 마디 강령으로 규정할 수 없다고 합니다. 어쨌든 세계국가는 체제로서의 교회를 거부합니다. 그래서인지는 몰라도 신앙과 정치는 세계국가에서 처음부터 철저하게 구분됩니다. 『모던 유토피아』에서 종교란 삶의 방향을 깨닫는 좋은 기준일 뿐입니다. 웰스는 예술가로 활약하던 과학자, 이를테면 레오나르도 다빈치, 미켈란젤로, 뒤러 등과 같은 인물을 이상적 존재로 간주합니다. 기술자에게 미적 감식 능력이 결핍되어 있으면 가시적인 기술만이 강조되는 셈이기 때문에, "기술을 위한 기술"은 그 자체 추하고 보기 싫은 무엇이라고 합니다. 현대인은 탐욕과 불안 속에서 살아가기 때문에 모든 게 성급하고도 볼품없게 만들어졌다고 합니다. 모든 것을 미학적으로 구성할 수 있는 최상의 방책은 웰스에 의하면 자연이라는 기술자의 뜻에 순응하는 것이라고 합니다.

24. 웰스의 세계국가 유토피아: 물론 웰스가 처음부터 완전무결한 이상 사회를 기술하려고 하지는 않았습니다. 그는 갈등이 없고, 긴장이 없으며, 낭비 없는 사회를 서술하고 싶었습니다. 세계국가는 완전한 국가

의 모델과는 다를 수 있습니다. 웰스는 누구든 간에 스스로 자신의 유토피아를 설계할 수 있다고 주장합니다(Erzgräber: 126). 『모던 유토피아』에서 묘사된 국가의 상은 최상은 아니지만, 어쩌면 차선책으로서 수용할 수 있는 사회적 모델일지 모릅니다. 이는 완전한 사회로 향하기 위한 과정으로서의 모델입니다. 웰스의 유토피아는 민족 국가 유토피아와 연방주의 공동체로서의 유토피아와는 다른, 세계국가로서의 모델입니다. 제한된 공간과 다양한 언어에 의해 차단된 장애물의 시대는 이제 종언을 고했다는 것입니다(Saage: 38f). 오로지 지구와 같은 크기의 행성만이 현대적 유토피아의 목표에 부합될 수 있습니다. 웰스의 이러한 생각은 20세기 초의 구체적 정황을 고려한 것입니다. 사실 국가권력은 20세기 초에 이르러 막강한 체제로 출현했습니다. 기존의 국가 체제는 결코 안전을 보장받을 수 없습니다. 왜냐하면 기존 국가들은 동일한 민족 내지 동일한 언어로 뭉친 소규모 시스템이기 때문에 세계 전체의 문제를 관할하고, 수많은 조직체를 통솔하며, 세계인 전체의 안녕을 책임질 수 없기 때문입니다. 이와 관련하여 웰스는 국가가 제대로 기능하려면 세계국가의 체계와 크기를 지녀야 한다고 주장했습니다.

25. 사회주의와 자유방임주의는 서로 절충될 수 있는가: 웰스는 세계국가 유토피아를 설계하는 과정에서 차선책으로 어떤 방안을 제시합니다. 그것은 사회주의와 자유방임주의를 절충하여 만든 사회적 시스템을 가리킵니다. 사회는 가급적이면 만인의 평등을 추구하되, 그 과정에서 시민사회의 시장경제에 근거하는 자유방임을 용인하자는 것이 웰스의 판단이었습니다. 인간은 이러한 시스템을 통해서, 비록 완전하지는 않지만, 최적의 방식으로 자유를 만끽할 수 있다는 것입니다. 자고로 모든 타협 내지는 절충이 그러하듯이, 웰스 역시 어떤 문제점을 노출시킵니다. 자본주의 경제체제와 이를 바탕으로 한 국가 중심의 시스템 역시 절대적 관점에서 고찰할 때 비합리적으로 비칠 수 있습니다. 자본주의는 대

중을 끔찍한 방식으로 부자의 노예로 만들고, 국가 중심의 시스템은 얼마든지 대중을 엘리트의 노예로 굴복시킬 수 있기 때문입니다. 그렇기에 웰스는 다음과 같이 주장합니다. 이성의 방향은 어쩔 수 없이 사회주의와 자유방임주의라는 계곡 사이에 위치한 좁은 오솔길로 향하게 되리라고 말입니다. 미래의 인간은 식량과 자본, 질서와 건강을 도모해야 할 뿐 아니라, 자신의 고유한 자발성을 재발견해야 한다고 웰스는 피력합니다. 바람직한 사회의 경제체제에 관한 웰스의 입장은 테오도르 헤르츠카의 그것과 유사합니다.

26. 세계국가의 문제점: 웰스는 19세기 후반부터 서서히 강성해지는 국가의 시스템에 관해서 깊이 숙고하였습니다. 나아가 자본주의의 경제 질서가 가장 절친한 조력자로서 국가와 결탁할 수 있음을 간파하였습니다. 따라서 미래의 막강한 국가 체제는 수틀릴 경우 얼마든지 사악한 엘리트에 의해서 좌지우지될 수 있으며, 끔찍한 폭력을 저지름으로써 모든 구성원들을 말살할 수 있습니다. 실제로 웰스는 제1차 세계대전 이후에 이러한 우려에서 벗어나지 못했습니다. 이러한 우려는 결국 그로 하여금 『모던 유토피아』를 설계하게 했던 것입니다. 그러나 세계국가가 훌륭한 국가의 모델이라고 단언할 수는 없습니다. 세계국가는 사유재산을 용인하고, 부자들의 재산은 국가의 법 규정에 굴복당하고 있으며, 모든 지하자원 내지 사회간접자본은 모조리 국유화되어 있습니다(Jens 17: 534). 따라서 세계국가는 개개인이 절대적으로 고개 숙여야 하는 새로운 절대적 신의 존재처럼 비칠 수 있습니다. 이로써 국가 중심적 폭력은 의도하든 않든 간에 개개인의 자유를 얼마든지 억압할 수 있습니다.

웰스가 활동가 계층을 사무라이라고 규정한 것 자체가 엄청난 문제점을 안고 있습니다. 사무라이의 정신은 일본의 군국주의 내지 우익 사대부의 관심사를 실천에 옮기려는 의지로 의미 변화를 이루었습니다. 일본의 사무라이들은 실제로 주인의 명령을 할복으로써 실천했고, 일왕에게 절대적으로 복종하며, 나아가 가미가제의 자폭 행동 대원으로 활약하였습니다. 요약하자면, 일본의 사무라이는 "권력의 개"로 행동한다는 점에서 이탈리아의 조폭, 마피아 집단과 다를 바 없습니다. 그렇지만 웰스는 사무라이에 긍정적 엘리트의 의미를 부여했습니다. 사무라이는 권력 집단이 아니라, 자원봉사자의 임무를 수행할 뿐이라는 것입니다. 웰스가 사무라이를 이런 식으로 서술한 배경에는 엘리트 중심의 페이비언 사회주의 내지 기존 사회주의를 포함한 전체주의 국가에 대한 그의 신랄한 비판이 도사리고 있습니다(김남영: 38).

학교장, 대학장, 판사, 변호사, 많은 인원을 거느리는 경영자, 의사 그리고 입법자들은 사무라이들에게 배정되어 있습니다. 『모던 유토피아』에 묘사된 세계국가는 파리 근처에 거대한 (권력이 배제된) 행정청을 마련하고 있는데, 이곳의 컴퓨터에는 약 15억 명에 해당하는 개개인의 고유번호, 지문, 거주지 변경, 나이, 사망 원인, 결혼 여부, 부모, 전과 여부 등이 입력되어 있습니다(Wells 1967: 163). 미셸 푸코도 지적한 바 있지만, 거대한 행정청에서 "감시와 처벌"이라는 국가의 메커니즘이 작동되는 셈입니다. 중요한 것은 세계국가의 시스템이 기술적으로 혹은 경미한 실수에 의해서 잘못 작동될 경우, 엄청난 파국이 도래한다는 점입니다. 물론 이러한 파국을 막기 위해서 처음부터 개발된 것이 자연과학의 이성이라고 상정할 수 있는데, 어차피 칼자루를 쥐고 있는 것은 자연과학자, 즉 몇몇 인간들입니다. 문제는 인간의 실수, 혹은 어떤 사악한 의도가 국가전체의 시스템을 얼마든지 교란시키고 파괴할 수 있다는 사실입니다. 그렇기에 우리는 과학기술의 진보에 대한 웰스의 낙관주의에 대해 근본적인 이의를 제기할 수밖에 없습니다. 몇 년 후에 보그다노프 역시 이러한 세계관에 근거하여 『붉은 별』에서 어떤 놀라운 화성 유토피아를 설계했는데, 이 역시 상기한 문제점을 은근히 드러내고 있습니다.

27. 영향: 웰스의 『모던 유토피아』는 1911년에 독일에서 "시리우스의

저편에서(Jenseits des Sirius)"라는 제목으로 간행되었습니다. 작품은 20세기의 모든 유토피아의 유형을 위한 하나의 획기적인 이정표를 마련해 주었습니다. 웰스의 그 밖의 문학작품들은 특히 20세기의 디스토피아 문학이 출현하는 데 결정적인 계기를 제공했을 뿐 아니라, 사회 내지 국가 공동체에 과학기술이 얼마나 막강한 영향을 끼치는가 하는 점을 암시해 주었습니다. 그렇기에 웰스의 『모던 유토피아』는 과학과 테크놀로지를 합치시킨 유토피아 유형의 대열에 편입될 수 있습니다. E. M. 포스터, 헉슬리, 오웰, 보이어 등의 디스토피아 문학은 웰스의 문학 유토피아 없이는 탄생할 수 없었을 것입니다.

참고 문헌

김남영 (2014): 유토피아의 초상. 웰스의 『모로 박사의 섬에서 디스토피아를 읽다』, 실린 곳: 해석과 판단 비평공동체, 유토피아라는 물음, 산지니, 13-40.

김상욱 (2017): 공정 무역과 유토피아, 허버트 웰스의 『모던 유토피아』, 실린 곳: 이명호 외, 유토피아의 귀환, 폐허의 시대, 희망의 흔적을 찾아서, 경희대학교 출판문화원. 109-122.

이상화 (1996): 20세기 영국 유토피아 소설 연구, 중앙대 출판부.

푸코, 미셸 (2009): 감시와 처벌. 감옥의 역사, 고광식 역, 다락원 2009.

Berneri, Marie Luise (1982): Reise durch Utopia, Berlin.

Erzgräber, Willi (1985): Utopie und Anti-Utopie in der englischen Literatur, München.

Forster, Edward Morgan (1980): The Machine stops, Collected Short Stories, London.

Jens (2001): Jens, Walter (hrsg.), Kindlers neues Literaturlexikon, 22 Bde, München.

Kumar, Krishan (1987): Utopia and Anti-Utopia in Modern Times, Oxford.

McLean, Steven (2009): The Early Fiction of H. G. Wells: Fantasies of Science, ebook.

Mumford, Louis (1922): The Story of Utopias, New York 1922. (한국어판) 루이스 멈퍼드 (2010): 유토피아 이야기, 박홍규 역, 텍스트.

Saage, Richard (2006): Utopische Profile, Bd. 4. Widersprüche und Synthese des 20. Jahrhunderts, 2. korrigierte Aufl. Münster.

Sherborne, Michael (2016): Another Kind of Life, Kindle.

Wells, Herbert George (1904): Zeitmaschine, Minden.

Wells, Herbert George (1967): A Modern Utopia, Lincoln.

9. 웰스의『타임머신』외

(1905)

1. 웰스의 두 편의 사이언스 픽션과 그의 시대 비판: 앞 장에서 우리는 역사적, 비판적 관점에서 허버트 조지 웰스의『모던 유토피아』를 살펴 보았습니다. 그런데 웰스의 문학 유토피아의 전체적 특성을 밝히기에 는 한 편의 작품만으로는 부족합니다. 그래서 부차적으로 웰스의 두 편 의 소설을 더 약술하는 게 온당할 것 같습니다. 그래서 채택한 작품이 『타임머신(The Time Machine)』(1895)과『잠자는 자가 깨어난다면(When the Sleeper Wakes)』(1899)입니다. 첫 번째 작품이 세기말 유럽의 분위기 를 고려한 우울하고 염세적인 분위기를 드러낸다면, 두 번째 작품은 찬 란한 가상적 미래를 묘사한 것으로서 마지막 긍정적 유토피아로 평가할 수 있습니다. 웰스는 찬란한 미래의 사회를 의도적으로 지구로부터 멀리 떨어진 항성으로 이전시켜 놓았습니다. 미리 말씀드리건대, 웰스의 문학 은 20세기 초 디스토피아가 태동하기 직전에 탄생한 종말론적 분위기를 반영한 것입니다.『모던 유토피아』이후에 발표된 웰스의 작품들은 대 체로 인간의 역사적 진보에 대한 어떤 회의적 시각을 드러내고 있습니다 (McConnell: 23). 웰스의 개별 문학작품들은 역사적 진보 혹은 염세주의 를 다양한 각도에서 서술한다는 점에서 그리고 세기말 서양의 복합적인 분위기 내지 정신사적인 관점을 반영하고 있다는 점에서 유토피아와 디

스토피아 사이의 전환점에 위치하고 있습니다.

2. **소련 사회주의에 대한 기대감과 그에 대한 실망:** 20세기 초에 웰스는
소련 사회주의뿐 아니라, 서구 사회에 횡행하는 미래의 낙관주의에 대
해 더 이상 커다란 기대감을 고수하지는 않았습니다. 그렇다고 해서 그
가 소련 사회주의에 대해서 무조건 등을 돌린 것은 아니었습니다. 1917
년의 소련 혁명은 웰스의 마음속에 새로운 변화 가능성의 불꽃을 지피게
해 주었습니다. 그러나 시간이 흐르자 웰스는 사회주의라는 경제적 토대
위에 이상 사회를 건설하는 일이 거의 불가능하다는 것을 감지하고, 이
를 몹시 안타깝게 여겼습니다. 왜냐하면 웰스는 소련의 사회주의의 과업
이 더 이상 원래의 계획대로 수행되기 어렵다고 느꼈기 때문입니다. 그
는 버나드 쇼, 버트런드 러셀 등과 함께 페이비언협회에 가담하여, 신중
하고 점진적인 사회의 변화를 모색하려고 했습니다. 1917년 이후에 소
련의 지식인들은 이러한 페이비언협회에서의 웰스의 태도를 노골적으로
경멸하였습니다. 왜냐하면 당시에는 소련의 혁명이 일시적으로 성공 가
도를 달리고 있다고 판단되었기 때문입니다(Gschwind: 42). 나중에 웰스
는 세계대전에 관한 소식을 접하고, 찬란한 미래에 관한 자신의 낙관적
기대감을 완전히 접고 말았습니다.

3. **『타임머신』에 등장하는 두 계층:** 1895년에 발표된 소설 『타임머신』
은 비관적이고 염세주의적인 미래상을 보여 줍니다. 계급의 절대적 평등
을 쟁취하기 위해 투쟁하는 이야기는 의외로 기괴한 반향을 울려 퍼지게
합니다. 이름 없는 주인공은 타임머신을 타고, 사차원의 시간을 운행하
여 서기 802701년의 공간에 도달합니다. 그곳에서 주인공이 처음 목격
한 생명체들은 마치 귀여운 요정과 같이 생겼습니다. 그들은 일견 아름
답고 온화한 자연과 조화를 이루며 살아가는 것 같습니다. 그렇지만 미
래의 공간은 다만 겉보기에 아름다운 전원일 뿐입니다. 자연 속에는 유

희하는 아이들이 살고 있습니다. 그들은 "엘로이"라고 명명되는데, 약 5세 아이의 지능을 지니고 있습니다. 놀라운 것은 엘로이들이 어둠이 도래하면 모든 놀이를 멈추고 두려움에 사로잡힌 채 넓고 폐쇄된 홀 속으로 몸을 숨긴다는 사실입니다. 홀의 벽에는 화려한 그림이 그려져 있는데, 아마도 고색창연한 과거 문화의 흔적을 보여 줍니다. 그것들은 마이센의 도자기 제품에 그려진 그림들을 연상시킵니다. 그렇지만 흐릿한 벽화가 이들에 의해서 만들어진 것은 아닙니다.

4. 험상궂게 생긴 몰록: 엘로이들은 마치 아름다운 꽃과 같은 아이들로서 지적으로 그리고 심리적으로 모자라는 생명체들입니다. 그들은 누구보다도 "몰록"을 무서워합니다. 몰록은 매우 험상궂게 생긴 생명체인데, 미래의 또 다른 인간 유형입니다. 그의 창백한 얼굴에는 턱이 아예 없습니다. 몰록은 불그스레한 커다란 눈동자를 지니고 있습니다. 그들은 지하의 거대한 공장 건물에 거주하면서 거대한 기계를 가동시키는데, 엘로이와는 달리, 육식을 즐깁니다. 그들은 어둠이 깔리면 지상으로 올라와서 엘로이들을 한 명씩 잡아먹습니다. 미래의 두 인간형은 시간 여행자가 처한 시대적 갈등에 대한 반대급부의 상입니다. 사실 웰스는 자본가와 노동자 사이의 빈부 차이 내지는 계급 갈등 속에서 살아가고 있습니다. 시간 여행자는 처음에 엘로이를 편안하게 살아가는 사회 계층으로 간주하였습니다. 이에 비하면 지하에서 살아가는 몰록들은 가진 것 없이 힘든 삶을 영위하는 무산계급으로 여겨졌습니다. 처음에는 겉보기에 아름답고 우아한 상류층 사람들이 근심 없이 사치스럽게 사는 것 같았지만, 나중에는 엘로이들이 유약하고 지적으로 열등한 인간으로 전락한 자들이라는 사실이 밝혀집니다. 말하자면 행운과 부유함이 그들에게서 삶의 가치를 깊이 숙고할 기회를 앗아 가고 말았던 것입니다. 엘로이들은 인간으로서는 도저히 감당하기 어려운 더럽고 메스꺼운 노동을 영위하지는 않습니다. 다만 지하에서 살아가는 혐오스러운 얼굴의 몰록들

이 거대한 기계를 가동시키고 있습니다. 몰록들은 비지땀을 흘리면서 마치 엘로이들의 의식주에 필요한 물품들을 생산해 내는 것처럼 보입니다.

5. 인간에 대한 역사의 보복: 시간 여행자는 몰록이 거주하는 지하 세계를 탐색한 다음에, 모든 정황을 파악합니다. 이때 그는 놀라운 사실을 발견하고, 맨 처음의 선입견을 대폭 수정합니다. 그것은 엘로이들이 결코 관료주의를 표방하는 엘리트 계층이 아니라는 사실입니다. 그들은 미래 사회에서 그저 풀을 뜯어먹고 살아가는 가축에 불과합니다. 몰록들은 마치 개미와 같이 일하면서 엘로이들을 보호하다가 하나씩 사냥하여 잡아먹습니다. 처음에 시간 여행자는 다음과 같이 생각했습니다. 인간은 처절한 계급투쟁으로 인하여 결국에는 천진난만하고 아름다운 요정, 엘로이, 혹은 피의 사육제를 즐기는 험상궂은 기이한 존재, 몰록으로 전락하고 말았다고 말입니다. 그러나 여기서 과거의 계급투쟁은 전혀 중요하지 않습니다. 엘로이들은 단순한 초식동물이며, 몰록들은 이들을 방목하다가 그냥 음식으로 섭취할 뿐입니다. 문제는 같은 인간 존재로서의 생명체가 마치 동물의 왕국에서 행해지는 사냥과 살인을 자행한다는 사실입니다. 어쩌면 작가는 동식물을 착취하는 인간의 생활 방식을 희화화하려고 의도했는지 모릅니다.

6. 시간 여행자의 방랑: 시간 여행자는 몰록이 무서워서, 타임머신을 타고 더욱 먼 미래로 향합니다. 약 300만 년 이후에 타임머신은 다시 지구에 당도합니다. 인간은 어느새 지구에서 멸종되고 없습니다. 붉은 태양의 불빛이 약화되어 흐릿한 빛만 내뿜고 있는데, 지상에 존재하는 것은 그저 원시적 생명체밖에 없습니다. 시간 여행자는 다시 타임머신을 타고 현세로 돌아옵니다. 주위 사람들은 그의 시간 여행과 신비로운 체험에 반신반의합니다. 시간 여행자는 카메라를 지닌 채 두 번째로 여행을 떠납니다. 그러나 그는 더 이상 이 세상으로 귀환하지 않습니다. 작품을 통해서

작가가 말하려는 것은 명약관화합니다. 인간은 진화를 통해 과학기술 문명을 발전시켰으나, 결국 기이한 생명체를 출현시키게 됩니다. 그 하나는 육체 없는 정신적인 생명체, 엘로이를 가리키고, 다른 하나는 영혼을 상실한 사악한 몰록을 가리킵니다. 전자는 지적 능력이 떨어지는 유약한 존재이며, 후자는 인간애, 동정심이라고는 추호도 없는 악랄한 존재입니다. 어쩌면 작가는 『타임머신』을 통하여 미래의 어떤 파국을 경고하려 했는지 모릅니다.

7. 『타임머신』의 주제: 유럽 사람들은 19세기 중엽부터 말엽에 이르기까지 자본의 축적에 혈안이 되어, 사회에서 필요로 하는 중요한 덕목을 망각해 왔습니다. 여기서 말하는 덕목이란 동지애, 정의로움 그리고 박애주의 등을 가리킵니다. 자본주의 국가에서의 부의 축적과 팽창, 영토의 확장 그리고 국가 이기주의의 사고 등은 유럽의 열강들을 광분하게 만들고 식민지를 쟁탈하려는 욕구를 부추기게 하였다는 것입니다. 이는 결국 세계대전을 낳게 하는 불씨로 작용하였습니다. 웰스는 다음과 같이 말합니다. "수천 세대 이전에 인간은 자신의 편안함을 위해서 그리고 태양 빛을 더 많이 차지하기 위해서 자신의 형제자매들을 추방시켰다. 이제 추방당한 형제들은 완전히 변한 모습으로 인류에게 보복하고 있다" (Wells 1985: 69). 웰스는 「창세기」에 언급되어 있는 아벨을 살해한 카인을 떠올립니다. 여기서 카인과 아벨에 관한 이야기가 역사적 진실이 아니라 당시 부족의 인식 유형에 해당한다는 사실은 그다지 중요하지 않습니다. 중요한 것은 웰스의 견해에 의하면 인류가 인류에게 어떤 끔찍한 보복을 가하거나, 이에 대한 피해를 고스란히 감내해야 한다는 사실입니다. 웰스의 작품이 간행된 시점인 1895년에 영국은 세계에서 결코 해가 지지 않는 국가로 부상하였습니다.

8. 그레이엄 잠에서 깨어나다: 이번에는 웰스의 다른 소설, 『잠자는 자

가 깨어난다면』을 살펴보기로 하겠습니다. 이 작품은 1899년에 발표되었는데, 작가는 과학기술에 바탕을 둔 진보적 낙관주의를 무작정 칭송하지 않습니다. 물론 그가 과학기술에 의해서 더욱 발전된 문명사회의 가능성을 부분적으로 언급하는 것은 사실입니다. 그렇지만 이 작품은 발전된 과학기술의 남용이 사회적으로 얼마나 살벌하고 끔찍한 악영향을 끼치고 있는가를 풍자하고 있습니다. 특히 문제가 되는 것은 막강한 힘을 지닌 국가 체제입니다. 국가는 오로지 자신의 이득을 위해 활동하면서, 더 많은 권력을 장악하려고 합니다. 웰스 소설의 주인공, 그레이엄은 1897년에 깊은 잠에 빠져 들어갑니다. 이러한 문학적 설정은 벨러미의 『뒤를 돌아보면서』(1888)와 모리스의 『유토피아 뉴스』(1890)와 매우 유사합니다. 그의 몸은 경직되어 꼼짝도 하지 않습니다. 그레이엄은 203년 동안 잠을 자다가, 서기 2100년에 잠에서 깨어난 것입니다. 자신이 과거에 신탁회사에 맡겨 둔 투자 금액은 이백여 년 사이에 무려 수천 배로 늘어나 있습니다. 결국에 그는 다시 깨어난 세계에서 자신의 뜻을 실천하며 살아가는 존재가 됩니다.

9. 소설의 줄거리, 정치적, 사회적 전복의 과정: 그레이엄이 다시 접하게 된 새로운 시대는 정치적으로 몹시 혼란스럽습니다. 국가의 최고평의회는 엄청난 재력을 자랑하는 인간이 오랜 잠에서 깨어났다는 소식을 하찮게 여깁니다. 그들은 그레이엄에 관한 뉴스와 그에 관한 모든 정보들에 대해 더 이상 관심을 기울이지 않습니다. 어느 날 오스트록이라는 사내가 그레이엄을 찾아옵니다. 그는 혁명운동가로서 착취당하는 인민의 편에서 투쟁하고 있었습니다. 오스트록은 인민의 미래의 삶을 위해서 자신을 도와 달라고 주인공에게 간곡히 청합니다. 최고평의회는 그레이엄을 위험인물로 간주하고 그를 투옥시킵니다. 마지막에 이르러 그레이엄이 사형 선고를 받게 되는 그날 밤, 혁명당의 사람들은 정부 소속의 편안한 실내 형무소에 난입하여 그레이엄을 구출해 냅니다. 주인공이 이들과

함께 도주하는 동안에 시민전쟁이 발발합니다. 끔찍한 전투로 인하여 목숨을 잃는 사람은 수천 명에 달할 정도였습니다. 마침내 오스트록의 당은 애타게 기대했던 승리를 구가합니다.

10. 그레이엄, 새로운 사회에서 전혀 다른 삶을 살아가다: 19세기에 잠들었다가 현대의 과학기술의 사회에서 깨어난 주인공은 처음에는 첨단 과학기술이 이룩해 낸 성과에 찬탄을 금치 못합니다. 다양한 모습으로 개발된 비행기들, 기계에 의해 작동되는 전차들, 텔레비전 수상기, 라디오들 앞에서 주인공은 어안이 벙벙해집니다. 이를테면 새로운 재봉틀 기계는 치수에 맞는 옷 한 벌을 불과 몇 분 내에 생산해 낼 정도입니다. 재미있는 것은 그레이엄이 19세기에 런던의 행정을 담당하는 고위 공무원으로 일했다는 사실입니다. 이전 시대에 그는 끔찍한 살육과 폭력의 화신인 아프리카 군대를 영국 본토에 진군하게 한 적이 있었습니다. 이는 런던 시가지에서 데모하는 노동자들을 진압하기 위함이었습니다. 그런데 다시 깨어난 세상에서 그는 사회적 약자의 편에 서 있습니다. 그레이엄은 힘들게 살아가는 사람들을 위해서 투쟁하는 형국에 처하게 됩니다. 오스트록은 주인공에게 이 모든 정황을 알려 주면서, 주위 사람들에게 그를 "세계의 주인"으로 치켜세웁니다(Gnüg: 166). 그레이엄은 아름다운 여자, 헬렌과 조우합니다. 그미는 주인공에게 어떤 암시를 던집니다. 즉, 오스트록이 비밀리에 자신의 권력을 확장하기 위해서 힘없고 착취당하는 인민들을 교활하게 이용한다는 게 바로 그 암시였습니다. 그레이엄은 지금까지 힘없고 억압당하는 인민들을 위해 일하는 것을 한 번도 생각한 적이 없었습니다. 그렇지만 인민의 비참한 삶의 상태는 반드시 개선되어야 한다고 믿습니다.

11. 현대 기술 사회의 암울한 이면: 그레이엄은 현대의 첨단 과학기술 사회의 어두운 면을 접합니다. 고통스럽게 일하는 노동자들은 제대로 먹지

못해 피골이 상접해 있습니다. 그들은 푸른색 유니폼을 입고 일하는데, 오렌지색 유니폼을 입고 있는 사람들에 의해서 감시당하고 있습니다. 노동자들은 산업혁명 이후에는 기계의 부품 내지 기계의 일부로 전락하고 말았습니다. 공장은 햇빛이 들지 않는 곳에 위치하며, 노동의 현실은 열악합니다. 노동자들은 생활하기 어려울 정도의 적은 액수의 임금을 받습니다. 현대사회에서 통용되는 유일한 가치 기준은 바로 화폐입니다. 돈은 과거에 존재했던 모든 가치들을 온통 무의미하게 만들어 놓았습니다. 특권층 사람들이 거주하고 있는 찬란한 건물은 미적 이상을 추구하는 그레이엄의 눈에는 천박한 풍요로움을 과시하는 것처럼 비칩니다. 이에 비해서 대도시의 공공연한 건물은 눈부실 정도로 휘황찬란합니다. 식당 건물, 무도회장, 카지노 시설 그리고 찬란한 빛을 발하고 있는 홍등가 등은 국가에 의해서 조직화되어 있습니다.

12. 여성해방, 유아 시설: 그레이엄은 우연히 유리로 덮여 있는 탁아소를 바라보게 되는데, 모골이 송연해집니다. 아이들은 그곳에 모여 놀고 있는데, 탁아소의 모습은 마치 과거 빅토리아 시대의 추악하고 암울한 감옥의 판박이입니다. 그곳에는 세밀하게 작동되는 자동 기구들이 설치되어 있습니다. 그것들은 적정 온도라든가 적당한 습기를 규정하고 있는데, 주위 여건이 규정에 조금이라도 어긋나게 되면, 경고음이 울려 퍼집니다. 여성들은 경제적으로 그리고 성적으로 남자로부터 독립해 있습니다. 그래서 그들은 각자 자신의 돈을 벌면서 살아갑니다. 그렇지만 가족의 의미는 거의 사라진 것 같아 보입니다. 여성들은 아이를 탁아소에 맡기고 일합니다. 어느 의사는 주인공에게 유모 인형을 보여 주며, 인형이 팔과 다리를 움직여서 젖을 물리는 방법을 가르쳐 줍니다. 말하자면 수유 인형이 개발된 것입니다. 이로써 어머니와 자식의 애틋한 애호의 감정은 깡그리 사라지고, 아무런 표정 없는 기계가 영아들의 보육을 담당합니다. 그레이엄을 안내하는 사람은 다음과 같이 말합니다. "중산층 여

성들은 아이 한 명을 데리고 사는 것을 멋지다고 생각해요. 노동자의 경우는 이와 다르지요. 그들은 자식들이 많은 것을 이웃들에게 자랑하고, 자주 탁아소를 방문한답니다"(Gnüg: 168).

13. 불필요한 노인들. 인간은 달면 삼키고 쓰면 내뱉는 껌 같은 존재인가: 새로운 세계의 산업 도시에는 수많은 젊은이들이 눈에 띕니다. 나이 든 사람들 대부분은 이전처럼 편안하게 생활하지 못하고 있습니다. 물론 그들이 많은 재산을 소지한 경우에는 사정이 다릅니다. 이곳의 사람들은 스스로 죽기를 원하는 노인들을 위해서 안락사 시설을 갖추고 있습니다. 그렇기 때문에 노인들이 더 이상 살고 싶지 않을 경우에는 얼마든지 안락사 시설을 찾아서 자신의 뜻대로 죽음을 선택할 수 있습니다. 새로운 세계는 참으로 기괴하기 이를 데 없습니다. 옛날에는 부모가 일을 마치고 집으로 돌아오면 쉴 곳조차 마련되지 않았는데, 지금의 부모들은 첨단 기계를 도입하여 아이들을 완벽하게 돌보고 있습니다. 인간은 사회의 기능인으로 살고, 안락사 시설에서 스스로 목숨을 끊습니다. 식량이 부족했던 선조들은 싫든 좋든 간에 마치 고려장과 같은 관습을 통하여 노인들을 아사시켰는데, 발전된 새로운 사회는 과학 기구들을 활용하여 사회적으로 불필요한 인간군에 해당하는 노인들을 인위적으로 죽입니다. 사람들은 힘들지 않게 재화를 창출하여 풍요로움을 이룩했지만, 이러한 풍요로움의 배후에는 잔인하고 부도덕한 일면이 자리하고 있습니다. 이 사실을 접하는 순간 그레이엄의 얼굴은 냉소로 일그러집니다.

14. 소설의 마지막과 주인공의 죽음: 물론 웰스가 설계한 미래 사회에서는 — 헉슬리가 『멋진 신세계』의 여러 끔찍한 장면을 통해서 묘사한 바 있듯이 — 태아가 복제를 통해서 탄생하고 생체 실험실에서 자동적으로 배양되는 경우는 없습니다. 그렇지만 새로운 사회에서 살아가는 인간은 자신의 영혼을 상실해 있습니다. 미래 사회의 인간들의 마음속에는 괴로

움도, 동정심 내지는 사랑의 감정도 추호도 남아 있지 있습니다. 웰스의 이야기는 마지막에 이르러 참혹한 결과를 보여 줍니다. 그레이엄은 오스트록에 대항하여 격렬하게 투쟁합니다. 제 아무리 초인적인 능력을 발휘하는 아프리카 용병들이라고 하더라도 주인공은 아랑곳하지 않습니다. 그레이엄은 수없이 달려드는 흑인 용병들을 향하여 기관총을 발사하다가 싱크홀에 빠져 깊은 심연으로 추락하고 맙니다.

15. 기술의 발전과 문명사회 내의 비인간화 경향: 그렇다면 웰스는 과학기술에 관해서 어떠한 입장을 품고 있을까요? 웰스는 과학기술의 발전에 대해 회의적인 시각도 견지하지 않았지만, 그렇다고 해서 무조건적으로 낙관하지도 않았습니다. 이를 고려할 때, 작가는 기술과 산업의 철폐를 명시적으로 강하게 주장하지는 않았습니다(Wells 1980: 36). 다만 과학기술이 잘못 적용될 경우 나타나는 엄청난 폐해와 이로 인한 인류의 절멸을 미리 알려 주려고 했을 뿐입니다. 예컨대 카베와 벨러미는 19세기 후반부에 과학기술의 발전을 진보와 평행선상에 설정하여 찬란한 미래의 시스템을 설계한 바 있습니다. 웰스는 이들과는 달리 과학기술이 얼마든지 인간을 착취하고 비인간적인 삶을 영위하도록 작동될 수 있으며, 비인간화를 초래할 수 있음을 우회적으로 표현했을 따름입니다. 웰스의 작품은 1973년에 우디 앨런에 의해서 영화 〈잠자는 자(Sleeper)〉라는 제목으로 발표되었습니다(Parish: 298). 앨런의 영화는 끔찍한 파국에 대한 진지함과 냉소주의를 담았다는 점에서 현대인으로 하여금 미래 사회를 유추하도록 자극하고 있습니다.

16. 몇 가지 쟁점, 법의 기능 변화 그리고 자유: 뒤이어 웰스의 문학적 주제와 관련하여 몇 가지 쟁점을 지적하려고 합니다. 종래의 유토피아 사상가들은 법 규정을 인간의 본질적 자유를 수호할 수 있는 수단으로 이해하였습니다. 그렇지만 웰스는 이러한 견해를 단호하게 거부합니다.

법은 19세기 말에 이르러 인간의 자유를 구속하고 탄압하는 도구로 전락했다는 것입니다. 물론 국가는 맨 처음에 법 규정을 통하여 개개인의 자유를 어느 정도 규제하는 틀을 정립해야 했습니다. 그 이유는 국가가 내외적으로 끔찍한 사건이 발생했을 때를 대비하여, 인민 전체를 보호하고 사회 전체의 피해를 사전에 차단하려 했기 때문입니다. 이를테면 살인 사건이 발생할 경우, 국가는 "보복의 법(ius talionis)"으로써 이를 완강하고 근엄하게 처벌하였습니다. 이로써 위정자들은 법을 통해서 범죄를 차단하고 예방할 수 있다고 믿어 왔습니다. 과거 유토피아주의자들이 법의 근엄함을 강조한 까닭은 그것이 무엇보다도 "범죄에 대한 예방(praeventionis ab delicto)" 효과를 지녔기 때문입니다. 자고로 법이란 법적 적용의 강도에 따라 선한 의도에서 벗어나, 얼마든지 사악한 의도로 활용될 수 있습니다. 그래서 키케로는 자신의 『의무론(De officiis)』(BC. 44)에서 "최상의 법은 최상의 불법이다(Summum ius summa iniuria)"라고 설파한 바 있습니다. 따라서 다음의 사항은 매우 중요합니다. 즉, 법실증주의의 사고는 시종일관 인민이 아니라 위정자의 관점에서 진척되었다는 사항 말입니다. 현대에 이르러 법 자체가 힘없는 인민에게 가하는 범행의 도구로 활용되기 시작했습니다. 국가의 법 규정이 리바이어던의 정책 수행을 위한 수단으로 변질되었음을 예리하게 투시한 작가가 바로 웰스였습니다.

17. (부설) 법에 대한 맹신은 과연 올바른가: 법은 20세기에 이르러 개개인의 자율성을 침해하는 수단으로 활용되게 되었습니다(Wells 1980: 27). 이는 가령 프란츠 카프카(Franz Kafka)의 단편소설 「유형지에서(In der Strafkolonie)」(1914)에서 상징적으로 묘사되고 있습니다. 여기서 우리는 디스토피아와 관련하여 국가법의 문제를 집요하게 추적한 카프카의 문학작품을 언급하지 않을 수 없습니다. 아이러니하게도 블로흐의 『희망의 원리』에서는 카프카의 문학적 주제가 한 번도 거론되지 않았습니다

(마이어: 93). 작품의 내용은 단순하지만 작품의 해석은 매우 다양하다는 점에서 카프카 문학의 특성을 잘 드러내고 있습니다. 줄거리는 간략하게 정리될 수 있습니다. 어느 날 연구자 한 명이 신임 사령관의 부탁을 받고 섬에 있는 유형지를 찾습니다. 그곳에는 기묘한 처형 기계가 비치되어 있습니다. 그것은 24시간 동안 죄인의 죄명을 바늘로 찌른 다음에 처형하는 기계였습니다. 처형 기계의 기능과 필요성을 전적으로 신뢰하는 장교는 제3자의 검증을 받는다는 사실을 내심 치욕스럽게 받아들입니다. 장교는 연구자가 지켜보는 가운데 죽음을 각오합니다. 그리하여 그는 스스로 기계 위에 자신의 몸을 눕힙니다. 기계는 그의 몸에 "공정하라(Sei gerecht)"라는 문장을 바늘로 새겨 넣습니다. 연구자는 소스라치게 놀라면서, 황급히 섬을 떠납니다. 여기서 독자를 경악에 사로잡히게 만드는 것은 장교의 죽음이 아니라, 기계의 정당성을 철석같이 믿고 있는 장교의 집요한 몽니, 바로 그것입니다.

18. (부설) 「유형지에서」의 주제: 카프카의 작품의 주제는 다음과 같이 다양한 관점에서 설명할 수 있습니다. 1. 신학적 해석: 신에 대한 강한 믿음은 신앙심이라는 편집적(偏執的) 성향에서 비롯된 것일까요? 카프카는 여기서 특정 인간의 광신과 이와 관련되는 미신에 대한 집착에 대해 문제를 제기하고 있습니다. 2. 실존주의적 해석: 인간의 운명은 고문 기계를 상징하는가? 카프카는 인간 삶의 불행을 한마디로 도저히 거역할 수 없는 숙명으로 받아들이는 인간의 체념에 대해 이의를 제기하고 있습니다. 3. 인종학적 해석: 유럽인들의 오만은 어떠한 과정을 거쳐 폭력과 야만을 부추기는가? 카프카는 비-아리아인종을 인간 이하로 규정하는 반유대주의를 고발하고 있습니다. 4. 사회학적 해석: 개개인에게 고통을 가하는 국가와 그 하수인이 저지르는 눈먼 횡포는 얼마나 끔찍한가? 카프카는 스탈린주의와 파시즘의 폭력을 거의 예언하다시피 비판하고 있습니다. 5. 마르크스주의의 해석: 자본가는 어째서 무산계급의 고혈을

빨아먹는 데 혈안이 되어 있으며, 이에 대해 수치심과 죄의식을 느끼지 않는가?(Alt: 486). 카프카는 여기서 부르주아의 파렴치함과 뻔뻔스러움을 신랄하게 까발리고 있습니다. 그 밖에도 다양한 해석을 언급할 수 있습니다만, 작품에 등장하는 고문 기계는 그 자체 엑스터시와 죽음의 충동을 합쳐 놓은 객관적 상관물에 다를 바 없습니다.

19. 법을 악용하는 국가, "법은 지배자의 얼굴에 박혀 있다": 거대 국가를 다스리는 자는 법의 이름으로 체제 파괴적인 사람들을 고문 형틀에 묶어 고통당하게 조처했습니다. 그 밖에도 부자들은 현대에 이르러 실정법을 통하여 가난한 자들의 노동력을 착취할 수 있게 되었습니다. 이 와중에 사회적 질서의 기준이 되는 법 자체가 범죄를 부추기는 원인으로 변질된 것입니다. 여기서 문제가 되는 것은 실정법 자체가 처음부터 가진 자와 권력자의 이권을 보장해 주기 위해서 만들어진 것이라는 사실입니다. 가장 오래된 로마법은 울피아누스(Ulpianus)가 말한 바 있듯이 인민의 자유와 평등을 언급하고 있지만, 실제로는 채무자에 대한 채권자의 권리를 지키기 위한 수단으로 정해진 것입니다(블로흐: 208). 지금까지 법은 『신정 논문(Tractatus politicus)』(1677)에 서술된 스피노자의 견해에 의하면 그 자체 권력과 동일합니다. 그렇기에 법 규정들은 동서고금을 막론하고 "행하는 능력(facultas agendi)"(촛불집회)보다도 "행하는 규범(norma agendi)"(공권력)에 더욱더 커다란 힘을 실어 주곤 하였습니다(블로흐: 525). 법의 관점은 위정자의 그것과 동일하고, 법의 의향은 지배자의 얼굴에 단단히 박혀 있습니다. 웰스는 법적 정당성이 훼손되는 이유를 법 내부에 도사리고 있는 구심력의 특성에서 발견하려고 했습니다. 마치 욕조에 담긴 물이 안으로 소용돌이치면서 흘러가듯이, 법 역시도 기득권을 누리는 권력자에게로 향하는 내향성을 지니고 있습니다. 여기서 우리는 실정법의 체제 옹호적 보수주의의 특성을 분명하게 발견할 수 있습니다.

20. 진정한 의미에서의 자유: 실정법과 관련하여 웰스는 자유의 문제를 숙고합니다. 그런데 자유에 대한 웰스의 구상은 협소한 개념으로 드러납니다. 그는 보편적 틀에 의해서 자유를 제한하는 모든 처사에 대해 이의를 제기합니다. 이를테면 과거의 이상적 공동체는 공동의 믿음, 공동의 관습 그리고 공동의 신앙을 고수하였습니다. 과거 사람들은 이러한 원칙 하에서 동일한 의복을 걸치고, 같이 식사하며, 거의 유사한 주택에 거주하며 살았습니다. 그렇지만 이러한 공동의 원칙은 현대에 이르러 전체주의의 폭력으로 변질되었습니다. 사회는 일견 과거의 계층 구도에서 탈피한 것 같지만, 실제에 있어서는 보이지 않는 방식으로 인간의 계층적 차이가 더욱 심화되었습니다. 부를 획득하고, 창의적 노동을 통해서 이득을 올리는 자들은 대체로 상류층 사람들에게 국한되었습니다. 창의적 노동은 국가에게 유리한 직업을 선택한 자들의 몫이 되었습니다. 시민사회의 이념과 마르크스의 사상을 도외시하더라도, 현대사회가 좋든 싫든 엘리트 계층을 양산시켜 온 것입니다. 적어도 사회 내에 특권층이 존재하는 한 사람들은 대부분의 경우 자신의 고유한 자유를 그들에게 빼앗기기 마련입니다. 그렇지만 웰스는 진정한 의미에서의 자유를 끝까지 추적해 나가지는 않았습니다. 왜냐하면 그의 관심사는 어떻게 해서든 사회를 안정시키고 사회적 질서를 유지하는 데에 가장 중요한 가치를 부여했기 때문입니다.

21. 웰스 문학의 취약점 (1), 마르크스주의 및 페이비언 사회주의 비판: 여기서 우리는 웰스 문학의 결정적인 취약점을 도출해 낼 수 있습니다. 그것은 다름 아니라 엘리트 중심주의의 사고 내지는 일반 대중에 대한 멸시 내지는 경멸감으로 요약할 수 있습니다. 이 점에 있어서 웰스는 — 앞장에서 살펴본 바 있듯이 — 아널드 토인비의 『역사의 연구』에서 언급되고 있는 "창조적 소수"에 커다란 가치를 부여하면서, 오래 전부터 일반 대중을 도저히 신뢰할 수 없는 하나의 사회적 그룹으로 이해하고 있습니다. 다시 말해, 일반 대중은 대체로 무지하고 열등하기 때문에, 미래

를 예측하고 더 나은 미래를 위해서 노력할 수 있는 인간형이 아니라는 것입니다. 이러한 시각은 드니 디드로에게서 나타난 엘리트 중심주의에 해당하는 사고로서, 웰스에게서 재차 발견되고 있습니다. 실제로 웰스는 문학작품과 에세이를 통해서 계층 차이 내지 이로 인한 사회적, 정치적 문제점을 백일하에 밝히고, 무산계급이 서로 협동할 수 있는 참신한 생활 방식을 구체적으로 제시하지 못했습니다. 이는 일반 대중이 무능하다는 웰스의 평소의 입장에서 비롯된 결과입니다. 아나나 다를까, 웰스는 마르크스주의와 페이비언 사회주의의 노력이 실패로 돌아갔다고 생각하며, 이를 노골적으로 비판하였습니다. 이러한 태도의 배경에는 이른바 "무식한" 프롤레타리아의 끔찍한 폭력에 대한 작가의 혐오감이 자리하고 있습니다. 웰스는 소련 사회로부터 등을 돌리고, 더 이상 마르크스주의의 실천적 방향성에 관해서 숙고하지 않았습니다(Wells 1935: 558).

22. 웰스 문학의 취약점 (2), 엘리트에 대한 기대감: 웰스의 문학적 상상력 속에는 자유와 평등을 동시에 실천할 수 있는 급진적 민주주의 개념으로서의 "평등자유(l'egaliberté)"(에티엔 발리바르)에 대한 관심은 처음부터 존재하지 않습니다(Balibar: 36). 여기서 말하는 "평등자유"의 가치는 자명합니다. 사회의 계급 차이가 온존하고, 주어진 법체계가 이를 바탕으로 존속되고 있는 한, 진정한 의미의 평등자유는 주어진 현실에서 실현될 수 없는 무엇입니다. 그런데도 웰스는 엘리트 그룹의 지적 능력 내지 행정 능력을 과도하게 신뢰할 뿐입니다. 이로써 웰스는 계층 차이로 인한 수직 구도의 사회적 문제점을 근본적으로 회피하고 있습니다(Carey: 172). 바로 이 점이야말로 웰스로 하여금 마르크스주의로부터 등을 돌리게 만든 결정적 논거가 아닐 수 없습니다. 『모던 유토피아』에서 드러난 바 있듯이, 웰스는 수미일관 엘리트이지만 사회에 충직하게 봉사하는 사무라이 그룹에 대한 기대감을 감추지 않았습니다. 선한 엘리트를 갈구하는 마음, 그것은 실제 현실에서 도저히 출현할 수 없는 망상일

수 있는데, 웰스는 너무나 오랫동안 이에 대한 기대감에 맹종했습니다. 한마디로, 그는 국가주의 유토피아를 극복할 수 있는 가난한 사람들의 자치적인 지역 공동체 운동에 처음부터 관심이 없었습니다.

23. 웰스 문학의 취약점 (3), 온건한 가부장주의: 웰스 문학의 문제점은 사랑과 성에 관한 인식에서도 발견됩니다. 앞 장에서 언급한 바 있듯이, 웰스의 문학은 총론에 있어서는 그리고 명시적으로는 남녀평등을 지향합니다. 그렇지만 여기에는 어떤 함정이 묘하게 도사리고 있습니다. 비근한 예로 웰스는 부부의 갈등에 관해서 다음과 같이 논평합니다. 즉, 남편이 정조를 지키지 못하는 것은 오로지 아내에게만 미안한 일이지만, 아내가 정조를 지키지 못하는 것은 남편 외에도 자식과 가족들 모두에 대한 도의적인 잘못이라고 합니다. 게다가 결혼 후 삼사 년 내에 자식이 태어나지 않으면 결혼이 무효가 되는 경우는 웰스의 소설에서 자주 언급됩니다. 이러한 두 가지 가부장주의의 흔적은 진정한 남녀평등을 위해서 시정되어야 합니다(Ross: 180). 물론 사랑과 성에 대한 웰스의 입장은 "온건한 가부장주의"로 명명할 수 있습니다. 왜냐하면 웰스의 경우 사랑의 삶에서 무한대의 자유를 누리는 자는 오로지 가부장이기 때문입니다. 여기서 우리는 다음의 사실을 간파할 수 있습니다. 즉, 웰스는 플라톤의 『국가』에서 언급된 바 있는 남녀의 구분과 성차별을 무의식적으로 반영하고 있다는 사실 말입니다. 자고로 진정한 남녀평등은 남자와 여자가 성적으로 그리고 경제적으로 동등한 권한을 가지고 있음을 인정함으로써 실천될 수 있는데, 웰스는 남자와 여자 사이의 이질적이고 차별적인 기능을 부각시킴으로써 성의 차이 내지 이로 인한 차별을 극복해 내지 못하고 있습니다. 남녀평등을 이룩하기 위한 가장 중요한 문제는 성 차이와 여기서 파생되는 성차별을 철폐시키는 사회적, 심리적 노력인데(이리가레: 71), 웰스는 이 점을 처음부터 간과하고 있습니다.

24. 국가, 법, 과학기술 비판 그리고 디스토피아의 사상적 배아: 웰스가 쓴 일련의 작품들은 유토피아의 역사에서 새로운 두 가지 특징을 분명하게 보여 줍니다. 첫째로, 20세기 초에 이르러 세계의 관점은 전-지구적인 현실을 바탕으로 확장되었습니다. 고대 사람들이 그리스 혹은 이탈리아 지역을 세계 전체로 이해했다면, 현대인들은 지구 전체를 염두에 두게 되었으며, 우주 개발의 가능성을 구체적으로 사고하게 되었습니다 (이상화: 162). 말하자면, 인간의 현실적 조건과 이로 인한 세계관의 토대가 전폭적으로 변화된 것입니다. 둘째로, 국가, 법 그리고 학문이 20세기에 이르러 과도한 권능을 지니게 되었습니다. 르네상스 시대에 중시되던 이상적인 국가, 바람직한 법 그리고 사회에 기여하는 학문 등은 마치 "우연히 나타난 갈등의 해결책"이라도 되는 것처럼 현대에 이르러 더욱 막강한 힘을 지닌 채 개개인의 자유를 옥죄는 데 일조하였습니다. 국가, 법 그리고 과학기술은 개개인의 삶을 풍요롭고 찬란하게 만들기는커녕, 오히려 이를 구속하고 억압하게 된 것입니다. 웰스의 문학은 바로 이러한 가치 전도된 국가, 법 그리고 학문의 기능을 정확하게 꿰뚫고 있습니다(Edel: 46). 학문, 법 그리고 국가는 20세기 초의 시점에 이르러 개개인의 자유를 구속하고 억압하는 어떤 끔찍한 기관 내지 단체로 변질되었습니다. 여기서 우리는 차제에 출현할 디스토피아의 사상적 배아를 발견할 수 있습니다.

25. (요약) 웰스의 유토피아의 특징: 웰스의 유토피아는 변화무쌍한 시대적 변화를 전제로 한다는 점에서 하나의 틀로 요약하기에는 상당히 무리가 따릅니다. 그럼에도 웰스의 유토피아는 20세기 초 제1차 세계대전을 전후한 시대의 현실에 대한 반대급부의 여덟 가지 상으로 정리될 수 있습니다. (1) 19세기 말과 20세기 초의 현실에서 나타난 국가와 국가 사이의 세계대전은 이기주의의 욕구에서 출발하는 것이므로 이는 극복되어야 합니다. 웰스는 이에 대한 대안으로 민족주의와 제국주의를 극

복하려고 노력하는 세계국가에 기대감을 품습니다. (2) 작가는 무엇보다도 인류 전체의 안녕을 도모하기 위한 경제적 해결책을 모색합니다. 웰스가 경제적 측면에서 묘파하는 유토피아 사회상은 자본주의와 사회주의와는 다른 제3의 길을 추구합니다. 이 점에 있어서 웰스의 문학적 구상은 ― 앞에서 다룬 바 있는 ― 헤르츠카의 유토피아와 유사합니다. (3) 웰스의 유토피아는 대체로 국가주의 모델에 바탕을 두고 있습니다. 국가는 개개인의 경제적 삶과 과학기술의 발전을 통제하고 있습니다. 이로써 소규모의 자생적 공동체의 유토피아는 웰스에게서는 발견되지 않습니다. (4) 웰스가 다루는 정치 시스템은 옳든 그르든 간에 대체로 엘리트 그룹에 의해서 작동되고 있습니다. 여기서 사회 계층의 차이로 인한 갈등과 해결 방안은 극복되지 않고 있습니다. (5) 웰스의 유토피아는 교육의 중요성을 강조하고, 만국에서 통용되는 세계 언어 사용의 필연성을 내세웁니다. 여기서 언급되는 것은 에스페란토어인데, 이 언어는 유감스럽게도 오늘날에 이르러 세계 언어로서의 기능을 수행하지 못하고 있습니다. (6) 결혼의 삶, 자녀 교육 등은 부분적으로 국가의 통제를 받습니다. 여기서 중요한 것은 사적인 사랑의 삶에 관해서는 국가가 완강하게 중재하거나 간섭하지 않는다는 사실입니다. (7) 웰스의 유토피아는 일부 인간에 대한 우생학적 조처를 포기하지 않습니다. 가령 국가는 신체장애인 내지 심리적 장애인이 출생하지 않도록 사전에 조처하고 있습니다(Heyer: 697). 인간의 존엄성이 우생학적으로 탁월한 인종에게 주어져 있다는 사고 자체가 유럽 중심주의의 틀에서 벗어나지 않는 것 같습니다. (8) 웰스는 더 나은 사회를 정착시키기 위해서 엘리트 중심의 정책 구상을 강조합니다. 이로 인하여 그의 문학은 무산계급 공동체의 독자적 삶의 방식과 그들의 직접민주주의의 실천 가능성을 사전에 차단하고 있습니다. 웰스는 일반 대중의 무지는 어떠한 경우에도 극복될 수 없다고 생각했습니다. 그러한 한에서 그의 사고는 엘리트 중심주의에서 한 치도 벗어나지 못하고 있습니다.

참고 문헌

마이어, 한스 (2012): 자신과의 만남, 실린 곳: 박설호 편역, 마르크스, 뮌처, 혹은 악마의 궁둥이. 에른스트 블로흐 읽기 II, 울력, 69-94.

블로흐, 에른스트 (2011): 자연법과 인간의 존엄성, 열린책들.

이리가레, 뤼스 (2003): 성적 차이의 윤리, 실린 곳: 에티엔 발리바르 외, 인권의 정치와 성적 차이, 윤소영 역, 공감 이론 신서 19, 61-76.

이상화 (1997): 20세기 영국 유토피아 소설 연구, 중앙대 출판부.

Alt, Peter-André (2005): Franz Kafka. Der ewige Sohn. Eine Biographie, Beck: München.

Balibar, Étienne (2012): La Proposition de l'egaliberté, essais politiques 1989-2009, (독어판) Gleichfreiheit. Politische Essays, Suhrkamp: Berlin.

Carey, John (1996): Haß auf die Massen. Intellektuelle, 1880-1939. Göttingen, 146-185.

Edel (1958): Edel, Leon(eds.), Henry James & H. G. Wells, University of Illinois.

Gnüg, Hiltrud (1998): Utopie und utopischer Roman, Stuttgart.

Gschwind, Frank Henry (1920/21): H. G. Wells und der Sozialismus. In: Schweizerische Halbmonatsschrift Wissen und Leben, Zürich, Bd. 24, 39-44.

Heyer, Andreas (2009): Sozialutopien der Neuzeit. Bibliographisches Handbuch, Bd. 2, Bibliographie der Quellen des utopischen Denkens von der Antike bis zur Gegenwart, Münster.

McConnell, Frank (1981): The Science Fiction of H. G. Wells, Oxford UP.

Parish, James Robert u.a. (1977): Die großen Science-Fiction-Bilder: Band 1, Scarecrow Press.

Ross, Harry(1938): Utopias Old and New, Nicholson & Watson: London.

Wells, Herbert George (1935): Experiment in Autobiography, New York.

Wells, Herbert George (1985): Die Zeitmaschine, Eine Erfindung, Zürich.

Wells, Herbert George (1980): Wenn der Schläfer erwacht, München/Zürich.

10. 보그다노프의 화성 유토피아

(1907/1912)

1. 20세기 초의 러시아의 사회적 변혁: 알렉산드르 A. 보그다노프
(Alexander A. Bogdanov, 1873-1928)의 두 편의 유토피아 소설,『붉은 별』
(1907)과『기술자 메니』(1912)는 미리 말씀드리건대 화성에서 살아가는
미래의 삶을 묘사하고 있으며, 프롤레타리아 문화의 근본 문제를 추적
하고 있습니다. 20세기 초의 러시아는 경제적으로 19세기 전반부의 유
럽의 초기 자본주의의 현실에서 벗어나지 못하고 있었으나, 놀라운 속도
로 사회적 변혁을 추진하고 있었습니다. 니콜라이 2세는 낙후한 경제 상
황을 만회하기 위해서 현대화 정책을 적극적으로 시행하였습니다. 그는
지금까지 등한시한 산업 정책을 강도 높게 추진하였던 것입니다. 이로써
러시아는 순식간에 연간 8퍼센트의 경제성장률을 이룩합니다. 그렇지만
사회적 측면에서의 발전은 국가 성장과 병행하지 못했습니다. 거대한 땅
에서 산발적으로 흩어져 살던 농부들은 여전히 문명화의 혜택을 누리지
못한 채 봉건적 생활 방식에서 벗어나지 못하고 있었습니다. 도시와 농
촌 간의 소득 격차는 상당히 벌어져 있었습니다. 그래서 젊은 지식인들
은 어떻게 해서든 러시아 내에 비동시적으로 존재하는 사회적 이질성을
극복하기 위해서 숙고해 나갔습니다.

2. 금기로 이해되던 찬란한 미래의 상: 미래의 상을 설계하는 작업은 마르크스-레닌주의에 의하면 하나의 금기라고 합니다. 그런데도 보그다노프는 이를 어기고 자신의 고유한 화성 유토피아를 구상하였습니다. 1917년 소련 혁명이 성공을 거두었을 때, 레닌은 미래의 사회주의 사회를 유토피아의 상으로 설계하지 말라고 공언했습니다. 미래를 뜬금없이 허무맹랑하게 묘사하는 것은 그 자체 불필요하다는 것입니다. 대신에 지금까지의 역사를 정밀하게 분석하고, 과거 시민사회의 나쁜 잔재들을 가급적이면 철저히 파기해야 한다고 레닌은 역설하였습니다. 사회주의 국가가 추구해 나가야 할 과업은 현재의 현실에 대한 냉엄하고 정밀한 분석을 통해서 주어진 악습을 제거하는 일이라고 했습니다. 그렇게 해야만 국가가 소멸 단계를 맞이할 수 있다는 것이었습니다. 이와 관련하여 레닌은 특정 작가들을 신랄하게 비난하였습니다. 예컨대 시민주의 작가들은 공산주의가 추구하는 국가 소멸의 과업을 비현실적인 것으로 여긴다는 것입니다. 비록 레닌이 이 대목에서 시민주의 작가들을 비판하고 있지만, 깊이 숙고하면, 레닌 역시 유토피아의 사고에 대해 적대적이지 않았음을 우리는 간파할 수 있습니다. 왜냐하면 그는 궁극적으로 국가의 사멸을 염두에 두고 있었기 때문입니다(Bloch: 8f).

3. 작품의 반향: 제1차 세계대전 이전에 볼셰비즘을 이끌던 러시아의 정치가 한 사람은 이미 1904년의 시점에 스스로 유토피아주의자라고 공개적으로 선언합니다. 의사, 철학자, 경제학자 그리고 사회학자로 알려진 알렉산드르 A. 보그다노프는 그 후에 두 편의 소설을 발표합니다. 『붉은 별』과 『기술자 메니』는 레닌의 비판에도 불구하고 소련 공산당의 지도부뿐 아니라 수많은 독자들에게 널리 읽혔습니다. 『붉은 별』의 경우 러시아 전역에 차례로 간행되어, 1929년까지 도합 약 12만 부가 팔려 나갔습니다. 『기술자 메니』는 1926년에 레닌그라드에서 제6판으로 간행되었으며, 나중에는 세계 각국의 언어로 번역되었습니다. 20세기 초 러

시아(소련) 사회는 급변하는 혁명의 시기라는 사실을 감안한다면, 작품의 반향은 그야말로 놀랍습니다. 물론 보그다노프의 작품들은 문학적 수준에 있어서 부분적으로 하자를 지닙니다. 작품이 생생하게 전달되려면, 예기치 못한 문학적 줄거리가 활용되어야 하는데, 작품은 딱딱한 르포를 연상시킵니다. 생동감 넘치는 사건이 없어서 줄거리가 빈약합니다. 서구의 비평가들은 보그다노프의 『붉은 별』을 생시몽과 콩트의 기술 관료주의 유토피아의 전통 속에 편입되는 작품으로 규정하였습니다. 그렇지만 우리는 보그다노프의 어떤 놀라운 예견을 인정해야 합니다. 보그다노프는 당시에 존재하지 않은 핵 로켓과 컴퓨터 등을 기발하게 창안해 내었습니다. 현대인들은 이러한 과학기술을 자신의 삶에 직접적으로 활용함으로써 엄청난 현실의 변화를 이룩했는데, 이러한 사항은 보그다노프의 작품에 문학적으로 선취되어 있습니다.

4. 보그다노프의 삶 (1): 보그다노프의 본명은 말리노프스키인데, 1873년 8월 10일에 그로드노 지역의 소콜카라는 마을에서 교사의 아들로 태어났습니다. 그는 툴라 김나지움에 다녔는데, 장학생 기숙사에 머물 수 있었습니다. 그렇지만 기숙사는 감옥을 방불케 할 정도로 학생들의 자유를 구속했습니다. 김나지움의 권위주의와 이데올로기 교육은 보그다노프로 하여금 차르 정권으로부터 거리를 두게 하였으며, 이후의 정치적 행적에 커다란 영향을 끼쳤습니다. 청년기의 부자유스러운 삶은 그로 하여금 적극적으로 정치에 참여하도록 자극하였으며, 어떤 유토피아를 꿈꾸게 하였습니다. 1895년 그는 차르코프에서 의학 공부를 시작하여 1899년 가을에 모든 학위 과정을 끝냅니다. 그 후에 보그다노프는 "나로드니키"라는 러시아 일반 인민들의 대중적인 운동에 영향을 받았습니다. "나로드니키(Nrodniki)"는 "인민의 친구"라는 의미를 지니는데, 공정한 토지 분배를 통하여 봉건주의를 타파하고 인민을 해방시키자는 운동이었습니다. 1890년대 중반부터 보그다노프는 마르크스주의자로서 툴

라 지역에서 사회민주당의 건설에 중추적인 역할을 담당했습니다. 이 시기에 그는 자연과학, 철학, 정치경제학 등 다방면에 걸쳐서 백과사전과 같은 방대한 지식을 섭렵해 나갔습니다.

5. 보그다노프의 삶 (2), 혁명적 균형 이론: 보그다노프는 대단한 학문적 열정을 보이면서, 다른 한편으로 적극적으로 현장 정치에 가담합니다. 1903년에 볼셰비즘 정당에 가입한 보그다노프는 수년간의 옥살이와 추방 등의 형벌을 감수해야 했습니다. 그럼에도 그는 공산당 중앙위원회에서 높은 직위를 차지하고 정치가로서 경력을 쌓아 갑니다. 이 시기에 보그다노프는 마르크스주의 변증법의 모순을 새로운 각도에서 정립하려 했습니다. 여기서 그는 레닌의 이론이 아니라, 의외로 헤겔의 이론에서 어떤 해결책의 모티프를 발견합니다. 가령 모든 사회적 사건들은 헤겔이 추구한 조직, 세력 그리고 균형이라는 카테고리를 통해서 재구성될 수 있다는 것입니다. 이로써 혁명적 사건이 전행되는 동안 어떤 균형이 형성된다고 보그다노프는 믿었습니다. 이러한 가설 하에서 그는 1913년에 "텍토닉(Tektonik)"이라고 하는 조직 이론을 발전시키는데, 이 용어는 지질 구조학에서 유래하는 것입니다. 가령 사회적 갈등이 증폭되면, 인간의 의향은 마치 융기 혹은 하강하는 지층처럼 어긋난 상태를 보여 주지만, 나중에는 결국 평형 상태로 복원된다고 합니다.

6. 보그다노프의 삶 (3): 1905년에서 1907년 사이에 보그다노프는 레오니드 B. 크라신(Leonid B. Krasin)과 함께 무장 폭동의 기술 자문관으로 활약합니다. 러시아 정규군에게 체포되어 처형당할 위기에 처했지만 국외로 추방당합니다. 보그다노프는 볼셰비키 내의 좌파에 소속되어 있다가 볼셰비키의 핵심 세력으로부터 멀어졌는데, 그 후에 당으로부터 제명을 당합니다. 1917년부터 1920년 사이에 그는 루나차르스키와 함께 사회주의 아카데미를 창립합니다. 10월 혁명 이후에 보그다노프는 프롤

레타리아 헤게모니를 위한 세 가지 독자적인 방안을 제시하였습니다. 그것은 당 정치, 노동조합의 경제와 무산계급 문화 등과 관련되는 협력 체제에 관한 개별적 방안이었습니다. 그렇지만 레닌은 이러한 방안 가운데 어떠한 것도 수용하지 않습니다. 예컨대 소련의 문화단체인 "프롤렛쿨트(Proletkult)"는 레닌에 의하면 어떠한 경우에도 독자적인 노선을 걸어서는 안 되며, 오로지 정부의 체제 하에 머물러야 한다는 것입니다. 이때 보그다노프는 깊이 실망합니다. 그리하여 그는 1921년부터 모든 정치 참여를 거부하고 사회주의 아카데미에서 자연과학 연구에 전념합니다. 자연과학자이자 의사였던 그가 몰두한 것은 피의 이전, 다시 말해서 수혈에 관한 생물학적 연구였습니다. 그는 자신의 몸에다 다른 사람의 피를 주입하다가 목숨을 잃었습니다.

7. 작품 집필의 계기로서 혁명 실패의 이유: 작품의 집필 계기는 1905년에 일어난 혁명의 실패 원인을 구명하려는 의도와 관련됩니다. 이미 언급했듯이, 보그다노프는 1905년 혁명 당시에 볼셰비키의 관료로 활약했는데, 투쟁 과정에서 실패를 거듭했습니다. 몇몇 프롤레타리아들은 혁명의 목적을 망각하고 방향감각을 상실한 채 우왕좌왕했습니다. 이때 보그다노프는 다음과 같이 숙고했습니다. 즉, 당시의 혁명 투쟁이 실패로 돌아간 것은 무엇보다도 무산계급이 혁명 이후의 삶에 관해 분명하고도 유연한 갈망의 상을 견지하지 못했기 때문이라고 말입니다. 자고로 혁명의 과업은 에른스트 블로흐에 의하면 두 가지로 요약될 수 있습니다. 그 하나는 현실에 주어진 나쁜 전통을 타파하는 일이며, 다른 하나는 미래의 찬란한 사회의 상을 미적으로 그리고 철학적으로 선취하는 일입니다. 다시 말해, 구체제의 나쁜 질서를 파괴하는 일이 일차적 과제라면, 어떤 더 나은 미래의 삶을 미리 구상하는 일은 이차적 과제라는 것입니다(Bloch: 373). 그런데 대부분의 볼셰비키들은 전자의 과업에만 골몰하였을 뿐 후자의 과업을 소홀히 했다는 것입니다. 수많은 혁명가들이 잘못

을 저지르는데, 이는 주어진 현실의 작은 문제에 매달리다가 미래의 큰 문제를 대수롭지 않게 여기기 때문에 나타나는 결과입니다(Weiss: 72).

8. 레오니드와 화성에서의 과업: 『붉은 별』에는 세상을 구원하려는 비밀 조직이 출현하고 있습니다. 조직은 고도의 과학기술을 동원하여 천체를 탐사합니다. 주인공, "나"는 레오니드라는 남자입니다. 그는 비밀리에 우주선, 에테로노프를 타고 화성으로 향합니다. 우주선을 타고 가는 동안 그는 화성인의 역사와 언어 등을 하나씩 배워 나갑니다. 나중에 밝혀지게 되지만, 화성에서 건설된 사회주의 국가의 이모저모를 숙지하여, 차제에 지구에 돌아와서 화성의 비밀 정보 요원으로 일하는 게 그의 과업이었습니다. 지상에서 사회주의를 건립하는 일은 피비린내 나는 혁명적 전투를 전제로 하는데, 화성에서의 사회주의 시스템은 이러한 과정을 전혀 거치지 않은 채 건설되어 있습니다. 레오니드는 일단 화성에 존재하는 사회적 시스템의 세부적 사항을 면밀하게 파악해 나갑니다. 다른 한편, 화성인들 역시 지구에서 살아가는 사람들에 관한 여러 가지 유익한 정보를 원합니다. 따라서 주인공은 나중에 지구에서 화성에 거주하는 사람들과 교신을 담당하는 전문가로 활약하려고 합니다. 레오니드는 과도한 일로 인하여 심신이 피폐해집니다. 자신의 의지가 말하자면 일시적으로 관성 무감각에 굴복하게 된 셈이었습니다. 이때 그의 정신분열증 증세를 치유해 준 사람은 화성인 여의사, 네티였습니다. 주인공은 네티를 깊이 사랑합니다. 지구에서는 끔찍한 전쟁이 이어집니다. 주인공은 지구로 돌아가서 혁명을 위해서 싸우다 중상을 입고 의식을 잃습니다. 이때 네티가 나타나 그를 데리고 화성으로 돌아갑니다.

9. 화성에서 건립되는 고도의 기술을 바탕으로 한 이상 사회: 『붉은 별』의 주인공은 화성에 축조된 이상적 체제에 관해서 서술합니다. 작품 속의 주인공은 화성에 건립된 체제 내에서 재화의 생산과 분배의 과정 그

리고 노동 조직 등에 관해서 차례로 해명합니다. 이를 통해서 화성 사람들이 발전시킨 과학기술 분야, 학교 시설, 사회적, 학문적 성과 그리고 지구와 다른 위생 시설 등이 차례대로 묘사되고 있습니다. 『기술자 메니』에서 다루어지는 것은 프롤레타리아와 부르주아 사이의 서로 다른 문화의 충돌에 관한 사항입니다. 지나간 자본주의 국가에 온존했던 시민사회의 문화는 변화된 사회에서 어떻게 평가되고, 어떻게 그 옥석이 가려져야 할 것인가 하는 물음이 이에 해당합니다. 사회주의를 추구하는 화성 사회는 약 250년 동안 이어져 왔습니다. 이곳의 프롤레타리아는 지배계급에 대항하는 운하를 건설함으로써, 결국 부르주아 계급의 권력을 평화로운 방식으로 빼앗습니다. 소설의 중심을 이루는 사람은 주인공 메니와 네티입니다. 메니는 운하 건설을 창안한 사람인데, 결코 사회주의에 동조하지 않는 기술자입니다. 가령 메니가 달성한 자연과학적 방법론은 아무런 수정 작업 없이 바로 변화된 현재의 현실 속에 적용될 수 있는가, 아니면 그 이론 가운데 몇몇 이질적이고 진부한 사항이 추후에 배제되어야 하는가 하는 문제가 수면 위로 떠오릅니다.

10. 문학적으로 선취한 보그다노프의 미래 국가의 상: 1912년에 발표된 작품 『기술자 메니』는 『붉은 별』의 후속 작품으로 이해될 수 있습니다. 따라서 보그다노프의 유토피아를 이해하려면, 우리는 두 편 모두 고려해야 할 것입니다. 또한 두 편의 작품은 보그다노프의 정치적, 철학적 입장 내지 레닌과의 갈등이 아니라, 일차적으로 유토피아 연구의 맥락에서 다루어지는 게 바람직합니다. 보그다노프는 19세기 독일의 실증주의자들, 에른스트 마흐와 아베나리우스(Avenarius)의 입장을 인식론적으로 수용함으로써 마르크스주의의 패러다임을 새로운 각도로 정립하려고 했으며, 이러한 노력은 결국 레닌의 반론을 부추겼습니다. 이는 말하자면 레닌으로 하여금 『유물론과 경험 비판론(Materialismus und Empiriokritizismus)』(1909)을 집필하도록 자극했던 것입니다. 보그다노

프는 스스로 유토피아주의자라고 자처하면서, 사회주의 사회의 어떤 가능한 상을 문학적으로 형상화하려 했습니다. 그렇지만 그는 전통적으로 이어지는 세계와의 단절을 획책함으로써 미래 국가에 기초한 사회적 동질성이라는 이상을 추구한 셈입니다. 이와 관련하여 레셰크 코와코프스키는 작품에 반영된 개인주의 성향을 비판하면서, 18세기 전체주의적 유토피아의 희망 사항만을 제시한다고 보그다노프를 노골적으로 비아냥거린 바 있습니다(Kołakowski: 496).

11. 제국주의 비판과 최고의 동질성을 추구하는 이상 사회: 화성에서의 새로운 사회는 19세기 프랑스의 유토피아주의자, 모렐리와 메르시에의 문학 유토피아의 내용과 흡사합니다. 작품은 산업화를 추구하는 자본주의의 갈등 내지 억압 구조를 보여 줍니다. 화성에서의 사회주의의 관점에서 고찰할 때, 지구의 사회질서는 어떠한 협동적 상호부조의 면모도 드러내지 않습니다. 인간의 모든 일은 무엇보다도 "돈"으로 지불됩니다. 지구에 존재했던 자본주의의 생산양식은 어떤 경직된 불변성을 특징으로 합니다. 사람들은 신속하게 상품을 생산하지만, 상품들은 정당하게 분배되지 않습니다. 자본주의 국가들은 보편적 복지를 거의 무시하고, 자본주의의 토대 하의 기술 발전을 극대화시켰습니다. 이로써 이득을 취하는 자들은 권력과 금력을 모조리 장악한 지배계급이었습니다. 그러나 생산력을 증강시키는 과정에서 지배계급은 자신이 설치한 차단 장치와 직면하게 됩니다. 왜냐하면 대중들은 낮은 임금을 받으므로, 더 이상 열심히 일하려 하지 않기 때문입니다. 이를 극복하기 위하여 상류층 사람들은 제국주의 정책을 뒤늦게 추진합니다. 자국 내의 무산계급보다는 차라리 제3세계 사람들의 임금을 착취하는 게 수월하다고 판단합니다. 지상의 제국주의자들은 거대한 이득을 얻기 위해서 은폐된 모든 기술을 동원합니다. 하지만 그들이 지구에서 활용할 수 있는 정책에는 아무래도 한계가 있습니다. 그래서 지배계급의 마음속에는 새로운 땅을 정

복하려는 욕구가 태동합니다. "몇몇 문명인들이 제3세계의 땅과 재산을 조직적으로 착취하는데, 이는 국가의 질서에 따른 주요 과제이며 식민지 정책과 다를 바 없다"(Bogdanov: 116).

12. 지구의 제국주의와 화성의 사회주의: 만약 세계의 모든 시스템이 자본주의의 제국주의 정책을 추진한다면, 지배자 그룹은 살인의 기술을 지속적으로 활용할 것입니다. 그렇게 되면, 다른 나라와 가난한 인종에 대한 무차별적인 살인이 자행될 게 뻔합니다. 이와 관련하여 보그다노프는 자신의 규범적인 목표를 설정하는데, 이는 일견 고전적 유토피아의 전통을 추종하는 것처럼 보입니다. 웰스의 『모던 유토피아』에서는 세계국가 속에서 개개인이 추구하는 욕망들이 거의 충족되지만, 보그다노프는 개개인의 욕망 충족을 처음부터 중요하게 생각하지 않습니다. 왜냐하면 개인의 이익보다 더 중요한 게 사회 내지는 국가의 이익이기 때문입니다. 지구상에서 계급, 그룹, 그리고 개인들은 전체성의 이념을 남김없이 파괴하며 살아갑니다. 지구인들은 국가가 개인에게 가하는 횡포를 잘 알고 있습니다. 이에 반해서 화성의 사회주의는 "전체, 다시 말해서 '일반의지(volonté générale)'는 '전체의지(Volonté de tous)'보다도 더 포괄적이다"(루소)라는 유토피아의 사고에 바탕을 두고 있습니다. 국가의 이득이 개개인에게 정당하게 배분될 수 있다는 전제 하에서 인간은 개인보다는 전체를 더 중시해야 한다는 것입니다. 이와 관련하여 보그다노프는 다음과 같이 말합니다. "우리 안에는, 다시 말해 어떤 거대한 조직의 작은 세포들 속에는 전체성이 생명력을 구가하고 있다"(Bogdanov: 78).

13. 화성에 자리한 유토피아 공동체의 외부적 모습: 화성의 바다와 운하들은 오래 전에 이미 스키아파렐리(Schiaparelli)의 작명법에 의해서 명명되고 있습니다(이탈리아 천문학자 스키아파렐리는 1877년부터 화성의 표면을 관측하여 바다와 대륙을 표기한 바 있는데, 이것이 스키아파렐리 작명법이라고

합니다). 이곳의 건축물들은 훤히 들여다보이는 공간으로서 기하학적 모델로 축조되어 있습니다. 처마는 모조리 푸른색 유리로 덮여 있는데, 상층부에 위치한 사람은 아래의 모든 것을 조감할 수 있습니다. 도시의 기본적 골격 역시 투명한데, 기능을 고려하여 축조되어 있습니다. 화성의 중앙 지역은 그런 식으로 지어져 있으며, 산업 도시의 지하 깊숙한 공간에는 거대한 화학 실험실이 자리를 차지하고 있습니다. 도시의 윗부분은 공원으로 이루어져 있는데, 거주 가옥들이 이곳저곳에 흩어져 있습니다. 약 10평방킬로미터 넓이의 평지 위에는 실험실 노동자들의 거주지가 있습니다. 거대한 공동체의 건물이 우뚝 솟아 있으며, 그 곁에는 상당히 큰 소비재 창고가 위치하고 있습니다. 이로써 우리는 건축물과 도시가 처음부터 어떤 세밀한 계획에 의하여 설계되었음을 깨달을 수 있습니다. 첨단 과학기술이 도입되어 특정 인간의 대인 관계 내지 사적인 삶이 공개되고 있습니다. 사회주의 공동체 사람들은 보편성의 원칙하에서 학문과 기술에 의해서 작동되는 시스템에 순응해야 합니다. 투명한 장치는 위로부터 아래로 향하는 구도가 아니라, 수평적인 구도로 축조되어 있습니다.

14. 서로 협력하고 협동적으로 일하는 작업 동료들: 『붉은 별』의 주인공, 레오니드는 작업 동료의 기이한 능력에 관하여 다음과 같이 보고합니다. "그들은 작업을 골똘히 관찰하지 않고도 주위의 모든 일을 간파할 수 있다. 작업에 임하는 동료들은 동일하게 주위를 살피고, 언제나 같은 방식으로 드물게 주위를 둘러보면서 서로 돕고 있다. 나는 처음에 생각했던 것과는 달리 특별히 다른 사람에 의해서 관찰되거나 조종당하지 않았다. 나 자신 개인주의 세계의 인간으로서 스스로를 다른 사람과 구별하였으며, 선한 마음으로 동료들을 도와주었다. 그럼에도 이에 대해 보상받을 필요는 없다고 여긴다. 만약 자신을 상품 세계에서 고립된 인간으로 간주했다면, 아마도 나는 병적이거나 부자연스러운 존재로 간주되었을 게

틀림없을 것이다"(Bogdanov: 103). 화성인들은 개인의 이익과 사회 전체의 이익을 서로 구분하지 않습니다. 아니, 그들은 이러한 구분 자체를 알지 못하고 있습니다.

15. 생산과 분배, 컴퓨터의 도입: 그렇다면 화성의 공동체에서 생산과 분배는 어떻게 행해질까요? 노동의 과정은 투명하게 공개됩니다. 생산 공장 역시 생산력을 극대화하기에 가장 적절한 방식으로 축조되어 있습니다. 생산 기술은 첫 번째 산업혁명의 수준을 이미 달성해 있습니다. 공장에는 연기라든가 그을음이 발생하지 않고, 소음도 없으며, 먼지 하나 발생하지 않습니다. 모든 생산이 합리적으로 행해지므로, 육체노동자들이 많이 필요하지도 않습니다. 노동자들은 그저 컴퓨터 앞에서 단추만 누르면서 작업의 진행 과정을 살피면 족할 뿐입니다. 예컨대 생산 통계표는 컴퓨터로 작동되는데, 어느 영역에서 잉여생산이 발생하고 어느 분야에서 결손이 발생하는지 자동적으로 파악됩니다. 이처럼 보그다노프는 이상적 사회 모델을 설정함으로써 사유재산을 완전히 없애 버렸습니다. 사회주의 모델에서 개인의 소유욕은 유치한 본능에서 비롯한 불명확한 욕망으로 치부될 뿐입니다.

16. 사유재산은 없다: 사유재산의 포기는 플라톤 이후의 유토피아의 역사를 관통하는 핵심적 관점입니다. 그것은 지배와 관련되거나 지배와 무관한 유토피아의 사회 구상에서 거의 공통적으로 드러나는 특징입니다. 보그다노프는 캄파넬라와 마찬가지로 사유재산의 철폐를 급진적으로 실현하였습니다. 개인주의적 소유욕은 화성에서는 마치 흡혈귀와 같은 행동으로 간주됩니다. 어느 누구도 사적인 재산을 소유할 수 없습니다. 대신에 집단 공동주의가 하나의 새로운 질서로 정착되어 있습니다. 개인주의적 소유욕은 보그다노프에 의하면 하나의 유아적 본능으로서, 이전의 역사의 심층부에서 무의식적으로 울려 퍼지는 흐릿한 반향이라고 합

니다. 화성인들은 자신의 존재와 국가의 존재 사이를 구분할 필요성을
느끼지 않습니다(Saage 2000: 172).

　17. 노동과 노동시간: 화성 유토피아에서는 시장 역시 생산과 분배의 영
역에서 제 기능을 상실하고 있습니다. 모든 것은 이른바 국가의 계획경
제 정책에 의해서 진행됩니다. 상품 저장소에서 일하는 사람들은 모든
물건을 필요한 사람들에게 나누어 주며, 중앙의 컴퓨터 관측 시스템은
어떠한 물건이 얼마나 많이 필요한지를 예측하고, 이에 따라 제품을 생
산하도록 조처합니다. 화성 유토피아에서 가장 중요한 것은 협동적 노
동입니다. 가령 화성 사람들은 자신의 노동시간을 미리 자발적으로 결
정합니다. 이러한 특징은 고전 유토피아에서 드러나는 국가의 차원에서
노동의 의무 생산량의 달성이라는 강제적 계획과는 거리가 먼 것입니다.
이곳 사람들은 공동체 내에서 함께 일하면서 자신이 몇 시간 일할지를
스스로 결정합니다. 이를테면 그들은 평균 하루 한 시간 반에서 두 시간
반 정도 일을 하는데, 지구 시간으로 환산하면(화성에서의 1년은 686일로
이루어져 있습니다) 하루 다섯 시간 정도 일하는 셈입니다. 노동시간의 단
축은 고도로 발전된 자연과학과 기술의 활용으로 가능해졌습니다. 노동
이 끝나도 노동자들이 무위도식하는 법은 없습니다. 그들은 일과 후에
는 박물관, 도서관, 실험실 그리고 공장 등으로 가서 그곳에서 무언가를
배우거나, 어떤 새로운 생산 과정을 참관하며 새로운 지식을 습득하기도
합니다.

　18. "무조건적인 절약이 철칙은 아니다": 고전적 유토피아에서는 경제
가 인간의 자연적인 필요성을 충족시키는 수단으로 간주되고 있었습니
다. 과거의 유토피아주의자들은 사치를 금지하였습니다. 그러나 화성인
들은 무조건적인 절제와 극기만을 추구하지는 않습니다. 사람들이 생산
품을 무조건 절약하고 아껴 쓸 필요는 없습니다. 누구든 물품 저장소에

서 자신이 원하는 물건들을 얼마든지 골라서 집으로 가져갈 수 있습니다(Bogdanov: 61). 사람들은 식사 시간에 식당에서 한 음식을 두 번, 혹은 세 번 먹을 수 있으며, 원할 경우 하루에 열 번 정도 옷을 갈아입을 수도 있습니다. 옷 저장소에는 나이에 맞는 옷의 품목이 100가지가 있는데, 누구든 자신에게 맞는 옷을 선택하여 자발적으로 착용할 수 있습니다. 치수에 맞는 옷이 없을 경우 사람들은 담당 노동자로 하여금 바느질 기구를 작동시켜 특수한 의복을 제작하도록 조처합니다. 인간의 욕구는 무한대로 충족될 수는 없겠지만, 그래도 자신이 필요로 하는 물품을 충분히 얻을 수 있습니다. 자고로 인간의 이기심과 소유욕은 무조건 억압될 수는 없습니다. 그것은 때로는 생산의 욕구를 부추길 수 있습니다. 지구상에서 사람들은 과거 부르주아들의 끝없는 이기심 내지 소유욕을 어떻게 해서든 없애려고 노력하였지만, 화성에서는 그러한 욕망이 원천적으로 차단되지는 않습니다.

19. 화성 유토피아의 학문과 기술의 중요성: 화성 유토피아가 추구하는 바는 19세기에 출현한 여러 가지 사회 유토피아의 지향점과 크게 다르지 않습니다. 문제는 화성 내의 과학기술이 20세기 초의 유럽의 산업 기술보다 훨씬 앞서 있다는 사실입니다. 보그다노프는 상상력을 동원하여 당시에 존재하지 않았던 TV를 묘사하는가 하면 사이버네틱스 원칙 등을 언급하고 있습니다. 고도의 능력을 발휘하는 컴퓨터가 작동되는가 하면, 핵분열 에너지를 최대한 활용하여, 우주선이 행성과 행성 사이를 왕래합니다. 예컨대 10대의 우주선이 비치되어 있는데, 원하기만 하면 화성인들은 다른 행성으로 비행할 수 있습니다. 실제로 의사와 화학자를 포함한 약 2,000명이 우주선을 타고 금성으로 날아가서, 상당량의 라듐을 캐내려고 시도합니다. 왜냐하면 화성에는 가령 라듐, 우라늄, 토륨 등과 같은 지하자원이 거의 고갈되었기 때문입니다. 다른 한편, 화성의 자연 역시 인간의 노력으로 대폭 변화되었습니다. 화성의 표면에는 물이

없기 때문에, 탁월한 기술자, 메니의 주도 하에 거대한 운하가 건설되었습니다. 뒤이어 광활한 황무지에 인공적 관개시설이 착공되었습니다. 이로써 인간이 살아갈 수 있는 주위 환경은 더욱 넓어지게 되었습니다. 사람들은 더 이상 증기기관을 사용하지 않고, 전기와 수준 높은 전자 기술을 여러 가지 유형의 생산 라인에 도입하였습니다. 섬유산업에 있어서도 더 이상 석탄과 석유가 사용되지 않고, 여러 가지 합성 제품이 개발되었습니다. 식품 분야에서도 단백질과 여러 영양소가 가미된 식재료를 개발했습니다(Bogdanov: 100). 이로 인하여 식량 문제를 해소하는 데 성공을 거두었습니다. 생물학 영역에서 의사들은 세포와 조직을 얼마든지 인위적으로 재생시킬 수 있습니다. 그들은 인공적으로 혈액을 생산해 내지는 못하지만, 이미 오래 전에 피 공급을 위한 수혈 방안을 마련해 놓고 있습니다.

20. "공동체가 가족보다 우선이다." 일부일처제의 파기: 보그다노프가 묘사한 화성인들은 완전한 남녀평등을 이룩하고 있습니다. 전통적 시민 사회의 핵가족 체제는 완전히 무너져 있으므로, 집은 사적 공간으로 기능하지 않습니다. 집안일과 자녀 교육은 공동체 전체의 의미를 지닙니다. 19세기 이전의 지구에 존재했던 일부일처제의 성도덕은 완전히 사라졌습니다. 화성인들은 일부일처제 내지 결혼제도에 대해 더 이상 커다란 의미를 부여하지 않습니다. 중요한 것은 성적 욕망이 아니라, 공동체 전체의 이익과 안녕이기 때문입니다. 기술자 메니는 자신의 지적 재능을 최대한 끌어올리기 위해서 철저히 금욕하며 살아갑니다(Bogdanov: 104). 물론 작가는 "인간은 생물학적으로 한 명의 이성이 아니라, 사랑하는 임 외의 다른 인물에게 눈을 돌리는 특성이 있다"는 가설을 수용하고 있습니다. 보그다노프는 공동체 전체의 안녕을 위해서 일부일처제보다는 일부다처제 내지 다부일처제가 더 낫다고 판단합니다. 예컨대 작품에 등장하는 인물들은 일부다처 내지 다부일처의 제도를 우호적으로 받아들입

니다. 예컨대 레오니드는 화성에 오기 전에 아내 몰래 안나 니콜라예브나라는 여성과 깊은 애정 관계를 맺고 있었습니다. 화성인 여의사, 네티는 일처다부주의자입니다. 그미는 수학과 천문학을 강의라는 스터니와 혼인했는데도, 그에게서 찾을 수 없는 감성과 미적 감식 능력을 화학자 레타에게서 찾으려고 합니다(보그다노프: 149). 놀라운 것은 그미가 공공연하게 레타와 동침하는데도, 주위 사람들이 이를 대수롭지 않게 받아들인다는 사실입니다.

21. 생명 연장의 꿈, 수혈: 작가는 가족과 성생활에 관해 세부적으로 언급하지 않았습니다. 왜냐하면 작가는 사랑의 삶이 아니라, 무엇보다도 공동체 전체의 안녕을 위한 과학기술의 개발 내지 새로운 인간에 대한 구상을 중요하게 여겼기 때문입니다. 보그다노프에 의하면, 더 나은 인종을 유전적으로 이어 나가는 일이 아니라, 오히려 훌륭한 교육과 인간 조직의 실험을 통해 생화학 기술을 발전시키고, 이를 적용하는 과업이 더욱 중요하다고 합니다. 작품 속에서 화성인들은 과학기술의 개발을 통하여 오래 살아가며, 연극 등을 즐기면서 축복받은 삶을 향유합니다. 또한 생명 연장의 꿈은 새로운 인간의 실험을 통해서 어느 정도 실현되고 있습니다. 예컨대 화성 유토피아에서 살아가는 화성인들은 50(지구의 나이로는 100세)이 되어도 여전히 젊음을 유지하고 있습니다(Saage 2000: 176). 예컨대 그들은 상호 수혈과 헌혈을 통해서 건강을 유지하며 살아갑니다. 젊은 사람의 피를 노인에게 수혈하면, 그 노인은 마치 회춘한 것처럼 최고의 컨디션을 느낀다고 합니다.

22. 새로운 인간은 전통적 국가의 체제를 뛰어넘고 있다: 화성 사람들은 탁월한 지적 능력을 지니고 있습니다. 그들은 협동심과 배려의 마음을 견지하므로, 인간 관계에서 갈등이 출현하는 경우가 무척 드뭅니다. 게다가 국가 역시 인간 사이의 갈등과 대립을 직접 중재할 필요성을 느

끼지 않습니다. 화성 공동체는 크기에 있어서 웰스의 거대한 세계국가의 시스템을 방불케 합니다. 그렇다고 앞에서 살펴보았듯이 세계국가가 독점적으로 무소불위의 권력을 휘두르는 것은 아닙니다. 독재의 시스템은 화성 유토피아에서는 시대착오적이며 진부한 무엇으로 변해 있습니다. 국가가 개개인의 삶에 관여하는 경우는 거의 없습니다. 물론 어린아이의 교육이라든가 정신병자를 치료하는 경우에 한해서 국가는 학문적으로 개입할 뿐입니다. 만약 의사, 교사 그리고 병원의 간호사 들이 과도한 폭력을 행사한다면, 이는 범법 행위로 간주되고 처벌받습니다.

23. 문제점 (1), 엘리트 중심으로 행해지는 정책: 물론 보그다노프는 화성 유토피아의 체제 내지는 시스템에 관해서 구체적으로 서술하지는 않았습니다. 분명한 것은 화성 유토피아가 생시몽이 추구한 바 있는, 첨단 과학기술에 근거한 이상 국가로 향하는 길을 제시했다는 사실입니다. 여기에는 엘리트 중심의 의사 결정 체계가 도사리고 있습니다. 다시 말해, 학문적, 기술적 효율성을 고려하여 화성 유토피아에서는 몇몇 엘리트들이 사회 전체의 중요한 문제를 결정하고 있습니다. 예컨대 화성 유토피아에는 개발 탐험 그룹이 존재하는데, 여기서 일하는 사람들은 화성 탐험의 제반 수행 방법을 계획하고 실행합니다. 그들은 학자들뿐 아니라, 중앙 통계청에서 모든 우주선을 관장하고 개발하는 실무자들로 구성되어 있습니다. 마치 웰스의 『모던 유토피아』에서 사무라이 계급이 모든 일을 주도적으로 계획하고 실행에 옮기듯이, 보그다노프의 화성 유토피아에서는 고도의 능력을 지닌 기술 관료들이 사회주의의 모든 현대화 프로젝트를 실제 삶에 적용하고 있습니다. 사회를 변화시키는 주체는 모든 화성인이 아니라, 엘리트에 국한되어 있습니다.

24. 문제점 (2), 예술의 정치 의존성과 판에 박힌 교육: 보그다노프의 화성 유토피아에서 종교의 기능을 대신하는 것은 예술입니다. 그렇지만 대

부분의 예술 작품은 개인의 사적 문제보다는, 오로지 공동체의 행복과 안녕을 위해서 창조되고 있습니다. 예술 작품은 실용성, 도덕성, 유용성만을 강조하고, 칸트가 말한 바 있는 "목적 없는 합목적성"으로서의 향유를 등한시하고 있습니다. 그 밖에 화성 유토피아는 교육을 매우 중요하게 생각합니다. 배움에 있어서는 지식과 인간의 전체적 특성이 중요합니다. 개별적 사항을 세부적으로 배우는 것은 전체적 관련성을 잃지 않기 위함입니다. 그런데 문제는 교육에 있어서 개인보다는 집단이 강조되고, 교육의 체제가 처음부터 "인지 시스템"에 의해서 규격화되어 있습니다. 예술과 교육의 영역에서 개인의 창의성 대신에 사회 전체의 관심사가 우선적으로 고려된다는 점에서 하자를 드러낼 수 있습니다. 이 점은 디스토피아의 특징으로 파악될 것이 아니라(김성일 A: 53 이하), 보그다노프 유토피아의 내부에 도사린 부분적 문제점으로 규정하는 게 온당할 것 같습니다. 왜냐하면 작가는 처음부터 집단 중심주의와 교육에 있어서 획일화와 예술의 실용화를 문제 삼기 때문입니다.

25. 화성과 지구 사이의 교류 그리고 주인공의 역할: 화성인들은 지구에서 살아가는 사람들의 삶에 직접적으로 개입하지는 않습니다. 비록 지구상에서의 사회주의의 실현이 인간의 노력으로 언젠가는 이룩될 수 있겠지만, 인위적으로 관여할 필요는 없다는 것입니다. 언젠가는 지구인들이 화성의 국가에 관해서 연구하게 되면, 그들은 화성 유토피아와 유사한 정도의 훌륭한 국가 내지 공동체를 축조해 낼 수 있으리라고 믿고 있습니다. 『붉은 별』의 주인공 "나" 자신이 화성 탐험에 착수한 이유는 화성에서 실현된 완전한 공산주의 공동체를 연구하기 위함이었습니다. 지구에서 사람들은 더 나은 미래를 위해서 많은 피를 흘렸지만, 이제는 무작정 싸우기에 앞서서 더 나은 미래가 어떠한 모습을 띠고 있는지 일단 접해야 한다는 것입니다(Bogdanov: 37). 주인공은 자신의 과업을 통해서 화성과 지구 사이의 연결 고리 역할을 충실히 수행하려 합니다. "나"는

이러한 중개자로서의 역할이 인류에 봉사하겠다는 자신과의 약속을 지키는 길이라고 믿고 있습니다.

26. 사회주의 유산의 문제, 혹은 사회주의 건설에 대한 보그다노프의 제안: 특히 우리가 여기서 눈여겨보아야 할 것은 『기술자 메니』에서 묘사되고 있는 공동체의 문화입니다. 공동체는 보그다노프에 의하면 개인 내지 개인주의의 부정을 통해서 건립되는 게 아닙니다. 물론 개인주의는 사회주의가 정착되려고 하는 시점에서 진부한 개념으로 변한 것이 사실입니다. 그렇지만 개인주의가 시대착오적 이념으로 간주되더라도 자본주의 체제 속에서 정착된 개인의 권리, 자율성 그리고 자기 결정권마저 모조리 파기될 수는 없다는 게 보그다노프의 지론입니다. 다시 말해, 프롤레타리아는 무조건 자신의 개인적 이익이라든가 개성을 억누름으로써 예술적, 정치적 협동이라는 공동체 의식만을 추구할 게 아니라는 것입니다. 오히려 진정한 공동체 의식은 개성의 무조건적 억압 대신에, 역으로 개별적인 개성을 발전시키고 성장시킴으로써 발전될 수 있다고 합니다. 가령 네티는 메니가 성취해 낸 자본주의 시대의 학문적, 기술적 지식을 포기하지 않고, 몇 가지 사항들을 선별하여 사회주의 사회를 위한 자양으로 활용하려고 의도합니다. 메니의 이러한 자세에서 우리는 레닌의 정책에 대한 작가의 은근한 비판을 읽을 수 있습니다. 레닌은 생산수단에 활용할 수 있는 모든 사유재산을 단기간에 걸쳐 모조리 국유화시킴으로써 사회주의의 동력을 단시일 내에 극대화시키려 하였습니다. 그러나 보그다노프는 사회를 변혁시키는 과정에서 최소한 생산수단과 직결되는 사유재산만큼은 무조건 강압적으로 빼앗아서는 안 된다고 판단했습니다. 왜냐하면 인민들은 자신의 재산을 빼앗기게 되면 "자발적으로 일해서 자신과 사회의 도움이 되리라"는 내적 의지를 상실하기 때문이라는 것입니다. 나아가 작가는 대중들을 교육시키는 과업을 중요하게 생각하였습니다. 대중 교육을 통해서 프롤레타리아의 정치적, 예술적 의

식 수준은 향상될 수 있으며, 무산계급이 지식을 습득하고 지혜를 견지한다면, 문화 역시 이와 병행하여 높은 수준으로 발달될 수 있다고 판단하였습니다.

27. 보그다노프의 작품에 대한 레닌의 비판: 혹자는 보그다노프의 문학적 수준이 낮다고 주장합니다만, 최소한 작품에 담긴 정치적 전언만은 무시할 수 없을 것입니다. 리하르트 자게는 다음과 같이 주장합니다. 적어도 보그다노프의 작품은 러시아 혁명이라는 정치적 흐름에 대한 굳은 믿음을 보여 주며, 자유를 맞이하고 사회주의에 근접하는 모습을 문학적으로 형상화했다고 말입니다(Saage 2008: 57). 작가는 특히 사회주의의 삶에서 가장 중요한 동인으로서 노동자의 과업을 분명하게 지적하고 있습니다. 어쩌면 보그다노프의 두 편의 작품은 1917년 볼셰비키 혁명 이후에 나타날 영감의 원천이 될 뻔했습니다. 어쨌든 레닌은 보그다노프의 작품들을 우호적으로 평가하지 않았습니다. 『붉은 별』은 레닌에 의하면 인식론적 차원에서 미래를 이상적으로 구현한 상을 작위적으로 드러내므로, 작품의 주제는 정통 마르크스주의로부터 벗어난다고 비난했습니다. 1908년 레닌은 이탈리아에 있는 카프리섬에서 고리키와 만났을 때 자신의 친구인 보그다노프를 신랄하게 비판했다고 합니다. 또한 고리키에게 보내는 편지에서 『기술자 메니』에 담겨 있는 작위적이며 이상주의적인 특성을 노골적으로 비아냥거린 바 있습니다. 요약하건대, 레닌 역시 "상의 금지," 즉 미래의 찬란한 상을 선취하려는 일련의 노력을 부정하였습니다. 그 이유는 레닌이 "부정의 부정," 다시 말해서 주어진 참담한 현실에 대한 비판과 주어진 사악한 현실적 조건을 파괴하는 작업을 더욱 중시했기 때문입니다.

28. 과학기술의 인간학적인 목표: 그렇다면 작가가 『붉은 별』과 『기술자 메니』를 통해서 화성 유토피아를 가상적으로 설계한 근본적인 이유

는 무엇일까요? 그것은 비록 간접적이기는 하지만 소련 사회주의 혁명을 위한 핵심 사항을 제안하기 위함이었습니다. 그것은 바로 혁명운동과 병행해야 하는 과학기술의 발전을 위한 노력을 가리킵니다. 과학기술을 발전시키는 과업은 작가에 의하면 두 가지 절실한 목표를 추구합니다. 그 하나는 인류의 더욱더 행복하고 편안한 삶에 도움을 주어야 한다는 것이며, 다른 하나는 우주의 척도로 우주의 자연 환경을 개발해 나가야 한다는 것입니다. 이는 12장에서 다루어지겠지만 프레오브라젠스키의 문헌에서 언급되는 내용입니다(Preobraschenskij: 73). 이 점에 있어서 보그다노프가 설계한 화성 유토피아는 그 목표에 있어서 프랜시스 베이컨의 『새로운 아틀란티스』가 추구하는 기술 유토피아와 동일합니다. 화성 유토피아의 핵심 사항은 궁극적으로 찬란한 미래에 대한 인간학적 유토피아의 사고, 바로 그것이었습니다. 보그다노프는 모든 사회적 문제가 자연과학의 학문적 분석으로 해결될 수 있다고 확신하였습니다.

29. 보그다노프의 화성 유토피아에 대한 비판: 1922년에 보그다노프의 화성 유토피아를 비판하는 소설이 출현하였습니다. 그것은 알렉세이 톨스토이(Alexej Tolstoi)의 『아엘리타(Aelita)』(1922)를 가리킵니다. 여기서 작가 톨스토이는 러시아의 문호, 레오 톨스토이와는 먼 친척 관계에 있습니다. 소설 『아엘리타』는 화성에서 활동하는 두 명의 러시아인을 서술하고 있습니다. 로스라는 이름을 지닌 소련 기술자는 자신의 나라에 환멸을 느낀 채 화성을 탐사하는 일에 가담합니다. 그는 화성인 지도자, 투스코프의 딸이자 무감정의 여신 "마그르(Magr)"를 모시는 아름다운 처녀, 아엘리타와 우연히 만납니다. 로스와 아엘리타는 서로 사랑합니다. 두 남녀는 이성을 잃은 채 성적으로 결합하여 지고의 성취감을 맛봅니다. 두 남녀의 사랑에 대한 작가의 묘사는 전체주의 국가에서 배제되거나 무시되는 개개인의 행복을 강조하기 위함입니다. 구세프라는 이름을 지닌 또 다른 소련인은 개인주의자, 로스와는 달리 화성을 소련에 병합

시키기 위해 화성 탐사 대원이 됩니다. 화성의 수도 소아체라에서는 그야 말로 퇴폐적인 문화가 창궐하고 있습니다. 그는 일단 화성의 노동자들을 고통으로부터 해방시키는 게 급선무라고 판단하고 소아체라 문명의 파괴에 앞장섭니다(Tolstoi: 112). 노동자 폭동이 실패하고, 보수주의적인 화성인 정권은 지구인들과의 접촉을 완전히 차단시킵니다. 로스와 구세프는 숙청 직전에 위기를 모면하며 비행선을 타고 화성을 떠납니다. 이 작품은 1922년의 소련 사회의 분위기와 소련 사람들의 시대적 입장을 반영하고 있습니다. 화성 사회는 1920년대 초의 소련에 대한 객관적 상관물과 같습니다. 톨스토이가 고발하려고 하는 것은 명약관화합니다. 작가는 자신의 조국에는 혁신적 혁명 의식이 소진되고, 사회가 정체되어, 역사적 퇴보의 길을 걷고 있다는 것을 백일하에 밝히려고 했습니다(김성일 B: 106). 이로써 톨스토이의 작품은 다음의 사항을 분명히 전해 줍니다. 즉, 역사적 진보는 시민사회의 자유로운 개인주의와 프롤레타리아의 혁명적 세력이 동시에 결합될 때 비로소 추진될 수 있다는 것입니다.

30. 생태계의 문제점: 오늘날 세계적으로 퍼져 있는 생태계의 위기를 전제로 할 때, 보그다노프의 미래 설계는 유토피아의 사고가 지니고 있는 가장 숙명적인 한계를 드러내고 있습니다. 미래의 거대한 행복을 거의 광적으로 추구하려는 자세는 오늘날 오히려 역으로 비판당할 수 있습니다. 물론 화성 유토피아가 오로지 고도로 발전된 과학기술과 이로 인한 더 나은 삶만을 보여 주는 것은 아닙니다. 작품 속에서 보그다노프는 핵분열 에너지의 문제점, 생태계 파괴의 가능성을 서술하고 있습니다. 게다가 생명 윤리에 관한 여러 가지 문제점, 식량과 물 그리고 자원 부족의 가능성을 부수적으로 첨가하고 있습니다. 따라서 독자는 작품의 근본적인 주제 외에도 화성 유토피아에서 앞으로 전개될지 모르는 생태계 파괴의 문제, 새로운 사회에서 출현할 수 있는 여러 가지 위험성을 접할 수 있습니다.

31. 생태계 문제와 화성 유토피아: 생태계 파괴에 관한 문제점은 나중에 킴 스탠리 로빈슨(Kim Stanley Robinson)의 화성 유토피아 삼부작에서 다시금 문학적으로 다루어지고 있습니다. 제1권 『붉은 화성』은 2026년에서 2027년 사이에 발생하는 사회주의 혁명을, 제2권 『초록 화성』은 화성에 정착하는 사람들의 새로운 삶을 위한 노력을 서술합니다. 제3권 『푸른 화성』은 엘리트 관료주의가 노출시키는 제반 사회적 문제를 집요하게 추적하고 있습니다(Robinson: 95). 100명의 화성 탐험대는 지질학, 건축학, 의학 등 모든 지식을 동원하여 화성에 지속 가능한 거주지를 마련하려 합니다. 이 과정에서 사람들은 공동의 삶의 문제를 위하여 심리학, 사회학, 정치 그리고 종교 등의 영역의 지식 또한 필요하다는 것을 절감합니다. 특히 화성의 개발은 미지의 세계, 붉은 행성에 대한 착취로 이어집니다. 제3권은 자연을 착취하는 자들에 대항하여 생태주의의 시각을 견지하는 사람들의 지속적인 저항을 다루고 있습니다. 문제는 몇몇 사람들의 관료주의 정책이 모든 갈등을 증폭시켰기 때문입니다. 생태계 문제를 해결하기 위해서는 인간의 근본적 의식을 개혁시키는 과업과 사회와 국가의 정책이라는 제도상의 과업을 동시에 추구해야 하는데, 로빈슨의 작품들은 후자의 문제를 집중적으로 구명하고 있습니다. 이에 관해서는 또 다른 세밀한 연구가 뒤이어야 할 것입니다.

참고 문헌

김성일 A (2017): A. 보그다노프의『붉은 별』에 나타난 유토피아 세계, 실린 곳: 스토리앤이미지텔링, 제13호, 43-66.

김성일 B (2017): 우주를 향해 쏘아올린 유토피아의 꿈: A. 톨스토이의『아엘리타』, 실린 곳: 이명호 외, 유토피아의 귀환. 폐허의 시대, 희망의 흔적을 찾아서, 경희대학교 출판문화원, 96-108.

보그다노프, 알렉산드르 (2016): 붉은 별, 김수연 역, 아고라.

Bloch, Ernst (1985): Das Materialismusproblem, seine Geschichte und Substanz, Frankfurt a. M.

Bogdanow, Alexander (1998): Der rote Planet. Ingenieur Menni. Utopische Romane, Hildesheim.

Kolakowski, Leszek (1978): Die Hauptströmungen des Marxismus, Entstehung, Entwicklung, Zerfall, Zweiter Band, München/Zürich. (한국어판) 레셰크 코와코프스키(2007): 마르크스주의의 주요 흐름, 변상출 역, 유로서적.

Preobraschenskij, E. (1995): UdSSR 1975. Ein Rückblick in die Zukunft, Berlin.

Robinson, Kim Stanley (2015): Die Mars-Trilogie, München.

Saage, Richard (2000): Wider das marxistische Bilderverbot. Bogdanows utopische Romane『Der rote Planet』(1907) und『Ingenieur Menni』(1912), in: UTOPIE kreativ, H. 112, 165-177.

Saage, Richard (2008): Utopische Profile, Bd. 4, Widersprüche und Synthesen des 20. Jahrhunderts, Münster.

Tolstoi, Alexej (1987): Aëlita. Geheimnisvolle Strahlen, Berlin und Weimar.

Weiss, Peter (1990): Hölderlin, Hörspiel in zwei Akten, Frankfurt a. M..

11. 길먼의 여성주의 유토피아

(1915)

1. 페미니즘의 유토피아, 『여자들만의 나라』: 19세기 후반에 유럽에서 거대한 이슈는 마르크스의 사상과 실천이었습니다. 이 와중에도 남녀평등의 문제는 마르크스의 조류 내에서 지엽적으로 논의되었습니다. 페미니즘 성향의 작가들 가운데에는 샬럿 퍼킨스 길먼(Charlotte Perkins Gilman, 1860-1935)이 있습니다. 그미는 벨러미와 마찬가지로 『미국 페이비언(The American Fabian)』이라는 잡지에 자극을 받아서, 발전된 현대 국가와 성의 역할 등에 관하여 고심하였습니다. 처음에 길먼은 사회학적 논문을 발표하다가, 유토피아 소설 『여자들만의 나라(Herland)』(1915)를 발표하였습니다. 미리 말씀드리건대, 길먼은 여성들이 처녀생식에 의해 종을 이어 나간다는 점을 지적하고 있습니다. 이는 문학적 상상력에 의거한 것이지만, 생명체에 있어서 근원적으로 여성의 성이 남성의 성보다 먼저 결정되어 있다는 학문적 연구 결과를 떠올리게 합니다. 나아가 작품은 종래의 유토피아 소설들과는 한 가지 사항에서 대조를 이루고 있습니다. 『여자들만의 나라』는 순수하게 여성들만 살아가는 사회입니다. 동시대의 작가들의 경우와는 달리, 길먼은 소설의 배경으로 먼 미래의 사회가 아니라 멀리 떨어진 섬을 선택하였습니다(Gilman: 18). 메르시에, 벨러미, 모리스 등이 작품의 현실을 미래로 설정한 데 비하면,

길먼은 전통적인 장소 유토피아를 설정한 것입니다. 동시대적 가부장 사회와 모권 사회를 극명하게 대비시키려면, 동시적 관점이 요청된다고 판단한 게 분명합니다.

2. 길먼의 삶 (1): 길먼은 1860년 7월 3일에 코네티컷주의 하트포드에서 태어났습니다. 그미의 아버지, 프레더릭 비처 퍼킨스는 소설가, 도서관 사서 그리고 도서 편집자로 활약했습니다. 딸이 태어난 직후 그는 아내와 결혼생활을 접고 어디론가로 떠났습니다. 이로 인하여 길먼은 가난과 고독 속에서 유년 시절을 보내야 했습니다. 특히 어머니는 자주 이사를 다녔으므로, 어린 시절에 친구를 사귈 수 없었습니다. 당시 길먼은 큰 고모인 캐서린 비처의 도움을 받았습니다. 큰고모는 해리엇 비처 스토 (Harriet Beecher Stowe)의 『엉클 톰스 캐빈(Uncle Tom's Cabin)』(1852)을 읽고 노예해방을 지지한 진취적인 변호사였습니다. 길먼을 도와준 또 다른 고모는 이사벨라 비처 후커였습니다. 그미는 사회적 개혁을 요구하는 전투적 여성 운동가였는데, 두 명의 고모는 길먼에게 커다란 영향을 끼쳤습니다. 길먼은 어린 시절부터 외로움을 떨치기 위해서 수많은 책들을 독파하였습니다. 그미는 1878년부터 2년간 로드 아이랜드 디자인 학교에 다녔고, 졸업 후에는 여러 가지 그림엽서를 그려서 조금씩 생활비를 벌었습니다.

1884년에 길먼은 화가인 찰스 스텟슨과 결혼했는데, 결혼 생활 자체를 몹시 힘들어 했습니다. 결혼 후에 길먼은 심한 우울증을 앓았는데, 이러한 증세는 딸을 출산한 뒤에 더욱 심해졌습니다. 가족들은 캘리포니아로 휴양 여행을 떠났는데, 이때 길먼의 증세는 어느 정도 호전됩니다. 나중에 부부는 합의 하에 이혼하게 되고, 길먼은 딸과 함께 캘리포니아의 파네다로 이주하게 됩니다. 이후로 그미는 여관에 기거하면서 소설가로 살아갑니다. 처음에는 시와 단편을 집필하였습니다. 길먼은 놀라운 언변의 소유자였는데, 자신의 재능을 발휘하여 여성들을 위한 주제로 강연하였습니다. 이때 그미를 도와준 사람은 21세 연상의 사회주의의 지조를 지닌 소설가, 헬렌 캠벨(Helen Campbell)이었습니다.

3. 19세기 말의 신경정신과 의사의 처방은 엉터리였다: 길먼은 어린 시절부터 우울증으로 치료를 받았습니다. 자고로 정신병원은 고립된 시골이 아니라 도시 한복판에 위치하는 게 바람직합니다. 그렇게 해야 환자들은 치유 외에도 친구와 가족들로부터 사랑과 관심을 받고 사회성을 키워 나갈 수 있습니다. 이와 관련하여 문학 치료와 미술 치료는 자신의 내면적 응어리를 배설할 수 있는 좋은 방편입니다. 특히 문학 치료는 직접적으로 사물이나 의미에 속하지 않는 이미지를 형성하기 때문에, 심리적 아픔을 지닌 자에게 커다란 효과를 발휘합니다. 그런데 이러한 예술적 치료 방법은 길먼에게 주어지지 않았습니다. 길먼을 치료하던 정신과 의사는 그미에게 요양원에서의 휴식을 명하면서, 어떠한 경우에도 펜, 연필 그리고 붓을 잡지 말라고 강권하였습니다. 먼 훗날 그미는 이를 엉터리 처방이라고 말했습니다(Lane: XVI). 의사는 그미를 미성년의 상태로 묶어 둠으로써, 길먼과 같은 섬세한 여성에게 다시 한 번 심리적 상처를 입힌 셈입니다. 길먼은 이러한 엉터리 처방을 1892년에 발표한 소설 「누런 벽지(The Yellow Wallpaper)」에서 비판하였습니다. 이로써 길먼은 심리적 하자를 지닌 인간이 선택할 수 있는 방편이 문학 치료임을 작품의 집필로써 증명해 낸 셈입니다(Wegener: 69).

4. 길먼의 삶 (2): 1894년 길먼은 일자리 때문에 샌프란시스코로 이주했습니다. 사회의 변화를 불러일으키기 위해서는 고립된 소규모 유토피아 대신에 사회의 모든 계층 사람들의 연합 전선이 필요하다고 길먼은 확신했습니다. 1894년에서 이듬해까지 캘리포니아의 여성 평화당의 당원으로 일했습니다. 미국 전역을 돌아다니면서 여성의 동등한 권리를 외쳤습니다. 1896년 캘리포니아 사절단의 일원으로 영국으로 건너가 페이

비언협회에 가입하였고, 버나드 쇼 등과 만나기도 했습니다. 1898년에 『여성과 경제』라는 길먼의 강연 모음집이 간행되었습니다. 이 책에서 길먼은 다음과 같은 생각을 피력하였습니다. 현대사회에서 여성은 대체로 낮은 지위를 누리며 경제적으로 남편에게 의존하며 살아가는데, 이는 여성이 생물학적으로 저열하기 때문이 아니라 문화적으로 어떤 역할을 강요받기 때문에 비롯되는 잘못된 현상이라는 것입니다.

5. **작품의 틀:** 길먼의 작품 『산을 옮기기. 유토피아 소설(Moving the Mountain, Utopischer Roman)』(1911)에 비하면 『여자들만의 나라』는 길먼의 상상력에 의해 직조된 독창적인 작품입니다. 소설의 틀은 다른 문학 유토피아와 별반 다르지 않은 인습적 특성을 드러냅니다. 그렇지만 작가는 여행과 모험을 바탕으로 어떤 가상적인 사회를 설계하면서도 등장인물의 발전 과정을 생동감 넘치게 묘사했습니다. 수천 년 동안 여성들만 살아온 나라에, 남성 사회에 익숙한 등장인물이 어떠한 갈등을 빚는가 하는 문제는 지금까지 어떠한 문학 유토피아에서도 세밀하게 다루어진 바 없습니다. 게다가 세 명의 남자 주인공들은 제각기 다른 인간적 특성을 지니고 있습니다. 테리, 제프 그리고 주인공인 나, 반다이크는 제각기 다른 특성을 지니고 있기 때문에, 독자들은 작품이 어떠한 방식으로 전개될지 미리 예측할 수 없으며, 약간의 박진감을 느끼게 됩니다.

6. **세 명의 남자:** 세 사람은 학문적 호기심이라는 공통점을 지니고 있지만, 성품에 있어서는 제각기 다릅니다. 이러한 이질성은 특히 사랑과 성에 관한 그들의 상이한 입장에서 분명히 드러납니다. 첫째로, "테리," 즉 테리 니콜슨(Terry Nicholson)은 야심과 성공의 욕구로 가득 차 있는 진상입니다. 그는 미지의 땅끝까지 찾아가 탐색하려는 열정을 지니고 있습니다. 테리는 모터보트, 자동차 그리고 비행기를 능수능란하게 조종할 줄 압니다. 둘째로, "제프," 즉 제프 마그레이브(Jeff Margrave)는 과학

의 기적을 경탄해 마지않는 조용하고 부드러운 사내입니다. 옛날에 태어났더라면, 시인이 되었거나 사제가 되었을 법한 인물이지요. 제프는 생물학과 의학을 전공하였는데, 여성들의 삶의 방식을 흠모하는 부드러운 사내입니다. 셋째로, 주인공, 나인 "반," 반다이크 제닝스(Vandyke Jennings)는 성격상 이들의 중간에 해당하는 젊은이입니다. 그는 인문·사회과학을 전공했지만, 자연과학에도 관심을 기울이는 편입니다. 합리적이고 개방된 품성을 지니고 있으며, 자유롭게 처신합니다.

7. 등장인물들, 여자들만의 나라에 들어가다: 세 명의 남자는 아마존을 탐험하고 돌아오는 길에, 그곳 원주민들로부터 기이한 이야기를 전해 듣습니다. 주위의 인접한 섬에는 여성들만 살아가는 공동체가 있다고 합니다. 여성들은 전쟁과는 담을 쌓고 평화롭게 살아간다는 것입니다(Holm: 175). 그들의 마음속에서 호기심과 모험심이 끓어오릅니다. 테리는 요트에 모든 물품을 싣고 친구들과 그곳으로 항해합니다. 첫 번째 장은 고원의 아름다운 풍경을 세밀하게 묘사하고 있습니다. 세 명의 사내는 여자들만의 나라에 처음으로 발을 들여놓은 뒤에 감탄을 터뜨립니다. 깨끗한 정원, 아름다운 건축물 그리고 여성들의 멋진 의복 등은 탄복할 정도입니다. 주위 환경은 깨끗하고 단정하게 가꾸어져 있으며, 악취를 풍기는 쓰레기도 없습니다. 제프는 이곳 사람들이 마치 부드러운 백합과 같아서 세심한 배려를 필요로 하는 여린 여성들이라고 착각합니다. 그렇지만 테리에게는 여성 자체가 "부드러운 동물"입니다. 그에게 여성이란 성적 열망을 느끼게 하는 여자, 그렇지 않은 여자로 분류될 뿐입니다. 세 사람 모두 여성들이 지적 능력, 논리성과 에너지에 있어서 남자들을 따라오지 못하리라고 지레짐작하고 있습니다. 두 번째 장에서 세 명의 사내는 섬에서 살아가는 여자들과 처음으로 조우합니다. 원주민 여자들은 세 명의 낯선 남자를 친절하고 정중하게 맞이합니다. 그러나 테리가 심문을 피하기 위해서 권총을 사용하려 했을 때, 여자들은 세 명의 남자를 어떤

묘약으로 마취시켜서 감옥에 가두어 버립니다.

8. 난생 처음으로 남성을 만난 처녀들: 세 번째 장에서 세 사내는 오래된 요새의 편안한 감옥에서 깨어납니다. 그들의 앞에는 세 명의 원주민 처녀들이 우두커니 서 있습니다. 셀리스, 알리마, 엘라도어라는 처녀들인데, 섬으로 침입한 낯선 남자들을 바라보고 신기한 듯 방긋 미소를 짓습니다. 알고 보니, 이들은 세 명의 남자에게 이곳의 언어를 가르치라는 명을 받은 여자들이었습니다. 테리가 흑심을 품고 그미들에게 접근했을 때 처녀들은 전혀 피할 생각 없이 자신들이 암벽을 잘 탄다고 말합니다. 세 명의 처녀들은 그들에게 묘한 불안감을 안겨 줍니다. 왜냐하면 처녀들은 고향에서 대하던 숫기 없는 여자들과는 전혀 달랐기 때문입니다. 처녀들의 육체는 단련되어 있어서, 달리기, 점프, 나뭇가지 사이로 빙빙 돌기를 자유자재로 구사할 줄 알았습니다. 남자들은 처음에는 감옥에 수감되었습니다. 그러나 그들은 일정한 공간에서 숙식을 제공받으면서 이곳 섬의 일상 언어를 하나씩 터득해 나갑니다. 3개월 뒤 세 남자는 탈출을 시도하지만, 다시 포획됩니다.

9. 서구 문명과 여성 중심 사회 사이의 소통: 제4장부터 10장까지의 부분은 세 명의 남자와 이곳 원주민들과의 대화로 이루어져 있습니다. 여자들은 세 사람에게 여자의 나라에 관한 제반 사항을 전해 주는 대가로, 세 명의 남자들로부터 서구 사회에 관한 이야기를 전해 듣습니다. 작가는 서구 사회가 남성 중심으로 잘못 발전되어 왔다는 것에서 출발하여, 여성 중심의 공동체가 어떠한 장점을 지니는지를 알려 줍니다. 독자는 이러한 대화를 통해서 여성 공동체의 생물학적, 물질적 재생산, 기술의 역할, 자연과 성에 대한 그들의 태도, "새로운 인간," 정치 제도, 법정, 교육, 종교 그리고 전쟁과 평화에 대한 그들의 자세 등을 접하게 됩니다. 세 여자와 세 명의 미국 남자 사이의 대화는 마냥 대화로 그치지 않습니

다. 이들 사이의 대화는 남녀의 애틋한 사랑으로 발전되고, 이러한 사랑은 결국 혼인이라는 난제로 이어집니다.

10. 한 가지 난관: 그렇지만 혼인에는 한 가지 난관이 가로놓여 있습니다. "여자들만의 나라"의 방문객은 규정상 이곳 사람과 혼인하여 가정을 꾸릴 수 없으며, 사적인 물품들을 소유할 수 없습니다. 다만 낯선 자에게 친절을 베풀기 위해서 결혼식만 허용될 뿐입니다. 문제는 처녀들이 지금까지 남자들과 어떠한 교분은커녕 만난 적도 없이 자랐기 때문에 남성에 대한 에로틱한 감정을 전혀 느끼지 못한다는 사실입니다. 이성에 매혹되는 사랑, 열정 그리고 성적 욕구 등의 단어는 이곳에서는 그야말로 외국어와 같습니다. 사랑은 그들에게 어떤 유형의 우정에 불과할 뿐입니다. 따라서 섬에서 살아가는 여성들은 처음 섬에 발을 들여놓은 세 명의 남자들에 대해 몹시 신기하다는 듯이 바라보았을 뿐, 이성으로서의 사랑을 전혀 느끼지 못합니다(Gilman: 72). 여성들은 섹스를 오로지 이성 간의 결합으로, 종족을 보존하는 수단으로 생각하고, 처음에는 오르가슴이 무엇인지 알지 못합니다.

11. 세 명의 남자들의 이후의 삶: 세 명의 남자는 기이한 여성 공동체의 사회에서 제각기 다르게 행동합니다. 테리는 마음에 드는 처녀를 유혹하려 하지만, 실패합니다. 왜냐하면 이곳의 처녀들은 성이 무엇인지 아직 모르기 때문입니다. 이로 인하여 몹시 흥분한 테리는 사랑하는 처녀, "알리마(Alima)"를 골라서 완강한 자세로 결혼을 강요합니다. 그의 일방적인 의향은 먹혀들지 않게 되고, 테리는 결국 섬에서 추방당합니다. 제프는 이곳의 부드러운 규칙과 예법을 그대로 받아들이고, 여자들만의 나라에 남아서 "셀리스(Celis)"와 함께 살아가기로 결심합니다. 소설의 화자인 반은 이곳에서 배운 바를 그대로 수용하여 한 처녀와 결혼식을 올립니다. 그 다음에 아내, "엘라도어(Ellador)"와 함께 미국으로 돌아옵니다.

여자들만의 나라에서 답습한 반-에로스적인 처방은 결국 긍정적인 효과를 거두게 됩니다. 반은 아내에게 다음과 같은 이야기를 들려줍니다. 부부는 자식에 관한 생각 없이 성을 서로 나눌 수 있으며, 이것이 바로 "결혼한 연인들의 아름다운 행복"이라는 것입니다. 이때 엘라도어는 다음과 같이 말합니다. "그러니까 사람들은 비단 부모가 되기 위해서가 아니라, 사랑의 감정을 서로 나누기 위해서 결혼하는 것이지요? 결국 사람들은 완전한 연인들의 세계, 행복감에 젖고 상대방을 애호하는 세계, 지고의 감정적 물결 속에서 삶을 영위하기 위한 세계를 지니고 있어요"(Gilman: 165). 이 말을 듣는 순간 반은 어안이 벙벙해집니다. 왜냐하면 아내가 새로운 시민사회의 결혼의 의미를 그제야 비로소 깨달았기 때문입니다.

12. 남성 중심의 미국 자본주의 현실과 여자의 나라에 묘사된 현실: 작가의 시대 비판은 미국의 자본주의 문명으로 향하고 있습니다. 세 남자는 미국 사회를 다음과 같이 두둔합니다. "가난에 관한 한 우리 나라가 세상에서 가장 훌륭한 나라이지요. 우리 나라에는 과거 국가에서 존재했던 거지라든가 가난한 사람들이 더 이상 살지 않아요"(Gilman: 88). 그렇지만 이들은 미국 사회를 움직이게 하는 법이 사회적으로 적자생존을 강조하는 다윈의 엘리트주의라는 것을 인정하고 있습니다. 또한 대부분의 가난한 미국 여성들은 자식을 많이 낳습니다. 남성 중심 사회의 문제점은 다음과 같은 대화에서 첨예하게 나타납니다. "미국에서는 두 가지 유형의 삶의 방식이 있어요. 그 하나는 성장, 투쟁, 정복, 가족의 구성, 물질적, 문화적 성공을 거두는 남자의 삶의 방식이며, 다른 하나는 한 남자에게 의존하여 평생 가사에 시달리다가 이따금 사회적 자선 행위에 수동적으로 참가하는 여성의 삶의 방식이지요"(Gilman: 137). 그렇지만 여자들만의 나라에서의 삶은 미국의 경우와 전적으로 대조됩니다. "여자들만의 나라"에는 성차별로 인한 편견이 없습니다. 아니, 성에 대한 인식 자체가 존재하지 않습니다. 인간의 완전한 사회적 삶은 결코 특정 부류의

인간의 희생을 바탕으로 이루어지는 게 아니라, 자신의 내적 능력을 최대한 발휘할 때 실현될 수 있습니다(Gnüg 179).

13. **"여자들만의 나라"의 크기와 인구:** 여자들만의 나라는 모권 중심으로 이루어져 있으며, 고도의 산업사회와는 무관한 지상의 낙원입니다. 이곳 여성들은 자연 친화적인 방식을 사회 전 영역에 도입했습니다. 땅은 수많은 꽃으로 가득 찬 정원을 방불케 하며, 거주지는 아름답고도 실용적으로 축조되어 있습니다. 도로는 완전한 인조 물질로 포장되어 있습니다. 그곳에는 산업 쓰레기라든가 공장 폐수, 광산의 더러운 흙더미 등은 전혀 없습니다. 여자들만의 나라는 섬으로 이루어져 있는데, 해안에는 거대한 절벽이 솟아올라 있으므로, 마치 난공불락의 요새와 같습니다. 따라서 외지의 사람이 이곳에 침투할 가능성은 지극히 드뭅니다. 섬의 크기는 이를테면 네덜란드 면적만 하고, 만에서 12,000평방마일의 폭을 지니고 있습니다. 이곳의 인구는 대체로 삼백만 정도입니다. 삼백만의 수는 여성들로 하여금 매우 다양한 삶을 영위하게 합니다.

14. **"여자들만의 나라"의 배경과 역사:** 원래 여자들만의 나라는 살기 좋은 청정 지역이 아니었습니다. 이천 년의 세월을 지나는 동안 "여자들만의 나라"는 주민들의 각고의 노력 끝에 서서히 어떤 모범적 국가로 거듭나게 되었습니다. 원래 섬의 주민들은 일부다처주의를 표방하는 인도-게르만족의 후손들이었는데, 우여곡절 끝에 결국 젊은 여자들만 이곳에 거주하게 됩니다. 외부에 머물고 있는 남자 노예들은 호시탐탐 이 섬을 노리고 있었습니다. 그래서 주민들은 자유를 지키려고 안간힘을 다합니다. 작가는 "여자들만의 나라"가 형성된 역사적 배경을 다음과 같이 서술하고 있습니다. "젊은 여자들은 굴복하는 대신에 저항을 선택하였는데, 절망감에 사로잡힌 채 그들을 잔인하게 억압하려는 자들을 살육하였다. (…) 아름답고 고적한 섬에는 히스테리 발작에 시달리는 처녀

들과 몇몇 나이 든 노예 여자들 외에는 어느 누구도 남지 않게 된다. 그때는 이천 년 전의 일이었다. 처음에 주민들은 혹독한 절망 속에서 연명했으나, 시간이 흐름에 따라 이곳에 정착하기로 결심하게 된다. 그리하여 그들은 죽은 사람들을 땅에 묻은 뒤에 땅을 경작하고 씨를 뿌렸다"(Gilman: 79f). 외부 세계와 단절된 데에는 무엇보다도 화산 폭발이 계기가 되었습니다. 그때 많은 사람들이 사망하고, 바다로 향하는 통로는 차단되었습니다. 왜냐하면 바다로 향하는 통로 위에 화산 폭발로 인해 거대하고 가파른 언덕이 형성된 것입니다. 화산 폭발 후에 이곳에서 노예로 살아가던 여자들은 섬을 다스리는 남자들과 사내아이들을 살해하고, 여성들만의 나라를 건설하게 됩니다.

15. 처녀생식과 공격 성향의 단절: 그러나 여성들만으로 거대한 공동체에서 독자적으로 살아가는 것은 힘든 일이었습니다. 몇몇 소수의 여성들은 자살로 힘든 삶을 마감합니다. 그러나 다수의 여성들은 생존을 위해서 처절할 정도로 힘들게 일합니다. 그들 대부분은 젊었으며, 시체를 땅에 묻은 다음에 황무지를 개간하여 그곳에 씨를 뿌렸습니다. 약 5년에서 10년의 시간을 함께 살아온 그들은 결국 하나의 기적을 만들어 냅니다. 자식을 낳으려면 남자가 있어야 하는데, 이곳 여자들은 여신을 숭배함으로써 자식, 즉 딸들을 낳게 됩니다. 그런데『여자들만의 나라』에서는 통상적인 자연과학의 상식으로는 납득할 수 없는, 일종의 처녀생식을 통해서 출산이 가능하게 됩니다. 처녀생식이란 미수정란이 수정 과정을 거치지 않고 단독으로 발생하여 새로운 개체가 되는 일을 가리킵니다. 동물 가운데에는 꿀벌, 물벼룩, 진딧물, 그리고 식물 가운데에는 약모밀, 껄껄이풀, 민들레 등이 처녀생식으로 개체를 확장합니다.『여자들만의 나라』에서는 페미니즘과 우생학이 접목된 계획적 출산이 장려되고 있습니다(김진옥: 58).

16. 허드슨의『수정의 시대』: 처음에『여자들만의 나라』의 여성들은 고대 그리스의 사람들처럼 신들과 여신들을 강하게 신봉했습니다. 그러나 나중에는 전쟁과 약탈의 신들로부터 등을 돌리고, 오로지 모성으로서의 여신을 신봉합니다. 그들의 신앙은 모친들을 모시는 여성적 범신론으로 발전하게 됩니다.『여자들만의 나라』에서는 개미와 꿀벌의 국가가 추가로 묘사되고 있습니다. 이는 마치 윌리엄 헨리 허드슨의 문학작품,『수정의 시대(A Crystal Age)』(1887)의 내용을 연상시킵니다. 조류 연구가이자 박물학자인 작가 윌리엄 헨리 허드슨(William Henry Hudson, 1841-1922)은 이 작품에서 신비로운 부정의 문학 유토피아를 설계하고 있습니다. 주인공 스미스는 작가 허드슨과 마찬가지로 자연을 탐구하는 박물학자인데, 낯선 지역에서 어느 식물의 뿌리를 살펴보다가 그만 의식을 잃습니다. 깨어나니 기이한 사람들이 그를 보살펴 주고 있었습니다. 이곳 수정 국가의 사람들은 그들 고유의 언어를 사용하고, 마치 벌집에서 살아가는 생물체처럼 생활합니다. 문제는 개개인에게 아무런 사랑의 감정이 자리하지 않는다는 사실입니다. 사람들은 모두 가족 내의 남매로 구성되어 있는데, 오로지 공동체의 수장과 그의 아내만이 후사를 둘 수 있습니다(Hudson: 43, 75). 수정 국가의 사람들은, 마치 벌들과 같이, 자신의 역할로 구분되어 있습니다. 주인공은 아름다운 처녀, 욜레타를 사랑하지만, 그미는 정작 사랑이 무엇인지 알지 못합니다. 주인공은 도서관에 비치된 치료제를 마시고 끝내 사망합니다. 작가는 미래의 끔찍한 국가 체계 속에서 성적으로 그리고 정서적으로 억압당하는 인간형을 묘사하였습니다. 수정 국가에서는 오로지 개개인의 기능과 역할만이 강조되고 과학기술이 비판의 대상이 된다는 점에서, 작품은 디스토피아, 다시 말해서 목가적 유토피아의 어떤 끔찍한 체제를 비판하고 있습니다 (Pfaelzer: 73).

17. 상호부조하는 꿀벌의 세계와 처녀생식:『수정의 시대』에 비하면,

『여자들만의 나라』는 결코 부정적이거나 염세적인 전체주의의 지배 구도를 드러내지 않습니다. 오히려 그 반대입니다. 남성들이 존재하지 않기 때문에 우정 관계만이 존재하지만, 전체적으로 고찰할 때, 여성들은 마치 꿀벌의 사회처럼 성행위와 공격 성향을 전혀 알지 못한 채 상부상조합니다. 마치 새들이 봄을 사랑하고, 벌들은 근심 많은 여왕벌을 돌보듯이, 여성들은 남성과의 성관계 없는, 이른바 처녀생식의 방식으로 후손을 이어 갑니다. 이러한 방식을 통해서 여자의 나라는 어떠한 공격 성향도 자리하지 않는 사회의 가능성을 보여 주고 있습니다. 이로써 그들은 아무런 방해 없이 평화를 즐기고, 풍요로움을 누리며, 그들 스스로의 의지대로 건강하게 살아가게 된 것입니다. "새들이 봄을 사랑하듯이/꿀벌들 역시 모든 것을 돌보아 주는 여왕을 사랑한다"(Saage: 89). 놀라운 것은 이러한 사상 또는 감정으로 인하여 사람들이 지배 내지 권력욕을 포기하게 되었다는 사실입니다. 이때 주인공, 반은 다음과 같이 묘사합니다. "그들은 완전히 평형을 유지하고 있다. 놀라울 정도의 참을성을 지니고 있으며, 친절한 마음으로 함께 생활하고 있다. 또 한 가지 사항을 놀라운 마음으로 관찰할 수 있었는데, 그것은 그들 가운데 어느 누구도 자극적인 행동 내지 공격적 자세를 취하지 않고 있다는 것이다"(Gilman: 69).

18. 사유재산, 빵을 더 차지하기 위한 경쟁과 투쟁은 없다: 지배가 없으면, 경쟁이나 투쟁도 존재하지 않습니다. 작품에는 경제적 소유 관계가 명문화되어 있지 않습니다. 여자들만의 나라에서는 "나의 것"과 "너의 것"이 구분되어 있지 않습니다. 보석과 장신구는 그들에게는 아무런 의미가 없으며, 공동의 사용가치를 지닐 경우에 한해서 여성들은 그냥 흡족해합니다. 또한 그들은 경제적 부를 추구하기 위한 축재에 전혀 관심이 없습니다. 대신에 공동의 선 내지 조국의 이득에 도움이 되는 일에 관해서는 지대한 관심을 기울입니다. "그들은 땅을 좋아합니다. 왜냐하면 땅은 그들에게 아이들의 보금자리, 놀이터 그리고 노동의 장소이기 때문

입니다. 그들은 자신의 일터와 지금까지 이룩한 그들의 역사에 관해서 자부심을 지니고 있습니다"(Gilman: 129). 여자들만의 나라의 경제적 목표는 자본주의 사회에서 사는 자본가의 이윤 추구가 아니라, 후세 사람들의 번영을 기약해 주는 문화적 자양입니다. 그렇기에 여자들만의 나라는 상호 경쟁과 승리 등의 의미가 별반 중요하지 않습니다. 이곳 사람들은 인구 성장의 문제와 직면했을 때, 인구 성장으로 인해 고갈된 자원을 차지하기 위해서 서로 경쟁하거나 투쟁하지 않기로 결정합니다. 이를테면 먹을 것이 부족하다는 이유로 타민족을 정복하는 행위를 거부하였습니다.

19. 나무 재배, 경제적 구도와 수준: 나무는 음식을 공급하는 중요한 수단이므로, 굳이 쟁기를 들고 경작하지 않아도 많은 과실을 제공합니다. 그렇기에 이곳 사람들은 나무를 가급적 베지도 옮기지도 않습니다. 여자들만의 나라에서 중요하게 간주되는 것은 과실수를 심는 일과 식물을 재배하는 일입니다. 그래서 그들은 땅을 개간하여 많은 과일 작물을 심습니다. 생산 과정에 관해서 작가는 많은 것을 거론하지 않습니다. 모든 일은 여성들의 협동으로 이루어집니다. "여성들이 남성들보다 더 협동적으로 일할 수 있는 소질을 지니고 있어"(Gilman: 95). 게다가 여성들은 협동적으로 일하면 힘든 일을 얼마든지 잘 수행할 수 있다고 합니다. 겨울이 되면 높은 지역의 땅은 눈으로 덮이지만, 낮은 지역은 아열대 기후의 영향으로 레몬, 무화과 그리고 올리브가 넘쳐납니다. 이를 위해서 여자들은 높은 수준의 과학기술을 농업에 활용합니다. 따라서 이곳의 경제는 농업 중심으로 이루어지며, 섬유 제품이 생산되고, 염색 공장 또한 자리하고 있습니다. 그래서 이곳 사람들은 알록달록한 의복을 걸치고 있습니다. 그렇지만 생산 과정에서 이루어지는 협동에 관해서는 많은 정보를 얻을 수 없습니다. 이를 고려하면 여성이라고 해서 특별히 제한되는 일은 처음부터 존재하지 않습니다. 여자들은 사치스럽게 살지 않지

만, 어느 정도 문명사회의 수준을 유지하며 생활합니다. 이를 고려한다면 "여자들만의 나라"의 경제적 수준은 벨러미가 구상한 바람직한 국가의 그것에 근접해 있습니다.

20. 채식주의의 식사: 인구 증가 문제에 봉착했을 때, 이곳 사람들은 채식주의의 식생활을 정착시킵니다. 이로써 소, 말 그리고 양 등은 더 이상 사육되지 않습니다. 이러한 동물들은 생존하기 위하여 많은 풀들을 섭취해야 하는데, 그렇게 되면 이곳 사람들의 식량이 줄어들게 됩니다. 모든 황야는 개간되지만, 소, 말, 양 그리고 닭들은 거의 발견되지 않습니다. 물론 날짐승은 예외적으로 존재합니다. 왜냐하면 새들은 쥐, 두더지 등과 같은, 식물을 해치는 작은 동물들을 잡아먹기 때문입니다. 그렇다고 해서 새를 제외한 동물들이 "여자들만의 나라"에 없는 것은 아닙니다. 이를테면 고양이는 인간의 필요에 따라 애완동물로 길러지고 있습니다. 이러한 조처를 통해서 사람들은 이른바 동물을 매개로 한 여러 가지 전염병을 사전에 근절시킬 수 있었습니다.

21. 출산과 교육: 모성에 대한 믿음은 여자들만의 나라에서 행운을 기약해 줍니다. 섬은 크지 않으므로, 인구가 많아지면 난관에 봉착하게 될 것입니다. 두 명의 아이를 낳는 경우는 극히 이례적인 일로서, 사회적으로 훌륭한 일을 행한 여자만이 그러한 특권을 누릴 수 있습니다. 출생 제한의 조처로 인하여 인구가 적정 수준을 유지하게 되었으며(Gilman: 113), 그때부터 어떠한 범죄도 발생하지 않게 됩니다. 플라톤의 『국가』에서는 국가가 나서서 군인들의 성생활을 조절하고 있습니다. 전쟁에서 공을 세운 유능한 젊은이들에게 하나의 포상으로서 여자들과 육체적으로 사랑을 나누게 하여 가급적이면 정신적으로 영민하고 육체적으로 튼실한 아이들을 출산하도록 조처합니다. 이러한 조처는 "여자들만의 나라"에서도 처녀생식의 방식으로 시행되고 있습니다. 즉, 나쁜 성격의 소유

자 내지 사회적 책임 의식이 없는 처녀들은 어머니가 될 수 없습니다. 플라톤과 현대의 디스토피아 문학에서 나타나고 있듯이, 가족 체제는 폐지되어 있고, 아이들의 공동 교육이 활성화되어 있습니다. 이와 관련하여 길먼은 낳은 어머니보다 키운 어머니를 더욱 중요하게 생각합니다. 왜냐하면 모성적 교육이야말로 한 인간의 육체적, 심리적 발전에 지대한 영향을 끼치기 때문입니다.

22. 학문과 기술에 관한 이곳 여성들의 입장: 이곳의 여자들은 특정 과학기술을 지지합니다. 국가는 무언가를 비판하는 지식인 그룹과 무언가를 발명하는 학자 그룹을 집중적으로 돌보아 줍니다. 관찰력과 분석력이 뛰어난 학생일 경우, 그미는 국가로부터 특별 교육을 받습니다. 이곳의 지식인은 비판력과 발명 기술을 체득하고 있습니다. 특히 중요하게 인식되는 과목은 해부학, 인상학, 식품 영양학입니다. 전기에너지로 움직이는 기계, 거리에서는 자동차가 제법 빠른 속도로 달리고 있습니다. 그렇지만 학문과 기술의 발전은 농업 중심의 정책 내에서만 추진됩니다. 길먼은 여자의 나라에서 추진되는 학문과 기술의 탐구에 과도할 정도의 중요성을 부과하지는 않았습니다. 이를테면 이곳 여성들은 비행 기술을 개발하지 못했으므로, 세 명의 남자들을 마치 화성으로부터 불시착한 외계인으로 간주합니다(Jens 7: 327). 과연 이들이 차제에 비행 기술을 계속 발전시킬지, 아니면 처음부터 차단시킬지에 관해서 우리는 알 수 없습니다. 확실한 것은 여성들이 학문과 기술을 거의 완전하게 장악하고 있다는 사실입니다.

23. 교육과 종교: 『여자들만의 나라』에서는 교육이 중요한 일감입니다. 사람들은 소아 질병에 관해서 연구하고, 아이들을 자연 친화적으로 교육시킵니다. 아이들이 배우는 것은 평화, 아름다움, 질서, 안전, 사랑, 지혜, 정의, 인내심 등입니다. 아이들의 정신과 영혼 역시 육체와 마찬가

지로 튼튼히 단련되어야 합니다. 교육과 마찬가지로 중요한 것은 종교입니다. 자연의 순환은 그들에게 결실을 가져다주는 여성 신을 숭상하게 하였습니다. 길먼은 다음과 같이 표현합니다. "어머니인 땅은 사람들에게 결실을 안겨 주었다. 그들이 먹는 모든 것은 어머니의 과일이었다. 그것은 땅의 씨와 알로 이루어진 것들이었다. 모성은 탄생과 생명을 의미했으며, 그들에게 삶은 모성의 오랜 순환의 과정과 같았다"(Gilman: 83). 그들이 먹는 모든 것은 어머니 신이 선사하는 씨이며, 알과 같습니다. 하나의 단일한 자연신을 숭상하다 보니 여성들은 신적 에너지가 드러내는 포괄적인 사랑을 받아들이게 되었습니다. 여성들은 함께 모여 리듬에 맞추어 춤을 추고 노래를 부릅니다. 그들은 가무를 통하여 여성 신에게 감사하는 마음을 표현합니다.

24. 남성 사회에서 여성의 상은 가식적으로 만들어진 것이었다: 길먼의 작품은 어떤 현실과 이상 사이의 간극을 반복해서 다루고 있습니다. 주어진 미국의 현실은 흐린 잿빛으로 암울하게 비치지만, 작품 속에서 사랑의 이상은 찬란하게 묘사됩니다. 주인공, 반은 오늘날의 페미니즘 운동과 관련하여 다음과 같이 말합니다. "흔히 우리가 아름답다고 여기는 여성의 매력은 실제로는 결코 여성의 근본적 속성을 말해 주는 게 아니라, 오히려 남자들이 떠올린 갈망의 거울상에 불과하다. 여성들은 남자들의 마음에 들기 위하여, 다시 말해 남자들의 마음에 들도록 끝없이 강요당했기 때문에 자신의 고유한 특성을 간과하고, 남성이 원하는 여성의 상을 그냥 발전시켜 왔을 뿐이다. 따라서 현재 유효한 여성들의 매력이라는 것은 근본적으로 여성의 고유한 본성이 아닌 것 같다"(Gilman: 84). 여기서 우리는 진정한 여성성이, 남성의 시각과는 별개로, 어떠한 남성적인 강압과 이데올로기의 영향 없이 자생적으로 그리고 자발적으로 발견되어야 하는 것임을 깨달을 수 있습니다.

25. "가식적인" 남성상: 진정한 남성성에 관한 상 역시 어쩌면 거울에 비친 허상일지 모릅니다. 왜냐하면 그것은 여성에 대한 남성의 시각과 비교하여 창안해 낸 것이기 때문입니다. 작가는 소설의 화자로 하여금 다음의 사항을 인식하게 했습니다. "여성들의 경우 그들은 가급적이면 다양하게, 가급적이면 여성적으로 교육 받는다. 이에 비해 우리 남자들은 남자들의 고유한 세계를 지니고 있다. 남성성을 뛰어넘는 초인적 강건함을 드러내다가 우리는 쉽사리 피곤함을 느끼며, 그렇기 때문에 우리는 사랑을 통해서 여성다운 여성을 그리워하며, 이를 찾으려고 한다" (Gilman 169). 여기서 우리는 다음의 사항을 확인할 수 있습니다. 즉, 여성다운 여성은 남성의 편견에 의해 각인된 미의 고정관념이라는 사항 말입니다. 사실 우리는 이 대목에서 "남성다움" 속에 도사린 허구와 편견을 감지할 수 있습니다. 남성이라면 여성 앞에서 힘을 자랑해야 하고, 가장으로서 모든 것을 책임져야 하며, 인내심을 드러내야 합니다. 이는 "만들어지는 남성성" 내지 "헤게모니 남성성"으로 요약할 수 있습니다(송희영: 9). 이러한 만들어진 남성성 역시 남성다움이라는 편견으로서 모든 남성에게 보이지 않는 심리적 압박으로 작용하곤 합니다.

26. 남성과 여성에 대한 편견: 상기한 내용과 관련하여 남성의 거울상과 여성의 거울상을 둘러싼 편견을 첨가하지 않을 수 없습니다. 남성과 여성에 관한 수많은 오해는 인류 역사에서 지속적으로 속출하였습니다. 가령 여성은 남성보다 지적으로 열등하다는 논리는 오래 전부터 — 아리스토텔레스에서 헤겔에 이르기까지 — 거의 통념처럼 전해졌습니다. 근대에 이르러 자연과학자들은 이러한 통념을 하나의 진리로 규정하고, 이에 대한 논거로서 인간의 뇌 크기를 예로 들었습니다. 사실 남성의 뇌는 여성의 그것보다 평균적으로 큽니다. 그런데 최근 연구에 의해 밝혀진 바에 의하면 여성의 뇌에서의 혈액 내지 신경전달물질의 순환 속도는 남성의 뇌에서의 그것보다 훨씬 빠르다고 합니다. 개별 인간의 능력

을 따질 때 중요한 것은 뇌의 크기가 아니라, 뇌를 작동시키는 혈액과 호르몬의 공급 속도라고 합니다(밀: 125). 따라서 뇌의 크기만 가지고 질적 우열을 가린다는 것은 완전히 허구입니다. 왜냐하면 여기에는 뇌의 기능적 측면은 고려되지 않고 있기 때문입니다. 남성과 여성의 지적 발전에 영향을 끼치는 것은 주어진 환경의 요인입니다. 지금까지 주어진 시민주의의 현실은 여성으로 하여금 지적 발달을 추구하지 못하도록 끊임없이 하나의 장애물로 작용하였습니다.

27. 페미니즘과 여성의 삶에 대한 성찰: 이곳에는 "대모(大母, Co-Mother)"가 존재합니다. 대모는 많은 자식을 거느릴 수 있는 특별 권한을 지니고 있습니다. 대부분의 여성들이 단 한 번 자식을 가질 수 있는 반면에, 대모의 경우 여러 번 출산이 가능합니다. 또한 여자들만의 나라에서는 아이를 키우는 일을 담당하는 자들은 특별 대접을 받습니다. 여왕을 제외한다면, 특별 권한을 부여받는 여성들은 대모 외에는 한 명도 없습니다. 길먼은 『여자들만의 나라』를 통해서 하나의 이상적 사회를 설계하고 있습니다. 이곳에서는 서로 다투고 경쟁하는 일, 인간을 죽이고 살육하는 행위 그리고 가지지 못한 자를 경제적으로 착취하는 일 등이 결코 발생하지 않습니다. 그렇지만 길먼은 자매들의 친목을 통해서 나타날 수 있는 거대한 권력의 위험한 가능성에 관하여 전혀 언급하지 않았습니다. 이러한 위험성은 나중에 어슐러 르 귄의 작품 『빼앗긴 자들. 어떤 모호한 유토피아(The Dispossessed. An Ambiguous Utopia)』(1974)에서 암시되고 있는데, 길먼은 이에 관해서 추호도 의심한 적이 없는 것 같습니다. 이곳에서는 결코 남성의 보살핌을 필요로 하는 유약한 여자도 없고, 그렇다고 해서 죽도록 일에 몰두하는 거친 여자도 없습니다. 우리는 프랑스의 페미니스트 뤼스 이리가레(Luce Irigaray)라든가 엘렌 식수(Hélèn Cixous)가 언급하는 여성의 삶의 전 단계를 길먼의 유토피아에서 어느 정도 상정해 낼 수 있습니다. 즉, 남성의 팔루스 중심적인 성과

대비되는, 전인적 특성을 지닌 여성성이 바로 그것입니다.

28. 평화와 협동을 추구하는 여성들은 전투적인 아마존 여성들과 대비된다: 『여자들만의 나라』에 등장하는 공동체의 원형은 고대의 아마존 여성 공동체와 정반대의 특성을 표방합니다. 아마존 여성들은 전투적인 남성 사회와 싸우다가 심한 피해를 당합니다. 이를 고려할 때 길먼은 고대 사회부터 현대에 이르기까지 이어진 사회구조가 철저하게 남성주의의 사고에 근거해 왔음을 지적하고, 여성들의 자치적인 공동체의 가능성을 제시하고 있습니다. 놀라운 것은 길먼의 여성 공동체가 투쟁, 경쟁 등을 지양하고 평화와 협동을 준수한다는 사항입니다. 이로써 길먼의 유토피아는 20세기 이후에 나타나는 여성주의 평화 운동과 관련되는 유토피아의 흐름에 획기적인 교두보를 마련한 셈입니다. 『여자들만의 나라』에서는 제반 영역에 있어서 파생될 수 있는 위험성 내지 단점에 관한 어떠한 암시도 생략되어 있습니다. 전체적으로 작품이 진보적 낙관주의의 여운을 남기는 것도 바로 그 때문입니다.

29. 여성이 여성다움을 추구하는 것은 가부장적인 이데올로기를 공고하게 한다: 길먼은 시민사회의 여성상의 허구성을 예리하게 지적합니다. 시민사회의 여성들은 무의식적으로 타인의 마음에 들도록 행동하고, 남성 중심주의 사회 내에서 여성다움, 즉 수동적 여성상을 당연한 것으로 여겨 왔습니다. 그러나 이러한 여성상은 팔루스 중심주의에 근거한 것으로서 허구적 이데올로기에 가리어져 있는 무엇입니다. 이와 관련하여 길먼은 여성이 여성다움을 강요하는 이러한 허구적 이데올로기의 껍질을 벗어던질 때 비로소 자신의 고유성과 자유를 찾을 수 있으리라고 여겼습니다(Lane: 76). 기실 사회가 여성들에게 여성다움을 강요하는 것은 배후에서 여성 혐오를 더욱더 부채질하였습니다. 여기서 말하는 "여성 혐오"란 이른바 "여성다움"이라는 동전의 뒷면과 같습니다. 그것은 여성에 대

한 남성들의 혐오만을 가리킬 뿐 아니라, 강요된 여성다움으로 인해 발생하는 여성들의 자기 비하의 감정과도 결부되고 있습니다. 중요한 것은 길먼에 의하면 여성들이 이른바 여성다움, 즉 수동적인 여성상을 강요받지 말아야 한다는 사실입니다. 그렇게 해야만 여성들은 자신에게 여성다움을 강요하는 외부적 압박을 떨치고, 자기 자신의 고유한 정체성을 찾을 수 있습니다. 여성의 정체성은 마치 입센의 『인형의 집』에 등장하는 노라와 같은 여성이 여성다움이라는 편견의 틀을 박차고 뛰쳐나올 때 비로소 획득될 수 있는 무엇입니다. 이를 고려할 때 페미니즘 운동은 반드시 의식 있는 남성들의 협력을 필요로 합니다.

30. 작품의 문제점: 작품의 문제점으로 우리는 두 가지 사항을 지적할 수 있을 것 같습니다. 작가는 오로지 여성의 고유한 유토피아를 서술하는 데 주력한 나머지, 성과 인종의 사회학적 관점에 관해서 하자를 드러내고 있습니다. 첫 번째 문제점은 인종의 관점과 관련됩니다. 『여자들만의 나라』에서 등장하는 여성들은 모두 아리아인의 혈통을 지니고 있습니다. 이들은 앞에서 언급한 바와 같이 단성생식을 통해서 출산합니다. 그렇기에 남성의 피라든가, 다른 인종의 피가 출산에 개입되지 않고 있으며, 혼혈로 인한 갈등이 배제되어 있습니다. 둘째로, 작가는 등장인물들에게서 가급적이면 성욕 자체를 배제함으로써 동성애의 욕구에 침묵을 지키고 있습니다. 게다가 『여자들만의 나라』에서는 성적 욕망을 지닌 여자를 어머니로서 부적합하다고 판단합니다. 그리하여 국가는 이러한 여성들로 하여금 출산을 금하며, 설령 자식을 출산했다고 하더라도 어머니로부터 아이를 빼앗아, 다른 사람으로 하여금 자식을 양육하게 조처하고 있습니다. 물론 작품이 발표된 1915년에는 히틀러의 우생학적 탄압이 아직 출현하지 않았으며, 유전적으로 결함을 지닌 자의 출산을 가로막는 찰스 대븐포트(Charles Davenport)의 우생학적 연구는 1920년에야 법제화되었습니다(송은주: 104). 그렇지만 작가가 아리아 인종을 가

장 바람직한 혈통으로 설정하고, 국가가 친모의 부양 권한에 개입하는 것은 문제점으로 지적될 수 있습니다.

31. 처녀생식은 문학적 비유가 아니라, 고고학적 사실이다: 길먼의 작품을 읽는 독자들은 처녀생식의 과정이 한마디로 작가의 공상적 판타지에 의거한 설명이라고 지레짐작할지 모릅니다. 실제로 처녀생식, 다시 말해 단성생식은 생물학에 의하면 곤충이나 어류에서 확인되는 사항이며, 인간을 포함한 포유류에서는 불가능하다고 알려져 있습니다. 그러나 최소한 여성의 성이 남성의 성보다 앞서 출현했다는 가설은 생물학의 역사에서 정당성을 획득하기에 충분합니다. 이를테면 모든 생명체는 약 2억 년 전에 남성이 배제된 단성생식에 의해서 종을 이어 갔습니다. 예컨대 동물에게 수컷의 성기가 출현한 때는 약 2억 년 전인 파충류 시대부터였다고 합니다(김상일: 214). 바로 이때부터 동물은 암수의 짝짓기에 의해서 후손을 출산할 수 있었습니다. 그렇다면 그 이전 시기에는 남성의 도움 없이 종을 이어갔다는 말인데, 이러한 번식을 가능하게 한 것이 다름 아니라 단성생식이라는 것입니다. 이 점을 고려한다면, 우리는 다음의 가설을 진리의 단초로 채택할 수 있을 것입니다. 즉, 태초에는 모든 생물이 여성으로 창조되었으리라는 가설을 생각해 보세요. 여성성이 생명의 근원이라는 주장은 모니카 스주와 바바라 모어의 책에서도 언급되고 있습니다(Sjoo: 11).

32. (요약) 길먼의 유토피아의 다섯 가지 특성: (1) 『여자들만의 나라』는 가부장적 남성 사회에 대한 반대급부의 상을 보여 준다는 점에서, 전체적으로 고찰할 때, 긍정적 문학 유토피아의 특성을 보여 줍니다. 길먼의 유토피아는 미지의 지역을 전제로 한다는 점에서 20세기에 드물게 출현하는 장소 유토피아로 규정할 수 있습니다. (2) 작품은 오래 전에 행해졌던 처녀생식의 과정을 거론함으로써 여성의 성이 남성의 성에

종속되는 게 아니라, 인간 존재의 원래의 모습이라는 사실을 분명히 지적하고 있습니다. (3) 19세기 말까지 여성들의 권리는 경제적 생산에 직접 참여하지 않는다는 이유로 강탈당해 왔습니다. 그러나 『여자들만의 나라』에서 독자적 노동을 담당하는 자들은 여성들입니다. 문화적으로 그리고 민속학적으로 억압당해 온 여성들의 공동체는 유럽의 가부장적 수직 구도의 삶보다 더 훌륭하게 영위됩니다. (4) 『여자들만의 나라』에서 중시되는 것은 필요에 의한 노동, 협동적 생산입니다. 이런 점에서 사회주의와 페미니즘이 추구하는 바를 서로 결합시키고 있습니다(d'Idler: 161). (5) 길먼의 유토피아는 맹목적인 과학기술을 추구하는 대신에 자연과의 조화를 우선으로 생각하는, 이른바 유연한 과학기술을 도입하고 있습니다. 이로써 경쟁과 대립을 사전에 차단하고, 여성들로 하여금 생태 친화적인 기술을 활용하게 하고 있습니다. 이러한 특성은 20세기 후반부부터 활성화된 생태 페미니즘 운동과 평화 운동에 중요한 모티프를 제공하고 있습니다.

참고 문헌

길먼, 샬롯 퍼킨스 (2022): 누런 벽지, 김현정 역, 궁리출판.

길먼, 샬롯 퍼킨스 (2016): 허랜드. 여자들만의 나라, 황유진 역, 아고라.

김상일 (2020): 호모데우스 너머 호모 호모. 카오스모스로 모색해본 새로운 인간상, 동연.

김진옥 (2005): 길먼의 『허랜드』, 유토피아와 모성, 실린 곳: 현대영어영문학, 제57권 2005, 47-85.

밀, 존 스튜어트 (1995): 여성의 예속, 김민예숙 역, 이화여대 출판부.

송은주 (2016): 녹색 유토피아: 페미니스트 유토피아 소설 『허랜드』와 『시간의 경계에 선 여자』, 실린 곳: 영어영문학연구, 58권 2호, 89-118.

송희영 (2016): 옴므 파탈, 돈 주앙과 카사노바. 치명적 유혹과 남성성, 한국문화사.

d'Idler, Martin (2007): Die Modernisierung der Utopie. Vom Wandel des neuen Menschen in der politischen Utopie der Neuzeit, Berlin.

Gilman, Charlotte Perkins (1994): Herland, Reinbek bei Hamburg.

Gilman, Charlotte Perkins (2003): Das gelbe Tapete, Wien.

Gnüg, Hiltrud (1999): Utopie und utopischer Roman, Stuttgart.

Holm, Inge (1981): Charlotte Perkins Gilman: Herland, in: Heynes Science Fiction Magazin #1, (hrsg.) Wolfgang Jeschke, München.

Hudson, William Henry (2013): A Crystal Age, London.

Jens (2001): Jens, Walter (hrsg.), Kindlers neues Literaturlexikon, 22 Bde., München.

Lane, Ann J. (1980): The Fictional World of Charlotte Perkins Gilman. Reader, New York.

Pfaelzer, Jean (1984): The Utopian Novel in America 1886-1896, The Politics of Form Pittsburgh, University of Pittsburgh Press, 51-77.

Saage, Richard (2008): Utopische Profile, Bd. 4, Widersprüche und Synthese des 20. Jahrhunderts, 2. korrigierte Aufl., Münster.

Sjoo Monica and Mor Barbara (1975): The Great Cosmic Mother, San Francisco.

Wegener, Frederick (1999): "What a Comfort a Woman Doctor Is!" Medical Women in the Life and Writing of Charlotte Perkins Gilman. In Charlotte Perkins Gilman: Optimist Reformer. Eds. Jill Rudd & Val Gough. Iowa City: University of Iowa Press, 45-73.

12. 프레오브라젠스키의 산업 유토피아, 차야노프의 농업 유토피아

(1921)

1. 상의 금지. "찬란한 미래를 선취하는 예술적 노력은 불필요하다": 플라톤은 『국가』에서 작가와 예술가가 근본적으로 체제 파괴적인 성향을 지니기 때문에 반드시 국가로부터 추방되어야 한다고 주장했습니다. 국가가 전체주의의 질서를 공고하게 추구하면 할수록 문학과 예술은 더욱더 본연의 자유를 상실하게 됩니다. 레닌은 찬란한 미래의 상을 수동적으로 갈구하는 것을 금지시켰습니다. 작가와 지식인은 주어진 나쁜 체제를 파괴하는 과업을 우선적으로 행해야 한다는 것이었습니다. 그렇다고 해서 사회주의 국가에서 작가와 예술가들이 사회와 국가로부터 외면당한 것은 아니었습니다. 오히려 그 반대입니다. 작가와 예술가들은 특히 스탈린의 집권 이후에 한편으로는 인민을 계도하는 지식인으로서 국가의 문화 정책을 이끄는 당사자로서 경제적으로 지원받았습니다. 그러나 그들은 다른 한편으로는 당국의 간섭과 탄압으로부터 결코 자유로울 수 없었습니다. 대부분의 마르크스주의자들이 내세운 "상의 금지"는 더 나은 찬란한 사회주의 사회상에 대한 예술적 선취 작업을 차단하도록 작용했습니다.

2. 볼셰비즘과 관련되는 유토피아: 그럼에도 불구하고 소련에서는 더

나은 사회주의 국가에 관한 이론적, 예술적 시도가 출현하였습니다. 이 가운데 우리는 프레오브라젠스키(Preobraschenski, 1886-1936)와 알렉산드르 차야노프(Alexander Tschajanow, 1888-1939)의 작품 두 편을 분석해 보기로 합니다. 우리가 다룰 작품은 프레오브라젠스키의『소련 1975년(UdSSR 1975)』(1919)과 차야노프의『농촌 유토피아의 땅으로 향하는 동생 알렉세이의 여행(Reise meines Bruders Alexej ins Land der bäuerlichen Utopie)』(1920)입니다. 특히 차야노프의 작품은 발표 직후 "반동적 농민 유토피아"라고 비난당했습니다(김성일: 174). 두 작품은 기존의 문학작품과 어떠한 관련 하에서 제대로 이해될 수 있을까요? 두 편의 텍스트는 소련의 볼셰비키가 추구했던 전시 공산주의의 구조적 문제점을 지적하고 있습니다. 미리 말씀드리건대, 프레오브라젠스키가 소련 사회의 공업 발전을 통해서 이룩할 수 있는 더 나은 사회를 위한 가능성을 타진하고 있다면, 차야노프는 소련 혁명 이후에 좌시되었던 농업경제의 문제점을 구명하려고 합니다.

3.『소련 1975년』은 보그다노프의 문학 유토피아의 부록이다: 소련의 정치가 내지 경제 전문가인 예브게니 프레오브라젠스키는 1921년에 자신의 고유한 사회주의 유토피아를 설계하였습니다. 그러나 이는 논문 형식의 에세이 식으로 서술되므로, 문학 유토피아의 범주에 포함할 수는 없습니다. 이를테면『소련 1975년. 미래에 대한 하나의 회고』는 보그다노프의 문학 유토피아와 마찬가지로 소련 공산주의 운동의 미래를 긍정적으로 묘사합니다. 이 점에 있어서 우리는 20세기 초에 활동하던 소련 사회주의 혁명가의 공통된 입장을 읽을 수 있습니다. 그렇지만 엄밀히 고찰하면 프레오브라젠스키가 처했던 사회 정치적 현실은 1905년에 보그다노프가『붉은 별』의 배경이 되는 러시아의 현실적 맥락과는 약간 차이점을 지닙니다. 볼셰비키는 1905년 무렵에는 여전히 정치적 세력이 미약한 그룹이었지만, 1921년에는 실질적 권력을 장악하여 소련 내의 명

실상부한 당으로 부상하였습니다. 볼셰비키는 1920년대 초의 시점에는, 비록 경제적 난제를 안고 있었지만, 작은 야권 세력이 아니라 새로운 사회주의 국가를 주도하는 당으로서의 입지를 굳히게 됩니다.

4. 프레오브라젠스키의 삶: 예브게니 프레오브라젠스키의 개인적인 삶에 관해서는 세부적으로 잘 알려져 있지 않습니다. 프레오브라젠스키는 1885년 2월 3일 오르욜 근처의 볼소프에서 태어났습니다. 1903년 그는 러시아 우랄 지역의 사회민주노동당의 볼셰비키파에 가담하였습니다. 그 후 그의 정치적 경력은 1927년까지 탄탄대로를 달립니다. 제1차 세계대전이 끝날 무렵 프레오브라젠스키는 우랄 지역의 지역위원회 대표 후보자로 피선되었습니다. 놀라운 것은 1920년대 소련의 경제 전문가로서 산업화 계획을 지속적으로 발전시켰다는 사항입니다. 프레오브라젠스키는 자신의 산업화 계획을 실천에 옮기기 위해서 공산당 좌파 세력인 트로츠키파와 연대하였는데, 이러한 행적이 나중에 스탈린에 의해서 숙청당하는 빌미를 제공합니다.

프레오브라젠스키는 1927년에 불법 인쇄물 간행 혐의로 소련 공산당에서 제명되었습니다. 그는 이듬해 우랄 지역으로 되돌아와서 잠시 두문불출합니다. 사태의 심각성을 깨달은 그는 1929년 여름에 카를 라데크(Karl Radek)와 함께 공개서한을 발표하였습니다. 이 편지에서 세 사람은 트로츠키주의의 이념과 조직으로부터 완전히 결별했음을 공식적으로 선언합니다. 뒤이어 프레오브라젠스키는 소련 공산당에 복당되고 경제 전문가로서 다시 활약할 수 있는 교두보를 마련합니다. 1930년대 소련의 현실은 정치적으로 참으로 살벌하였습니다. 사람들은 정치적 경력을 쌓든 초야에 묻혀 살아가든 간에 스탈린의 숙청의 칼날을 비켜나지 못했습니다. 프레오브라젠스키는 니스니 노브고로드에 있는 소련 공산당 계획위원회에 합류하여 자신의 뜻대로 경제정책을 펴 나갑니다. 결국 1937년 7월 13일 50세의 프레오브라젠스키는 스탈린의 숙청의 희생양이 되어 한 많은 삶을 마감하게 됩니다.

   5. 1920년대 초반의 소련의 현실: 프레오브라젠스키는 당시 소련 사회의 문제점을 의식하고, 이에 대한 정치경제적인 대안을 1975년이라는 미래의 시점 속에 반영했습니다. 소련의 혁명가들은 1917년 10월 혁명의 성공에도 불구하고 대내외적으로 엄청난 시련을 맞이했습니다. 독일과의 제1차 세계대전은 여전히 지속되었으며, 러시아 전역의 경제적 상황은 피폐할 대로 피폐해졌습니다. 볼셰비키는 일단 외부로부터의 침략 전쟁, 즉 프로이센의 팽창 전쟁과 맞서야 했습니다. 이를 위해서 "전시 공산주의"라는 슬로건을 추구했는데, 전쟁의 위기는 내부적으로 혼란을 가중시켰습니다. 멘셰비키와의 내전이 바로 그것입니다. 볼셰비키는 1921년 3월 18일에 크론시타트 폭동으로 고초를 겪게 됩니다. 당시 크론시타트에 주둔해 있던 러시아의 해병들은 소련 볼셰비키에 대항하는 폭동을 일으켰습니다. 결국 1921년 3월 소련의 해병들에 의한 크론시타트 군항 반란이 종결된 이후에 소련은 종래의 정책을 바꾸어 경제 부흥을 위한 신경제정책으로 방향을 전환합니다(Preo. 1966: 37).

   6. 『소련 1975년. 미래에 대한 회상』: 프레오브라젠스키의 작품은 엄밀히 말해 문학 유토피아라고 말하기 어렵습니다. 왜냐하면 어떤 가상적 현실의 시스템 내지 문학작품의 줄거리 등이 거의 생략되어 있기 때문입니다. 작품 속에는 50여 년 후에 출현하게 될 소련의 찬란한 면모가 설명문 형식으로 언급될 뿐입니다. 여기서는 소련의 정치적, 경제적 현실 외에는 다른 사회 문화적 사항들은 전혀 논의되고 있지 않습니다. 프레오브라젠스키는 작품에서 무엇보다도 소련이 추구해야 할 방향을 강조합니다. 그것은 소비에트 국가가 추구해야 할 강력한 산업화 정책입니다. 프레오브라젠스키는 미래에 실현된 계획경제의 소련 국가를 갈망하면서, 이를 가상적으로 서술하였습니다. 경제 부흥을 이룩한 소련 국가

는 러시아의 풍부한 지하자원의 개발과 과학기술의 함양으로 성취될 수 있다고 합니다.

7. 국가의 존재: 프레오브라젠스키는 보그다노프와 마찬가지로 우크로니아, 즉 시간 유토피아를 설계하고 있습니다. 보그다노프의 『붉은 별』에서 주인공인 "나," 즉 레오니드는 화성을 시찰합니다. 이는 완전한 공산주의의 사회적 전모를 지구에 전하기 위함이었습니다. 프레오브라젠스키는 『소련 1975년. 미래에 대한 회상』에 어느 교수를 등장시켜서 소련의 지나간 60년의 역사를 강의하게 합니다. 그런데 보그다노프는 역사의 목적론에 대해 커다란 의미를 부여하지 않습니다. 보그다노프의 유토피아는 재화를 공동으로 생산하고 공동으로 소비하는 사회 형태를 설계하고 있습니다. 『붉은 별』에서는 국가가 거의 사멸 단계에 처해 있습니다. 이에 반해서 프레오브라젠스키의 미래 현실에서는 국가가 존속되고 있으며, 역사적 진보를 현재화시키는 동인으로 작용합니다. 여기서 국가가 국유화된 산업의 형태로 작동되는가, 아니면 국가 은행 내지 교육 시스템의 형태를 표방하는가 하는 물음은 부차적입니다. 다시 말해, 프레오브라젠스키는 사회주의에서 공산주의로의 자연스러운 이행을 다루는 게 아니라, 자본주의에서 사회주의로의 이행, 즉 계급투쟁의 과정을 무엇보다도 중시합니다. 따라서 국가의 소멸에 관한 사항은 먼 훗날 고려되어야 할 안건이라는 것입니다.

8. 시장의 효율성과 엘리트 관료주의 등의 문제점: 프레오브라젠스키의 관심은 국가가 신경제정책의 틀 하에서 시장의 기능을 간접적으로 유도하는 방법으로 향하고 있습니다. 따지고 보면 상품의 매매가 이루어지는 시장은 하루아침에 사라져야 할 체제는 아닙니다. 문제는 상인의 이윤 추구를 국가의 차원에서 어떻게 제한하느냐 그리고 이러한 제안은 어떠한 정책에 의해 수행되어야 하는가 하는 물음입니다. 이러한 물음은 매

우 중요하지만, 프레오브라젠스키는 사회적 문제를 해결하는 데 있어서 국가의 정책을 중시하다 보니 시장의 기능을 지엽적으로 다루고 있습니다. 또한 노동계급의 정치 참여 문제가 화두가 될 수 있습니다. 보그다노프와 프레오브라젠스키의 경우 노동계급은 사회적으로 보호받아야 하는 대상으로 이해됩니다. 그렇지만 노동계급은 아직 정치적으로 성숙하지 못하고 있습니다. 두 사람 모두 정치 엘리트의 일사불란한 정책의 도입과 시행에 가장 큰 비중을 부여합니다. 두 사람 모두 엘리트 관료주의의 효율성을 중시한다는 점에서, 노동자 계급이 정책의 주변에서 방관자의 모습을 보여 준다는 점에서 어떤 결정적인 하자를 드러내고 있습니다. 따라서 보그다노프와 프레오브라젠스키의 유토피아는 만인을 위한 찬란한 삶의 방식과 경제적 효율성을 주창하지만, 결코 그것을 고려하지는 않습니다. 여기서 우리가 눈여겨보아야 할 사항은 프레오브라젠스키의 관점이 대체로 아래로부터 위로 향하는 정책을 그저 제한적으로 도입하고 있다는 점입니다.

9. 의사 결정의 방식: 의사 결정의 방식에 있어서 보그다노프와 프레오브라젠스키 사이에는 약간의 차이가 있습니다. 『붉은 별』에서 출현하는 개별적인 갈등은 임시로 결성된 전문 위원회의 결정을 통해서 해결됩니다. 이곳에서 살아가는 사람들은 서로 협동하고 조력하면서 살아가는 삶의 방식을 체득하고 있습니다. 갈등을 불러일으키는 사안이 드물기 때문에 전문 위원회가 개최되는 경우는 거의 드뭅니다. 따라서 보그다노프의 경우 의사 결정은 자발적이고 유연한 방식으로 행해집니다. 프레오브라젠스키의 경우 제반 문제들에 대한 결정을 내리는 주체는 국가입니다. 보그다노프와 프레오브라젠스키는 소련 사회가 가급적이면 신속하게 높은 수준으로 발전되어야 한다는 것을 강조합니다. 왜냐하면 인접 국가들이 여전히 자본주의의 경제적 방식을 준수하기 때문입니다. 따라서 사회주의 국가는 주위의 자본주의 국가로부터의 악영향을 차단하기 위

해서 강력한 중앙집권적인 힘을 발휘해야 한다는 게 프레오브라젠스키의 지론이었습니다(Preo. 1974: 68). 이를 고려하면, 프레오브라젠스키의 가상적인 현실상이 실재하는 소련에 더욱 근접해 있습니다.

10. 미래에 대한 기대감의 상: 프레오브라젠스키는 다음과 같이 공언합니다. 즉, 사회주의는 언젠가는 반드시 세계의 모든 정치적 척도로 뿌리내리리라고 말입니다. 이와 관련하여 프레오브라젠스키는 1920년대 유럽에서 반드시 또 다른 세계대전이 발발하리라고 예견하였습니다. 세계대전이 끝나면, 무산계급이 국가를 초월한 거대한 혁명을 성공리에 이끌 것이라고 합니다. 그렇게 되면 유럽에서는 새로운 평의회가 구성되리라고 합니다. 이와 맞물려 유럽에서는 독일의 산업 기술과 러시아의 농업이 상호 협력 관계를 구축하게 될 것입니다. 그렇게 되면, 유럽 사람들은 생산력의 극대화라는 놀라운 성과를 거두게 될 것입니다. 프레오브라젠스키의 이러한 예견은 부분적으로 맞아떨어졌습니다. 왜냐하면 1939년에 유럽에서 제2차 세계대전이 발발했기 때문입니다. 그렇지만 무산계급은 세계대전으로 인해서 성공을 거두지는 못했습니다. 자본주의의 시장의 기능 또한 점차적으로 약화되지도 않았습니다. 그렇기에 사회주의 평의회에 관한 프레오브라젠스키의 갈망은 한낱 이루지 못한 하나의 설계로 남게 되었습니다.

11. 산업화의 경제정책: 보그다노프와 프레오브라젠스키는 과학기술의 발전을 통하여 무제한의 경제성장을 촉구합니다. 러시아에는 신속하고도 폭넓게 추구해야 하는 산업화의 토대가 마련되어야 한다는 것이었습니다. 만약 러시아인들이 미국이 시행한 산업화의 틀을 그대로 수용하게 되면, 러시아의 산업화는 이룩될 수 있다고 합니다. 산업에 필요한 것은 과학기술의 능력 외에도 지하자원과 전기의 생산인데, 광활한 러시아는 이를 충분히 조달할 수 있다는 게 프레오브라젠스키의 입장이었습니다.

2년 후에 트로츠키는 산업 발전을 위한 급진적 공업 정책을 제시했습니다. 당시에 프레오브라젠스키가 트로츠키파와 연대하였다는 사실은 여기서 매우 중요합니다. 트로츠키는 다음과 같이 말했습니다. "궁핍함, 굶주림 그리고 여러 가지 유형의 결핍을 극복하기 위해서 자연을 활용하는 방안은 다가올 10년의 기간 동안 소련의 중요한 정책이 될 것이다. 미국 사회의 긍정적인 측면에 대해 열광하는 것은 어쩌면 모든 사회주의 국가의 첫 번째 단계에서 나타날 수 있는 당연한 반응이 아닐 수 없다"(Trotzki 1968: 212).

12. 생산력 증강과 협동의식: 트로츠키는 학문과 기술을 특수한 방식으로 사용하여 자연을 개발해야 한다고 말했습니다. 자연은 트로츠키에 의하면 공산주의로 향하는 길에서 반드시 활용되어야 할 대상이라고 합니다. 자연은 어떻게 해서든 과학기술을 통해서 개발되고 활용되어야 한다는 게 소련 좌파 지식인들의 일관된 견해였습니다. 프레오브라젠스키는 산업화를 추구함으로써 소련 사회의 두 가지 문제를 해결할 수 있다고 주장하였습니다. 그 하나는 사회적 풍요로움이 결국 빈부 차이를 극복하게 하리라는 점이며, 다른 하나는 기술 발전을 통해서 사회주의의 신념을 지닌 기술적 인간을 창조해 낼 수 있다는 점입니다(Preo. 1975: 74). 그렇게 되면 소련 내의 노동자와 농민은 높은 삶의 수준을 누리게 될 것이고, 무산계급은 복합 기술 교육을 통해서 개인주의의 취향을 버리고 함께 도울 수 있는, 이른바 협동 의식을 지니게 되리라고 합니다.

13. 협동적 노동과 건강: 물론 프레오브라젠스키는 오로지 무조건적인 공업화를 추구하지는 않았습니다. 집단 농장의 경영으로써 농업 분야에서 획기적인 변화가 이루어져야 한다고 판단했습니다. 농부들이 평소에 집착하는 토지 소유에 대한 욕망을 떨치기 위해서 집단 소유 방식이 도입되어야 한다고 주장한 사람이 바로 프레오브라젠스키였습니다. 그럼

에도 소련의 농부들은 사적 소유를 열망하는 개인주의의 충동을 완전히 떨치지 못했습니다. 트로츠키는 나중에 다음과 같이 생각합니다. 사람들은 비록 노동의 욕구가 감소하더라도 사회와 타인을 배려하는 습관에 익숙해야 한다는 것입니다. 그렇게 되면 노동의 욕구는 엄청난 범위로 감소되지는 않을 것이라고 합니다. 왜냐하면 서로 힘을 합쳐서 함께 일하게 되면, 노동의 효과는 그만큼 증가되기 때문이라고 합니다. 소련 당국은 사람들이 즐겁게 협동적으로 일하면 건강을 도모하게 되며, 결국에는 장수(長壽)하게 되리라는 점을 강조하였습니다. 사람들이 집단 농장에서 즐거운 마음으로 함께 일하면, 기분이 좋아지고, 육체 역시 조화롭게 발전될 수 있습니다. 이로써 일상 삶은 윤택해지고, 사회주의 국가에서 살아가는 사람들은 마치 아리스토텔레스, 괴테 그리고 마르크스 등과 같은 지적, 예술적 수준에 도달하게 되리라고 합니다(Trotzki 1968: 215).

14. 프레오브라젠스키의 정책에 대한 스탈린의 비판: 스탈린은 처음부터 트로츠키의 산업화 정책을 못마땅하게 여겼습니다. 그는 프레오브라젠스키의 경제정책을 "강경 산업주의"라고 매도하며, 이를 노골적으로 비판하였습니다. 그런데 프레오브라젠스키가 산업화 과정에서 중공업만을 강조한 적은 한 번도 없었습니다. 중공업 위주의 산업화를 추진한 사람은 오히려 스탈린이었습니다. 스탈린은 단호한 어조로 경공업을 자본주의의 산업으로, 중공업을 사회주의의 산업으로 규정하였습니다. 게다가 중공업 위주의 정책은 전쟁 산업과 밀접하게 관련됩니다. 스탈린의 중공업 중심의 경제정책은 밀과 목화의 나라 러시아를 순식간에 끔찍한 철강의 나라로 변모하게 했습니다. 프레오브라젠스키는 단 한 번도 경찰의 감시 감독이라든가, 경제 분야에 대한 국가의 강력한 개입을 주창한 적이 없었습니다. 물론 정책 추진에 있어서 경제적 강제 수단이 동원되어야 한다고 확신했습니다만, 모든 경제정책이 무조건 국가에 의해 작위적

으로 추진되어서는 곤란하다고 여겼습니다. 여기서 프레오브라젠스키의 한계가 드러나고 있습니다. 즉, 프레오브라젠스키는 경제개혁에 있어서 국가의 개입을 처음부터 단순하게 생각하고 과소평가했던 것입니다.

15. 문제점과 요약: 프레오브라젠스키는 미래의 소련 국가를 선취하여 이를 진술하게 묘사하였습니다. 미래의 소련 국가는 자본주의 체제에서 추구하는 사적 욕망을 완전히 떨치고, 모두가 함께 협동하여 재화를 창출하는 식으로 묘사되고 있습니다. 『소련 1975년』은 산업화를 촉진시킴으로써 가난을 척결하고, 빈부 차이를 극복해 내며, 모두가 평화롭고 행복하게 살아가는 사회를 보여 줍니다. 프레오브라젠스키는 미래의 유럽을 산업과 농업이 균형 있게 발전되어 나가는 거대한 연합 국가가 되리라고 전망하였습니다. 이를 위해서는 일차적으로 자본주의의 제반 경제적 시스템을 극복하는 게 필수적이라고 합니다(Preo. 1975: 108). 프레오브라젠스키의 미래 국가는 마찰 없이 작동되는 사회주의 국가의 계획경제 시스템에 입각해 있습니다. 만약 스탈린의 중공업 위주의 경제정책이 국제적인 무산계급 운동과 산업화를 원활하게 추구하는 사회주의 계획경제 등의 발목을 잡지 않았더라면, 프레오브라젠스키가 상상한 미래의 소련 국가의 모습은 실제 소련과는 다르게 출현했을지도 모를 일입니다.

16. 차야노프의 삶: 이번에는 차야노프의 유토피아를 고찰하려고 합니다. 알렉산드르 바실리에프 차야노프는 1888년 모스크바에서 태어났습니다. 그는 소련의 농업 전문가로서 급작스러운 산업화 정책을 정면으로 비판하였습니다. 이로 인하여 차야노프는 스탈린에게는 눈엣가시 같은 존재가 됩니다. 1930년에 소련 공안 당국은 그를 농촌 정당의 대표로 기소하여 재판에 회부하였습니다. 사실 차야노프는 소설 『농촌 유토피아의 땅으로 향하는 동생 알렉세이의 여행』(1920)에서 농부들의 이권을 대

변하였습니다. 결국 차야노프는 5년간의 구금형을 선고 받게 되어, 알마아타 지역의 감옥에 갇혔습니다. 1937년 10월 3일에 다시 고발당하여, 첩자라는 이유로 총살형을 당합니다. 그가 정확히 언제 어디서 죽었는지는 불분명합니다. 이때 차야노프의 부인도 체포되어 18년 동안 강제수용소에서 고초를 겪어야 했습니다. 차야노프는 1923년에 『농촌 경제 이론(Die Lehre von der bäuerlichen Wirtschaft)』이라는 책을 집필해 발표했는데, 오늘날 이 책은 그의 대표작으로 손꼽힙니다. 차야노프는 그 밖에 신낭만주의 계열의 소설을 발표했습니다.

17. 1920년대 초반의 소련의 현실과 경제정책: 차야노프의 작품을 정확히 이해하려면 우리는 일단 1920년대의 유럽의 정치적 상황, 소련의 혁명 그리고 그 이후 소련의 사회적 배경 등을 개관해야 합니다. 1918년 제1차 세계대전이 끝날 무렵부터 소련은 다시금 멘셰비키와의 내전을 치러야 했습니다. 소련 내전은 1920년 말에 이르러 종결되었지만, 그 결과는 참혹한 것이었습니다. 수많은 사람들이 가난과 기아로 고통스러운 삶을 영위했으며, 도로, 교량 등과 같은 사회적 간접자본은 지속적인 전쟁으로 인하여 대부분 파괴되었습니다. 무엇보다도 시급한 것은 소련 인민에게 생필품을 공급하는 일이었습니다. 소련 정부는 절망적인 인민의 생존을 위해서 더욱 강하게 경제적 고삐를 당겨야 한다고 확신하였습니다. 이로써 긴급하게 추진된 것은 사회주의 국유화 정책이었습니다. 비록 시행하는 데 무리가 있더라도 이러한 정책은 신속 정확하게 추진되어야 했습니다. 모든 은행과 크고 작은 과거의 러시아 기업들은 거의 예외 없이 빠른 시일 내에 국가의 소유로 이전되었습니다.

소련 국가는 상기한 과정을 거쳐 거대 기업의 면모를 드러냅니다. 이와 병행하여 모든 경제적 문제를 관장하는 거대한 위원회는 인민들이 생산한 모든 물품들을 저장하고 분배하는 역할을 담당하였습니다. 특히 소련의 모든 노동력을 계획하고 활용하는 주도적인 정책을 관장한 기관은 인민위원회였습니다. 트로츠키는 전시 공산주의를 지속적으로 추구하기 위하여 군인 세력을 노동자 그룹으로 전환할 필요성을 느꼈습니다. 그래서 그는 다음과 같은 슬로건을 내걸었습니다. "노동은 군대의 방식으로 행해지고, 군대는 반드시 산업화되어야 한다"(Trotzki 1920: 89). 그래서 필요한 과업은 도로를 확충하고 교통 체계를 재건하는 일뿐 아니라, 생산수단을 증가시킬 수 있는 산업 체계의 건설과 생필품을 조달하는 일 등이었습니다. 여기서 가장 중요한 것은 군대 조직을 신속하게 인민 경제를 위한 노동 시스템으로 전환시키는 과업이었습니다. 이때 농부들을 산업 일꾼으로 전업시키는 정책이 화두가 되었습니다. 지금까지 대부분 농사일로 살아온 사람들이 하루아침에 농사를 포기하고, 도로를 건설하고 삼림을 가꾸는 일을 담당하게 된 것입니다. 또한 일부 농부들은 벌목 작업에 동원되고, 철도 공사에 투입되어 철도를 건설하였으며, 도로를 확충하는 일에 참여하게 되었습니다.

18. 노동자로 변신해야 한 소련의 농부들: 상기한 국가의 정책으로 인하여 수많은 농부들은 더 이상 농사를 짓지 않게 되었습니다. 차야노프가 1920년에 자신의 텍스트를 모스크바에 있는 국립 출판사에서 간행하였는데, 작가는 작품이 많은 농부들에게 회자되어 어떤 자극제가 되기를 희망한다고 기술하였습니다. 가령 노동자로 변신한 소련의 농부들이 거대한 사회적 변혁에 대해 어떠한 생각을 품는지, 미래의 소련의 모습을 어떻게 떠올리는지 그리고 혹시 정부의 정책과 다른 견해를 품는다면 그게 무엇인지 분명히 밝혀야 한다는 것이었습니다. 차야노프는 시종일관 볼셰비즘의 정책에 동조하였습니다. 그는 1910년도 말엽에 전시 공산주의 정책에 쌍수를 치켜들었으며, 이어지는 신경제정책(NEP) 시기에도 그러한 입장을 충직하게 고수했습니다. 문제는 국가가 사회주의 경제정책을 펴 나감으로써, 사람들로 하여금 산업의 일꾼이 되도록 조처했는데, 그 결과는 좋지 못하게 되었다는 사실입니다. 즉, 러시아 사회 내에서는

부분적으로 국가 경제정책에 반대하며 독자적으로 경제활동을 영위하려는, 이른바 아나키즘의 경향이 출현하였습니다. 이로써 국가는 사회 개혁을 위한 새로운 질서를 도입하기 어렵게 됩니다.

19. 농업경제는 과연 삶의 형태인가: 볼셰비키 정치가들은 처음부터 거대한 러시아를 장악하고 있는 농업경제를 인간 삶의 진화 과정 가운데 저열한 발전 단계의 하나로 규정하였습니다. 이는 농업경제가 과거의 낙후한 삶의 형태이며, 농민이 문명사회의 미개한 계급이라는 마르크스의 입장에서 비롯한 것입니다. 볼셰비키들의 이러한 입장은 어쩌면 러시아의 경제적 토대를 제대로 이해하지 못한 정책적 실수라고 해도 과언이 아닐 것입니다. 무엇보다도 거대한 공장을 중심으로 생계를 해결하려던 볼셰비키들의 인위적인 농업정책은 근본적으로 농업경제의 토대를 형성했던 영원한 법칙으로서의 농사일 내지 자연스러운 목축 사업과 대립했던 것입니다. 그럼에도 볼셰비키 정치가들은 다음과 같이 주장하였습니다. 즉, 농부들 역시 가급적이면 소외된 노동으로 고통을 느끼는 도시 근로자의 편협한 시각을 떨치고, 창의적으로 일하고, 긍정적인 생각을 견지해야 한다는 것이었습니다. 차야노프는 러시아의 농업경제의 골격을 산업을 위한 토대로 신속하게 전환시키려는 볼셰비키의 정책이 근본적으로 잘못되었다고 판단합니다. 이러한 급작스러운 변화는 설령 자본주의 체제라고 하더라도 엄청난 부작용을 초래하리라는 것이었습니다.

20. 작품의 틀: 차야노프의 작품, 『농촌 유토피아의 땅으로 향하는 동생 알렉세이의 여행』에 관해서 살펴보겠습니다. 소설의 배경은 1921년 모스크바로 설정되어 있습니다. 사회주의 혁명이 지구 전체에서 성공적으로 실현되었습니다. 주인공, 알렉세이 크렘네프는 소련의 사회주의 혁명에서 인민 경제를 담당하는 당 중앙 관리로 일하고 있습니다. 당 위원회의 모임에 참석했을 때, 사람들은 이전에 만들어진 모든 농가를 파괴

해야 한다고 소리칩니다. 크렘네프는 집으로 돌아와서 알렉산드르 이바노비치 게르첸(Alexander I. Gercen, 1812-1870)의 책을 뒤지다가, 피곤함이 엄습하여 잠이 듭니다. 이때 그는 시간 여행을 떠나게 됩니다(알렉산드르 이바노비치 게르첸은 주로 독일과 프랑스에서 활동하던 러시아 작가이자 철학자입니다. 그는 러시아의 경제적, 문화적 비참함에 관해서 많은 문헌을 남긴 바 있습니다. 대표작으로는 5권으로 이루어진 『어느 러시아인의 비망록Aus den Memoiren eines Russen』(1847-1855)이 있습니다. 참고로 말씀드리건대, 게르첸의 삶은 나중에 체코 출신의 영국 극작가, 톰 스토파드Tom Stoppard의 삼부작 극작품 『유토피아의 해안The Coast of Utopia』(2002)에서 문학적으로 다루어진 바 있습니다). 크렘네프는 꿈속에서 우연하게도 1984년, 미래 시점의 모스크바에 당도하게 됩니다. 도착하자마자 주인공은 외국인처럼 사회적으로 따돌림을 당합니다. 자신이 미국의 기술자, 찰리 맨이라는 것입니다. 찰리 맨은 공적인 일로 러시아를 방문하여 미닌이라는 사람의 집에 머물고 있습니다. 어쨌든 사람들은 소련을 도우러 방문한 미국인 한 사람에게 나라의 사정을 빠짐없이 전해 줍니다.

21. 이방인으로 오해받지만, 정작 아무 일도 할 수 없는 주인공의 삶: 시간이 흐름에 따라서 사람들은 초대받은 외국인, 찰리 맨의 정체를 서서히 의심하기 시작합니다. 그가 러시아어에 능통하고 오히려 영어에 서툴다는 점, 옷차림이 미국 사람처럼 보이지 않는다는 점이 의혹을 더욱 더 증폭시킵니다. 집주인, 미닌은 크렘네프가 독일 출신의 스파이, 아니면 별천지의 인간이라고 단정합니다. 미닌에게는 딸이 한 명 있습니다. 카타리나 파라스케바라는 이름을 지닌 딸은 주인공이 미국에서 파견 온 기술자가 아니라는 것을 예리하게 알아차립니다. 그러나 그미는 이를 당국에 고발하지 않고, 다만 주인공에게 조심하라고 경고합니다. 독일에서 전쟁이 발발했을 때 크렘네프는 체포됩니다. 전쟁이 발발한 지 이틀째 되는 날에 모스크바의 관리들은 주인공에게 아무런 혐의가 없다고 판단

하고 그를 훈방 조처합니다. 알렉세이는 미지의 새로운 땅에서 아무런 일도 할 수 없다는 것을 깨달으며 혼자 아침식사를 끝냅니다.

22. 새로운 도시의 건설 작업: 작가가 "미닌"이라는 이름의 가부장을 주변인물로 내세우고 "맨"이라는 이름의 미국 기술자를 거론한 데에는 나름대로 이유가 있습니다. 그것은 오래 전부터 전해 내려온 아름다운 전원에 근거한 농업 유토피아를 강조하고, 영원한 법칙으로서의 농업경제를 주창하기 위함이었습니다. "미닌"과 "맨"이라는 이름은 기술과 산업이 경제적 주체가 아니라, 인간이 주체가 되어야 한다는 것을 암시하고 있습니다. 놀라운 것은 다음과 같습니다. 주인공, 크렘네프는 순식간에 변모한 미래의 모스크바의 주거 지역을 목격합니다. 그곳에는 마치 관처럼 빼곡하게 쌓여 있는, 단순하고 더러운 건물이 더 이상 존재하지 않습니다. 1930년대 초반 모스크바에서는 실제로 약 삼백만의 노동자의 거주지가 밀집해 있었습니다. 소비에트 정부는 하나의 칙령을 발표하여, 이만 명 이상의 인구가 집결된 도시를 모조리 파괴하게 합니다. 산업의 혁명적 발전은 더 이상 추진되지 않고, 모든 지역이 농촌 가정 중심으로 새롭게 건설됩니다. 사람들은 다이너마이트를 사용함으로써 수백 채의 고층 빌딩을 순식간에 발파하고 그 자리에 새로운 건물을 축조하였습니다(Tschajanow: 34). 뒤이어 모든 사람들은 서로 협력해 새로운 건축 작업에 참여하고, 도시 전체가 새로운 면모를 갖추게 됩니다. 주인공은 소련의 도시계획 정책으로 인하여 도시들이 시골과 시골을 연결하는 사회적 연결 고리로 기능하고 있다는 사실을 알게 됩니다.

23. 임금노동은 적용될 수 없다. 소규모 가족 중심의 자급자족 구도: 차야노프의 소규모 농촌 경제의 유토피아에는 처음부터 임금노동이 자리하지 않습니다. 왜냐하면 소작 농업은 가족 노동력을 활용하여 땅을 일구고, 일 년 새경에 해당하는 곡식을 수확하기 때문입니다. 노동의 강도

는 가족의 수와 그들의 욕구 충족의 필요성에 의해서 정해집니다. 가족들과 함께 독자적으로 농사를 짓는 사람들은 스스로 곡식을 가꾸고 소비하며, 그것이 남을 경우 다른 물품과 교환하면 족합니다. 따라서 농촌에는 임금 제도가 뿌리를 내리지 못할 정도의 자급자족의 경제 구도가 남아 있습니다. 광활한 우크라이나 땅에서 살아가는 농부들의 경우, 임금노동과 시장의 상거래가 처음부터 활성화되지 않기 때문에, 고전경제학과 마르크스 경제학의 이론은 소규모 농촌의 경제활동에 무작정 적용될 수 없습니다. 왜냐하면 고전경제학과 마르크스 경제학은 시장에서의 거래를 통한 이윤과 노동 가치의 상관관계 없이는 그 자체 논의될 수 없기 때문입니다. 그렇기에 레닌은 잉여가치에 관한 마르크스의 이론을 러시아의 농촌 경제에 적용시키는 데 어려움을 겪을 수밖에 없었습니다. 소규모 농민들은 재화의 축적에 커다란 관심을 기울이지 않고, 다만 필요한 만큼의 노동을 통해서 그들의 생존을 도모할 뿐입니다(칼슨: 116). 이윤을 추구하는 자본주의의 시장은 농촌 경제의 실제 삶에서 처음부터 불필요합니다. 모든 생산품은 오로지 협동조합을 통해서 교환될 수 있습니다. 나중에 마오쩌둥이 중국의 부동산과 재화를 국유화시키는 방식으로 집단소유제에 근거한 사회주의 정책을 펼친 것도 바로 그 때문이었습니다.

24. 찬란한 농촌 경제의 유토피아: 차야노프의 책에서 도시 사람들과 시골 사람들은 경제적으로 그리고 문화적으로 더 이상 수준 차이라든가 이질감을 느끼지 않습니다. 게다가 지방에서 살아가는 러시아 농부들은 과거의 차르 시대 때부터 자신의 땅에서 농사를 짓고 있었습니다. 작가는 새로운 농촌 경제를 예찬하면서 다음과 같이 기술합니다. "우리는 농촌 경제를 경제적 행위의 가장 완성된 형태로 고찰해 왔다. 인간은 자연에 인위적으로 개입하게 되었고, 우주의 모든 에너지를 동원하여 창의적 노동을 행하게 되었으며, 이로 인하여 새로운 삶의 형태가 출현하

게 되었다. 모든 노동자들은 제각기 하나의 창조자가 되었으며, 각자의 개성을 최대한 발휘함으로써 노동의 예술 작품을 창조해 내게 되었다"(Tschajanow: 50).

25. 정복 대상으로서 자연 그리고 변증법과의 관련성: 차야노프의 유토피아는 소련 사회 전반에 퍼진 변증법과 자연의 상관관계에서 해석될 수 있습니다. 엥겔스는 헤겔의 변증법을 언급하면서, 역사뿐 아니라 자연 역시 변증법적 과정을 거친다고 주장했습니다. 다시 말해, 변증법의 작용은 인간과 사회에만 이루어지는 게 아니라, 자연의 영역에도 작동되고 있다는 것이었습니다. 이와 관련하여 루카치는 『역사와 계급의식(Geschichte und Klassenbewußtsein)』(1923)에서 엥겔스의 해석이 잘못이라고 주장하였습니다. 변증법의 결정적인 특성은 루카치에 의하면 오로지 주체와 객체의 상호작용에서, 이론과 실천의 일원성에서 발견된다고 합니다. 토대의 변화는 인간의 역사적 변화에 국한되는데, 이러한 사고는 절대로 자연의 영역에서 주어지지 않는다고 루카치는 못을 박았습니다(Lukács: 175). 자연의 변화는 루카치에 의하면 인간의 인식 능력을 벗어나는 과정이라고 합니다. 루카치는 이런 식으로 예컨대 에른스트 블로흐의 자연 주체에 대한 관심사를 무의미한 것으로 매도했습니다(Bloch: 190). 그런데 루카치의 주장은 소련의 관료들에 의해서 실증주의의 관점에서 긍정적으로 수용되었습니다. 사실 소련의 관료들은 자연 속에서 마력적이고 신비로운 특성을 찾으려는 일련의 노력 자체를 시대착오적이고 진부한 사고라고 단정하였습니다. 고대의 자연관 속에 도사린 정령신앙은 현대 사회주의자가 견지해서는 곤란한 미신이라는 것이었지요. 이로 인하여 자연에 관한 다양한 해석학은 20세기 초의 소련에서 완전히 자취를 감추고, 사람들은 오로지 경제력 향상을 위한 산업 생산에만 비중을 두게 됩니다. 바로 이러한 맥락을 염두에 두어야만 차야노프가 구상한 농업 중심의 더 나은 사회상이 얼마나 독창적이고 이질적인가 하는 점이 명백하게 부각

될 수 있을 것입니다. 한마디로, 소련 사회에서도 자연을 하나의 정복 대상으로 파악하려는 단선적 사고가 팽배해 있었습니다.

26. 국가는 자생적 농촌 경제 시스템을 내버려 두라: 차야노프는 무조건 이윤만을 추구하고 경쟁을 통해서 생산력을 극대화시키려는 자본주의 생산양식을 처음부터 배격합니다. 동시에 볼셰비즘 국가의 경제정책 속에도 어떤 하자가 담겨 있다고 합니다. 왜냐하면 이러한 정책 속에는 어떠한 예외 조건도 인정하지 않는 단호하고 무차별적인 전체주의의 보편적 의향이 자리하기 때문입니다. 차야노프의 유토피아는 다음과 같이 설명할 수 있습니다. 즉, 인민 경제의 시스템은 근본적으로 지방분권적인 개개인의 농촌 경제에 바탕을 두어야 하며, 이러한 바탕 하에서 부분적으로 산업 정책 내지 과학기술 등이 도입되어야 한다는 것입니다. 국가 당국이 개인 구도로 이루어진 농촌 경제의 틀을 깡그리 허물고 산업 중심의 경제 시스템을 모든 영역에 일괄적으로 도입할 수는 없습니다. 그런데도 소련 당국은 1920년대 초반에 농부들이 집단적으로 연합해 이룬 거대한 경영 체제를 오로지 산업 추진의 발판으로만 활용했습니다.

농부들의 협동조합은 그때까지 수공업 제품과 부업을 통해서 어느 정도의 수입을 거두어들이면서, 모든 경쟁 구도를 차단한다고 선언했습니다. 이로써 지금까지 협동 생산의 과정에서 제외된 소수의 자본주의 공장주들은 높은 세금의 지출로 인하여 더 이상 공장을 가동할 수 없었습니다. 물론 자본주의 경영자들은 높은 세금에도 불구하고 단번에 파산 직전에 처하지는 않았습니다. 왜냐하면 그들은 혁신 기술로써 경제적 동결이라는 비상 상태에 미리 대비하고 있었기 때문입니다. 이와 관련하여 차야노프는 다음과 같이 주장합니다. 즉, 크로포트킨이 설계한 대로 지방분권적인 개개인의 농촌 경제는 어떠한 경제 외적인 간섭 내지 국가적 차원에서의 규제가 없더라도 나름대로 자발적으로 기능할 수 있으며, 그렇게 되리라는 점 말입니다.

27. 농업 유토피아와 수작업: 소련 당국은 사회적이고 경제적인 모든 기능을 몇몇 엘리트들에게 헌납하고 말았습니다. 국가는 차야노프에 의하면 더 이상 강제적 체제로 작동되어서는 안 됩니다. 그렇지만 국가는 전면에 나서서 모든 경제적 정책을 감시 감독할 게 아니라, 기존하는 경제 시스템을 용인하면서 배후에서 이를 보조해야 한다는 것입니다. 국가의 기능은 차야노프에 의하면 다음의 일감으로 충분합니다. 즉, 능률을 고려한 노동, 조합의 수입금 분배 그리고 특정 생산품에 대한 프리미엄 등에 관여하는 것 말입니다. 차야노프의 유토피아는 분명히 스탈린의 중공업 위주의 산업 정책과는 현격한 차이점을 보입다(Gnüg: 187). 특히 차야노프는 노동자들과 농부들의 수작업에 대해 커다란 의미를 부여했습니다. 개별 사람들이 땅을 경작하기 때문에 제법 많은 곡식을 수확할 수 있다고 합니다. 농사를 짓는 데 있어서 지금처럼 수작업을 계속한 적은 없었습니다. 차야노프는 단순한 수작업을 통해서도 많은 사람들을 위한 충분한 식량을 확보할 수 있다고 주장합니다. 만약 사람들이 자발적으로 육체노동을 행한다면, 물론 우크라이나 곡창지대와 비교할 수는 없겠지만, 최소한 밀집해서 살아가는 모스크바 사람들의 식량을 얼마든지 조달할 수 있다고 합니다.

28. 차야노프 유토피아의 선진적 특성, 기술의 도입과 직접선거: 차야노프의 유토피아는 과도한 산업화를 경고할 뿐이지, 처음부터 과학기술을 배척하지는 않았습니다. 이미 언급했듯이, 소련 사람들은 도시의 건축물을 새롭게 건설하기 위해서 다이너마이트를 활용했습니다. 이 점은 과학기술을 활용하는 대표적 범례입니다. 나아가 여러 가지 발전된 군수산업 기술을 농업 분야에 적용해 날씨와 기후를 조금이나마 인위적으로 변화시킬 수 있습니다. 이는 더 많은 물과 햇빛을 조달하기 위함입니다. 그 밖의 경우에는 과학기술이 거의 활용되지는 않습니다. 그 이유는 중공업화의 추구로 인하여 농업경제의 근간이 흔들려서는 안 되기 때문

입니다. 특히 놀라운 것은 도시와 시골 사이를 연결하는 편리한 교통 체계입니다. 농촌 사람들 역시 인근 도시로 나가서 일할 수 있습니다. 그래서 지방 사람들도 많은 문화적 혜택을 누릴 수 있습니다. 시골의 특수한 농업 생산품은 시골의 생활 관습과 어우러져서 하나의 문화를 형성하고 있습니다. 사람들은 노농 교류를 통해서 상호 이득을 올릴 수 있습니다. 그 밖에 차야노프는 농촌 중심의 직접선거제도를 과감하게 도입하였습니다. 이미 1930년대에 지방자치와 풀뿌리 민주주의의 가능성이 제기되고 있다는 점은 차야노프 유토피아에 담긴 신선한 측면이 아닐 수 없습니다. 비록 볼셰비키들이 차야노프의 유토피아를 "반동주의"로 매도하였으나, 후세 사람들은 차야노프 유토피아의 선진적 특성을 이해하여 그것을 후기 산업사회에서 이룩할 수 있는 농촌 유토피아로 수용하였습니다. 가령 차야노프의 유토피아를 산업 발전 이후의 시기에 새롭게 나타날 수 있는 자연 친화적인 농촌 유토피아의 모델이라고 단언한 사람은 프랑스의 사회학자, 앙리 망드라(Henri Mendras)입니다. 망드라의 유토피아는, 『서양 유토피아의 흐름』 제5권에서 다루겠지만, 물질 추구를 최상의 삶의 수단으로 여기지 않는다는 점에서 그리고 생태 평화 운동에 바탕을 둔 대안의 삶을 추구한다는 점에서 21세기 생태 유토피아의 특징을 대변하고 있습니다(Mendras: 147).

29. 요약: 프레오브라젠스키의 유토피아와 차야노프의 유토피아는 1920년대 소련 사회에서 필요한 산업적 방향과 농업정책에서 결여된 사항들을 제각기 도입하였습니다. 그것들은 미래의 소련 사회를 설정하여 자신의 정책 방향을 우회적으로 표현하였습니다. 특히 프레오브라젠스키의 경우, 위로부터 아래로 향하는 정책 노선이 하자로 평가받을 수 있지만, 산업 발전의 다양성과 소련 사회의 실질적 상황을 고려한 것이라는 점에서 나름대로 가치를 지닙니다. 차야노프의 경우, 소련 사회의 농업 구조를 예리하게 분석하였지만, 이는 처음부터 국가정책에 반영되지

못했습니다. 특히 차야노프의 농업 유토피아는 생태학적 지속 가능성에 기여할 수 있는 모델입니다. 가령 차야노프의 협동조합의 구상은 차제에 두 가지 엄청난 영향을 끼치게 됩니다. 첫째로, 그것은 중국의 인민 사회주의 운동에서 집단 공동체 운동으로 활성화되었습니다. 둘째로, 차야노프의 협동조합의 구상은 오늘날 미국 미네소타주의 랜드오레이크 협동조합과 에스파냐의 몬드라곤 협동조합 등의 출현을 가능하게 했습니다 (칼슨 122). 결과론이지만, 만약 프레오브라젠스키와 차야노프의 두 가지 개혁 방안이 실제로 소련 당국의 핵심 정책으로 채택되었다면, 소련은 전혀 다른 사회주의 국가로 거듭났을 게 분명합니다.

참고 문헌

김성일 (1999): A. B. 차야노프의 농민 유토피아, 실린 곳: 슬라브 학보, 14권 1호, 173-207.

칼슨, 앨런 (2018): 차야노프와 농민유토피아, 실린 곳: 녹색평론 163집, 107-124.

Bloch, Ernst (1985): Das Materialismusproblem, seine Geschichte und Substanz, Frankfurt a. M..

Gnüg, Hiltrud (1999): Utopie und utopischer Roman, Stuttgart.

Herzen, A. (2019): Aus den Memoiren eines Russen, Inktank Publisching: Berlin.

Lukács, Georg (1968): Geschichte und Klassenbewusstsein, Neuwied und Berlin.

Mendras, Henri (1988): La Seconde Révolution française 1965-1984, Paris.

Preobrazhensky E. (1966): The New Economics, Oxford.

Preobrashenskij, E. (1974): Die sozialistische Alternative - Marx, Lenin und die Anarchisten über die Abschaffung des Kapitalismus. Rotbuch: Berlin.

Preobrashenskij, E. (1975): UdSSR 1975. Ein Rückblick in die Zukunft, Rotbuch: Berlin.

Saage, Richard (2002): Utopische Profile III, Industrielle Revolution und technischer Staat in 19. Jahrhunderts, Münster.

Stoppard, Tom (2008): The Coast of Utopia Trilogy: Voyage, Shipwreck, Salvage, Faber & Faber: London.

Tschajanow, Alexander Wassilijewitsch (1981): Reise meines Bruders Alexej ins Land der bäuerlichen Utopie, Frankfurt a. M..

Trotzki, Leo (1920): Die russische sozialistische Rote Armee, Zürich, S. 85-92.

Trotzki, Leo (1968): Literatur und Revolution, Berlin.

13. 유토피아, 디스토피아 그리고
대아 유토피아

1. 유토피아 개념, 혹은 개념의 확장: 유토피아의 모델은 처음에는 토머스 모어의 『유토피아』라는 문헌의 관점에서 이해되었습니다. 더 나은 사회상은 국가 소설 속에서 최상의 국가에 관한 시스템의 설계로 나타났는데, 여기에는 사회적 변화 내지 주체의 역동적 자극이 결여되어 있습니다. 르네상스 시대에 출현한 일련의 사회 유토피아 속에는 더 나은 국가의 모델이 하나의 정태적인 틀로 서술되고 있을 뿐입니다. 몇몇 학자들은 19세기 말부터 유토피아를 사회적 변화와 주체의 역동적 자극의 관점에서 파악하였습니다. 이들은 다름 아니라 **구스타프 란다우어, 카를 만하임** 그리고 **에른스트 블로흐**입니다. 유토피아 개념을 논할 때 이들이 반드시 언급되어야 하는 까닭은 유토피아가 막연히 정신적 영역에서 파악되는 게 아니라, 직접적이든 간접적이든 간에, 현실의 변화에 영향을 끼치는 역동적인 기능으로서 이해되기 때문입니다. 세 명의 학자들은 유토피아의 기능이 더 나은 국가에 대한 정태적 서술로 그친다고 파악하지 않았습니다. 오히려 유토피아는 이들의 견해에 의하면 더 나은 국가에 관한 정태적인 상 외에도, 천년왕국에 대한 기대감에서 이어진 사고일 수 있다는 것입니다. 유토피아의 사고는 현실의 직접적 변화라는 역동적 기능을 수행한다고 합니다.

이와 관련하여 무정부주의자, 란다우어는 사회적 변화와 혁명의 상관관계를 밝히려고, "장소"로서의 "토피아(Topie)"와 "비-장소"로서의 "유토피아(Utopie)"라는 두 가지 개념을 활용하였습니다. "토피아"가 전환기의 시대에 정지되어 있는 보수주의를 가리키는 세력이라면, "유토피아"는 전환기의 시대에 변모를 지향하는 진보성을 표방하는 세력입니다. 나중에 러시아의 소설가, 자먀찐은 "토피아"를 마치 고체와 같은 엔트로피의 존재로, "유토피아"를 액체 내지 기체와 같은 혁명적 에너지로 파악하기도 했습니다. 이러한 두 개의 세력은 ─ 마치 고체와 액체가 서로 반응하여 기체의 에너지를 탄생시키듯이 ─ 혁명의 와중에 구체적 행동으로 화한다는 것입니다. 란다우어는 다음과 같이 말합니다. "유토피아는 내재적으로 공동의 삶의 영역이 아니라 개인의 삶의 영역에 속한다. 유토피아는 언제나 이질적이고 개별적으로 주어진 개인의 의향이라든가, 개인적 의지의 집적체로 이해될 수 있다. 그러나 유토피아의 사고는 위기의 순간에 열광적 도취의 형태를 통해서 전체성 내지 공동의 삶의 형태와 결합되고 이를 조직화한다"(Landauer: 12f). 한마디로, 란다우어는 혁명의 현상적 특성과 필연성을 함께 고려하면서 "토피아"와 "유토피아"의 상관관계를 밝히려고 하였습니다.

란다우어의 견해에 착안하여 만하임은 사회의 역동적인 변화와 관련되는 두 가지 세력을 현상적 차원에서 고찰하였습니다. 그것은 "이데올로기"와 "유토피아"라는 용어로 설명됩니다. 여기서 말하는 이데올로기의 개념은 오늘날 사용되는 위로부터 행해지는 권력 집단의 조작 내지 인위적 중재라는 의미와는 약간 다릅니다. 만하임이 언급하는 "이데올로기"는 주어진 사회에 정착된 보수주의의 사고 내지 보수주의 세력을 가리킵니다. 이에 반해 "유토피아"는 주어진 사회를 다르게 변화시키려는 진보적 사고 내지 세력을 지칭합니다. 여기서 유토피아의 사고는 스스로를 에워싸는 존재와 일치되지 않는 상태에 관한 의식으로 이해되고 있습니다. 이데올로기와 유토피아는 만하임에 의하면 오로지 존재 초월적인 현상, 즉 현실의 실질적 변화에 의해서 발전되거나 퇴보하는 사회 역사적 현상이라고 합니다. 만하임은 이데올로기와 유토피아의 특성을 서로 구분하고 이를 사회학적으로 명확히 규정하기 위하여 무엇보다도 주어진 현실의 실질적 변화라는 기준을 중시하였습니다. 이를 위해 만하임은 "현실 초월성(Wirklichkeitstranszendenz)" 내지 "존재의 일탈적 특성"이라는 전문용어를 사용하고 있습니다(만하임: 263). 유토피아의 의향은 만하임에 의하면 주어진 현실이 역동적으로 변화됨으로써 그 가치가 분명하게 드러나고 원래의 결실을 맺게 된다는 것입니다. 만약 사회적 변화가 이루어지지 않는다면, 이를 추동하는 갈망은 유토피아의 본질적 특성으로 용인될 수 없다고 합니다.

2. 유토피아의 사고와 시대와의 관계: 만하임의 견해에 나타나는 또 다른 의문점은 다음과 같습니다. 즉, 이데올로기와 유토피아의 진단은 사회적 전환기 동안에는 명확하게 파악되지 않습니다. 왜냐하면 대부분의 사람들은 사회적 변화의 소용돌이 속에서는 사고에 몰두하는 대신에 생존을 위해서 무작정 행동해야 하기 때문입니다. 인간은 전환기 이전이나 이후에 어떤 사건에 관해 골몰할 수 있습니다. 따라서 이데올로기와 유토피아 사이의 명확한 구분은 주어진 현실의 실질적 변화 이후에 결과론에 근거하여 정리될 수밖에 없습니다. 헤겔의 말대로 **미네르바의 올빼미**는 도래하는 황혼 무렵에 비로소 비상하기 시작합니다. 인간은 현실의 변화를 추동하는 행위가 지나간 연후에 이에 관해 명징하게 사고할 수 있거나, 그 이전에 그것을 흐릿하게 유추할 수 있습니다. 그런데 문제는 유토피아의 사고가 현실 변화라는 기준만으로 그 타당성 여부가 판별되지는 않는다는 사실입니다. 물론 유토피아의 사고는 "지금 그리고 여기"의 난제를 해결하려는 과정 속에서 태동합니다. 그렇기에 여기서 중요한 것은 발생 시점에서 고려되는 당사자의 시대 비판이라는 특성입니다. 그렇지만 유토피아의 사고는 이후의 변화된 현실의 결과를 통해서 그 타

당성이 검증되는 것은 아닙니다. 다시 말해서, 모든 사건에 대한 가치 유무는 오로지 결과론에 의해서 결정되는 것은 아닙니다. 오히려 유토피아는 시대에 의해 그 조건이 정해지는, 경험적으로 그 자체 변형될 수 있으며, 나중의 시대에 영향을 끼치지만, 그렇다고 무조건 결과론적으로 정당화될 수 없는 개념입니다.

3. **만하임 이론의 문제점:** 만하임의 이론에서는 두 가지 문제가 의문점으로 출현할 수 있습니다. 그 하나는 이데올로기와 유토피아의 상관관계가 기껏해야 현실에서 구체적으로 드러난 변화에 관한 현상적 분석으로 이해될 수밖에 없다는 것입니다. 유토피아는 만하임에 의하면 어떤 역사적 사건에 의해 이루어진 현실적 변화에 의해서 그 타당성이 밝혀집니다. 여기서 만하임의 관심사는 지식사회학에서 논의되는 이데올로기와 유토피아 사이의 현상적 변화의 변증법적 과정에 국한되어 있습니다. 다시 말해, 그는 거대한 역사적 변화의 소용돌이 속에서 한 걸음 물러서서 이를 관망하고 있습니다. 만하임의 시각은 변증법이라는 사변적 사고를 어떤 피비린내 나는 투쟁의 현실에 대입하면서, 오로지 이데올로기냐, 유토피아냐 하는 문제만을 추상적으로 골몰할 뿐입니다. 이로써 만하임은 마르크스주의를 가진 자에 대한 가지지 못한 자들의 일방적인 관점으로 이해하면서, 이를 편향적 사고로 비판할 수 있습니다. 만하임은 20세기 초 유럽의 질서가 이미 편향적으로 기울어져 있음을 처음부터 고려하지 않습니다. 어쩌면 이러한 편향적 질서 위에다 지식사회학이라는 공정한 기준을 수직으로 설정한다는 것 자체가 오히려 엄정중립성을 해치고, 이미 기울어져 있는 시대정신의 유동성을 용인하는 처사일지 모릅니다. 바로 이러한 까닭에 만하임의 이론은 시민사회에서 출현한 자유사상가의 양비론에서 조금도 벗어나지 못하고 있습니다.

4. **사회적 역동성으로서 유토피아 개념:** 에른스트 블로흐는 란다우어와

만하임의 이론을 추적하면서, 이 두 가지 이론에 도사리고 있는 현실 변화의 역동적이고 개방적인 특성을 도출해 냅니다. 현실 변화를 촉구하는 유토피아의 역동적, 개방적 특성은 과거의 전통적 유토피아의 정태적 모델로는 도저히 해명할 수 없습니다. 왜냐하면 과거의 전통적 유토피아는 최상의 국가에 대한 하나의 틀 내지 모델을 합리적으로 그리고 수동적으로 제시할 뿐, 혁명의 역사를 이룩하고 사회 변화를 추구하는 인간의 원초적 갈망을 모조리 포괄하지 못하기 때문입니다. 블로흐는 고전적 유토피아의 사회상에다 또 다른 유토피아의 특성을 함께 고려합니다. 그것은 바로 더 나은, 변화된 삶에 관한 주체의 **미래지향적** 의식입니다. 더 나은, 변화된 삶에 관한 미래지향적 의식은 고대로부터 현대로 이어지는 황금시대에 관한 가난한 자들의 갈망, 천년왕국설 내지 종말론의 사고로 이어져 온 구원에 대한 기대감을 포괄하고 있습니다. 왜냐하면 가난한 자들의 갈망 내지 구원에 대한 기대감은 1817년 소련의 탄생으로 어떤 객관적, 현실적 가능성을 충족시킨 것처럼 투영되었기 때문입니다.

블로흐는 국가 소설에 나타난 여러 가지 유형의 유토피아 모델에 집중하는 대신에, 더 나은 삶에 관한 주체의 미래지향적 의식을 추적하였습니다. 모어 이후의 전통적 유토피아의 특성과 기능이 국가 소설이라는 일련의 문헌을 통하여 사회과학의 영역에서 만개했다면, 더 나은 사회적 삶에 관한 주체의 미래지향적 의식은 오히려 인문과학, 사회과학뿐 아니라, 회화 예술, 인기 소설, 음악 그리고 행위 예술에서 명징하게 드러나고 있습니다. 블로흐가 『유토피아의 정신(Geist der Utopie)』에서 고전적 유토피아의 모델을 부차적으로 이해한 까닭은 바로 그 때문입니다. 게다가 20세기 초의 문학과 여러 유형의 예술은 인간의 갈망과 희망을 포괄하는 가능성으로부터 막강한 자양을 공급받고 있습니다. 이는 예컨대 로베르트 무질(Robert Musil)의 소설에서 드러나는 특성입니다. 무질은 장편소설 『특성 없는 남자(Der Mann ohne Eigenschaften)』(1930)에서 천국으로의 여행이라는 상상의 현실을 실제 현실과 병렬적으로 서술한 바 있습니다(Voßkamp: 347). 요약하건대, 유토피아는 블로흐에 의하면 어떤 행동으로 연결되고, 폭발적으로 생각되고 수행되는 갈망의 에너지입니다. 여기서 중요한 것은 유토피아가 변화의 잠재성을 도모하고, 정치적 동인으로 기능한다는 사실입니다. 유토피아가 추구하는 것은 변화의 가능성이고, 그 자체 주관적 동인으로서의 주체의 능력으로 이해될 수 있습니다. 이와 반대편에서 다가오는 것은 객관적 동인으로서 변화될 수 있는 무엇이라는 현실적 가능성입니다. 객관적, 현실적 가능성은 스스로 무르익어서 어떤 사회적 변화의 토대가 된다는 점에서 주관적 동인으로서의 주체의 능력을 보조합니다. 요약하건대, 모어, 캄파넬라 등이 추적한 최상의 국가에 관한 제반 사항이 유토피아의 모델로 명명될 수 있다면, 블로흐가 추적한 더 나은 사회적 삶에 관한 주체의 미래지향적 의식은 유토피아의 성분으로 명명될 수 있습니다.

5. 디스토피아의 개념: 지금까지 우리는 유토피아 개념의 기능적 확장을 살펴보았습니다. 그렇다면 디스토피아는 어떻게 규정될 수 있을까요? "디스토피아(Dystopie)"는 "주어진 현실의 문제를 간접적으로 비판하는 기능을 지닌, 하나의 가상적인 끔찍한 사회상"입니다. 여기서 "디스토피아"는 유토피아의 기능 가운데 두 번째의 "없는 곳(U + Topie)"이라는 의미를 지니고 있습니다. 디스토피아는 이 세상에서 나타날 수 있는 끔찍한 장소를 지칭하는데, 20세기에 이르러 작가들은 끔찍한 국가의 모습을 경고하기 위해 일련의 디스토피아 문학작품을 발표하였습니다. 문제는 디스토피아의 개념이 기능을 고려할 때 과연 유토피아에 정반대되는 개념인가 하는 물음입니다. 이에 대한 대답은 의외로 간단합니다. 디스토피아는 엄밀히 따지면 유토피아의 소개념으로서 유토피아에 종속되고 있습니다. 왜냐하면 디스토피아의 요소는 이미 유토피아의 개념 속에 부분적으로 내재해 있기 때문입니다(Schölderle: 134). 이미 언급했듯이, 유토피아는 바람직한 어떤 더 나은 사회, 혹은 회피해야 할 어

떤 끔찍한 사회에 관한 가능성으로서의 상입니다. 이를 고려할 때 우리는 디스토피아가 유토피아에 포함되어 있다고 말할 수 있습니다. 따라서 긍정적 개념으로서의 유토피아를 부정적 개념으로서의 디스토피아와 병렬시키는 것은 단선적 태도입니다. 왜냐하면 유토피아 속에는 현실에 대한 부정적인 경고의 상이 처음부터 부분적으로 내재해 있기 때문입니다. 실제로 유토피아 연구에서 이와 유사한 용어들이 마구잡이로 혼용되는데, 우리는 이에 대해 분명하게 짚고 넘어가야 할 것 같습니다. 첫째로, "디스토피아"는 유토피아의 소개념으로서 "부정적 유토피아(negative Utopie)" 내지는 "메토피아(Mätopie)"와 동일하게 파악될 수 있습니다. 작가는 문학작품 속에 어떤 끔찍한 현실을 보여 줌으로써, 사람들로 하여금 차제에 어떤 파국을 인지하고 이를 막을 수 있는 대안을 찾도록 자극하고 있습니다. 이 경우 디스토피아, 부정적 유토피아 그리고 메토피아 개념에는 이른바 "부정의 부정"이라는 변증법적 방법론이 활용되고 있습니다(Neusüss: 33).

6. 디스토피아의 특성, 요약: 디스토피아 문학은 다음과 같은 일곱 가지 특성을 표방합니다. (1) 디스토피아는 사변적으로 갈망하는 인간의 낙관주의에 이의를 제기합니다. (2) 디스토피아 문학은 시대정신의 관련 하에서 끔찍함 내지 부정적 경향의 현실상을 다루며, 이를 경고합니다. (3) 국가는 대체로 만인을 통솔하고 감시하는 "규범적 괴물"로 다루어집니다. 이 경우에 국가의 최상의 목표는 체제 안정 내지 개개인의 통제 등으로 요약됩니다. (4) 디스토피아의 문학적 배경은 유럽을 넘어서, 세계 전체를 포괄합니다. 20세기에 이르러 국가와 국가 사이의 대립이 세계국가의 가능성을 유추하게 하였습니다. (5) 모든 인민은 마치 동일하게 사고하고 행동하는 로봇과 같이 일사불란하게 행동합니다. 이로 인하여 개개인의 자율적 삶은 부분적으로, 혹은 전적으로 침해되고 있습니다. (6) 디스토피아 소설은 주로 거대한 권력 체제로서의 국가에 대항하

는 아웃사이더의 투쟁을 서술하고 있습니다. (7) 아웃사이더의 패배에도 불구하고 주어진 현실에는 여전히 현재 상태를 극복하려는 희망이 자리 합니다(Hansenberger: 47f).

7. "반-유토피아" 내지 안티유토피아의 개념: 둘째로, "반-유토피아 (Anti-Utopie)"의 개념은 의미론적 측면에서 디스토피아 내지 부정적 유 토피아와는 약간 다른 차원에서 이해될 수 있습니다. 어쩌면 그것은 "안 티유토피아"로 번역되는 게 더 정확할지 모릅니다. 실제로 "반-유토피 아"는 처음부터 유토피아의 사고 자체를 거부합니다. 다시 말해, "반-유 토피아"는 더 나은 삶을 위한 인간적 의향을 담고 있는 유토피아의 사고 가 근본적으로 무가치한 사고라고 주장하면서, 그것을 원천적으로 배격 하려 합니다. 이에 대한 논거로서 반-유토피아의 입장을 고수하는 사람 들은 첫째로 예정 조화의 신정주의를, 둘째로 전체주의 내지 폭력의 의 혹을 예로 들고 있습니다. 전자는 "유토피아는 신만이 이룰 수 있는 무 엇을 애써 성취하려고 헛되이 노력한다"는 주장이며, 후자는 "유토피아 는 처음부터 국가 전체의 이익을 추구하므로 폭력을 동반한다"라는 주 장입니다. 이러한 두 가지 주장을 반영하는, 20세기 후반에 출현한 작품 들로서 우리는 귄터 그라스의 『암쥐(Die Rättin)』, 귄터 쿠네르트의 시집, 『유토피아의 노정에서(Unterwegs nach Utopia)』 등을 예로 들 수 있습니 다. 요약하건대, 반-유토피아 내지 안티유토피아는 "더 나은 삶을 공동 으로 추구하는 모든 노력은 무의미하다"라는 입장에서 출발합니다. 가 령 테오도르 아도르노는 유토피아의 의향보다도 더 큰 것은 "죽음"의 모티프라고 못 박았습니다(Traub: 66). 더 나은 삶을 공동으로 추구하 는 인간의 노력은 처음부터 끝까지 헛되다는, 구약성서 가운데 「전도서 (Ecclesiastes)」에 제시된 허무주의의 명제가 이 경우에 지속적으로 영향 을 끼치고 있습니다. 요약하건대, 디스토피아는 끔찍한 가상적 사회상을 통하여 우리에게 어떤 무엇을 경고하려고 의도한다면, 안티유토피아 내

지 반-유토피아는 신정론에 입각하여 인간의 갈망 자체를 처음부터 부정하려고 합니다. 이러한 차이를 염두에 둔다면, 유토피아와 대치되는 개념은 디스토피아가 아니라, 안티유토피아 내지 반-유토피아로 규정할 수 있습니다.

8. 유토피아 개념과 기능의 확장: 유토피아의 최신 연구에서 다음과 같은 견해가 제기되었습니다. 즉, 유토피아 개념의 확장은 그 자체 하자를 지니고 있다는 것입니다. 가령 리하르트 자게는 다음과 같이 주장했습니다. 블로흐는 유토피아의 개념과 기능을 확장시켰는데, 이는 결국 토머스 모어가 남긴 유토피아의 유산을 이전의 단계로 하락시켰다고 합니다(Saage: 159). 그 밖에도 유토피아의 개념은 안드레아스 하이어에 의하면 블로흐에 의해 확장되어 결국 온 세상을 포괄하는 개념으로 방만하게 해석되었다고 합니다(Heyer: 250). 그렇다면 블로흐의 유토피아 개념 확장에 어떤 하자가 도사리고 있을까요? 블로흐의 이론은 인간의 갈망과 희망을 중시함으로써, 존재론적 차원에서 아리스토텔레스 이후로 망각되었던 가능성의 불가능성 개념을 주어진 현실과 관련시켰습니다. 물론 20세기 이후에 유토피아에 관한 용어가 혼란스러울 정도로 방만하게 출현한 것은 사실입니다. 이는 그만큼 사회가 전문화되었으며, 지구 전체의 문제가 복잡하게 얽혀 있기 때문이라고 여겨집니다. 21세기의 문제점 가운데 가장 커다란 이슈로 작용하는 것은 생태계를 둘러싼 문제일 것입니다. 이와 관련하여 우리는 주체의 개념을 의미론적으로 확장하거나 변화시킴으로써 시대에 상응하는 유토피아의 개념적 특성을 (재)발견해 낼 수 있을 것입니다. 그것은 다름 아니라 유토피아에 내재된 대아의 특성입니다. 만약 인간과 인간 사이의 진정한 의사소통을 통하여 소외된 개인들로 하여금 사회에 동화하게 하고 협동성을 불러일으키게 한다면, 우리는 주체의 사회적 변모, 사회의 주체적 환원을 아우를 수 있는 큰 자아의 개념을 발견할 수 있습니다.

9. 유토피아에 도사린 대아의 기능: 1980년대 유럽에서 카를 하인츠 보러는 "주체 유토피아(Subjektutopie)"를 언급한 바 있습니다. 이것은 의미론적으로 주체의 영역으로 축소된 특성만을 고려하는데, 이른바 "윤리라든가 역사적 목표에 대한 상상과는 전혀 차원이 다른 주관적이자 사적인 행복에 대한 경험"을 가리킵니다. 유토피아는 처음에는 더 나은 삶을 위한 개인적 갈망으로 출현하지만, 더 나은 사회를 공동으로 창출하기 위한 사회경제적 노력으로 발전되곤 합니다. 그런데 이러한 공동의 사회경제적 노력은 보러의 견해에 의하면 불가피하게 전체주의의 폭력으로 인해 상당 부분 파괴되고 말았다는 것입니다. 왜냐하면 더 나은 사회 내지 국가를 만들려는 유토피아의 의향 속에 스탈린주의 내지 전체주의의 폭력성이 은밀히 도사리고 있기 때문이라고 합니다. 보러는 손상된 유토피아의 범례를 로빈슨 크루소에게서 발견하고 있습니다. 로빈슨 크루소는 바람직한 국가의 건설과는 무관한, 어떤 사적인 삶의 실현 내지 주관적 삶의 행복을 추구하는 자일 뿐이라는 것입니다(Bohrer: 86). 로빈슨은 무인도에서 살아남기 위해서 자신의 모든 지적, 육체적 능력을 동원하면서 살아갑니다. 여기서 우리는 보러의 주체 유토피아의 개념이 유토피아의 일반적 특성으로부터 현격하게 동떨어져 있으며, 설령 부분적으로 어떤 작은 특성을 공유한다고 하더라도 개념 영역이 협소하게 규정되고 있음을 확인할 수 있습니다. 보러가 원용하는 주체 유토피아는 거대한 자연의 폭력 앞에서 한 인간이 생존해 나가며, 이를 위해서 어떤 책략들을 개발하는 개인적·사적인 노력과 관련됩니다.

10. 이븐 토파일의 철학 소설 『생기 넘치는 자, 깨어남의 아들』: 엄밀히 말하자면, 대니얼 디포의 로빈슨 크루소는 유토피아의 모범이 될 수 없습니다. 왜냐하면 그것은 공동의 사회적 문제를 포괄하는 게 아니라, 시종일관 개인적 도피주의에서 벗어날 수 없기 때문입니다. 로빈슨 크루소는 이슬람 학자이자 소설가인 이븐 토파일(Ibn Tufail)의 작품에서 많

은 것을 차용했습니다. 작품 『생기 넘치는 자, 깨어남의 아들(Hayy ibn Yaqzan)』은 고해의 섬에서 자기의 존재 가치를 발견해 내는 과정을 서술하고 있습니다. 철학 소설 『생기 넘치는 자, 깨어남의 아들』은 12세기 후반에 완성되었는데, 라틴어 판은 1671년 영국에서 간행되었습니다. 이븐 토파일의 작품은 5단계로 나누어집니다. 첫 번째 단계는 7세 나이의 주인공의 면모를 다룹니다. 주인공은 고립된 섬에서 사슴의 보호를 받으며 성장합니다. 거기서 그는 사랑, 협동심, 생존 방식 그리고 자기 방어를 배웁니다. 두 번째 단계는 21세의 주인공의 삶을 기술합니다. 그는 수공업적 기술, 건축 그리고 불 다루는 법을 터득합니다. 어머니 역할을 하던 사슴이 죽은 뒤에 몸을 해부하여 생명체의 심장을 발견합니다. 이때 주인공은 인간의 영혼이 지속적으로 생명력을 유지할 수 있음을 느낍니다. 제3단계는 28세의 주인공의 삶을 묘사하고 있습니다. 그는 논리학, 물리학 그리고 원초적 토대에 관한 지식을 익혀 나갑니다. 제4단계에서 35세의 주인공은 인간의 삶을 개괄적으로 조망합니다. 주인공은 천체와 우주를 관찰하고 자연의 법칙을 체계적으로 배워 나갑니다. 모든 존재는 완전성을 향해 나아간다는 것을 주인공은 깨닫습니다. 제5단계는 50세의 주인공의 삶을 다루고 있습니다(Ibn Tufail: 105). 신의 인식의 도구는 결코 도구도, 가시적인 무엇도 아니고, 오로지 신과 같은 주체뿐이라는 것을 깨닫습니다. 주인공은 바로 이 순간 인접한 섬을 찾아가 다른 사람들과 접촉하기 시작합니다.

11. 로빈슨을 소재로 한 문학작품들은 고립 모티프 내지 개인의 사적 유토피아에서 벗어나지 못한다: 이븐 토파일의 소설의 핵심은 다음과 같습니다. 완전한 인식으로 향하는 과정은 그게 철학의 방법론이든 신학의 방법론이든 간에 다양하다는 것입니다. 이슬람 외에도 유대교와 기독교 역시 이러한 인식에 도달할 수 있는 수단이라고 합니다. 이로써 이븐 토파일은 진리를 발견하는 길이 어떠한 경우든 간에 변화무쌍한 이질적

과정으로 이루어져 있음을 설파했습니다. 따라서 로빈슨 크루소는 진리, 완전성에 대한 깨달음에 관한 어떤 과정 내지 방향성을 시사해 주는 인물입니다. 예컨대 종교적 다양성의 관점은 중세의 이슬람 사상가, 아비켄나와 신비주의를 표방하는 수피즘 사상에서 유래하는 것으로서 이슬람교뿐 아니라, 유대교, 기독교 역시 세계의 완전한 인식에 도달하기 위한 믿음의 과정에서 발견됩니다. 이를 고려한다면 로빈슨 크루소의 이야기는 엄밀히 따지면 고립주의 내지 도피주의와 결부되는 게 아니라, 세계 인식의 과정의 다양한 특성을 알려 줍니다(Bloch: 489). 요약하건대, 보러는 로빈슨 크루소의 근본적 주제를 단선적으로 이해하여, 이를 주체 유토피아라고 못 박았습니다. 이것은 자연과 혼연일체가 되는 유희적 인간이 추구할 수 있는 개인적 유토피아, 그 이상도 그 이하도 아닙니다. 한마디로, 보러는 로빈슨 크루소의 이야기를 다른 방식으로 일방적으로 해석했습니다. 이러한 해석은 사회적 변화라는 공동의 이익을 도모하려는 의도와는 무관하며, 오로지 개인의 생존 욕구만을 고려한 것이라고 이해하고 있습니다. 그것은 그 의향에 있어서 진보 내지 사회적으로 공통되는 사람들의 갈망을 담는 유토피아와는 거리감을 지닙니다.

12. 유토피아는 사회적 삶을 전제로 한다: 물론 유토피아는 처음에는 — 구스타프 란다우어의 주장대로 — 개인적 갈망에서 시작됩니다. 그렇지만 사회적으로 공통되는 갈망은 개인 혼자의 행복만을 추구하지는 않습니다. 오히려 그것은 "나" 대신에 "우리"의 안녕을 도모할 때 더 커다란 의미를 획득합니다. 주위에는 "나"와 유사한 개인들이 서성거리고 있습니다. 그렇기에 나의 문제는 동시에 나를 둘러싼 "다른 사람"의 문제를 포괄적으로 고려하게 되는 것입니다. 여기서 우리는 "대아(Atman)"의 기능을 발견할 수 있습니다. 대아 유토피아는 전체적으로 고찰할 때 인간의 사회적 존재와 사회 속의 주체를 전제로 한 개념입니다. 그렇기에 로빈슨 크루소의 고립된 삶의 정황은 하나의 예외에 불과합니다. 인간

은 그 자체 사회적 존재이기 때문에, 주체의 이상적인 삶은 사회와의 관련성 속에서 인지되고 실현될 수밖에 없습니다(Stockinger: 133). 유토피아는 개인 주체의 사적인 행복만을 도모하려는 사고가 아니라, 사회적인 "간주관적(間主觀的)" 이상을 도모하려는 사고입니다. 그렇기에 그것은 처음부터 본질적으로 대아의 특성을 지닙니다. 대아 유토피아는 개인의 사적인 행복이 아니라, 사회 전체의 이익이 개인의 이익으로 환원되지 않을 때 출현하는 사고로 규정할 수 있습니다. 이는 사회적 삶에 있어서 개개인이 자유로운 자기 결정권을 추구하는 일과 무관하지 않습니다. 왜냐하면 인간이 자유로운 자기 결정권을 추구하는 것은 작가의 견해에 의하면 집단이나 공동체 내에서 발생하는 문제에 대한 여러 가지 해결 방안을 통해서 성취될 수 있기 때문입니다(Hermand: 20).

13. 유토피아와 동양 사상: 유토피아가 대아의 특성, 다시 말해서 간주관적 이상을 추구한다는 것은 자명해졌습니다. 이와 관련하여 우리는 어쩌면 동양의 자아 개념을 통해서 유토피아의 특성을 더욱 명확하게 규정할 수 있을 것 같습니다. 기실 서양 사상은 근대의 시점부터 오늘날까지 주체의 한계에 직면하게 되었습니다. 이러한 한계는 홉스의 사회계약 이론에서 분명히 드러납니다. 인간은 인간에 대한 늑대이기 때문에, 이를 조정하기 위한 수단으로 요청되는 것은 사회계약의 이론입니다. 한마디로 서양에서 통용되는 개인주의는 대아를 고려하지 않습니다. 예컨대 서양의 주체 개념은 자아의 일방통행식의 관점에서 대상을 쪼개고 분할한다는 점에서 처음부터 자기중심주의 내지 타인과 자연에 대한 우월주의 내지 오만함을 내재하고 있습니다(윤노빈: 41). 이러한 우월주의의 시각은 때로는 세계에 대한 자아의 나르시시즘의 오만함으로 설명될 수 있습니다. 자연에 대한 인간의 우월주의에 입각한 시각이 결정적 하자를 지니고 있다는 점은 서양의 역사에서 두 번에 걸쳐 확인되었습니다. 그 하나는 20세기 초 서구 유럽의 제국주의에 대한 비판을 통해서, 다른 하

나는 20세기 후반의 생태계 파괴 현상에 대한 비판에서 분명하게 드러났습니다. 바꾸어 말하자면, 서양의 지배 구조와 이에 대한 확장으로서 제국주의 그리고 과학기술 개발을 극대화시켜 인간만을 위해 생산력을 신장하려는 능률주의는 21세기에 이르러 한계에 도달하게 된 것입니다.

14. 자유가 억압되고 있다: 20세기 중엽의 사회적 상황은 주지하다시피 인류에게 엄청난 파국을 안겨 주었습니다. 세계대전, 제국주의의 팽창 정책, 이기적인 국가의 전체주의 정책 등을 생각해 보십시오. 20세기에 이르러 전체주의의 역사는 비단 서양에만 국한되어 나타난 것은 아닙니다. 전 지구상의 생태계와 핵전쟁의 위기 등을 고려하면, 국가 중심의 전체주의의 역사는 언제나 인류가 처한 현실의 확장과 정비례하여 전개되었습니다. 중요한 것은 인간의 고유한 자유가 엄청난 범위에서 훼손되기 시작했다는 사실입니다. 그렇기에 우선시되는 것은 주체의 자유를 보존하기 위한 노력입니다. 그렇다고 해서 주체의 자유가 개별화된 사적 영역으로서의 "나"의 자유로 직결되는 것은 아닙니다. 그것은 오히려 "너"의 행복과 "우리"의 행복을 바탕으로 하여 다시금 "나"에게 환원되는 무엇입니다. 그렇기에 개개인의 자유는 정치적 사회계약뿐 아니라, 사회-정치적 측면에서 경제적 평등이 보장되어야만 완전히 확립될 수 있습니다. 지금까지 유토피아는 무엇보다도 경제적 평등을 중시하였습니다. 그런데 경제적으로 평등한 삶의 방식도 개인의 자유가 우선적으로 존재해야 가능한 일일 것입니다. 그렇지만 유토피아는 개인의 고유한 자유를 고수하고 이를 쟁취하는 것만으로 끝나지 않습니다. 주어진 세계, 즉 삼계(三界)가 화염 속에 뒤덮여 있는데, 마르틴 루터처럼 나 혼자의 행복을 위해 한 그루의 사과나무만을 심을 수는 없는 노릇일 것입니다. 이와는 반대로 자신의 자유가 풍전등화의 상황 속에 놓여 있는데, 무작정 이타주의로써 이웃과 사회의 정치경제적 안녕을 도모할 겨를은 없습니다.

15. 해석학적 순환, 사회의 주체화, 주체의 사회화: 요약하건대, 유토피아는 개인 한 사람의 이익과 안녕을 도모하는 이상적 사고는 아닙니다. 그것은 공동체에 관한 성숙한 개인의 소통과 교류를 전제로 하는 사고입니다. 그렇기에 유토피아의 슬로건은 처음부터 "사회의 개인화, 개인의 사회화"로 요약될 수 있습니다. 여기서 문제가 되는 것은 대아 유토피아의 논의를 위한 하나의 가능성입니다. 이에 대한 범례는 ―『서양 유토피아의 흐름』 제5권에서 자세히 다루게 될 ― 올더스 헉슬리의 『섬(Island)』에서 나타납니다. 헉슬리는 서구의 자연과학의 합리성과 동양의 불교 사상을 상호 결합시켜, 제3세계에서 개개인들의 이상적 삶의 가능성을 추적하고 있습니다. 그것은 고유한 자아 속의 예속 상태에서 벗어나려는 노력과 서구의 세속화된 합리주의의 결합을 가리킵니다(Huxley: 160). 이러한 결합에는 다소 작위적이고 어설픈 감이 없지 않지만, 그럼에도 헉슬리는 어쨌든 개인과 사회라는 이분법적인 구분과 차단을 극복하려고 시도한 셈입니다. 대아 유토피아는 더 나은 사회적 삶의 토대를 공동으로 지향한다는 점에 있어서 유토피아 본연의 의향 속에 도사리고 있습니다. 변화된 현실은 보다 정교한 어떤 유토피아 개념을 요청하는데, 특히 21세기에는 네트워크를 통한 수많은 무정부주의 생태 공동체가 급속도로 출현하고 있습니다. 이를 고려한다면 20세기 후반부에 환경, 여성 그리고 평화 운동과 병행해서 나타난 생태 공동체 운동은 대아 유토피아의 틀 속에서 이해될 수 있습니다.

16. 개체는 전체이며, 전체는 개체일 수 있다: 상기한 사항과 관련하여 우리는 주체의 개념을 나누어지지 않는 개체로서의 "개인(In + Dividuum)"과 달리 이해할 필요가 있습니다. 비유가 적절할지 모르지만, 인간의 개별적 존재는 마치 생명의 조직체 내의 세포들과 같습니다(김상일: 29). 조직체의 세포들은 시각적 관점에서는 개별적 존재로 이해될 수 있으나, 기능상의 측면에서 고찰할 때 상호 교류를 통해서 상호 간의 생

명력을 이어 나갑니다. 인간 역시 제각기 이질적이고 개별적인 존재이지만, 상호 영향을 끼치면서 생활하기 때문에 공동의 삶, 공동의 체제를 필요로 합니다. 바꾸어 말해, 자아라는 개체는 개별적이지만, 자아의 영혼은 하나의 개인 속에 차단될 수는 없습니다. 가령 사랑하는 두 사람은 개별적 존재이지만, 그들이 제각기 임에게 향하는 마음은 서로 연결되어 있습니다. 여기서 우리는 다음의 사실을 확인할 수 있습니다. 즉, 가시적인 사물은 양과 수에 의해 측정되고 분할될 수 있지만, 내적인 기능이 무작정 그런 식으로 일도양단으로 구분되지는 않는다는 사실 말입니다. 동양인들이 도(道)를 "불일불이(不一不二)"로 설명하는 것도 이와 무관하지 않습니다. 사물도 그러하고 인간도 그러합니다. 사람들의 마음 속에는 상호적으로 기능하려는 의향이 자리하고, 사물의 내면에는 상호적으로 영향을 끼치려는 갈망이 자리합니다. 인간은 다른 인간과의 상호작용 속에서 호흡하고 생명을 유지합니다. 여기서 강조되는 것은 "나는 사회의 안녕에 기여하며, 사회는 역으로 나의 삶에 도움을 주리라." 하는 상호 아우르기로서의 기능, 바로 그것입니다. 이를 고려할 때 대아 유토피아는 "상호-주관적인 의향(intersubjektive Intentionen)"과 관련되는 개념으로서, 궁극적으로 하나의 "큰 자아"의 안녕을 도모하려는 인간의 갈망을 포함하고 있습니다.

17. 큰 자아로서의 주체: 주체의 상호-주관주의적 성향을 염두에 두면 우리는 큰 자아로서의 주체를 상정할 수 있을 것입니다. 김상봉은 "서로 주체성"에 관해서 언급한 바 있습니다. 주체는 개별화되는 개체들로서 마치 서양인들처럼 타자를 열등한 대상으로 고찰하지 않고, 서로 아우르고 협력할 때 제각기 더 나은 존재로 기능하고 영향을 끼친다는 것입니다. 이로써 엠마뉘엘 레비나스(Emmanuel Levinas)의 자아의 일방적 시각을 극복하려는 "타자"의 개념은 마르틴 부버(Martin Buber)의 "나와 너"라는 존재를 전제로 한 상호주의의 관점과 관련하여, 더 큰 자아, 다

시 말해서 "우리"라는 의미로 확장될 수 있습니다. 그렇기에 인간은 상호성의 주체를 언급하면서, 공동체의 주체, 즉 "우리"를 떠올릴 수 있습니다. "자기를 뛰어넘는 것, 너를 위하여 크고 작은 일에서 자기를 버리는 것, 너를 위해 나를 비우는 것 그리하여 자기를 부정하는 것이 (상호적인) 주체성의 진리이다"(김상봉: 288). 이것이 바로 김상봉이 말하는 서로 주체성의 기능적 의미입니다. 서로 주체성은 보다 큰 자아를 위해서 작은 자기를 헌신하는 데에서 출발한다는 점에서 대아 유토피아와 접목되어 있습니다. 왜냐하면 대아 유토피아는 이러한 큰 자아, 다시 말해서 상대방을 자신의 존재로 끌어안고 스스로를 희생하는 한이 있더라도 더 큰 자아를 찾으려는 인간의 갈망을 반영하고 있기 때문입니다. 가령 윤노빈이 『신생 철학』에서 언급한 "나를 임신한 나"에 관한 시각을 숙고해 보세요(윤노빈: 337). 어쩌면 인간은 처음부터 서로 "기대어(人)" 살아가는 존재이며, 나의 눈에 보이지 않는, 공감과 협동이라는 이름의 탯줄을 타자의 생명과 이어 주면서 살아갑니다. 그렇기에 인간은 처음부터 하늘(乾)과 땅(坤) 사이에서 어떤 정신적 힘을 소통하는 힘을 지니고 있습니다.

18. 작은 개념의 주체를 죽여라: 그렇다면 우리는 어떻게 하면 더 큰 자아를 획득할 수 있을까요? 더 큰 자아를 획득하려면, 우리는 일단 자기 자신의 존재를 타인과 구분하고 차단하는 행위를 일차적으로 약화시켜 나가야 할 것입니다. 쉽게 말해서 진정한 주체를 확립하려면, 개별적인 작은 주체를 희생해야 합니다. 동시에 우리는 자신이 이 세상의 유일한 주인이라는 오만한 마음을 버려야 합니다. 인간과 인간 사이에 도사린 구분 내지 차단이라는 고리를 끊어내야 합니다. 타자를 고착된 사물로 고찰하는 시각을 버릴 때, 모든 것을 획일적으로 구분하는 프로크루스테스의 침대를 바라보는 시각을 버릴 때, 우리는 개인주의에 근거한 휴머니즘의 허구성을 꿰뚫어 바라보고 비판할 수 있습니다. 이는 "타자

속에서의 자기 상실이라는 의향"으로 요약될 수 있습니다(김상봉: 289). 이것은 인성이라는 장벽을 굳건히 쌓는 데서가 아니라, 타자를 위한 자발적인 헌신과 희생의 노력에서 발견할 수 있는 무엇입니다. 자고로 인간은 갈등 속에서 소외된 자기에 대해 방어벽을 지속적으로 활성화시킵니다. 인격은 무엇보다도 자기 소외의 노력과 그 과정 속에서 형성됩니다. 성 과학자 빌헬름 라이히도 『성격 분석(Charakteranalyse)』(1933/1970)에서 언급한 바 있듯이, 인격은 우리 자신이 자각하고 싶지 않은 것에 대한 반응을 통해서 하나의 틀로 확정됩니다. 인격은 말하자면 선입견 내지 편견의 틀로서 고착된 무엇입니다. 그렇기에 우리는 자신의 인격 속에 도사린 어떤 하자를 예리하게 투시하지 못하게 됩니다. 불교의 방식으로 말하면, 인간은 자기 자신의 존재, 즉 자아를 더 이상 의식하지 않거나 자아라는 블랙홀 밖으로 뛰쳐나오도록 노력해야 합니다(Epstein: 35). 나 자신이 자아라는 폐쇄적 카테고리를 벗어나 자아 밖으로 나오게 된다면, 오욕 칠정이라는 속세의 고통에 시달리는 자아를 멀리서 냉정하게 바라볼 수 있습니다.

작은 자아에서 벗어난다는 것은 — 다른 맥락에서 언급되는 이야기입니다만 — 주체의 아집으로부터, "몸나"로부터 벗어난다는 것을 의미합니다. "얼나는 큰나(大我)이다"(박영호: 106). 류영모는 인간의 삶에서 "몸나"에서 "얼나"로 발전되고 해방되는 과정을 무엇보다도 가장 중요한 과업으로 규정하였습니다. 류영모가 "얼나"의 개념으로서 추구하려고 했던 것은 장자가 말하는 "오상아(吾喪我)"의 개념으로도 설명될 수 있습니다. 다시 말해, 자아의 존재를 스스로 초상 치름으로써 첫발을 디디게 되는 노력이야말로 인간 해방의 출발점이라는 것입니다. 자아로부터 해방되어 스스로를 깊이 성찰하는 게 오상아의 방식입니다. 작은 자아에 집착하는 것은 태풍에 무너지려는 집의 기둥을 붙잡고 버티는 소시민의 무모한 어리석음과 같습니다. 자아를 초상 치르게 되면, 우리는 폐쇄적인 개인주의라는 작은 영역에 더 이상 갇혀 있지 않게 될 것입니다. 그렇게 되면 타자와 대상은 더 이상 인간이 아래로 내려다보는 대상 내지 깔보는 객체에서 벗어나게 될 것입니다. 아니, 자아를 초상 치르는 자는 타자를 자신보다도 더 소중한 존재로 파악할 수 있게 될 것입니다. 자아를 초상 치른다는 말은 "에고(Ego)"를 내려놓는다는 것을 의미합니다. 에고를 내려놓으려면, 타인을 자신으로부터 구분하지 않고 일차적으로 자신의 품 안으로 끌어안을 수 있습니다(산체스: 100). "에고"를 내려놓은 인간은 대아를 체험하고 실천할 수 있습니다. 왜냐하면 자아라는 폐쇄적인 영역에서 벗어나게 되면, 우리는 자신의 존재를 과시하는 아집과 허영으로부터 벗어나서, 인간과 인간, 인간과 자연 사이의 바람직한 관계를 설정할 수 있기 때문입니다.

19. (요약) 나와 너의 관계: 지금까지 언급한 사항을 정리해 보겠습니다. 유토피아의 사고는 개인의 갈망에서 출현하지만, 나중에는 어떤 공동체 의식이라는 사회적 문제를 포괄합니다. 왜냐하면 나 자신의 최상의 행복은 "나"를 둘러싼 사회적, 자연적 환경의 문제점을 극복한 연후에 충족될 수 있기 때문입니다. "나"의 행복은 이웃과 타자의 안녕을 도모함으로써 극대화될 수 있습니다. 마르틴 부버는 공동체, 전체성 그리고 문화 등의 개념을 통하여 "나와 너의 세계"를 설정하였습니다(Buber 2013: 21). "나와 너의 세계," 다시 말해 "우리의 세계"는 시간과 장소의 제약을 받는 "나와 그것의 세계"와는 본질적으로 다릅니다. 그것은 현대의 기술적 대상으로서의 세계 내지 인과율에 근거하는 세계 영역의 인위성이 아니라, 무엇보다도 "우리"의 관계 속에서 축조된 공동의 문화적 사회를 가리킵니다. 따라서 "나와 너의 세계"는 부버에 의하면 반드시 "나와 그것의 세계"의 우위에 설정되어야 합니다. 우리는 마르틴 부버의 논의에서 대아 유토피아의 사상적 촉수를 재발견할 수 있습니다. 이것은 작은 자아의 개념을 없애려는 일련의 동양적 사고와 궤를 같이하는 무엇입니다. 특히 생태주의와 21세기의 생태계 파괴 등을 염두에 둘 때, 대

아 유토피아는 더욱더 그 타당성을 인정받을 수 있습니다.

마르틴 부버가 언급한 "나와 너 사이의 세계"는 예컨대 아리스토텔레스와 독일의 초기 낭만주의자들이 추구한 소규모의 필라델피아(우정) 공동체를 가리킬 수 있으며, 나아가 유대인들의 구원의 기대감 속에서 원초적으로 발견해 낼 수 있는 기대감입니다. 물론 부버가 말하는 구원에 대한 갈망은 때로는 세속적 유토피아에 관한 합리적 구상을 얼마든지 희석시키고 중화시킬 수 있습니다. 그렇지만 중요한 것은 부버의 관점이 유대교의 구원 사상과 정치적 유토피아의 실천 가능성을 한꺼번에 포괄하고 있다는 사실입니다. 다시 말해서, "나와 너의 관계"는 정치적으로 그리고 신앙의 관점에서 "우리"라는 공동의 협력과 연대를 가능하게 하는 모티프로 활용될 수 있습니다. 그것은 객체 내지 물화된 사물의 세계 및 이를 정복하려는 의도를 원천적으로 파기하게 하며, 페르디난트 퇴니에스(Ferdinand Tönnies)의 표현을 사용하건대, "이익사회(Gesellschaft)"에 대항할 수 있는 "공동사회(Gemeinschaft)"의 협력과 연대를 구체적으로 설정하게 합니다. 요약하건대, "나와 너"로 맺어지는 우리의 관계는 나와 너 사이의 자기 헌신적이며 자기희생적인 공동체 속에서 연대와 협동의 결실을 맺을 수 있습니다(Buber 1985: 438).

20. 사람과 사람 사이의 관계: 인간의 존재는 개별적이지만, 인간의 영혼과 정신은 서로 연결되어 있습니다. 이 경우 "있음"은 "이어져 있음"과 동일한 개념입니다. 인간과 인간은 정(情)으로 이어져 있으며, 인간과 사물은 이음 내지 연결을 통해서 어떤 정신의 소통을 가능케 하는 요인을 지니고 있습니다. 인간(人間)은 땅(여성성)으로부터 자양을 공급 받으면서 하늘(남성성)의 뜻을 이해하는 존재입니다. 그렇기에 자신이 "서로 연결되어 있는 존재"라는 사실을 이해한다면, 인간은 "나와 너"를 "나와 남"으로 구분하지 않고, "나와 또 다른 나"로 고찰할 수 있습니다. 이러한 사고를 통해서 우리는 타자를 물화시키지 않게 될 것이고, 타자를

자신만큼 소중한 존재로 겸애(兼愛)할 수 있습니다. 이와 관련하여 계급, 종교, 정당, 국적, 인종, 성, 나이 등의 선입견으로 타인을 규정하는 태도는 하나의 편견에 해당하며, 작은 개념의 주체를 강화시키는 왜곡된 성향입니다. 왜냐하면 이러한 선입견을 고수하는 것 자체가 구분과 차단을 강요하고, 특정 인간군에 대한 경멸감을 불러일으키고, 물화된 의식을 조장하기 때문입니다. 따라서 생태적 인간은 이른바 "작은 자아"의 인간중심적이며 단선적 시각을 끊어냄으로써, 자연과 인간 사이의 어떤 고리를 연결시켜야 합니다. 수직으로는 하늘과 땅, 수평적으로는 인간과 인간 사이에 소외되고 구분된 개개인의 존재를 서로 연결시키고 협동으로 이어 나가려는 노력이야말로 어쩌면 역설적으로 진정한 (생태주의의) 유토피아를 찾는 지름길인지도 모릅니다. 그렇기에 유토피아는 대아의 사고에서 시작될 수 있습니다. 그것은 폐쇄적인 존재로서의 주체를 버리는 사고, 무아의 관점, 다시 말해 주체를 나의 일부로 파악하려는 자세에서 출발한다고 정의 내릴 수 있습니다.

참고 문헌

김상봉 (2007): 서로주체성의 이념. 철학의 혁신을 위한 서론, 길.

김상일 (2007): 腦의 충돌과 文明의 충돌, 지식산업사.

만하임, 카를 (1991): 이데올로기와 유토피아, 임석진 역 청아.

박영호 (2019)(엮음): 제나에서 얼나로, 다석 유영모 어록, 올리브나무.

박희채 (2013): 장자의 생명적 사유. 삶의 속박을 초탈하는 타자성 극복 논리, 책과 나무.

산체스, 누크 등 (2011): 에고로부터의 자유, 황근하 역, 샨티.

윤노빈 (1989): 신생철학, 학민사.

Bloch, Ernst (1985): Das Materialismusproblem, seine Geschichte und Substanz, Frankfurt a. M..

Bohrer, Karl Heinz (1973): Der Lauf des Freitag: Die lädierte Utopie und die Dichter. Eine Analyse München.

Buber, Martin (1985): Pfade in Utopia; Über Gemeinschaft und deren Verwirklichung, Heidelberg.

Buber, Martin (2013): Ich und Du, Stuttgart.

Epstein, Mark (1995): Thought without a Thinker: Psychotherapy from a Buddhist Perspective, The Perseus Books Group: New York.

Hermand, Jost (1981): Orte. Irgendwo. Formen utopischen Denkens, Königstein/Ts..

Hansenberger, Haufschild (1993): Literarische Utopien und Anti-Utopien, Wetzlar.

Heyer, Andreas (2006): Brauchen die politischen Wisssenschaften einen Begriff der Utopie?, in: Richard Saage (hrsg.), Utopisches Denken im historischen Prozess, Berlin.

Huxley Aldous (1988): Island, Londen.

Ibn Tufail (2009): Der Philosoph als Autodidakt: Hayy ibn Yaqzan. Ein philosophischer Insel-Roman, Hamburg.

Landauer, Gustav (2003): Die Revolution, Münster.

Neusüss (1986): Neusüss, Arnhelm(hrsg.), Utopie: Begriff und Phänomen des Utopischen, Frankfurt a. M..

Saage, Richard (2008): Utopieforschung, Bd. 1, An den Bruchstellen der Epochenwende von 1989.

Schölderle, Thomas (2012): Geschichte der Utopie, Stuttgart.

Stockinger, Ludwig (1982): Aspekte und Probleme in der deutschen Literatur-
wissenschaft, in: Utopieforschung, (hrsg.) Wilhelm Vosskamp, Bd 1.
Stuttgart, 120-142.

Traub (1975): Traub, Rainer(hrsg.), Gespräche mit Ernst Bloch, Frankfurt a. M..

Voßkamp, Wilhelm (2018): Emblematik der Zukunft, De Gruyter: Berlin.

14. 자먀찐의 디스토피아, 『우리들』

(1920)

1. 자먀찐의 디스토피아: 디스토피아의 작품들은 공교롭게도 19세기 말부터 지속적으로 발표되었습니다. 그 까닭은 바로 이 시기에 제국의 체계가 확립되었으며, 막강한 국가권력이 개개인의 생존을 위협하기 시작했기 때문입니다. 이러한 작품들은 흔히 디스토피아 문학으로 체계화되고 있지만, 디스토피아, 즉 부정적 유토피아 속에는 주체의 자기 보존 욕망이 내재하고 있습니다. 여기서 유토피아는 개인의 최소한의 권리 내지 자유를 어느 누구에게도 빼앗기지 않으려는 의지에서 출발합니다. 이와 관련하여 우리가 다루려는 일련의 디스토피아 문학작품들 가운데 첫 번째 작품이 바로 예브게니 이바노비치 자먀찐의 『우리들(My)』(1920)입니다. 미리 말하자면, 자먀찐의 작품은 거대한 전체주의 국가가 어떻게 개별적 인간을 감시하고, 통제하며, 억압하는가 하는 사항을 알려 줍니다.

2. 자먀찐의 삶: 자먀찐은 1884년 겨울에 중부 러시아의 레베장에서 태어났습니다. 그의 출생일은 1월 20일, 아니면 2월 1일이라고 합니다. 그의 아버지는 러시아 정교의 수도사이자 김나지움 교사로 일했으며, 그의 어머니는 탁월한 피아니스트였습니다. 레베장은 레오 톨스토이와 투르게네프 등이 문학작품에서 묘사한 바 있는 중부 러시아에 위치한 소도

시입니다. 그곳에는 말(馬)을 사고파는 시장이 정기적으로 열렸는데, 그 근처에는 허풍쟁이 재담가가 놀랍고도 힘찬 러시아어로 만담을 늘어놓고, 집시들이 여러 가지 마술을 보여 주곤 하였습니다. 자먀찐은 유년 시절을 고독하게 보내면서 문학작품을 탐독하였습니다. 이때 즐겨 읽은 책은 주로 도스토옙스키의 작품들이었습니다. 유년의 자먀찐의 마음을 사로잡은 것은 "진리는 어떠한 경우에도 확정되어 있지 않다"는 회의주의의 사고였습니다. 1892년 자먀찐은 고향과 보로네시에 있는 김나지움을 다녔습니다. 1892년에 그는 상트페테르부르크 대학에서 조선 공학을 공부하기 시작했습니다. 대학생으로서 사회민주당에 가입하여 정치적 경력을 쌓습니다. 물론 그가 정당에 가담한 것은 정치적 신념 때문이 아니라, 구체제의 권위에 대한 반발 내지는 반항 때문이었습니다. 뒤이어 자먀찐은 볼셰비키 당원이 됩니다(Shane: 177). 당시 주어진 현실을 바꿀 수 있는 가장 저항적인 당은 볼셰비키였다고 판명되었기 때문입니다. 그러나 몇 년 후에 자먀찐은 볼셰비키당을 떠납니다.

1905년 12월에 자먀찐은 여러 번의 정치적 투쟁으로 인하여 당국에 의해 투옥됩니다. 이듬해 초에 감옥에서 풀려난 그는 상트페테르부르크에서 레베장으로 강제 추방당합니다. 그렇지만 자먀찐은 몰래 상트페테르부르크로 잠입하여 조심스럽게 대학을 졸업하고, 조선 기술자 자격을 취득합니다. 처음에 그는 상트페테르부르크의 조선 기술 연구소에서 연구원으로 일하다가 1908년부터 작가로서 작품의 집필에 몰두하였습니다. 그런데 1911년에 당국은 그를 요주의 인물로 체포하여 두 번째로 추방 명령을 내립니다. 그가 두 번째로 머물러야 할 위리안치의 장소는 상트페테르부르크 근처의 다차라는 마을이었습니다. 자먀찐은 이곳에 머물면서 독서와 사색으로 소일하였습니다. 1913년 자먀찐은 당국으로부터 사면 조처를 받았으나, 이번에는 건강이 그의 발목을 잡습니다. 자먀찐은 이 시기에 이중적인 삶을 영위하고 있었습니다. 한편으로는 조선소 기술자로서 생활비를 벌고, 다른 한편으로는 집필에 몰두하는 게 그것이었습니다. 1916년에는 조선기술자로서 영국의 글래스고, 뉴캐슬, 선더랜드에서 러시아 해군의 쇄빙선 건조 작업을 지휘하기도 하였습니다. 이듬해 자먀쩐은 「세상 끝에서(Am Ende der Welt)」(1914)라는 풍자의 글을 발표했는데, 이 글이 자먀쩐을 필화 사건 속으로 몰아넣었습니다. 말하자면, 작가는 러시아 군대를 조롱했다는 이유로 다시 법의 심판을 받게 된 것입니다. 그러나 혁명이 발발하자, 그에 대한 혐의는 유야무야되고 맙니다. 거대한 사회적 변화 앞에서 당국은 일개 작가의 지엽적인 혐의에 골몰할 겨를이 없었던 것입니다.

1917년 혁명이 발발했을 때, 자먀쩐은 우회로를 통하여 러시아로 돌아옵니다. 볼셰비키 당원으로서 그는 러시아에서 새로운 문화적 토대를 쌓는 데 공헌했습니다. 1920년에 자먀쩐은 전투적인 사회주의 운동을 회의하기 시작합니다. 가령 혁명을 급진적으로 수행해야 한다는 이유로 개인의 자유마저 모조리 억압할 수는 없다는 게 그의 믿음이었습니다. 비록 1920년대에 그가 범러시아 작가동맹의 대표를 역임하는 등 문화부의 최전선에서 활동적으로 일했음에도 그의 마음속에는 어떤 의혹이 솟아오르고 있었습니다. 그것은 한마디로 바람직한 사회를 위해서 개개인이 아무런 조건 없이 희생해도 좋은가 하는 의문과 관련됩니다. 20년대 초부터 당 내부에도 수정주의적 경향을 지닌 체제 비판의 지식인을 색출하기 시작했습니다. 1922년에 자먀쩐은 160명의 작가들과 함께 체포되어 추방 선고를 받습니다. 1929년에 소련 공산당은 그를 이른바 체제 비판적 부르주아 작가라는 이유로 적으로 규정하며, "강제수용소(Gulag)"로 송치하려 하였습니다. 다행히 자먀쩐은 문우였던 막심 고리키의 도움으로 1931년에 프랑스 파리로 망명할 수 있었습니다. 러시아 출신의 위대한 작가, 자먀쩐은 러시아인으로서의 자긍심을 고수했습니다. 그는 예컨대 파리에 머물면서 소련 당국의 탄압에도 결코 자신의 국적을 포기하지 않았습니다. 자먀쩐은 1937년에 소련의 적으로 몰려서 가난과 고독 속에서 살다가 쓸쓸히 유명을 달리합니다.

3. 볼셰비키 정당의 당원인 자먀찐이 소련의 적대자로 핍박당한 이유는 무엇인가: 문제는 그가 소련 혁명이 발발할 무렵에 새롭게 정착된 소련의 권력 구조를 강도 높게 비판했다는 사실입니다. 볼셰비키는 결코 혁명의 해방을 위한 목표를 포기해서는 안 되며, 눈앞의 이권에 집착해서는 안 된다는 게 자먀찐의 판단이었습니다. 1918년에 자먀찐은 백군에 대한 적군의 테러에 동조하지 않았습니다. 제 아무리 백군이 테러를 자행하더라도 이에 대항하여 맞불 작전으로 맞서서는 안 된다는 것이었습니다. 자먀찐이 소련 내전을 하나의 소모전으로 규정한 것은 국가와 인민 전체의 안녕을 도모하려는 대승적 시각에서 비롯한 것입니다. 그렇다고 자먀찐이 주어진 당면한 현실을 외면하고, 무조건적으로 이상적 구상에 몰두한 것은 아니었습니다. 자먀찐이 당시 중요하게 생각한 것은 비록 전쟁의 와중이라 하더라도 공산주의의 이상이 경제적, 문화적 측면에서 수정되거나 파괴되어서는 안 된다는 입장이었습니다. 그럼에도 불구하고 몇몇 예술가들은 예술적 전위주의에 함몰되어 기회주의적으로 처신하였습니다. 자먀찐은 미하일 플라타노프라는 가명으로 다음의 사항에 대해 신랄하게 비판하였습니다. 즉, 브레스트-리토프스크의 평화, 러시아 왕조시대에 만들어진 모든 동상의 파괴 그리고 체제 비판 세력에 대한 당국의 억압 등이 비판의 대상이었습니다. 소련 공산당이 러시아의 사회와 문화를 모조리 장악하려고 했을 때, 이에 대해 제동을 걸면서 예술가의 자율성과 작가의 사상의 자유를 부르짖은 사람이 바로 자먀찐이었습니다.

4. 알프레트 쿠빈의 『세상의 다른 측면』의 줄거리: 자먀찐에게 영향을 끼친 작품은 오스트리아 작가, 알프레트 쿠빈(Alfred Kubin)의 『세상의 다른 측면(Die andere Seite)』일 것입니다. 쿠빈의 상상 소설은 1909년에 발표되었는데, 여기에는 디스토피아의 이중적 가상이 설계되어 있습니다. 쿠빈의 작품은 주어진 현실이 아니라, "꿈속의 꿈"을 서술하고 있습니다. 쿠빈의 작품의 주인공, "나"는 삽화가인데, 친구의 부름을 받고 아내

와 함께 동방의 사마르칸트라는 오지(奧地)로 떠납니다. 꿈의 제국의 도시는 "진주"인데, 이곳에는 태양과 달 그리고 별들이 전혀 보이지 않습니다. 진주에 자리하고 있는 건물들은 범죄와 살인의 장소로 활용되고 있습니다. 이곳 사람들은 과학기술적 진보에 관한 사고를 공공연하게 비난합니다. "파테라"는 꿈의 제국의 지배자로 군림합니다(파테라는 라틴어로 "아버지"라는 뜻을 지닙니다). 그는 근접 불가능하고 왕궁에서도 알현할 수 없는 신비로운 지배자이지만, 변신이 가능하여 언제 어디서나 다른 인간으로 변장하여 모습을 드러냅니다. 처음에 꿈의 제국은 평온했으나, 필라델피아 출신의 억만장자이자 통조림 공장주인 헤르쿨레스 벨이 이곳에 도착한 뒤부터 비상사태가 발생합니다. 말하자면 그는 파테라에게 권력을 자신에게 이양하라고 선언한 것입니다.

5. **알프레트 쿠빈의 작품의 주제:** 파테라와 헤르쿨레스 벨 사이에 묵시록과 같은 피비린내 나는 투쟁이 벌어지고, 종국에 이르러 세계의 몰락으로 귀결됩니다. 모든 맹금들이 도시, 진주를 급습합니다. 가옥은 파괴되고 살인과 방화, 약탈 그리고 성적 방종은 거의 일상으로 자리 잡게 됩니다. 사람들은 고통 속에서 살아가며, 심리적인 질병에 시달립니다. 시계는 멈추고, 사원은 파괴되며, 끔찍한 학살극이 빈번하게 발발하게 된 것입니다. 이로써 세상은 광활하고도 황량한 폐허로 변모됩니다(Kubin: 48). 마지막에 이르러 파테라가 사망하고, 헤르쿨레스 벨이 승리를 구가하는 것 같습니다. 그러나 소설 속의 화자는 두 인물이 가상적인 존재라고 해명합니다. 마지막에 소설의 화자는 이른바 패망했다고 하는 파테라와 만나는데, 그는 변신의 귀재답게 어느새 헤르쿨레스 벨의 모습으로 변신해 있습니다. 이로써 꿈의 제국의 진정한 주인은 오리무중의 비밀로 남게 됩니다. 말하자면 두 개의 대립되는 원칙이 꿈의 제국을 원천적으로 파괴시킨 셈입니다. 혹자는 도시, 진주가 네덜란드 화가, 브뤼헐의 그림 〈바벨탑〉과 관련된다고 주장했으며, 혹자는 헤르쿨레스 벨을 세기말

의 세상의 질서를 무너뜨리는 권력자로 해석하기도 했습니다. 작품은 데미우르고스를 자웅양성의 존재로 형상화하고 있는데, 이는 그 자체 결코 합일을 이룰 수 없는 인간 존재의 근본적 속성 내지 20세기 초에 양극으로 분화된 유럽의 현실을 상징하고 있습니다. 쿠빈의 작품은 이후에 태동할 디스토피아 문학에 결정적인 영향을 끼쳤는데(Voßkamp: 58f), 자먀찐은 이 작품에서 엔트로피와 에너지 사이의 극한적 대립을 포착해 내었습니다.

6. **자먀찐의『우리들』집필:** 작품을 집필할 무렵 자먀찐은 "사회주의 건설을 위한 투쟁의 이단자"로 간주되고 있었습니다. 이 때문에 사람들은 자먀찐의 『우리들』을 가치중립적으로 그리고 공정하게 평가하지 못했습니다. 자먀찐은 우연한 기회에 공개 석상에서 자신의 원고 일부를 낭독했지만, 『우리들』은 소련에서 책으로 간행될 수 없었습니다. 자먀찐은 자신의 원고를 비밀리에 영국으로 보냈는데, 원고는 영어로 번역되어 1924년에 처음으로 런던에서 간행되었습니다. 1929년과 1971년에는 불어판이 간행되었습니다. 러시아어 원본 원고는 유실되었는데, 1950년대 초에 누군가가 자먀찐의 친필 원고의 복사본을 뉴욕으로 보내, 1952년에 러시아어 원본이 뉴욕에서 간행되었습니다.

7. **국가권력, 회색의 푸른 단지:** 자먀찐의 작품『우리들』(1920)은 어떠한 국가를 다루고 있을까요? 무대는 미래의 이름 모를 사회입니다. 사람들은 지난 200년 동안 전쟁을 치렀으며, 최근에 하나의 혁명을 경험했습니다. 이곳 사람들은 장벽으로 차단된 도시 국가에서 거주하고 있습니다. 이곳의 집들은 모두 유리벽으로 구성되어 있습니다. 이는 기하학적으로 축조된 유토피아의 공간과 같습니다(Jens 15: 994). 어느 권력자가 과학기술의 도움으로 새로운 삶의 공간인 "회색의 푸른 단지"를 만들었습니다. 자먀찐은 사각형으로 이루어진 국가를 세밀하게 묘사합니다.

곡선으로 이루어진 모든 도로는 모조리 직선으로 변화되었습니다. 왜냐하면 직선이야말로 가장 훌륭한 신이며, 신적인 면모를 지니고 있다는 것입니다. 이곳의 사람들은 철저하게 규칙을 따르며, 외부 세계와 단절된 채 살아갑니다. "회색의 푸른 단지"의 국가에서는 개인은 없고 우리만이 존재합니다. "은혜로운 분"이라고 불리는 단일국가의 권력자는 사람들로 하여금 전체주의적 질서 속에 살아가기를 유도합니다. 그는 자유가 범죄는 아니지만, 인간을 방종하게 살도록 유혹한다고 믿습니다. 인간을 범죄로부터 구할 수 있는 유일무이한 수단은 그들을 자유로부터 보호하는 것이라는 것입니다. 그렇기에 사람들은 영혼 없이, 아무 감정 없이 맡은 바 책무만 수행하면 족하다고 합니다.

8. 통제된 삶, 틀에 짜인 일상생활: 회색의 푸른 단지에서 살아가는 모든 인간에게는 이름이 없고, 번호만이 부착되어 있습니다. 게다가 동일한 유니폼을 걸치고 있습니다. 모든 사람들은 실내가 훤히 들여다보이는 투명한 집에서 거주합니다. 따라서 직장 생활과 사생활 사이의 구분도 없고, 인간과 인간 사이에는 어떤 비밀이 존재할 리 만무합니다. 취침 시간도 처음부터 확정되어 있습니다. 그렇기에 취침시간에 거리를 배회하는 자는 경범죄로 처벌받습니다. 가족제도는 이미 파기된 지 오래이며, 성적 욕망 역시 "은혜로운 분"의 일괄적 정책에 의해서 인위적으로 조절됩니다. 가령 모든 "남성 숫자"는 당국의 지시에 따라 어느 "여성 숫자"와 성적으로 결합할 수 있으며, 모든 특정 "여성 숫자" 역시 제각기 어느 특정 "남성 숫자"를 선택하여 살을 섞을 수 있습니다.

9. 통제된 성생활: 성문제를 관장하는 실험실의 담당자는 모든 개별적 인간들의 성적 호르몬 수치를 세밀하게 기록합니다. 모든 인간은 특정한 날(섹스 데이)에 자신의 욕구를 충족시킬 알약과 아무개 숫자를 만나서 성교하라는 명령문 한 장을 수령합니다. 그날이 되면, 개별 침실에는 밖에

서 들여다볼 수 없도록 일시적으로 커튼이 드리워집니다. "은혜로운 분"은 다음의 사실을 잘 알고 있습니다. 즉, 성이 억압되면 인간들의 억압된 심리적 에너지는 다른 곳으로 돌출해 나온다는 사실 말입니다. "은혜로운 분"은 거대한 에너지가 행여나 권력자에 대한 저항의 힘으로 돌변할까 두려워, 사전에 이를 차단시키려고 섹스 데이를 창안하였습니다(Samjatin 1984: 26). 이는 비근한 예로 카니발의 축제를 만들어 인민의 스트레스를 다른 곳에서 해소시키게 한 로마가톨릭교회의 의도와 일치합니다. 카니발 시기에 일시적으로 방종에 사로잡히며 술을 벌컥 들이키는 농부들은 사육제가 끝나면 부활절까지 경건한 마음으로 주님에게 기도 드립니다. 섹스 데이라는 행사 역시 지배를 위한 술수와 다를 바 없습니다. 플라톤 역시 『국가』에서 가족제도를 철폐하고, 출산 내지 개개인의 성을 관리해야 한다고 설파한 바 있습니다. 『우리들』에서는 개개인의 사적 욕망 역시 국가의 평화와 안녕을 위해서 통제되고 있는데, 문제는 여기에 사랑, 신뢰 그리고 안온함의 감정이 처음부터 배제되어 있다는 사실입니다.

10. 로켓 기술자 D-503: 작품의 주인공은 소설 속의 화자인 로켓 기술자 D-503입니다. 그는 "인테그랄(Integral)"이라고 불리는 우주선을 개발하고 있습니다. 이곳 사람들은 우주를 정복하려 하는데, 주인공은 과학자이자 수학자로서 우주선 개발에 직접 참여합니다. 소설은 주인공이 남긴 40장의 회고록으로 이루어져 있습니다. 소설은 주인공에 관해 상세히 언급하지 않습니다. 확실한 것은 그가 32세의 준수한 사내이며, 자신의 손등의 털을 부끄럽게 여긴다는 사실입니다. D-503 주위에는 자신을 감시하는 여자, U가 항상 서성거립니다. 주인공 D-503은 처음에는 국가에 충성하는 체제 순응적인 숫자 하나에 불과합니다. 그러나 시간이 흐름에 따라서 서서히 체제를 의심하는 비판적 인물로 변모합니다. 이러한 변화는 헉슬리의 『멋진 신세계』, 오웰의 『1984년』의 주인공의 경우와 흡사합니다.

11. 연정을 품는 것은 하나의 범죄로 간주된다: 소설 내의 갈등은 무엇보다도 주인공이 사랑의 감정을 느끼는 데에서 시작됩니다. 그는 어느 날 아름다운 여자 I-330을 만납니다. 그미는 차가운 인상을 풍기지만, 다른 여자에 비해 강렬한 오르가슴을 느끼는 열정적인 여성입니다. D-503은 마치 화산처럼 자신의 몸이 활활 불타오르던 그미와의 정사를 잊을 수 없습니다. 시간이 흐름에 따라 그의 마음속에는 I-330에 대한 연정이 솟구칩니다. 주인공은 U에게 그미를 다시 한 번 만나게 해 달라고 요청합니다. 어느 날 두 사람은 당국에 의해 성교의 허가를 받지만, I-330은 만남의 자리에 나타나지 않습니다. 두 사람의 관계는 이런 식으로 밀고 당기기를 반복합니다. 주인공이 다가가면, I-330은 그로부터 멀어지고, 그미를 잊으려 하면, 그미는 불현듯 주인공에게 다가옵니다. 주인공은 오랜 이별과 순간적 만남에 몹시 슬퍼합니다. 두 사람은 우연히 오래 된 집에서 다시 조우합니다. 그곳에서 두 사람은 마치 연인 관계를 확인이라도 하듯이 거칠게 상대방의 몸을 탐합니다. 깊은 잠에서 깨어났을 때 I-330은 보이지 않습니다.

12. 영혼을 지닌 주인공, 사랑의 감정을 느끼다: 몇 달 후에 주인공은 어떤 치유될 수 없는 병을 얻게 됩니다. 그의 영혼은 사랑의 감정을 알게 된 것입니다. 그것은 주인공이 지금까지 한 번도 느껴 보지 못한 것이었습니다. 사랑은 주인공의 마음에 지고의 기쁨과 고통을 안겨 줍니다. 사랑의 성취에 기쁨을 느끼는 것은 당연하지만, 고통을 느낀 데에는 나름대로 이유가 있습니다. 즉, 주인공은 연정을 느낌으로써 모든 감정과 감각을 억압하는 국가의 메커니즘에 대한 거부감을 인지합니다. D-503의 견해에 의하면, 이 세상에는 두 가지 사항이 논리적 균형을 앗아 간다고 합니다. 그것은 사랑의 결핍과 굶주림이라고 합니다. 인간 삶의 행복이 완전히 성취되려면, 근본적으로 이 두 가지가 충족되어야 하는데, 사람들은 이에 대해 전혀 인식하지 못하고 있습니다. 주인공은 이 모든 사항

을 오로지 I-330을 통해서 접하게 됩니다. "영혼"을 지닌다는 것은 사랑과 미움의 감정을 품는다는 것을 뜻하며, 이는 미래 사회에서는 추호도 용납되지 않습니다. 그렇지만 주인공은 사랑과 미움을 감지하면서, 주어진 체제를 서서히 의심하기 시작합니다. 그는 행여나 타인이 자신의 일기장을 훔쳐볼까 전전긍긍합니다. 만약 일기장의 내용이 백일하에 공개되면 자신이 당국에 의해 처형당할 게 자명하기 때문입니다.

13. D-503, 자신이 꼭두각시라는 것을 깨닫다: 갑자기 I-330과 만났던 오래된 집이 수상하게 느껴집니다. 그래서 D-503은 어느 날 옷장에 몸을 숨겨서 그 집의 지하로 잠입해 봅니다. 그 집의 지하는 알고 보니 지하에서 활동하는, 체제에 반대해서 싸우는 전사들의 은신처였습니다. I-330 역시 그들 단체에 가담한 여성이었습니다. 그렇다면 I-330은 일부러 과학자이자 로켓 기술자 D-503을 야권 단체에 포섭하기 위하여 접근했을까요? 주인공에게 중요한 것은 그미의 접근 의도가 아니라, 주어진 권력의 지형도이며, 자신에 대한 그미의 감정이었습니다. 어느 날 I-330은 투명한 노란색 명주 원피스를 걸친 채 나타나 다음과 같이 말합니다. "독창적이라는 말은 어떤 무엇이 다른 무엇과 구별된다는 뜻이지요. 독창성은 전체주의의 동일함을 파괴시킵니다. 과거에 우리 조상들이 천박하다고 표현한 것은 오늘날 우리들이 의무를 완수하는 일을 뜻하지요"(Samjatin 1984: 154). 말하자면 숫자 인간들의 행동은 주어진 의무를 이행하는 것일 뿐입니다. 주인공은 사랑하는 여인을 통해서 지금까지 자신의 존재 자체를 잊고 살아왔음을 뼈저리게 깨닫습니다.

14. 주인공, 야권 단체에 가담하다: 뒤이어 그는 단일국가와 비밀리에 맞서는 야권 단체에 가담합니다. D-503이 할 수 있는 일이라고는 우주선 개발 작업에 대한 사보타주밖에 없습니다. 그러나 당국은 이를 눈치채고, 주인공의 사보타주는 실패로 돌아갑니다. 놀라운 것은 I-330이 이

에 대해 책임을 져야 한다고 말하면서, 주인공을 힐난한다는 사실입니다. 야권 단체 MEPHI는 "은혜로운 분"의 재투표에서 만장일치를 방해하려고 어떤 거사를 추진하고 있습니다. 나중에 거사는 U의 밀고로 수포로 돌아갑니다. 주인공은 자신의 일거수일투족을 감시하는 여자 U를 단번에 때려죽이려고 합니다. 이때 U는 주인공 앞에서 눈물을 흘리며 한 가지 사실을 고백합니다. 즉, U는 남몰래 주인공을 사모해 왔다는 것입니다. 그렇게 말하면서 U는 자신의 옷을 훌훌 벗습니다. 죽이기 전에 한 번이라도 자신을 사랑해 달라는 것이었습니다. 이러한 어처구니없는 대화를 나누는 시점에 군인들이 집 안으로 들이닥칩니다. U는 다행히도 그곳을 탈출할 수 있었으나, D-503은 체포되어 감옥에 갇히게 됩니다. 단일국가는 D-503이 비밀리에 야권 단체와 내통한다는 사실을 모조리 알고 있었습니다. 주인공은 강제로 우생학 영역의 뇌 수술을 받게 됩니다. 나중에 그는 일기장에 이른바 "찢겨진 환상"으로부터 해방되었다고 기술합니다. 주인공은 수술을 통해서 단일국가의 일부가 됩니다. 이로써 자유의 외침은 기술적으로 완벽한 유리 덮인 사회의 심연으로부터 차단되고 맙니다(Rühle: 215).

15. 애인, I-330은 어떠한 여자인가: 애인 I-330은 어떠한 인물일까요? 소설은 오로지 주인공 한 사람의 관점에서 서술하고 있으므로, 우리는 I-330의 내면과 의향 등을 명징하게 파악할 수 없습니다. 그미는 두 개의 힘을 신봉하고 있습니다. 그 하나는 엔트로피이고, 다른 하나는 에너지입니다. 전자는 성스러운 휴식과 행복한 균형을 제공하는 반면에, 후자는 균형의 파괴와 고통스러울 정도로 끝없이 전개되는 운동을 추구합니다. 분명한 것은 그미가 처음부터 주인공을 사랑한 게 아니라, 오로지 로켓 설계도를 차지하기 위하여 주인공에게 접근했다는 사실입니다. I-330은 위험을 무릅쓰고, "은혜로운 분"에 대항해서 집요하게 투쟁합니다. 그미는 "은혜로운 분"이 거주하고 있는 방을 찾다가, 미로에서 길을 잃어

결국 체포당합니다. 그미는 무참하게 고문당합니다. 지배자는 고문을 통하여 야권 세력의 주동자를 색출하고 싶었던 것입니다. 이때 D-503이 그미를 위해 할 수 있는 일이라곤 아무것도 없습니다. 주인공은 그미의 고통스러운 모습을 지켜보아야 합니다. 마지막 날, 주인공 역시 I-330의 뒤를 이어 "은혜로운 분"의 고문 기계에 앉게 됩니다.

16. 또 다른 여성 O-90: 주인공과 I-330 사이에는 자연스러운 애정 관계가 성립할 수 없었습니다. 당국은 그들을 제각기 감시하고 있었습니다. 그렇지만 소설 속에는 주인공과 O-90이라는 여성과의 애틋한 사랑 이야기가 삽입되어 있습니다. O-90은 당국에 의해서 파견된 하녀입니다. 그미는 D-503과 시인 R-13의 하녀인 셈이지요. O-90이 두 남자와 번갈아 가며 동침하는 것은 오로지 당국의 지시 때문입니다. 그러다가 그미는 D-503을 일방적으로 연모하게 됩니다. 어느 날 D-503이 다른 여자, 즉 I-330을 사랑한다는 것을 감지했을 때, O-90은 극도의 슬픔에 사로잡혀 주인공을 떠납니다. 그미는 주인공의 아이를 임신합니다. 만약 임신 사실이 적발되면 목숨을 잃게 되는데도, O-90은 개의치 않습니다. 나중에 주인공은 O-90의 진심을 알게 되고, 그미 혼자라도 도시 국가를 떠나라고 O-90을 설득합니다. 그미는 사랑하는 남자를 위험에 내버려두고 혼자 도망칠 수 없다고 항변하지만, 결국 주인공의 요구를 받아들여, 도시 국가 밖으로 탈출합니다. D-503은 처형당하지만, 그의 아이는 미래에 어떠한 과업을 수행할지 아무도 모릅니다. 이를 고려한다면, O-90과 조만간 태어날 아이는 더 나은 미래를 기약하는 인물인 셈입니다.

17. 전체주의 체제: 작품은 일견 평범한 사이언스 픽션을 연상하게 할지 모릅니다. 그러나 1920년에 거대한 전체주의적 체제를 구상했다는 것 자체가 미래를 정확히 예견하고 있었다는 점에서 우리를 놀라게 합니

다. 국가가 발전된 과학기술을 최대한 이용하여 개개인을 통제하고 끔찍한 방법으로 사생활을 침해한다는 사항은 자먀쩐에 의해서 처음으로 다루어졌습니다. 이미 언급했듯이, 회색의 푸른 단지의 모든 삶은 합목적적인 규칙에 의해서 통제되고 있습니다. 정방형의 건물, 직선으로 이루어진 도로는 국가가 얼마나 하나의 질서를 철칙으로 내세우고 있는가 하는 점을 반증합니다. 개개인들은 동일한 옷을 걸치고, 사회적 엔지니어링의 부속물로 활동하고 있습니다. 한마디로 국가는 개개인들에게 부자유의 삶을 강요합니다. 수천 내지 수만의 푸른 유니폼의 사람들은 대열에 맞추어 행군합니다. 대열을 지어 걸어가는 개인들은 마치 거대한 강물 속에서 흘러가는 물길 가운데 하나에 불과할 뿐입니다.

18. "사유재산제도는 없다": 자먀쩐의 단일국가에서는 사유재산제도가 존재하지 않습니다. 모든 재산은 국가의 소유입니다. 국가에서의 모든 생산은 주인공 D-503과 같은 국가 소속의 기술자에 의해서 수행됩니다. 제반 경제적 사업이라든가 산업 전반에 관한 시스템 등은 작품 내에서 세부적으로 언급되고 있지 않습니다. 우리는 주인공의 인테그랄이라는 로켓 제작과 관련된 부분적 사항만을 접할 수 있을 뿐입니다. 어쨌든 단일국가는 마치 하나의 거대한 기계처럼 중앙집권적으로 모든 경제적 사업을 관장하고 있습니다. 이를 위해서 첨단 과학기술을 최대한 활용하는 것은 당연한 귀결입니다. 과거에는 과학기술이 인간의 노동을 대신하고 노동시간의 절감을 위해서 쓰였던 반면에, 이제 그것은 단일국가의 근본적 동력으로 활용되고 있습니다.

19. 테일러의 이론에 의거한 하루의 일과: 단일국가의 하루 일과는 처음부터 분명히 정해져 있습니다. 주인공 "나"는 하루의 일과를 학문적으로 연구하는 전문가를 거명합니다. 그는 노동과학의 창시자, 프레더릭 윈즐로 테일러(Frederic Winslow Taylor)를 가리킵니다. 테일러는 하루 일과의

최적의 효율성을 미리 설정하여, 실험을 통해서 그것을 증명해 낸 바 있습니다. 테일러의 연구가 있기 전에 사람들은 자신의 시간을 어떻게 효율적으로 활용할지 고민했지만, 이제는 그럴 필요가 없습니다. 왜냐하면 하루의 일과는 테일러의 엄격한 시간 절약을 위한 학문적 원칙에 의해 처음부터 확정되어 있기 때문입니다. 주인공 "나"는 테일러를 "이전 시대의 가장 재능 있는 인간"으로 숭배합니다(Samjatin 1984: 34). 선조들은 칸트라는 이름을 지닌 철학자에 관해 수많은 글을 써서 도서관의 책장을 가득 채웠지만 테일러에 관해서는 한마디도 논평하지 않았는데, 이는 참으로 납득하기 어렵다고 합니다. 물론 테일러의 재능에는 어떤 한계가 있습니다. 즉, 테일러는 인간 삶 전체를 연구 대상으로 설정하지 않고, 오로지 24시간을 전제로 하여 인간 행동의 효율성을 도출해 내었기 때문입니다. 자먀찐의 단일국가는 침대에서 기상하는 시간, 음식을 제대로 씹어 먹는 데 필요한 식사 시간 등 모든 것을 테일러의 학문적 원칙에 의해서 확정해 놓았습니다.

20. 국가를 찬양하는 종교, 예술 그리고 시인들: 교회는 단일국가를 경배하는 예식을 올리고 있습니다. 이전의 세계 사람들이 미지의 "어리석은" 신을 숭배했다면, 단일국가의 사람들은 모든 권능을 지닌 국가를 위하여 누군가를 희생물로 바칩니다. 그들은 200년간의 전쟁과 승리를 기념하는 예식을 올릴 때, 체제 파괴자 한 사람을 색출해서 그를 희생양으로 처형합니다. 은혜로운 분은 단일국가에서 살아가는 모든 사람들에게 한 가지 의무를 제시합니다. 누구든 간에 논문, 송시, 성명서 등을 통하여 단일국가의 찬란함을 칭송해야 하는 게 그러한 의무 사항이었습니다. 미래 예술의 매개체는 기계라고 합니다. 이는 웰스의 『모던 유토피아』와 보그다노프의 『붉은 별』에서 이미 언급된 바 있는데, 엄격한 질서에 의해서 작동되는 기계야말로 어떠한 결함도 용인하지 않는 찬란한 예술이라는 것입니다. 단일국가는 심지어 음악조차도 기계적 메커니즘의 법칙

에 따라야 한다고 못 박고 있습니다. 여러 개의 전선은 서로 엉켜 있으며, 음악 사이로 테일러의 공식이 무의식적으로 전파되기도 합니다. 말하자면, 사람들은 음악을 듣는 순간에도 당국의 강령에 세뇌당할 수밖에 없습니다. 이렇듯 전체주의의 엄격한 질서는 예술의 고유한 영역마저 침범하고 있습니다. 시인들은 더 이상 음풍농월을 읊지 않습니다. 그들은 기계에 의해서 작동되는 행군가에 맞추어 행군하며, 국가를 찬양하는 글을 씁니다.

21. 음식으로서 나프타: 단일국가는 고전적 유토피아에서 그러하듯이, 사람들이 세상의 첫 번째 갈등 요인인 "굶주림"과 두 번째 갈등 요인인 "사랑"을 느끼지 못하도록 조처합니다. 국가는 모든 사람들의 식생활과 성생활을 중앙집권적으로 통솔합니다. 가령 사람들은 더 이상 빵을 먹지 않습니다. 놀라운 것은 사람들이 빵이 무엇인지, 빵 속에 어떠한 영양소가 담겨 있는지 전혀 모른다는 사실입니다. 빵은 한마디로 음식이라는 단어의 은유적 표현에 불과합니다. 단일국가의 사람들은 과거에 먹던 음식을 더 이상 섭취하지 않고, 종합 영양소가 함유된 한 가지 음식을 일괄적으로 배급받아서 맛있게 먹습니다. 그것의 이름은 "나프타(Naphta)"라고 합니다(Samjatin 1984: 24). 종합 영양식으로서 나프타는 다양한 음식에 대한 선택의 번거로움을 떨치게 할 뿐 아니라, 요리할 필요도 설거지할 필요도 없게 만듭니다. 또한 종합 영양식은 식사 시간을 최대한 단축시켜 주며, 부족한 영양소를 모조리 채워 줍니다.

22. 깨달음으로서의 꿈, 무의식, 언어: 국가의 권력자인 은혜로운 분은 성 정책을 다음과 같이 시행합니다. 즉, 관리들은 모든 사람의 성적 문제를 실험실 자료로 모아 두고, 개별 인간의 호르몬 수치와 그들에 대한 모든 통계 자료를 수집해 두었습니다. 여기에는 취침 시간, 육체노동, 식사 및 영양 공급, 소화 그리고 기타의 모든 사항이 입력되어 있습니다.

단일국가에서는 가족제도가 없으니, 일부일처제가 존재할 리 만무합니다. 대신에 당국은 특정한 두 남자가 특정한 한 여자와 일정 기간에 걸쳐 성관계를 치르도록 조처합니다. 여기에는 사랑도 우정도 개입할 수 없습니다. 그런데 놀랍게도 D-503에게 체제 비판의 암호로 작용하는 것은 — 나중에 드러나게 되지만 — 상징 언어로서의 꿈, 무의식 그리고 언어입니다(박영은: 214). 친밀한 에로티시즘의 감정은 국가에 대한 충성심을 방해하는 사악하고 체제 파괴적인 감정이라고 합니다. 개성이라든가 사랑의 흔적은 단일국가에서는 하나의 질병으로 이해될 뿐입니다. 붉게 핏발이 선 눈, 상처 입은 손가락 그리고 병든 이빨 등은 그 자체 병적 증상으로 간주됩니다. 질병은 바로 영혼의 작용으로 인하여 출현한 것으로서 사적, 개별적 관심사를 반영한 것과 같습니다. 그렇기에 그것은 체제 유지에 전혀 도움이 되지 못한다고 합니다.

23. 새로운 인간의 탄생: 당국은 두 남자와 한 여자를 무작위로 선별하여 그들로 하여금 짝짓기를 하게 합니다. 그렇다면 두 남자와 한 여자 사이의 기형적인 관계는 어떠한 계기로 출현한 것일까요? 이는 자먀쩐의 견해에 의하면 학문적 실험을 통해 증명된 결과로서, 국가는 이를 가장 바람직한 출산 정책으로 결론을 내린 바 있습니다. 개별적 인간은 처음부터 자신의 고유한 개성을 연마할 수 없으며, 영혼의 감정을 견지하지 말아야 합니다. 사랑 내지 우정과 결부된 영혼의 교감은 그저 공상에 불과한 것이라고 합니다. 이러한 공상은 인간의 뇌에 깊이 자리하고 있는 매듭 속에서 생겨난다고 합니다. 만약 누군가 이러한 매듭에 세 번 광선을 내리 쬐이면, 인간은 영혼의 고통으로부터 영원히 구원된다는 것입니다(Samjatin 1984: 167). 중요한 것은 다음과 같은 두 가지 사항입니다. 그 하나는 새로운 인간이 국가의 인위적 조작에 의해서 탄생한다는 사실이며, 다른 하나는 뇌 수술을 통해 체제에 순응하는 인간이 마치 기계 부속처럼 인위적으로 새롭게 만들어진다는 사실입니다. 후자는 그야말

로 이후에 나타날 우생학적 실험을 선취한 것이나 다름이 없습니다.

24. 단일국가의 교육 방법: 자먀찐의 단일국가는 근본적으로 하나의 거대한 테러 기계입니다. 국가는 개개인에게 체제에 순응하도록 가르칩니다. 학교는 자먀찐의 경우 국가에 필요한 제품을 만들어 내는 공장입니다. 학교의 교장은 학생들이 어떠한 경우에도 저항하거나 비판하지 못하도록 모든 기본적 장치를 마련해 두고 있습니다. 가장 중요한 것은 이른바 테일러의 방침에 입각해 개별 인간의 표준화 내지 규격화된 행동을 장려하는 일이며, 교육 현장에서 처음부터 끝까지 복종을 가르치는 일입니다. 작품에서 가르치는 자는 "장미 가시"로, 배우는 자는 "장미"로 비유되고 있습니다. 교사들은 장미 가시를 드러냄으로써 외부의 위험으로부터 꽃을 보호할 수 있다고 말합니다. 학생들은 은혜로운 분의 송시를 읽고, 경건한 마음으로 모든 숫자에 대한 한 숫자의 자의식 없는 노동을 예찬합니다(Samjatin 1984: 67f). 아이들은 학교에서 기본적 숫자 계산법을 배우며, 우생학적 수술에 대한 기본적 자세를 배워 나갑니다.

25. 유토피아의 사고가 지니고 있는 영원한 과정으로서의 특성: 물론 대부분의 등장인물들은 "인간의 고유한 자유와는 거리감을 지닌 강요된 행복"을 수동적으로 받아들입니다. 과거의 유토피아에서는 사람들이 비록 자유를 누리지만, 심리적, 성적 행복을 완전히 충족시키지 못했습니다. 그러나 자먀찐의 경우 국가가 개개인의 성생활마저 규정하고 이를 조절하고 있습니다. 주인공 D-503은 단일국가의 수많은 수학자들 가운데 한 사람입니다. 그는 다음과 같이 독백합니다. "숫자에 익숙한 나의 펜은 유추라든가 리듬과 관련된 어떠한 음악도 창조해 낼 수 없다. 다만 내가 보고 내가 생각하는 것만 그대로 기술할 뿐이다. 정확하게 말하면 '우리'가 생각한 것을 재현시킬 따름이다." 작가가 문제 삼는 것은 개인의 자기실현을 불필요하게 만드는 어떤 전체적 행복입니다. 그렇지만 자

먄쩐의 작품은 어떤 놀라운 주제를 은폐하고 있습니다. 그것은 개인뿐 아니라 사회의 측면에서 혁명적 가능성이 단 한 번으로 차단되지 않는다는 사실입니다. "혁명은 도처에 있다. 그것은 끝이 없다. 마지막 혁명과 마지막 숫자는 없다. 사회적 혁명은 끝없이 이어지는 나열된 숫자 가운데 하나일 뿐이다. 혁명의 법칙은 결코 사회적 법칙이 아니다. 그것은 끝없는 무엇이며, 세상 전체의 우주적 법칙이다"(Samjatin 1991: 318). 여기서 작가는 "폐쇄적인 유토피아의 종말"로서의 엔트로피를 말하는 게 아니라, 유토피아의 사고가 변화되고 개방되어 얼마든지 가능성 내지 에너지의 의미로 활용될 수 있음을 지적하고 있습니다.

26. 작가의 시대 비판, 작품은 무엇을 경고하는가: 『우리들』은 1920년대의 끔찍한 소련 현실을 문학적으로 첨예화시킨 미래 소설입니다 (Günther: 390). 그렇다면 어떠한 이유에서 자먄쩐은 강제적 질서를 강조하는 시스템을 설계했을까요? 강요된 행복을 요구하는 기존 시스템은 자먄쩐에 의하면 결코 지나간 혁명의 결과가 아니라고 합니다. 그것은 어떤 폐쇄된 유토피아(엔트로피)의 종말이 아니라, 어떤 다른 부차적 상태로 머물고 있을 뿐입니다. 여기서 요청되는 것은 폐쇄된 유토피아로서의 엔트로피가 아니라, 어떤 변화를 추동하는 에너지의 개념입니다. 이와 관련하여 우리는 작품을 종교적, 신화적 관점에서 해석할 수 있습니다. 인간은 성장의 과정을 거쳐서 분리 → 전이 → 결합의 단계로 발전해 나가는데, 주인공 D-503은 격리 → 죽음 → 재탄생의 과정을 거칩니다. 여기서 단일국가에 대항하는 자는 I-330인데, 그미는 다른 세계의 안내자 내지 "성스러운 뱀"으로 해석될 수 있습니다(문준일: 145). 모든 것은 에너지의 역동적인 움직임에 의해서 엔트로피를 변화시키듯이, 주인공 역시 새로운 세계로 안내 받습니다.

27. 첨단 과학기술 국가의 근본적 취약점: 단일국가의 모든 시스템은 궁

극적으로 기계를 조작하고 작동시키는 인간의 능력을 필요로 합니다. 만약 사회의 지배 계층이 더욱 훌륭한 기계를 개발하고 발전시키지 않는다면, 단일국가는 더 이상 작동되지 못하고 자신의 동력을 상실할 것입니다. 단일국가의 근본적 문제점은 바로 여기에 있습니다. 국가는 야권 세력을 압살하고 비판 세력을 약화시키기 위해서 한 가지 정책을 처음부터 끝까지 추진합니다. 그것은 다름 아니라 모든 인간으로 하여금 판타지 행위를 금지시키는 일이었습니다. 이로써 단일국가의 사람들은 기이한 무엇을 떠올리거나 놀라운 발명을 실행에 옮길 수 없게 됩니다. 개인들에게서 비판력과 창의력이 사라지면, 더 나은 자연과학적 기술이라든가 첨단 기계 등도 발명되지 못할 것입니다. 아무런 무엇도 상상해 내지 못하는 숫자들은 결국 창의력 부족으로 학문과 기술의 발전을 추동할 능력마저 상실하게 됩니다. 그러한 단일국가에는 어떠한 미래도 없습니다. 결국 단일국가는 홉스의 리바이어던이 그러하듯이 자기 파멸이라는 숙명을 맞이하게 됩니다.

28. 자먀찐이 이해한 변증법: 자먀찐은 러시아에서의 10월 혁명의 성공을 결코 역사의 최종 목표가 아니라고 믿었습니다. 그는 역사적, 정태적 특성을 "엔트로피"라고 명명하며, 역사의 거대한 수레바퀴를 가로막을 수 있는 사람은 오로지 방해꾼 내지는 이단자라고 역설했습니다. "이단자는 인간 사고의 엔트로피에 대항하는 유일한(그러나 쓰라린) 약품"이라는 것입니다. 말하자면, 자먀찐은 역사의 동력이 엔트로피가 아니라 세계를 변화시키는 역동적인 에너지라고 확신했습니다. 진정한 혁명은 인류의 최고 목표를 향해서 나아가는 노력에 의해서 달성될 수 있습니다. 세계 속에는 자먀찐에 의하면 엔트로피와 에너지 사이에 어떤 영원한 충돌 가능성이 자리합니다. 이러한 충돌 가능성은 이념적이자 동시에 변증법적인 것입니다. 엔트로피가 성스러운 휴식과 행복한 균형이라면, 에너지는 균형의 파괴 내지 휴식의 파괴를 지향하는 고통스러운 운동인 셈입

니다. "엔트로피"와 "에너지" 사이의 끊임없는 갈등은 자먀찐에 의하면 언제나 새로운 혁명을 불러일으킵니다. 이 점을 고려한다면, 자먀찐은 넓은 범위에서 트로츠키의 영구혁명론을 수용하고 있음을 우리는 알 수 있습니다. 한마디로 자먀찐의 작품의 주제는 구소련의 지배 세력인 볼셰비키의 근시안적 정책에 대한 비판을 넘어서, 현대의 (감시와 폭력이 지배하는) 전체주의 국가의 횡포를 경고하고 있습니다.

29. 우생학적인 실험: 당시의 상황을 고려할 때, 자먀찐만큼 구소련의 거대한 집단 거주지를 그토록 상세히 문학적으로 형상화한 사람은 아무도 없었습니다. 이와 관련하여 혹자는 알렉산드르 보그다노프의 『붉은 별』(1907), 『기술자 메니』(1912), 알렉세이 톨스토이의 『아엘리타』(1922) 그리고 미하일 코즈이레프(Mikhail Kozyrev)의 『레닌그라드(Ленинград)』(1925)를 예로 들면서 이에 대해 이의를 제기할지 모릅니다. 이 가운데 특히 보그다노프의 두 작품 속에는 화성에서 새로운 삶의 가능성을 실험하는 가죽점퍼 차림의 볼셰비키의 활약이 두드러지게 나타납니다. 물론 보그다노프의 두 편의 작품에서 어떤 신선한 페미니즘 유토피아의 특징이 자리하는 것은 사실입니다만, 『붉은 별』이 『우리들』에 비견할 만큼 디스토피아의 강렬한 특성을 보여 주지는 않습니다. 특히 『우리들』에서는 끔찍한 가스 처형실과 처절한 우생학적 수술 등이 묘사되고 있는데, 이는 자먀찐이 미래를 예견하면서 독창적으로 고안해 낸 것입니다. 놀라울 정도로 세밀한 가스실과 우생학적 수술 등은 작품이 발표된 시점으로부터 20년 후에 비로소 히틀러의 제3제국에서 실행되었음을 생각해 보십시오. 만약 자먀찐의 작품이 존재하지 않았더라면, 오웰의 『1984년』, 헉슬리의 『멋진 신세계』 등은 출현하지 않았을지 모릅니다.

참고 문헌

문준일 (2012): 예브게니 자먀찐의 『우리들』의 신화 시학, 통과제의 구조를 중심으로, 실린 곳: 노어노문학, 제24집, 131-156.

박영은 (2007): 자먀찐의 소설 『우리들』의 국제성과 예술적 반향. 헉슬리의 『멋진 신세계』와 오웰의 『1984년』에 미친 디스토피아 소설의 언어 패러다임을 중심으로, 실린 곳: 노어노문학, 제19권 1호, 199-227.

자먀찐, 예브게니 (2009): 우리들, 석영중 역, 열린책들.

Bogdanov, Alexander (2010): Der rote Stern, Bremen.

Günther, Hans (1982): Utopie nach der Revolution, in: Voßkamp, Wilhelm(hrsg.) Utopieforschung, Bd 3, Stuttgart, 373-393.

Jens (2001): Jens, Walter (hrsg.), Kindlers neues Literaturlexikon, 22 Bde, München.

Kubin, Alfred (1975): Die andere Seite. Ein phantastischer Roman, München.

Saage, Richard (2008): Utopische Profile, Bd 4, Widersprüche und Synthesen des 20. Jahrhunderts, Münster.

Samjatin, J. (1984): Wir, Roman, Köln/Berlin.

Samjatin, J. (1981): Ausgewählte Werke. 4 Bände. Kiepenheuer, Leipzig.

Shane, Alex M. (1968): The Life and Works of Evgenij Zamjatin, Berkeley/Los Angeles.

Rühle, Jürgen (1984): Nachwort. Über Literatur und Revolution, Köln, 213-224.

Taylor, Frederic W. (1903): Shop Management, in: American Society of Mechanical Engineers New York, The Society, Vol. XXVIII, 1337-1480.

Voßkamp, Wilhelm (2011): Utopie und Apokalyse. Zur Dialektik von Utopie und Utopiekritik in der literarischen Moderne, in: Julian Nida-Rümelin/Klaus Kufeld (hrsg.): Die Gegenwart der Utopie. Zeitkritik und Denkwende, München, 54-65.

15. 헉슬리의 『멋진 신세계』 외

(1932)

1. 인공수정과 인간의 출산: 20세기 초에 태동한 디스토피아 문학과 관련하여 헉슬리는 다음과 같이 말했습니다. "다음 세대에 권력자는 감옥과 폭력을 사용함으로써 생화학적 실험으로 인간을 출산시키는 방법을 사용할 것이다. 이것이야말로 인간을 다스릴 수 있는 가장 효과적인 방법이 될 것이다"(Schuhmacher: 58). 의학적, 자연과학적 방법을 통해서 인간의 인위적인 출산이 얼마든지 조절 가능하리라는 것입니다. 헉슬리는 과학기술을 활용하여 유전자를 마음대로 조작하는 끔찍한 국가를 비판적으로 기술하고 있습니다. 국가의 권력자는 대량으로 인공수정 하는 방식으로 아이들을 출산케 하여, 중앙집권적 방법으로 이들을 전체주의적으로 교육시킵니다. 헉슬리의 『멋진 신세계』는 "검은 유토피아," 즉 놀라운 디스토피아의 문학으로서 출간 직후부터 대대적인 반향을 거두었습니다. 1932년에 18,000권이 모두 판매되었으며, 1년 후에 재판으로 발간된 10,000권이 동이 날 정도였습니다.

2. 헉슬리의 삶: 헉슬리는 1894년 영국의 고덜밍에서 전기 작가이자 비평가인 레온하르드 헉슬리의 셋째 아들로 태어났습니다. 그의 할아버지는 유명한 생물학자인 토머스 헨리 헉슬리로서, 다윈의 진화론을 본격적

으로 연구하여 커다란 족적을 남겼습니다. 헉슬리는 17세 때 심한 눈병으로 고생했는데, 평생 시력 상실에 대한 두려움에 시달렸습니다. 1913년 옥스퍼드 대학에 등록했지만, 시력 장애 때문에 인문학을 선택하였습니다. 옥스퍼드의 발리올 대학에서 문학과 철학을 공부한 다음에 1916년 국가시험을 마치고 좋은 성적으로 졸업하였습니다. 제1차 세계대전과 1920년대 시기에 헉슬리는 인류의 이상이 지속적으로 몰락하는 것을 경험하였으며, 서양의 종교, 인습적인 도덕 그리고 낭만적인 사랑 등을 냉소적으로 수용해야 했습니다. 헉슬리 문학의 두 번째 단계는 1920년대 말부터 제2차 세계대전이 발발할 무렵까지 이어집니다. 이 시기에 헉슬리는 정치와 그 영향 그리고 평화주의에 경도됩니다. 특히 헉슬리는 1930년대 말부터 동양의 신비주의 그리고 크로포트킨과 헨리 조지의 사회주의 아나키즘에 깊은 관심을 표명했습니다.

1937년에 헉슬리는 가족을 데리고 미국 캘리포니아로 이주하여, 죽을 때까지 그 지역에서 살았습니다. 이 시기부터 집필에 몰두하고, 대학에서 인간중심적 사회에 관한 구상안을 소개하기도 하였습니다. 헉슬리는 시간이 흐름에 따라 신비주의의 경향을 지니며, 향정신성 의약품을 복용하였습니다. 가령 1953년부터 죽을 때까지 10년 동안 이를테면 메스칼린이라는 마약을 끊지 못했습니다. 아울러 헉슬리는 자신의 추종자들과 함께 인도의 요가와 관련된 지혜의 서적, 『바가바드기타(Bhagavad Gita)』를 암송하고 명상을 통한 구도를 중시하였습니다. 이따금 할리우드와 산타바바라에 있는 베단타 사원을 방문해 그곳에서 자신의 작품을 낭독하곤 하였습니다.

3. 헉슬리의 디스토피아 문학: 헉슬리는 왕성한 노력으로 소설뿐 아니라, 시, 에세이, 드라마, 전기 등의 장르에서 많은 결실을 맺었습니다. 1916년부터 1980년까지 출간된 그의 책은 모두 63권입니다. 그렇지만 제2차 세계대전 이후에 간행된 작품들은 이전 작품들에 비해서 별반 커

다란 문학적 반향을 불러일으키지 못했습니다. 그의 『멋진 신세계』를 능가하는 평판을 받은 작품들은 이후에 출현하지 않은 셈입니다. 그렇게 끔찍한 사회상을 담고 있는데도 불구하고 『멋진 신세계』가 독자층으로부터 놀라운 호평을 얻게 된 것은 납득하기 어려운 점입니다. 헉슬리의 사회 유토피아는 개개인의 일거수일투족을 통제하고 감독하고 있다는 점에서 끔찍한 디스토피아의 전형을 보여 줍니다.

4. 폭군을 자발적으로 섬기는 피지배계급, 불쌍하도다: 헉슬리의 작품 제목은 셰익스피어(Sheakespeare)의 5막 희극, 「폭풍(The Tempest)」(1611)에서 따온 것입니다(Shakespeare: 16). 밀라노의 공작, 프로스페로는 사악한 형, 안토니오에 의해 쫓겨나 딸 미란다와 함께 미지의 섬에 당도합니다. 섬에 거주하는 칼리반(마녀 시코락스의 아들), 공기의 요정, 아리엘은 프로스페로를 주인으로 모시면서 살아갑니다. 찬란한 섬은 마치 라블레의 『가르강튀아』, 제2권에 등장하는 텔렘 수도원과 같은 찬란한 유토피아의 장소로 묘사되고 있습니다. 그곳에서는 "스스로 원하는 대로 행하며 생활하라(Fay ce que vouldras)"라는 자발적인 원칙이 실천되고 있습니다. 12년 후에 나폴리의 왕 알론소와 그의 아들은 군사들을 동원해 미지의 섬을 침공합니다. 사태의 심각성을 깨달은 프로스페로는 마력을 동원하여 폭풍을 일으킵니다. 이로 인하여 이들이 타고 있던 범선들은 난파당하게 됩니다. 미란다는 나폴리 왕의 범선들이 섬에 접근했을 때, 다음과 같이 소리칩니다. "놀랍군요. 여기에는 정말 좋은 사람들이 많아요. 오 인간은 얼마나 아름다운가, 훌륭한 사람들이 모여 사는 멋진 신세계!"(Jens 8: 327). 여기서 "멋진 신세계"라는 표현은 그 자체 아이러니입니다. 즉, 미란다는 이 말을 통해서 안토니오와 같은 폭군을 섬기는 어리석은 피지배계급의 군인들을 비아냥거렸습니다.

5. 헉슬리의 시대 비판: 헉슬리의 시대 비판은 크게 두 가지 사항으로

요약됩니다. 첫째로, 20세기에 이르러 국가의 기능이 거대한 변화를 거듭했다는 점입니다. 20세기에 이르러 국가의 존재는 개개인을 통제하고 억압하는 리바이어던으로 전락해 버렸습니다. 둘째로, 20세기에 과학기술은 급진적으로 발달했습니다. 기계는 과거의 경우 힘든 노동을 대체하는 등 인간의 노동을 보조하는 역할을 담당해 왔지만, 이제는 어쩌면 인간의 노동을 앗아갈 정도로 막강하게 기능하게 되었습니다. 기계의 발전으로 인하여 수많은 실업자가 속출하게 되는 등 자연과학과 기계의 시스템은 현대의 사회적 갈등을 조장하게 된 것입니다. 요약하건대, 20세기의 반개인적 전체주의의 경향과 급속도로 발전한 자연과학은 개별 인간의 자유와 행복한 삶을 더 이상 보장해 주지 않습니다(Kumar: 224). 헉슬리는 인간의 감정, 자발성 그리고 주체성을 말살시키는 현대의 전체주의의 사회 구도를 노골적으로 비판할 필요성을 느끼게 된 것입니다.

6. 2540년의 미래 세계: 작품의 배경은 서기 2540년의 문명사회입니다. 9년간의 지긋지긋한 전쟁에서 살아남은 사람들은 하나의 세계국가를 건설합니다. 문명사회에서 살아가는 사람들에게 더 이상 가족이 없습니다. 이들은 개별적으로 거주하면서 "소마(Soma)"라는 마약을 복용하며 삶을 향유합니다. 국가가 인공적으로 출산시킨 이곳의 모든 사람들은 교육 중앙센터에서 교육받습니다. 사람들의 개체 수는 국가의 경제적 필요성에 따라 조절됩니다. 국가는 문명사회에서 불필요한 인간들을 야만국으로 보내어, 그곳의 저열한 환경 속에서 생활하도록 조처합니다. 문명사회의 사람들은 태어날 때부터 "알파"에서 "입실론"에 이르는 계층으로 나뉘어 있습니다. 알파는 높은 계급에 속하며 사회적으로 중요하고 막강한 과업을 수행합니다. 이에 비하면 "입실론"은 가장 낮은 계급입니다.

7. 문명과 인간의 감정은 대립되는가: 소설이 시작되면 인공 센터의 원장은 새롭게 일하게 될 대학생들에게 그곳의 시설을 소개합니다. 인공

센터는 인공 자궁을 통한 태아 배양, 출산 그리고 유치원, 학교 교육 등을 관할하는 곳입니다. 이곳의 모든 인간은 어머니의 자궁에서 태어나지 않고, 실험실의 플라스크 모형에서 체계적으로 관리되다가 탄생합니다. 이때 태아들은 사회적 필요성에 따라서, 제각기 알파, 베타, 감마, 델타 그리고 입실론으로 선별됩니다. 이곳의 영아들은 간간이 소음과 전기 등을 통하여 자극을 받습니다. 그렇게 해야만 영아들은 책과 문헌들에 대해 두려움을 느끼고 꽃에 대해 거부반응을 느낀다는 것입니다(Huxley: 204). 인간의 죽음 역시 인위적으로 통제됩니다. 60세에 이른 모든 사람은 "급성 노쇠 환자실(Galloping Senility Ward)"에서 고통 없이 죽습니다. 이로써 우리는 다음의 사실을 짐작할 수 있습니다. 즉, 문명세계의 사람들은 자신이 처한 환경 속에서 더 많은 지식을 쌓아서도 안 되고, 오욕칠정의 감정을 느껴서도 안 됩니다. 사람들은 문명 세계인 포드 국가를 관장하는 한 사람의 지배자 무스타파 몬드의 영향 하에 있습니다.

8. 섹스는 허용되나, 사랑은 허용되지 않는다: 신세계인 포드 국가는 한마디로 주지육림의 세계입니다. 모두가 성호르몬 촉진을 위한 껌을 씹고, "초강력 격정 조절 약(Violent Passion-Surrogate)," 모르핀 그리고 코카인이 함유된 술을 마십니다(이상화: 263). 남자들은 많은 여자들 가운데 한 사람을 선택하여 섹스하고 헤어집니다. 여자들 역시 많은 남자들 가운데 한 명을 선택하여 동침할 수 있습니다. 레니나 크로체는 인공 센터에서 일하는 베타 그룹의 여성인데, 최근에 친구로부터 헨리 포스터라는 남자와 너무 자주 만난다고 핀잔을 듣습니다. 이때 레니나는 헨리 포스터가 아니라, 지그문드 마르크스를 좋아한다고 솔직히 고백합니다. 지그문드 마르크스는 영리하지만, "알파" 그룹에 속하는 왜소한 남자입니다. 그는 자신의 열등감을 해소하기 위해 권력과 타협하지 않고, 이따금 선동적 발언을 던집니다. 지그문드의 유일한 친구는 헬름홀츠 왓슨입니다. 헬름홀츠는 심리적으로 갑갑함을 느끼는 친구의 내적 욕구를 달래

주곤 합니다. 휴식 시간에 사람들은 규칙적으로 "오르기 포르기" 그룹에 참가합니다. 이곳 사람들은 함께 모여 노래를 부르고 춤을 추다가, 신날 경우 파트너를 바꾸어 가며 그룹 섹스를 즐깁니다.

9. 지그문드의 야만국 여행: 지그문드는 레니나에게 함께 휴가 여행을 떠나자고 제안합니다. 야만국에 해당하는 뉴멕시코 지역에는 수많은 예비 인간들이 살고 있습니다. 여기서 말하는 예비 인간들은 문명사회에서 적응하지 못한 거칠고 원시적인 인디언들을 가리킵니다. 야만국에서는 자연분만이 행해지는데, 이곳에 혼혈인이 많은 까닭은 인공수정이 시행되지 않기 때문입니다. 야만국에서는 약 6만의 야만인이 살고 있는데, 이들이 국경을 넘는 경우는 한 번도 없었습니다(Huxley: 97). 그렇지만 문명사회는 야만국에서 행해지는 자연분만과 그곳의 가족 형태 등을 전근대적인 삶의 방식으로 경멸합니다. 지그문드가 뉴멕시코 지역에 대한 여행 신청서를 제출했을 때, 인공 센터의 원장은 일순 자신의 과거 경험을 떠올립니다. 20년 전에 여자 친구와 여행한 적이 있는데, 그곳에서 여자 친구가 실종된 바 있었습니다. 원장은 이를 함구하고, 지그문드의 야만국 여행을 허가합니다.

10. 존과 린다: 지그문드와 레니나는 뉴멕시코 지역으로 떠납니다. 야만국의 사람들은 마치 미국 내의 인디언 보호 구역을 연상하게 합니다. 두 사람은 우연히 종교 축제에 참석하여, 존이라는 젊은이를 만납니다. 존은 두 사람의 여행객에게 자신의 어머니, 린다를 소개합니다. 린다는 20년 전에 센터의 원장과 함께 여행 왔다가 실종된 바로 그 여인이었습니다. 린다는 아들을 출산한 뒤에 술주정뱅이로 전락해 있습니다. 지그문드는 포드 국가의 대표인 무스타파 몬드에게 다음과 같은 청원서를 보냅니다. 자신이 존과 린다를 데리고 문명사회로 돌아갈 테니, 문명사회는 이들을 다시 받아들이라는 것이었습니다. 왜냐하면 존은 인공 센터

의 원장의 아들로서 야만국에서 태어났기 때문입니다. 린다는 뉴멕시코에서 돌아온 다음부터 소마라는 마약을 복용하며 허송세월을 보냅니다. 존은 예비 인간들 사이에서 살아온 경험으로 인하여 알파인들 사이에서 일약 스타로 부상합니다. 존은 문명사회의 기적에 감탄하지만, 시간이 흐름에 따라 복잡한 규칙에 환멸을 느낍니다. 생활은 편리하게 변화되었지만, 고통 없는 삶 속에는 영혼의 온기가 배제되어 있다는 것입니다. 존은 결국 대인 기피 증세를 보이며, 불평만 터뜨리는 국외자로 전락합니다. 문제는 존이 레니나에 대한 연정을 주체할 수 없다는 데 있습니다. 존은 그미와 살을 섞을 수는 있지만 사랑해서는 안 된다는 이곳의 관습을 도저히 이해하지 못합니다.

11. 원시적 인간, 문명사회와 마찰을 빚다: 한편, 린다는 과도한 마약 복용으로 인하여 죽음 직전의 상태에 처해 있습니다. 어머니를 방문했을 때 존은 놀라운 광경을 목격합니다. 인공 센터의 아이들은 죽음에 대한 두려움을 전혀 알지 못하며, 린다의 죽어 가는 모습에 희희낙락거렸던 것입니다. 귀갓길에 델타 그룹의 인간들은 병원에서 "소마"라는 마약을 배급받고 있었습니다. 이를 목격한 존은 황급히 그들의 마약을 빼앗아 창문 밖으로 던져 버립니다. 이로 인하여 주먹다짐이 오갑니다. 문명사회는 예술을 사랑하고 셰익스피어를 흠모하는 원시적인 인간들을 이해하지 못합니다. 존과 무스타파 몬드는 신세계의 장단점에 관해서 논의합니다. 신세계의 장점은 사회적, 경제적 안정과 과학적 진보에 따른 보편적 행복으로 요약할 수 있습니다. 그렇지만 문명인들은 희로애락애오욕의 자연스러운 감정을 알지 못한 채 살아갑니다. 존은 신세계로부터 추방당합니다. 마치 로마의 시인, 오비디우스가 그러했듯이, 존은 어느 고적한 섬의 등대에서 망명 생활을 보냅니다.

12. 비극적 결말: 존은 고독하게 지내면서 레니나를 그리워합니다. 마

치 구걸 수사들이 그러했듯이, 채찍으로 자신의 몸을 내리치는 식의 고행 의식을 벌입니다. 문명사회의 사람들이 등대로 몰려와서 존의 기괴한 행동을 구경합니다. 헨리와 레니나 역시 헬리콥터를 타고 와서 존의 어처구니없는 제식을 지켜봅니다. 레니나가 인사치레로 존을 포옹하려 했을 때, 분노한 존은 채찍을 휘두르며 그미를 공격합니다. 사람들은 존의 공격 성향을 추호도 이해하지 못하며, 마치 분노한 원숭이 한 마리를 바라보듯 박장대소를 터뜨립니다. 존의 행위는 문명인들에게 그저 환락과 방종을 위한 전희로 이해될 뿐입니다. 신세계 사람들은 존과 함께 소마를 복용하고 "오르기 포르기" 그룹의 행사를 치릅니다. 존 역시 비몽사몽간에 그들과 노래하고 춤추며 집단 혼음의 예식을 치릅니다. 다음 날 아침 그가 눈을 떴을 때, 간밤에 자신이 저지른 방종의 짓거리를 기억해냅니다. 수치심으로 자학하다가 존은 끝내 목을 매어 자살합니다. 사람들은 야만국 출신의 존의 죽음에 슬퍼하지 않으며, 그를 비극적 아웃사이더로 이해할 뿐입니다(Heyer: 479).

13. 인공 배양의 세계: 원자력의 해방은 헉슬리에 의하면 인류 역사에 거대한 혁명으로 이해될 것이라고 합니다. 만약 우리가 미세한 입자를 잘못 건드려 폭파시켜서 인류에게 재앙을 끼친다면, 원자력 에너지는 세계를 깡그리 파괴시킬 것입니다. 마지막 근본적인 혁명은 헉슬리의 생각에 의하면 세계의 외부에서 작동되는 게 아니라, 인간의 영혼과 육체 내부에 영향을 끼치는 무엇이라는 것입니다. 바로 이러한 이유에서 헉슬리는 모든 것이 하나의 철저한 질서와 계획에 의해서 작동되는 세계를 부정적으로 묘사했습니다. 그것은 생물학적, 심리학적 조처가 전 국가적으로 시행되는 세계입니다. 이를테면 새로 태어날 모든 인간을 알파, 베타, 감마, 델타, 입실론 등으로 나누어 인공 배양하는 세상을 생각해 보십시오. 이 가운데에서 알파와 베타는 국가 내에서 비교적 높은 직책을 수행하는 지식인으로 성장하여 맡은 바의 임무를 다하게 됩니다. 입실론들은

주로 저열한 허드렛일을 담당합니다. 그들은 태아 시기에 플라스크 속에서 충분한 산소를 공급받지 못하는데, 이는 두뇌 발달을 의도적으로 차단시키기 위한 조처라고 합니다.

14. 세포 분열과 자극 처방: 실험 연구소는 수정된 난자 가운데에서 질적으로 가장 탁월한 것을 선별하여 이것을 약 100개의 동일한 난자로 세포 분열시킵니다. 이를 위해서 이른바 "보카노프스키 과정(Bokanovsky's Process)"이 도입됩니다. 보카노프스키 과정이란 수정된 난자의 발생 과정을 인위적으로 조절하고 차단하는 조처를 가리킵니다. 수정된 난자에 온도 차이를 느낄 수 있도록 자극을 가하면, 난자는 세포 내의 자연스러운 움직임을 멈추고, 세포를 무제한적으로 분열하게 됩니다. 그렇게 되면 수정된 난자는 일정 기간이 지난 뒤에는 약 96개의 난자로 분열되어 있습니다(Jehmlich: 105). 나아가 신 파블로프 방식의 자극 처방은 태아의 특정한 심리 상태를 형성하는 데 탁월한 효과를 보여 줍니다. 이를테면 영아들이 얼룩덜룩한 꽃이라든가 특정한 그림책 앞에서 전기 자극을 받게 되면, 그들은 마치 파블로프의 개처럼 얼룩덜룩한 꽃이라든가 특정한 그림책을 무의식적으로 혐오하게 됩니다. 그렇게 되면 아이들은 이러한 자극으로 인해서 얼룩덜룩한 꽃이라든가 그림책의 내용을 원천적으로 거부하게 된다는 것입니다. 국가는 이러한 방식으로 태어나는 아이들로 하여금 특정 직업에 대한 호불호를 느끼게 합니다.

15. "신"과 "가정"은 전근대적인 개념이다: 포드 국가에서 규격화된 인간은 지금 이곳에 집착하면서 살아갈 뿐, 과거와 미래에 관해 전혀 관심을 기울이지 않습니다. 가령 그들은 종교를 믿지 않습니다. 왜냐하면 그들은 저세상을 상정하고 기도할 필요성을 느끼지 못하기 때문입니다. 규격화된 인간들이 찬양하는 대상은 신이 아니라, 자동차의 왕, 헨리 포드입니다. 왜냐하면 그가 추구한 과학기술이 문명사회 건설의 원동력이 되었

기 때문입니다. 나아가 가족은 전근대적인 진부한 개념입니다. 문명 세계 사람들은 "만인은 만인의 소유이다"라는 슬로건을 귀에 못이 박히도록 듣습니다. 섹스는 하나의 오락일 뿐, 사랑이나 감정과는 아무 상관이 없습니다. 무스타파 몬드는 가정을 "과거에 존재했던 똥구덩이"라고 일컫습니다. 가정이란 비좁은 공간에 군인들로 가득 찬, 질식할 것 같은 병영과 유사하다고 합니다. 공기가 잘 통하지 않고, 비좁으며, 병균이 득실거리는 감옥이 바로 옛날에 가족들이 거주하던 공간이라는 것입니다.

16. 인간성, 사랑, 기쁨 그리고 동정심 등은 없다: 헉슬리가 묘사한 미래의 나라에는 물질적 행복이 보장되어 있습니다. 게다가 개개인의 내면에는 질병이라든가 불만족, 그리고 인간의 감정적 열정 등이 모조리 제거되어 있습니다. 가령 어린 아기에게는 "스코폴라민(Skopolamin)"이라는 약이 투여됩니다. 우울을 느끼는 몇몇 사람들에게는 브랜디나 헤로인이 공급됩니다. 사회 부적격자에게는 독성이 강한 환각제인 소마가 공급됩니다. 그렇기에 대부분의 사람들은 행복, 미덕 그리고 사랑이 도대체 무슨 의미를 지니고 있는지를 전혀 깨닫지 못합니다. 상부에서 이를 조종하는 사람은 사회의 엘리트에 해당하는 매니저 계층입니다. 개별적 인간들은 계급 차이에 대한 어떠한 불만도 인지하지 못하도록 처음부터 생물학적으로, 심리학적으로 세뇌되어 있습니다. 그렇기에 미래 국가의 문명사회의 사람들은 인간성, 사랑, 기쁨 그리고 동정심 등을 전혀 인지하지 못합니다. 이곳 사람들은 인간의 근본적 자유도 없고, 인간으로서의 품위도 누리지 못하고 살아갑니다.

17. 야만국과 문명사회, 인종차별: 헉슬리는 의도적으로 문명사회와 야만 사회를 대비시켰습니다. 야만국에서는 인간이 자신의 오욕칠정을 그대로 표출시키는 반면에, 문명국에서는 모든 것이 한 사람의 통제 하에 있습니다. 이곳에서는 희로애락애오욕은 불필요하며, 모든 것은 합리성

의 통제 하에 일사분란하게 영위됩니다. 그렇기에 문명과 야만은 어떤 대위법적 모순의 관계로 해명할 수 있습니다(추재욱: 348). 문명사회에서는 사랑은 없고 동물적 본능만이 실행되고 있습니다. 예컨대 존은 어머니의 애인인 포페의 집에서 우연히 셰익스피어의 작품집을 발견합니다. 이때 그는 셰익스피어의 문학 세계가 고도로 발전된 문명사회와 얼마나 다른지를 깨닫습니다. 또 한 가지 우리가 짚고 넘어가야 할 사항은 헉슬리의 인종차별적인 시각입니다. 20세기 초 영국은 수많은 식민지 국가를 거느렸으며, 흑인들을 하인으로 고용했습니다. 헉슬리는 이를 비판하기는커녕 작품 내에서 흑인들을 하층민으로 배치시키고 있습니다. 가령 실험실의 흑인은 우생학적으로 열등하게 묘사되며, 인디언들은 더럽고 게으르며, 멸시받아야 할 존재로 묘사되고 있습니다(이상화: 278).

18. 문명사회를 다스리는 무스타파 몬드: 미래 국가를 다스리는 무스타파 몬드는 원고 검열자로서 "새로운 생물학 이론(A New Theory of Biology)"이라는 논문의 게재를 중단합니다. 그 이유는 그 이론이 국가의 모든 행정 체계에 별반 도움이 되지 않기 때문입니다. 물론 무스타파 몬드는 체제 비판자들, 개인주의자들에게 고문을 가하지는 않습니다. 이점에 있어서 『멋진 신세계』는 자먀찐과 오웰의 작품과는 분명히 다릅니다. 무스타파 몬드는 사람들 가운데 문명사회의 부적격자가 발견되면, 그들을 멀리 떨어진 섬으로 귀양 보내거나, 그들에게 소마라는 환각제를 강하게 투여하면 족하다고 믿습니다. 소마 1그램만 복용하면, 무료함이나 우울 증세가 사라진다고 합니다. 누구나 하루 분량의 소마를 배급받는데, 1세제곱센티미터이면, 열 가지의 우울 증세가 단번에 해소된다는 것입니다. 그런데 야만국에서 문명사회로 발을 들여놓은 존과 린다는 지극히 예외적인 인물들입니다. 두 사람은 태어날 때부터 "이미 생물학적으로 그리고 심리학적으로 만들어진 국가의 개체"가 아니기 때문입니다.

19. 과학기술은 인간의 행복을 위한 필수 불가결한 전제 조건인가: 과학기술의 발전은 외부의 사회 정치적 조건을 향상시켰지만, 인간의 내면적 정서를 거대한 범위로 약화시키고 말았습니다. 모든 사람들은 스코폴라민이라는 약에 의해서 실험관 속의 배아로 배양된 존재들입니다. 국가는 과학기술을 활용하여 기능인을 적재적소에 배치하기 위하여 인위적 출산 방법을 선택하게 된 것입니다. 문제는 개별 인간이 자신의 자율적인 판단에 의해 행동하는 게 아니라, 국가의 하수인 내지 노예로 생활하며, 헤로인과 같은 마약에 의존하고 있다는 사실입니다. 규범화된 인간, 다시 말해서 국가가 필요로 하는 재화의 생산에 최적의 조건을 갖춘 인간이 인위적으로 탄생하고 있습니다. 그런데 문제는 헉슬리가 고도로 발전된 생명공학 자체가 아니라, 문명사회의 전체주의적인 정책 사항을 비판한다는 사실입니다. 그렇기에 아도르노는 헉슬리가 추적한 주체의 사고를 통렬하게 비판하고 있습니다. 즉, 헉슬리는 전체주의의 획일화된 삶과 개인주의를 추구하는 소시민의 편협한 시각 등만을 비판한다는 것입니다. 이러한 사고는 아도르노에 의하면 어떤 제3의 다른 삶에 관한 희망을 처음부터 좌절시키고 있습니다(Adorno: 138).

20. 인간의 개성을 말살시키는 생물학적 실험에 대한 비판: 작품은 국가의 전체주의적 통제 내지 일괄적 정책을 통렬하게 비판합니다. 작가는 생체 실험을 통해서 인간의 유형을 인위적으로 나누고 인구를 조절하는 정책에 대해 전적으로 반기를 들고 있습니다. 헉슬리는 자신의 소설이 "핵분열"을 비아냥거리기 위함은 아니었다고 단호하게 말했습니다. 사실 작품이 발표된 1932년에 사람들은 미래에 발발하게 될 세계대전에 관해서 그리고 히로시마와 나가사키의 핵폭탄 투하와 그 악영향에 관해서 전혀 알지 못했습니다. 태아의 인공수정의 나쁜 결과에 관해서도 사전에 알지 못했습니다. 작품은 미래에 출현할 끔찍한 파국을 부분적으로 예견하고 있습니다. 작가 헉슬리는 특정한 과학기술을 추상적으

로 비판했을 뿐 아니라, 1980년대 이후에 나타난 유전자조작을 통한 개개인의 인간 심리 말살의 위험성을 지적한 셈입니다. 자먀찐이 『우리들』에서 국가의 폭력에 의해서 개성이 처참하게 파괴된 개개인의 불행을 집요하게 파고들어서 이를 문학적으로 형상화했다면, 헉슬리는 『멋진 신세계』에서 태어나기 전의 인간의 염색체를 조작하고 새로운 파블로프의 실험을 시도하는 자연과학자들의 행위를 예측하여 이를 가차 없이 비난하고 있습니다.

21. 헉슬리의 또 다른 시대 비판: 그렇다면 인간의 생체 실험에 대한 비판 외에 헉슬리는 작품 속에 어떠한 다른 시대 비판을 담았을까요? 첫째로, 헉슬리는 플라톤과 캄파넬라와 마찬가지로 결혼 제도 자체를 철저히 거부합니다. 일부일처제는 그 자체 인간의 사랑의 삶을 구속하는 수단이라고 합니다. 실제로 『멋진 신세계』에서 성적인 방종을 부추기는 주체는 바로 국가입니다. 헉슬리에 의하면, 거대 국가는 인간의 내밀한 사랑의 삶을 좌지우지할 수는 없다고 합니다. 인간의 사랑의 삶에서 중요한 것은 무엇보다도 감정, 자발성 그리고 주관성이라는 것입니다. 둘째로, 헉슬리는 작품 내에서 미국 자유 시민들의 제반 정책들을 비판하고 있습니다. 자유 시민의 사고는 이른바 개별 인간의 권익을 보호한다는 미명 하에 사회를 긍정적으로 변화시키는, 바람직한 강력한 정책에 대해서 미온적 태도를 취한다는 것입니다. 헉슬리의 이러한 입장의 배후에는 의회 민주주의에 대한 기본적인 불신 내지는 체제 파괴적인 아나키즘의 성향이 강하게 뿌리내리고 있습니다. 셋째로, 헉슬리는 민주적인 균형주의를 은근히 비아냥거리고 있습니다. 여기서 말하는 민주적 균형주의란 민주적 평등주의와는 약간 다른 개념으로서 모든 재화를 있는 그대로 균등하게 분배하는 태도를 가리킵니다. 이를테면 헉슬리의 『멋진 신세계』에서 사유재산이 알파, 베타, 감마 등의 계층에 따라 균등하게 분배되어 있음을 생각해 보세요. 이러한 유형의 도식적인 균등주의는 헉슬리

에 의하면 기존하는 사유재산의 상태를 전제로 한 개념이기 때문에 빈부차이를 극복하지 못하게 하고, 오히려 개인의 사적 이기주의를 심화시키리라고 합니다.

22. 헉슬리의 문명 비판: 인류는 20세기에 이르러 과학적으로 대단한 진보를 이룩했지만, 이와는 정반대로 개인들에게 행복을 안겨 주지는 못했습니다. 말하자면 현대인은 물질문명이냐, 아니면 인간의 고유한 행복을 보장해 주는 가치 있는 삶이냐 하는 물음 가운데 하나를 선택해야 합니다. 현대인은 존과 마찬가지로 항상 이러한 딜레마 앞에서 고뇌할 수밖에 없습니다. 헉슬리에 의하면, 인간적 가치를 보존하려면, 현대인은 어느 정도의 범위에서 원시사회의 불편을 감수해야 합니다. 왜냐하면 물질문명은 현대인으로 하여금 인간성, 행복 그리고 사랑 등을 향유할 수 없도록 작용하기 때문입니다. 따라서 두 가지 모두 선택할 수 없는 한에서 인간의 행복은 결코 주어질 수 없다는 것입니다. 헉슬리의 이러한 입장은 동시대의 정신분석학자, 프로이트가 『문명 속의 불만(Das Unbehagen in der Kultur)』(1930)에서 표방한 주장과 유사합니다. 프로이트는 문명사회는 과학기술의 발전을 통하여 물질적 풍요로움을 이룩했지만, 그 대신에 인간의 감성적 측면, 성적인 특성 그리고 영혼적인 무엇을 상실했다고 설파하였습니다(Freud 2010: 56). 왜냐하면 현대의 문화는 프로이트에 의하면 근본적으로 쾌락원칙(Lustprinzip)을 포기함으로써 이룩될 수 있었기 때문입니다. 인간의 삶에서 리비도가 차단된다는 것은 인간의 공격 성향이 억압되고, 이로 인해서 다른 곳으로 치환된다는 것을 의미합니다. 지속적인 전쟁 역시 경제적 의미 외에도 이러한 심리적 배경 속에서 설명될 수 있다고 합니다. 인간의 문화는 프로이트의 주장에 의하면 에로스의 충동과 죽음의 충동 사이에서 갈등을 빚으면서 투쟁하는 모습을 보여 줍니다. 문명이 발전하면 할수록 문화적 에너지는 더욱더 강력하게 어떤 죽음 충동을 자극하는 파괴적인 동인으로 기능한

다고 합니다. 대부분 인간의 심리 구조를 공격적으로 돌변시키고 사회 전체를 위험에 빠뜨리게 합니다.

23. 문제는 거대한 국가 체제에 있다: 헉슬리는 기술적 진보에 대한 낙관주의를 비판했으며, 거대한 권력을 행사하는 국가를 처음부터 신뢰하지 않았습니다. 이 점에 있어서 그는 과학기술을 무작정 맹신해서는 안 된다는 웰스의 입장에 동의하고 있습니다. 또 한 가지 놀라운 사항은 다음과 같습니다. 설령 과학적 진보로 성의 해방이 실현된다고 하더라도, 인간의 내적 감정에 도사리고 있는 희로애락의 심리로 뒤섞인 증상 역시 모조리 치유될 수는 없다는 게 그 사항입니다. 헉슬리는 『멋진 신세계』에서 과학과 기술에 의해서 통제되는 개성과 감성이 없는 "검은 유토피아"를 설계했지만, 그렇다고 해서 그의 문학 전체를 무조건 디스토피아의 범주에 포함시켜서는 안 될 것입니다. 왜냐하면 헉슬리의 다른 작품에서는 또 다른 반-국가주의의 바람직한 공동체의 삶이 다루어지고 있기 때문입니다. 일례로 우리는 헉슬리의 작품 『섬(Island)』을 예로 들 수 있습니다.

24. (요약) 21세기에는 인공수정이 의외로 긍정적 대안일 수 있다: 20세기 초만 하더라도 헉슬리의 『멋진 신세계』는 과학기술에 의해 지배당하는, 끔찍한 인간 삶을 전해 주었습니다. 사회적 통제 하에서 자식을 인공수정으로 출산하는 것은 경악을 불러일으키기에 충분합니다. 그런데 21세기의 시점에서 발전된 생명공학에 의한 인위적 출산은 의외로 바람직한 대안이 될 수 있습니다. 즉, 헉슬리가 주장한 바 있는 인공수정의 실험은 넘쳐나는 세계 인구를 고려할 때 하나의 해결책을 마련할 수 있게 합니다. 왜냐하면 인구 폭발 현상을 고려할 때, 인위적인 출산 조절은 사회적 동의를 얻을 수 있기 때문입니다. 가령 스키너의 『월든 투(Walden Two)』에서는 조혼과 사촌이나 친남매끼리의 결혼 가능성 또한 논의되고 있습니다. 스키너의 공동체는 자식을 낳지 않는다는 전제 조건 하에서

친남매의 결혼을 용인합니다. 물론 여기에는 자식을 낳지 않는다는 조건
이 선결되어야 합니다. 이를테면 꼭 자식이 필요하다면, 다른 사람의 정
자 내지 난자를 도입하는 방식이 검토되고 있습니다. 그렇게 되면 친남
매 간의 결혼 내지 사촌 간의 결혼을 무조건 반대할 명분은 완전히 사라
지게 될 것입니다. 우리가 제5권에서 다루게 될 마지 피어시의 소설 『시
간의 경계에 선 여자』(1976)에서 묘사되는 마타포이세트 공동체는 사랑
과 결혼을 출산 정책과는 별개로 이해합니다. 현대인들에게 중요한 것은
어떻게 해서든 지구상의 인구를 줄여 나가는 일이 아닐 수 없습니다.

25. 자율성의 인간: 이번에는 로베르트 무질(1880-1942)의 『특성 없는
남자(Der Mann ohne Eigenschaften)』를 살펴보기로 하겠습니다. 미완성
대작은 세기말의 병든 유럽 사회의 시대정신을 예리하게 지적한다는 점
에서 그 자체 의미심장한 유토피아의 성분을 제시하고 있습니다. 미리
말씀드리건대, 작품은 루드비히 클라게스가 지적한 바 있는 영혼과 정신
의 관계를 예리하게 투시하면서, 가능성의 개념에서 유토피아의 기능을
찾으려고 합니다. 작품의 주인공, 울리히는 인간 소외, 계층적 차이 그리
고 남녀의 전통적 결혼 등으로부터 등을 돌리고, 자의에 의해서 사회로
부터의 모든 관계망을 사전에 차단하려 합니다. 이로써 그가 채택하려
는 것은 탈권위적이고 자율적인 자유인으로서의 삶의 방식입니다. 주인
공은 실제 현실로부터 도피하는 게 아니라, 어떠한 외적 강령에 의해 조
종당하지 않음으로써 오로지 자신이 설정한 고유하고도 가치 있는 삶을
찾으려고 결심합니다. 이를 위해서 그는 사회적으로 출세에 대한 집착을
포기하며, 심리적으로 시민사회의 혼인과는 다른 사랑의 삶을 쟁취하려
고 합니다. 작품은 전쟁 지향적 자본주의의 횡포, 기술 중심의 냉엄한 추
상성 그리고 이로 인한 인간 소외를 극복하고, 자신의 내적 이상을 자발
적으로 실현할 수 있는 방안을 추적하고 있습니다.

26. 주인공 울리히, 가능성을 찾아 나서다: 작품의 주인공은 "울리히"라는 이름을 지닌 사내입니다. 그는 아버지의 명성에 흠집을 남기지 않기 위해 처음부터 자신의 성(姓)을 밝히지 않습니다. 1913년 8월의 어느 날 그는 32세의 생일을 맞이합니다. 울리히는 지금까지 출세하기 위해서 장교, 엔지니어 그리고 수학자로서 열심히 살아왔습니다. 그렇지만 그는 지금까지 세월을 허송했다고 안타까워합니다. 세상에서 중요한 것은 평범한 생활, 틀에 박힌 일상 그리고 사회적 일꾼으로서의 삶이 아니라, 자신이 추구하는 갈망의 가능성이라는 사실을 뒤늦게 깨닫습니다. 세상은 극도의 기술에 의해서 영위되므로, 더 이상 전체적 질서가 발견되지 않습니다. 울리히는 이로 인해 숨이 턱턱 막히는 것을 감지합니다. 그래서 일 년간 휴식을 취하려 합니다. 그렇게 해야만 모든 사소한 사회적 관계망의 비밀스러운 메커니즘과 그 원인을 깨달을 수 있을 것 같습니다. 울리히는 의도적으로 외부와의 모든 연결 고리를 차단시킵니다. 그 때문에 어린 시절의 친구인 발터는 주인공을 "특성 없는 남자"라고 명명하고 있습니다. 특성이 없다는 것은 사회 내에서 뚜렷한 입장을 드러내지 않는다는 의미로 이해될 수 있습니다.

27. 특성 없는 인간, 현실적 의미 그리고 가능의 의미: 울리히는 모든 것을 내려놓고, 삶을 그냥 관조하려 합니다. 사회적 관계망과 전혀 연결되지 않는 자신의 모습은 "특성 없는 남자"와 다를 바 없습니다. 왜냐하면 사회적 이해관계의 바깥에 머물 때 현대사회의 핵심을 예리하게 투시할 수 있기 때문입니다. 20세기 초 오스트리아에서 중시되는 것은 인간이 아니라, 사물의 관련성 속에서의 인과관계입니다. 세상은 한 인간의 행복과 정서 안정의 문제를 도외시하며, 물화된 채 우리 앞에 버티고 있습니다. 그것은 개인의 체험과는 무관하게 전개됩니다. 아니나 다를까, 20세기 초의 대도시는 그야말로 수많은 인간으로 가득 차 있었습니다. 익명의 존재에 파묻힌 채 세계의 특성을 발견하기 위해서는 일차적

으로 현실적 감각뿐 아니라, 가능성의 감각을 추적하지 않을 수 없습니다 (장희권: 41). 여기서 울리히는 나치 심리학자 에리히 루돌프 옌쉬(Erich Rudolf Jaensch)의 인지 이론에 입각하여 세계를 정밀하게 고찰하려 합니다(Krudeweg: 54). 그런데 수많은 타인의 내면을 들여다보는 것은 거의 불가능합니다. 현대인들은 자신의 내밀한 감정을 감추며 살아가기 때문입니다. 게다가 주어진 현실의 범위는 무한할 정도로 광대합니다. 그렇기에 자신의 관심사를 우선적으로 고려하면서 현실적 의미를 찾으려는 노력은 그 자체 완전하다고 말할 수는 없습니다. 특히 세계의 점진적 변화를 고려할 때, 주인공은 일차적으로 자신의 삶과 관련된 가능성의 의미를 추적하지 않을 수 없습니다.

28. 소설의 구조, 현실성과 가능성의 이중주, 화자의 아이러니: 이야기는 영속적으로 이어지지 않고, 수많은 에피소드들이 등장인물과 어울려 복합적으로 뒤엉켜 있습니다. 현실이라는 복합적 시스템 속에서 다양한 장면들이 중첩된 채 이어집니다. 서술되는 시간은 비영속적이고 복합적입니다. 소설 속에는 현재 진행되는 사실과 기억 속에 떠오르는 과거 사실이 혼용되기도 하는데, 여기서 서술 원칙으로서의 화자의 아이러니가 작용하고 있습니다. 화자는 서술되는 이야기에 직접적으로 개입하여 논평하기 때문에, 독자는 작가가 의도하는 가능성의 관점과 조우할 수 있습니다. 주어진 현실에서 파생되는 이야기는 화자의 가상적인 이야기와 첨예하게 부딪쳐서 마치 하나의 이중주의 악보를 방불케 합니다. 여기서 우리는 키르케고르가 생각해 낸 아이러니의 개념과 기능을 읽을 수 있습니다. 여기서 말하는 아이러니는 엄밀히 말하자면 헤겔의 사변적 사고내지 독일 낭만주의자들이 도출해 낸 "진정한 실존"과는 다른 개념입니다. 키르케고르는 진정한 실존이 아니라, 실존의 불완전한 변형 형태를 아이러니라고 규정하고 있습니다(Feger: 524). 복합적이고 전문화된 20세기 유럽의 현실을 고려할 때, 진정한 실존으로서의 아이러니의 개념은

더 이상 유효하지 않습니다. 이와 관련하여 소설의 주인공 울리히는 서술적 아이러니의 주체가 아니라, 수많은 타자 속에 서성거리는 하나의 개체로 활동하는 것은 당연한 귀결입니다.

29. 합리성과 신비주의에 대한 작가의 비판: 무질이 살던 공간은 자연과학 연구와 실증주의가 활개를 치던 20세기 초의 오스트리아였습니다. 당시의 기본적 토대는 거시적으로 고찰할 때 합리성과 신비주의로 해명될 수 있습니다. 첫째로, 합리성은 19세기 말에 발전된 자연과학의 권능과 관련됩니다. 과학기술이 자본주의 현실의 영역에서 가장 커다란 역할을 담당하였고, 문학과 역사 그리고 철학의 영역은 그저 뒷전으로 물러나게 되었던 것입니다. 세상은 인간이 아니라 기계와 기술에 의해서 좌지우지되고, 인간은 지식과 자기 삶의 고유한 가치를 상실하게 되었던 것입니다(신지영: 104). 또 한 가지 시대적 경향으로서 우리는 신비주의를 지적할 수 있습니다. 여기서 말하는 신비주의는 합리적 정신에 근거하여 모든 것을 파악하는 세계관과는 정반대로 신앙과 이데올로기라는 반계몽주의적 몽니를 드러내는 일련의 사고방식을 가리킵니다. 가령 당시 사람들은 때로는 기독교 독단론, 때로는 반유대주의의 입장을 견지하면서 세상의 문제점을 회피하였습니다. 때로는 어떤 심령학적 우상을 숭배하고 이러한 체험에 경도되었습니다. 수많은 사람들의 각양각색의 입장은 시대정신의 혼란스러움을 대변하고 있는데, 이와 관련하여 무질은 자신이 살아가는 공간을 "파편화의 시대"라고 명명하였습니다.

30. 장편소설의 배경: 장편소설의 배경은 오스트리아-헝가리 군주국의 대도시 빈으로 설정되어 있습니다. 그렇지만 오스트리아 빈의 여러 장면들은 요셉 로트(Joseph Roth)의 소설에서 나타난 바 있는 역사 소설의 배경으로 활용되는 게 아니라, 현대사회의 특정한 범례로 간주되고 있을 뿐입니다. 그곳에서는 공허한 일들만 지속적으로 출현할 뿐입니다. 대도

시 빈에서는 무의미하기 이를 데 없는 동일한 사건들이 반복되어 나타납니다. 이는 제1권에서 나타나는 복잡하게 엉킨 이야기에 반영되어 있습니다. 처음에 주인공 울리히는 "조국의 행동"이라는 단체에서 비서로 일하고 있습니다. 단체 속의 어느 위원회는 1918년 프란츠 요셉 1세 통치 70년 기념일을 위한 축제를 준비합니다. 공교롭게도 같은 해에 프로이센의 빌헬름 2세의 30년 통치 기념일이 겹쳐 있습니다. 따지고 보면 두 사람의 기념일은 같은 해에 군주 국가가 붕괴했다는 사실을 독자에게 은연중에 알려 줍니다. 이로써 기념일의 축제는 문화적 몰락을 암시하는 장례식 행사를 의미하기도 합니다.

31. 울리히의 여인들: 첫째로, 기념일에 주인공은 다정다감한 여인, 디오티마와 조우합니다. 그미의 남편, 투치는 "조국의 행동"이라는 단체의 특정 위원회의 대표자였습니다. 울리히는 그미에게서 연정의 흔적을 찾으려 하지만, 디오티마의 마음은 처음부터 작가 아른하임에게 향하고 있습니다. 파울 아른하임은 여행을 좋아하며, 무척 외교적으로 처신하는 타입입니다. 그와 디오티마는 오로지 마음으로써 상대방을 사랑하려 합니다. 둘째로, 울리히는 레오니라는 이름의 창녀를 찾아가서 사랑과 성의 욕구를 해소하려고 합니다. 그때마다 울리히는 자신의 연심이 성욕을 미화시킨 감정에 불과하다는 것을 감지합니다. 사실 레오니에게는 그칠 줄 모르는 왕성한 식욕이 자리하고 있었습니다. 레오니는 울리히의 눈에는 가장 원초적인 욕구에 대한 연구 대상처럼 비치는 인물입니다. 셋째로, 울리히는 보나데아, 즉 "선한 여신"이라는 이름의 상류층 여성을 알게 됩니다. 어느 날 울리히가 강도의 침입으로 봉변을 당했을 때, 이를 제대로 처리해 준 여인이 바로 보나데아였습니다. 울리히는 그미에게서 진지한 사랑의 반려 혹은 어머니의 상을 찾으려고 하지만, 그미는 오로지 울리히의 정인으로 머물고 싶어 합니다. 여동생, 아가테를 만난 이후의 시점부터 보나데아와의 관계는 종언을 고합니다.

32. 등장인물들: 라인스도르프 백작은 "조국의 행동" 단체의 정신적 지주인데, 살롱에서 경찰에 의해 체포된 주인공을 유치장에서 꺼내 줍니다. 그 밖에 은행장으로 일하는 레오 피슬, 그의 딸 게르다, 민족 이데올로기를 추종하는 게르다의 남자 친구 한스 제프, 주인공의 친구 린드너 등이 소설 속에 등장합니다. 이들은 한결같이 울리히의 관점에서 서술됩니다. 레오 피슬은 자신의 딸 게르다를 주인공과 혼인시키고 싶어 합니다. 게르다가 한스 제프와 사귀게 되었을 때, 그는 자신의 아내인 클레멘티네를 선동하여 히틀러를 옹호합니다. 한스 제프는 자신의 장인이 될 사람과 심한 언쟁을 벌입니다. 아가테는 주인공보다 다섯 살 나이 어린 여동생입니다. 비록 남매간이지만, 두 사람은 외형적으로 그리고 성격상으로 너무나 닮았습니다. 주인공은 오랫동안 그미를 망각하고 살아왔는데, 아버지의 장례식에서 자신의 "반쪽과 같은 존재"와 재회합니다. 두 사람은 주위의 시선에 아랑곳하지 않고, 사랑의 삶을 실천하기 위해서 동거에 들어갑니다. 고트리프 하가우어는 아가테의 남편으로서 대학에서 교육학을 가르치는 교수입니다. 교육 개혁가로 활동하다가, 가정을 등한시할 수밖에 없었습니다. 아가테는 남편과 헤어진 다음에 주인공 울리히를 만납니다. 하가우어는 사회인으로서의 삶에 충실하다가, 정작 가정에서 불행을 겪는 사내의 전형과 같습니다.

등장인물들은 문학적 현실의 일그러진 거울 속에서 제각기 자신의 속내를 드러냅니다. 작가 파울 아른하임은 독일 외무상으로 일하다가 민족주의자에 의해 암살당한 작가, 발터 라테나우(Walther Rathenau, 1867-1922)를 연상시킵니다. 그는 성격상으로 그리고 정치적 입장에서 울리히와는 정반대되는 인물입니다. 왜냐하면 아른하임은 합리성과 영혼을 종합하는 어떤 새로운 도덕을 발견했다고 굳게 믿고 있기 때문입니다. 주인공은 아른하임의 입장을 받아들이지 않습니다. 왜냐하면 울리히는 아른하임의 견해가 이른바 "돈, 가치 그리고 영혼을 하나로 접합시킨, 즉 행복을 다만 인위적으로 접합시킨" 것이라고 판단하기 때문입니다. 그에 비하면 발터는 니체주의자입니다. 음악 비평가 내지 미술 선생으로 생활하다가, 나중에는 편안한 관리 직책을 맡아서 그곳에 안주하며 살아갑니다. 발터는 니체의 여제자인 클라리세와 결혼했는데, 예술가로서의 꿈을 저버리고 현실에 안주합니다. 이로 인하여 그미는 발터로부터 등을 돌립니다. 클라리세는 울리히를 통해서 모스브루거라는 광인을 알게 됩니다. 그미는 광적인 사고에 집착한 모스브루거를 구제하려 하다가, 심리적으로 서서히 몰락하고 맙니다.

33. 광기 속의 갈망의 상: 모스브루거라는 기이한 사내는 홍등가에서 일하던 창녀를 깊이 사랑하다가 그미를 살해합니다. 이후 광기에 사로잡힌 채 유치장에서 시간을 보내고 있습니다. 울리히는 재판에 참관해 모스브루거가 저지른 모든 행위들을 경청합니다. 이때 그는 사람들의 고유한 인간성과 이를 둘러싼 현실적 관련성이 상호 왜곡되어 일그러져 있음을 감지하게 됩니다. 엄밀히 따지면, 모스브루거의 광적인 망상은 니체의 디오니소스적 사고와 연결될 수 있는데, 울리히는 찬란한 자유와 천국의 찬란한 삶을 추적하는 과정에서 이와 조우하게 된 것입니다. 주인공은 현재의 현실이라는 비밀스러운 메커니즘을 통찰함으로써, 더욱더 주어진 현실과는 다른 어떤 자유 내지 천상에 관한 근원적인 삶을 동경하게 됩니다. 소설의 후반부에서 주인공은 공간의 한계가 사라지는 경우를 체험합니다. 그것은 바로 어떤 상상으로 떠올린 황홀의 순간이었습니다. 이것은 루드비히 클라게스(Ludwig Klages)가 "우주의 에로스에 관한 구상"으로 떠올린 것과 같은 무엇이었습니다. 클라게스는 프로이트의 리비도 이론을 거부하고, 부드러움, 내밀함 그리고 모성 등의 요소를 지닌 에로스의 의미를 강조한 바 있습니다.

34. 천년왕국으로 향하는 여행: 울리히는 자신의 여동생, 아가테와의 공동의 삶을 통해서 주어진 현실과는 전혀 다른 어떤 상태를 발견하려

고 합니다. 이미 언급했듯이, 남매는 오랫동안 제각기 살다가 아버지의 장례식이 거행될 때 처음으로 만납니다. 울리히는 아가테에게서 오랫동안 자신을 묶어 두었던 어떤 대립하는 놀라운 열정을 발견합니다. 여동생은 말하자면 자신의 그림자와 같은, 공생의 존재였던 것입니다. 울리히는 그미와의 공동의 삶을 통해서 자신의 현존재에 관한 본질적 의미를 확인합니다. 두 사람의 공동의 삶은 — 제3권의 제목으로 드러나듯이 — "천년왕국으로 향하는 여행"을 기약하는 것이었습니다. 중요한 것은 한 찬란한 과거에 관한 인간의 기억 그리고 어떤 가능한 미래에 관한 기대감입니다. 이러한 감정들은 비록 순간적으로 사멸될 수 있지만, 당사자에게는 축복의 순간을 안겨 줄 수 있습니다. 주인공 울리히는 "주어진 현실과는 전혀 다른 상태"는 더 이상 발견할 수 없다는 사실을 처음부터 잘 알고 있습니다. 왜냐하면 자아와 세계 사이의 화해, 천국으로의 입성 그리고 명상적인 삶은 영구히 가능하지 않기 때문입니다. 그렇지만 어떤 다른 현실을 순간적으로 떠올리고 이를 내면화하는 행위의 가치 자체는 결코 부인될 수 없습니다. 이는 가능성의 의미에서의 직관, 그 자체 귀납법적 지조의 철학으로 명명될 수 있는데, 울리히의 정신적 모험의 긍정적 결말과 같습니다.

35. 주인공 울리히의 의향: 무질의 주인공 울리히는 무엇보다도 한 가지 모티프에 의해서 수미일관 행동합니다. 그것은 다름 아니라 지금까지의 잘못 인지된 삶과는 정반대되는, 어떤 올바른 삶을 추구하려는 노력입니다. 어떻게 살아가는 게 진정하고도 올바른 삶일까? 이러한 질문은 소설 전권에 걸쳐 이어져 있습니다. 가령 주인공 울리히는 살인자, 모스브루거에 대해 관심을 기울이며, 아가테와의 사랑을 통해서 구원의 길을 찾으려고 애를 씁니다. 그렇지만 이러한 노력 자체는 잘못된 방향이지만, 스스로 찾으려고 애를 쓰는 올바른 삶에 대한 하나의 갈망 때문에 비롯된 것입니다. 사실 작가, 무질은 평생 동안 바람직한 삶의 가능

성을 찾으려고 애를 썼는데, 이러한 노력은 젊은 시절에 오로지 유명한 사람이 되려는 갈망을 원초적으로 포기하는 데에서 엿보이고 있습니다 (Streika 2003: 50). 올바르고 가치 있게 살아가는 삶의 길은 출세를 위한 노력과는 엄연히 다르다는 것을 작가는 순간적으로 깨달았던 것입니다.

36. **실제 현실과 가능성의 현실 사이의 이중주:** 작품에 반영된 문학 유토피아의 특성을 찾으려면, 우리는 소설의 제61장 「세 편의 논문의 이상 혹은 정확한 삶의 유토피아」와 제62장 「땅, 말하자면 울리히는 에세이 방식의 유토피아를 섬기다」를 예의 주시해야 할 것입니다. 작가는 주인공 울리히를 등장시킴으로써 유토피아의 조건과 특성을 다루고 있습니다. 여기서 중요한 것은 하나의 이상적 상태가 아니라, 어떤 가치 있는 삶의 가능성을 실험적으로 탐색하는 작업입니다. 이러한 작업은 실제 현실에 토대를 두지만, 주어진 정황 속에서는 더 이상 온전한 무엇으로 발전될 수 없는 것입니다(Mülder-Bach: 213). 가령 정밀성의 이상을 견지하면, 그럴수록 울리히는 현실에 대한 직접적인 직관을 거부하게 됩니다. 주인공의 사고는 구조적 차원에서 순수한 학문으로서의 수학과 일치하는데, 이로 인하여 울리히는 추상적 특성에 이끌리게 되는 것입니다. 그렇지만 추상적인 것은 명징하게 투시할 수 없는 지적인 영역일 뿐 아니라, 그 자체 공상적이고 상상적인 특징을 지니고 있습니다. 작가 로베르트 무질은 주어진 현실 속에서 자신이 의도하는 갈망을 실천할 수 없습니다. 이로 인해서 그가 필연적으로 도출해 낸 것은 두 가지의 서로 다른 현실적 영역입니다. 그 하나는 실제 현실의 영역이고, 다른 하나는 상상력으로 가능한 가상적 현실의 영역입니다. 상상으로 가능한 가상적 현실의 영역은 작가의 유토피아의 공간으로 투영되고 있습니다.

37. **정확성과 개방성:** 무질의 세계관은 클라게스의 『영혼의 대척자로서의 정신(Der Geist als Widersacher der Seele)』(1929/1932)의 주제와 관련

됩니다. 클라게스는 정신으로서의 형이상학적 추상성을 약화시키고, 영혼으로서의 감각적 경험에 대해 커다란 의미를 부여했습니다. 이로써 강조되는 것은 자율적으로 사고하는 성숙된 개인의 갈망입니다. 클라게스는 정신과 육체 그리고 영혼 사이의 유기적 관련성을 찾으려고 했습니다. 무질의 소설적 구상은 이러한 유기적 관련성과 결부되어 있습니다. 그것은 두 가지 특성으로 요약됩니다. 그 하나는 정확성이라는 자연과학자인 주인공의 삶의 원칙을 가리킵니다. 이것은 20세기 중엽의 유럽을 장악했던 관습, 도덕 그리고 법의 관점으로서의 객관적 원칙입니다. 주인공 울리히의 견해에 의하면 이러한 원칙은 부분적으로 오류를 드러내는데, 그 이유는 엄정한 자연과학적 정확성이 결핍되어 있기 때문이라고 합니다. 두 번째 원칙은 개방성을 가리킵니다. 여기서 말하는 개방성은 문학과 예술이 추구하는 본질적 의미로서, 영혼의 영역과 접목될 수 있습니다. 가령 클라게스가 지적하는 에로스의 원칙은 영혼의 개방성을 내용으로 합니다. 실제로 로베르트 무질은 1923년에 집필한 이시스와 오시리스에 관한 시에서 이를 재확인하였습니다. 달의 여신인 이시스는 지하에 머물고 있는 오빠 오시리스를 구출합니다. 이는 장편소설에서 울리히와 아가테의 관계 속에서 재현되고 있습니다(Pekar: 150). 이러한 근친상간의 관계를 통해서 작가의 비판은 가부장적 결혼 제도 내지 일부일처제의 강제적 성윤리로 향하고 있습니다. 왜냐하면 두 남녀에게서 공통적으로 드러나는 양성구유의 상은 도덕과 이성을 극복한 합일을 뜻하기 때문입니다. 이러한 상은 그노시스의 찬란한 천국 여행의 상을 통해서 문학적으로 나타나고 있습니다. 작품에서, 정원에서의 두 연인의 명상적 체험이 중시되는 까닭은 바로 양성구유의 의미 때문일 것입니다.

38. (요약) 몰락하는 서구 문화의 황혼은 그래도 아름답다: 무질의『특성 없는 남자』는 유럽 자본주의의 병든 시민사회의 "휘황찬란한 황혼"을 보여 주고 있습니다. 무질은 이른바 정확성과 개방성의 원칙을 통해서

인간 삶이 얼마나 실제 현실과 다를 수 있는가를 서술했습니다. 특히 개방성을 극대화시키기 위해 그가 방법적으로 도입한 것은 가능성이라는, 유토피아의 사변적 기능이었습니다. 가능성의 개념은 나아가 현실 변화와 관련된다는 점에서 사회적, 경제적 차원에서의 더 나은 삶에 관한 갈망과 연결됩니다. 그것은 프로이트와 마르쿠제가 추적한 바 있는 성적이고 심리적인 개념인 충족과는 분명히 차원이 다른 것입니다(Münster: 115). 무질의 작품 속에 반영되어 있는 것은 무엇보다도 소외를 극복할 수 있는 인간적 소통에 대한 갈망입니다. 자고로 정확성을 추구하는 노력은 모든 것을 잘게 나누어 분화시키는 시각과 결부되어 있습니다. 작가는 정확성으로서의 삶도 중요하다고 여기지만, 실제 현실과는 다른 도취의 삶 그리고 사회체제의 영향을 떨친 개인적 지조가 반영된 삶 등을 더욱 중요한 것으로 파악하고 있습니다(Voßkamp: 350).

39. 아쉬움 그리고 이후의 영향: 아쉬운 것은 유토피아의 방식으로 가능한 새로운 삶이 무질의 경우 개인적이고 사적인 사랑, 그것도 근친상간 내지는 모순적 양성구유의 흔적에 국한되고 있다는 점입니다. 그렇지만 이는 작가의 한계라기보다는 당시 세기말의 진퇴유곡, 출구 없는 시대의 갈등에서 기인하는 것입니다. 당시는 "카카니엔(오스트리아-헝가리 이중 군주국)"에 온존하고 있었던 보헤미안의 예술적 문화가 독일과 슬라브 문화의 거친 영향에 의해 서서히 잠식당하고 있었습니다. 이와 병행하여 예술과 영혼은 시대적 정황 속에서 서서히 미학과 심리학의 영역 속으로 잠식당하게 되었습니다. 그렇지만 『특성 없는 남자』의 주인공은 삶에서 결코 파기될 수 없는 갈망을 가능성이라는 유토피아의 상으로 구현하려 했습니다. 이러한 노력은 더 나은 삶을 구현하려는 주체의 의향과 접목되는 갈망의 가능성이라는 개념으로서, 현대 소설에서 어떤 새로운 유토피아의 성분으로 영향을 끼치고 있습니다.

참고 문헌

신지영 (2007): 로베르트 무질의 『특성 없는 남자』에 나타난 유토피아 구상과 그 이
  념사적 위상, 실린 곳: 독일어문화권 연구, 16권 4호, 101-124.

무질, 로베르트 (2022): 특성 없는 남자 5권, 신지영 역, 나남.

이상화 (1996): 20세기 영국 유토피아 소설 연구, 중앙대 출판부.

장희권 (2015): 무질 문학의 가능성 개념에 대한 몇 가지 논구, 실린 곳: 카프카 연구,
  33권 33호, 25-45.

추재욱 (2014): 대위법적 문명의 의미 탐색. 헉슬리의 『멋진 신세계』, 실린 곳: 문학
  과 관경, 제13권 2호, 320-351.

헉슬리, 올더스 (1998): 멋진 신세계, 이덕형 역, 문예출판사.

Adler, Alfred (1907): Studie über Minderwertigkeit von Organen, Berlin.

Adorno, Theodor (1955): Aldous Huxley und die Utopie, in: ders., Prismen:
  Kulturkritik und Gesellschaft, Berlin/ Frankfurt a. M., 112-143.

Feger, Hans (2007): Kierkegaards Kritik der romantischen Ironie, in: Poetische
  Vernunft, Metzler: Stuttgart, 523-547.

Freud, Sigmund (2010): Das Unbehagen in der Kultur, Stuttgart.

Heyer, Andreas (2009): Sozialutopien der Neuzeit. Bibliographisches Hand-
  buch, Bd. 2, Bibliographie der Quellen des utopischen Diskurs von der
  Antike bis zur Gegenwart, Münster.

Huxley, Aldous (1985): Schöne neue Welt, Frankfurt a. M..

Jehmlich, Reiner (1986): Aldous Huxley: Ape and Essence. In: Hartmut
  Heuermann (Hrsg.): Der Science-Fiction-Roman in der angloamerikan-
  ischen Literatur. Interpretationen. Bagel, Düsseldorf, 101-117.

Jens (2001): Jens, Walter(hrsg.), Kindlers neues Literatur lexikon, 22 Bde,
  München.

Klages, Ludwig (1972): Der Geist als Widersacher der Seele, 3 Bände, Bouvier,
  Bonn 1972.

Krudeweg, Maria (1953): Die Lehren von der visuellen Wahrnehmungen und
  Vorstellungen bei Erich Rudolf Jaensch und seinen Schülern, Maisenhein
  am Glan.

Kumar, Krishan (1987): Utopia and Anti-Utopia in Modern Times, New York.

Münster (1977): Arno Münster (hrsg.), Tagträume vom aufrechten Gang. Sechs
  Interviews mit Ernst Bloch, Frankfurt a. M.

Mülder-Bach, Inka (2013): Robert Musil: Der Mann ohne Eigenschaften. Ein Versuch über den Roman. Carl Hanser: München.

Musil, Robert (1930): Der Mann ohne Eigenschaften. Band 1: Rowohlt, Berlin.

Musil, Robert (1933): Der Mann ohne Eigenschaften, Band 2: Rowohlt, Berlin.

Musil, Robert (1943): Der Mann ohne Eigenschaften, Band 3: Rowohlt, Lausanne.

Pekar, Thomas (2007): Robert Musil zur Einführung. Hamburg.

Schuhmacher, Theo (1992): Aldous Huxley, Reinbek bei Hamburg.

Shakespeare, William (1986): The Tempest. Der Sturm, Stuttgart.

Strelka, Joseph P. (2003): Robert Musil. Perspektiven seines Werks. Frankfurt am Main.

Voßkamp, Wilhelm (2018): "Wenn es Wirklichkeitssinn gibt, nuß es auch Möglichkeitssinn geben." Traditionen des utopischen Denkens bei Robert Musil, in: ders., Emblematik der Zukunft, De Guyter: Berlin.

Yogananda (2005): Gott spricht mit Arjuna: Die Bhagavad Gita. 2 Bände, Self-Realization Fellowship, Los Angeles.

찾아보기

서양 유토피아의 흐름

제1권: 플라톤에서 모어까지 (고대 – 르네상스 초기)

2019년 11월 출간

제2권: 캄파넬라에서 디드로까지 (르네상스 시가-프랑스 혁명 전후)

2020년 2월 출간

제5권: 오웰에서 피어시까지 (20세기 중엽 – 현재)